La Lumière des collines

Christian Signol

La Lumière
des collines

ROMAN

Albin Michel

© Éditions Albin Michel S.A., 1997
22, rue Huyghens, 75014 Paris

ISBN 2-226-09218-8

A Jean-Baptiste et Anne-Marie

« Sur la terre de la veille,
La foudre était pure au ruisseau,
La vigne sustentait l'abeille,
L'épaule levait le fardeau.
Du moins à chaque heure souffrante,
Un écho devait répéter,
Pour la solitude ignorante,
Un grêle devoir d'amitié. »

RENÉ CHAR.

Première partie

LE TEMPS DES ORAGES

1.

« QUELLE est donc cette tragédie qui se joue dans le dos des vivants ? » se demandait Charlotte Barthélémie, bouleversée, ce midi-là, tandis qu'elle s'apprêtait à souffler les soixante-quinze bougies de son anniversaire. Il lui semblait qu'une infâme trahison avait été perpétrée à son insu, alors qu'elle était occupée à vivre, c'est-à-dire à travailler pour les siens, pour le Solail, pour ses vignes qui avaient exigé toute son énergie, l'essentiel de ses forces, en réalité, dont elle n'avait jamais été économe, et aujourd'hui pas moins qu'hier.

Pourtant, s'il n'y avait eu son miroir du matin, elle ne se serait pas sentie vieille. Dans sa tête, elle avait vingt ans, exactement. « Mon Dieu ! Pourquoi faut-il que le corps se flétrisse quand l'esprit demeure le même, ou presque ? », songeait-elle en luttant contre les larmes qui lui montaient aux yeux, cherchant à les dissimuler à toute la famille assemblée dans l'immense salle à manger du Solail.

– Soufflez ! ma tante, fit Blanche, la fille d'Arthémon, à ce jour âgée de vingt ans.

Charlotte croyait se revoir au même âge. Blanche montrait en effet la même fougue, la même indépendance, la même intrépidité à courir les collines, et l'éclat de jais de ses cheveux, la matité de sa peau, la lueur sombre de son regard renvoyaient à Charlotte une image qui, chaque fois, lui crevait le cœur. Car elle était très proche de Blanche qui ne se doutait pas, dans la candeur de sa brûlante jeunesse, que sa grand-tante goûtait à ses côtés le délicieux poison de ce qui, pour soi, mais non pour ceux qu'on aime, est perdu à jamais.

– Soufflez ! Mais soufflez donc, insista Blanche, qui riait, ignorante des pensées de sa tante.

– Aide-moi, dit Charlotte. Seule, je ne pourrai pas.

Elles se trouvaient côte à côte, ainsi qu'elles en avaient pris l'habitude depuis des années, lors de chaque repas. Face à Charlotte, Arthémon, qui avait atteint la cinquantaine, les observait avec amusement, tout comme Pascaline, sa femme, qui n'était plus que l'ombre d'elle-même, depuis que son mari, revenu changé de la guerre, avait cherché à oublier dans le lit d'une maîtresse, sans même songer à s'en cacher, ce qu'il avait vécu pendant quatre années de souffrances.

– Alors, ma tante ! fit Blanche, il faudra le faire à votre place ?

Charlotte souffla les bougies, mais elle dut s'y reprendre à deux fois. Ensuite, elle demeura rêveuse et mélancolique alors que Pascaline découpait le gâteau.

– A quoi pensez-vous ? murmura Blanche.

Charlotte s'ébroua, sourit :

– Je pensais que cette maison manquait d'enfants.

Tous les regards se tournèrent vers Jules, le fils d'Arthémon et de Pascaline, à qui l'on avait présenté de nombreux partis mais qui, malgré ses vingt-huit ans, les avait tous refusés. Charlotte fut satisfaite d'avoir fait diversion : elle pensait surtout à ses vignes qui représentaient le long combat de sa vie ; un combat jamais gagné, mais qu'elle menait encore aux côtés d'Arthémon et de Jules, y consacrant l'essentiel de son temps et de ses dernières forces.

Une fois de plus, en effet, la viticulture était en difficulté à cause de la crise économique qui avait déferlé sur l'Europe à la suite du krach de Wall Street, en octobre 1929. Et pourtant on avait cru à une embellie définitive après la guerre, quand les cours étaient remontés à 100 francs l'hectolitre en 1919. Puis, au terme d'une brève période d'équilibre, la surproduction, de nouveau, les avait fait chuter. Ils avaient à peu près retrouvé leur niveau entre 1926 et 1929 grâce à une forte hausse de la consommation qui avait coïncidé avec de mauvaises récoltes. Hélas ! Ces mauvaises récoltes avaient provoqué une nouvelle extension du vignoble algérien, et les stocks, aujourd'hui, n'avaient jamais été aussi élevés, alors que la crise économique freinait de nouveau la consommation...

Charlotte soupira, croisa le regard d'Arthémon. Elle comprit qu'il pensait à la même chose qu'elle, c'est-à-dire à la survie du Solail dont ils avaient dû vendre quelques vignes et où, chaque matin, depuis des mois, ils étaient obligés de renvoyer les journaliers qui venaient à l'embauche, faute de pouvoir les payer. Elle envia l'insouciance de Blanche qui riait en plaisantant avec Jules, et elle se força à sourire, elle aussi, puisque ce jour était jour de fête.

Blanche tourna le bouton du poste de T.S.F. et l'on entendit l'une de ces musiques dont le rythme était si vif, si différent des rengaines d'avant. Quelles en étaient les paroles ? Charlotte ne savait plus, mais elle écouta chanter Blanche, et, aussitôt, elle s'en voulut de sa mélancolie. Allons ! Elle avait toujours su préserver le Solail de la ruine. Cette crise n'était ni la première ni la dernière. Quant à son âge, il n'avait aucune importance puisqu'elle avait décidé dans sa

15

tête qu'aujourd'hui elle avait vingt ans. Elle se leva, entraîna Arthémon, et se mit à danser doucement, les yeux clos, les mains posées sur les épaules d'un cavalier connu d'elle seule, sous les applaudissements de la famille. Mais, très vite, elle eut comme un vertige et dut s'asseoir, le dissimulant avec soin à ceux qui l'entouraient.

Elle demanda un peu d'eau de mélisse, se sentit mieux, et elle eut envie d'aller voir ses vignes où les ceps, en ce début d'avril, semblaient interroger le ciel d'un bleu de gentiane. Les jours précédents, le cers l'avait débarrassé de ses lourds nuages d'hiver, et le marin lui avait succédé. Il faisait moins froid. D'ailleurs, si ce n'avait été la proximité de la lune rousse dont on redoutait tellement les gelées, on se serait cru au cœur du printemps.

– Tu m'accompagnes ? demanda Charlotte à Blanche.

– Tout de suite, répondit sa petite-nièce qui avait pris goût à ces longues promenades en compagnie de sa tante, avec qui elle se sentait pleine d'affinités.

Elles sortirent sur le perron, empruntèrent l'allée d'oliviers qui cliquetaient dans un vent à l'haleine tiède, puis elles tournèrent à gauche, entre les ceps sur lesquels pointaient les feuilles vertes, encore très fragiles, qui frissonnaient doucement.

– Profitons-en, dit Charlotte en levant la tête vers le soleil, la pluie ne tardera guère.

Blanche lui donnait le bras, et cette force de la jeunesse qu'elle sentait palpiter contre elle faisait du bien à Charlotte, dont le regard se posait sur les collines où les pins et les chênes kermès semblaient distraitement surveiller la garrigue éclairée par les fleurs blanches des romarins. Elles marchèrent un moment en silence, toutes deux à leur plaisir de goûter les premières chaleurs, puis Charlotte s'arrêta brusquement :

– Je voudrais que tu me promettes quelque chose, ma fille, dit-elle avec gravité.

Elle appelait Blanche sa fille, comblant ainsi inconsciemment le regret de n'en avoir pas eu, mais aussi parce qu'elle lui témoignait de la sorte un attachement, une complicité qui étaient nés de leur ressemblance physique et d'un tempérament semblable.

– Quoi donc ? fit Blanche, intriguée.

Charlotte laissa passer quelques secondes, effleura une feuille de la main, murmura :

– Si Jules ne se marie pas, dit-elle, je voudrais que tu ne t'en ailles jamais et que tu fondes ici une famille.

Elle soupira, ajouta :

– Sinon j'aurais l'impression de m'être battue toute ma vie pour rien.

C'était une pensée qui lui venait souvent, car elle avait perdu ses deux fils : Renaud pendant la guerre, et Hugues, frappé par la tuberculose, en 1925.

Comme Blanche demeurait silencieuse, elle insista :

– Promets-moi, s'il te plaît.

– C'est promis, ma tante, fit Blanche, qui, l'instant d'après, avec l'insouciance de sa jeunesse, se mit à courir dans l'allée en riant.

Une fois parvenue à son extrémité, elle tourna sur elle-même, les bras écartés, puis, riant de plus belle, elle revint vers Charlotte qui avait fait quelques pas vers elle et se réjouissait de la voir si heureuse et si pleine de vie.

– A moi aussi, il faut me promettre quelque chose, fit Blanche, quand elle eut rejoint sa tante.

– Tout ce que tu voudras.

– Promettez-moi de ne dire à personne que j'aime à la folie.

Charlotte, étonnée, ne répondit pas.

– Alors, ma tante !

– Il faudrait que tu me dises qui.

– Je vous le dirai si vous me promettez.

– Je te promets ! fit Charlotte.

Un éclat de soleil toucha les yeux sombres de Blanche, qui, époussetant sa robe et rajustant ses cheveux d'un geste délicat des bras formant couronne autour de sa tête, décida :

– Je vous le dirai là-haut.

Et elle désigna, sous un pin d'Alep, à mi-coteau, un îlot de rocaille entre les arbousiers.

– Allons-y, fit Charlotte, piquée par la curiosité, et que la caresse du soleil comblait d'aise.

Le sentier montait en pente douce entre les touffes des bourraches, des cistes et des clématites qui s'éveillaient à la lumière après l'hiver. Les deux femmes ne prononcèrent pas le moindre mot jusqu'au moment où elles atteignirent l'endroit indiqué par Blanche : une sorte de seuil entre deux vignes, près duquel avait été aménagé un puits pour recueillir la précieuse eau du ciel. Elles s'assirent sur la roche chaude, regardèrent le Solail, la mer de vignes qui s'étendait bien au-delà des platanes du canal du Midi, et, au fond de l'horizon, les collines bleutées de Narbonne dominées par les clochers de Saint-Just.

– C'est ici que nous nous donnons rendez-vous, fit Blanche.

Charlotte se trouva brusquement plongée dans ses quinze ans, à l'époque où elle épiait Léonce, son frère aîné, qui rencontrait son amoureuse à cet endroit, et ce furent, quand elle ferma les yeux, exaltées par les parfums éternels des collines, les mêmes sensations – les mêmes exactement – qui pénétrèrent violemment en elle et lui broyèrent le cœur. Elle détourna vivement la tête, et fit mine d'observer, sur sa droite, les pigeons qui tournaient au-dessus du clocher de Sainte-Colombe.

– Vous ne voulez pas savoir ? fit Blanche, vaguement dépitée car elle avait besoin de partager son secret.

– Qui est-ce, ma fille ? fit Charlotte sans se tourner vers Blanche.

Celle-ci hésita encore quelques secondes, puis elle chuchota :

– Delphin.

Charlotte crut que son cœur s'arrêtait de battre. Ce Delphin travaillait au château comme domestique. C'était un fils naturel d'Arthémon, qui l'avait eu d'une fille du village avec laquelle, après la guerre, il avait entretenu ouvertement une liaison qui durait, en fait, depuis très longtemps. Il l'avait accueilli au château, prétextant que Delphin était pied-bot, mais nul n'avait été dupe, pas même Pascaline, qui souffrait chaque jour de cette preuve vivante de l'inconduite de son mari. Charlotte ne savait que dire, et pourtant elle sentait que Blanche attendait un acquiescement, un encouragement, peut-être même des félicitations.

– Tu l'aimes tellement que tu ne baisses jamais les yeux jusqu'à ses pieds, fit celle-ci d'une voix douce pour ne pas la blesser.

– Que m'importe son pied, dit Blanche, il est si beau !

Certes, le visage de Delphin, aux traits fins et réguliers, ses yeux d'un bleu très pâle, ses longs cheveux blonds tombant en boucles sur ses épaules lui donnaient l'aspect d'un apôtre du Christ, sinon du Christ lui-même. Il était beau en effet, avec quelque chose de fragile dans le regard, une sorte de blessure que les femmes du Solail rêvaient de soigner, surtout lorsque, l'ayant longuement observé, elles le regardaient s'éloigner en claudiquant, traînant une chaussure à tige qui montait jusqu'au mollet droit, se balançant

19

comme l'un de ces miséreux, incapables de travailler, qui mendiaient dans les rues de Narbonne.

– N'est-ce pas qu'il est beau ? insista Blanche, un peu inquiète, tout à coup, du silence de sa tante.

– Oui, ma fille, il est très beau, dit Charlotte, qui ne put s'empêcher d'ajouter, songeant qu'ils avaient le même père : Mais ce n'est peut-être pas le mari idéal.

– Pourquoi ? fit Blanche.

– C'est un domestique, dit Charlotte. Tu ne songes pas à te marier avec un domestique ?

Blanche ne répondit pas tout de suite, mais elle s'était mise à trembler.

– Avez-vous jamais aimé, ma tante ? demanda-t-elle après un instant. Savez-vous seulement ce qu'est une folle passion ?

Charlotte sourit, songea aux nuits qu'elle avait passées dans les vignes de la Croix, à tout ce qui l'avait emportée dans sa vie, tout ce qui l'avait submergée, dévastée, ce à quoi elle n'avait pas pu résister.

– Tu ne pourras pas te marier avec Delphin, dit-elle cependant, d'une voix dont la dureté la surprit.

– Alors nous partirons, fit Blanche.

– Pour aller où ?

– N'importe où.

Charlotte se reconnut bien dans cette innocence, cet élan du cœur. Elle aurait voulu confier tous ses secrets à Blanche, lui dire qu'elles se ressemblaient, mais elle ne le pouvait pas.

– Tu ne te marieras pas avec lui, fit-elle de nouveau, c'est impossible.

– Alors je me tuerai.

Blanche se releva d'un bond et, défiant sa tante du regard, répéta :

– Je me tuerai, vous entendez ? Je me tuerai.

Et elle s'enfuit, tandis que Charlotte se relevait lentement, mais trop tard pour retenir Blanche dont les cheveux noirs dansaient sur les épaules tandis qu'elle courait, au bout de l'allée, déjà trop loin pour entendre les mots qui s'échappaient des lèvres entrouvertes de Charlotte :

— Pauvre petite... si elle savait ce qui l'attend !

Cela faisait douze ans que Violaine Barthélémie n'était pas revenue au Solail, en fait depuis la disparition de sa mère Berthe, morte de la grippe espagnole en 1918. Elle avait vécu à Paris de longues années de solitude, ayant perdu son mari peu avant la fin de la guerre, vivant plutôt mal que bien des leçons de piano qu'elle donnait ici ou là, mais aussi de quelques concerts qui l'avaient fait renouer avec sa brillante jeunesse, à l'époque où elle était fêtée dans les grandes villes. C'était le temps où elle essayait d'oublier Justin Barthès, avec qui elle avait vécu une grande passion à laquelle sa famille s'était opposée, une Barthélémie ne pouvant pas épouser l'un de ses journaliers.

Mais elle n'avait jamais pu l'oublier, ni lui, ni le Solail où elle avait passé les plus belles années de sa vie, ni les vignes, ni les collines, ni la grande allée bordée d'oliviers centenaires. Et progressivement, après douze ans, la vie à Paris lui était devenue insupportable. Elle avait ressenti l'impérieux besoin de retrouver tout ce qu'elle avait perdu. A quarante-trois ans, il n'était que temps, songeait-elle, ce matin-là, en se promenant au milieu des vignes, bouleversée de retrouver les parfums, les couleurs, le murmure des feuilles qui l'avaient accompagnée pendant si longtemps.

Arthémon et Pascaline lui avaient réservé le meilleur accueil, de même que leurs enfants Jules et Blanche. Sa tante Charlotte aussi, évidemment, avec qui elle était restée en relations épistolaires au cours de

21

ces longues années. « Tu peux revenir quand tu veux, ne cessait-elle de lui dire, le château est bien assez grand, et tu pourras toujours donner quelques leçons de piano. » De temps en temps, Charlotte lui envoyait des nouvelles de Justin Barthès, car elle n'ignorait rien de la passion qui les avait unis au temps de leur jeunesse. Elle-même n'avait pas été insensible à cet homme et gardait en mémoire une certaine nuit d'été, quelques minutes de folie qu'elle avait partagées avec lui, mais qu'elle n'avait jamais avouées à personne.

Violaine avait accepté de venir au Solail passer quinze jours, mais elle comptait bien revoir Justin et savoir si, comme elle, il n'avait rien oublié. Elle espérait qu'il lui demanderait de ne pas repartir, mais cette idée lui donnait mauvaise conscience vis-à-vis de Nathalie, la femme de Justin, qu'elle connaissait bien pour l'avoir côtoyée presque quotidiennement à l'époque où il était au service militaire.

Cela faisait trois jours qu'elle se promenait dans les vignes et dans les collines, sans oser s'approcher de Sainte-Colombe où elle savait qu'il habitait. Car elle était revenue pour le voir, lui parler, et d'abord pour cela. Elle s'en rendait compte lors de chaque minute qui passait, à mesure que son impatience grandissait, en même temps que son appréhension. Elle erra un long moment dans les vignes, ce matin-là, puis elle se décida brusquement à prendre la direction du village.

Sur la promenade, elle hésita encore une fois, puis elle finit par s'approcher de l'atelier. A cet instant, Justin sortit. A le voir, comme cela, si près d'elle, brusquement, après toutes ces années, Violaine vacilla, faillit tomber. Il se rendit compte qu'elle ne se sentait pas bien, s'approcha, la prit par le bras, et dit :
– Viens !

Elle s'appuya sur lui, tandis qu'ils montaient les marches en direction de l'appartement dans lequel il la fit tout de suite asseoir. Il vit les larmes dans ses yeux, se sentit lui aussi bouleversé, tandis qu'elle murmurait :

– Je t'aurais reconnu n'importe où. Tu n'as pas changé.

– Toi non plus, dit-il.

Elle eut un pauvre sourire qui exprimait un doute, mais elle comprit qu'il était aussi touché qu'elle, et demanda :

– Où est Nathalie ?

– Elle est allée acheter du tissu à Narbonne.

Violaine n'aurait jamais osé imaginer de telles retrouvailles : elle était vraiment seule avec lui et pouvait regarder à loisir son visage aigu, sa peau tannée, l'œil mort qu'il avait perdu pendant la guerre et l'autre, noir, dont elle reconnaissait l'éclat.

– Ça va mieux ? demanda-t-il. Tu veux boire quelque chose ?

– Non, dit-elle, non, rien.

Ils se dévisageaient, à deux pas l'un de l'autre, mais il était resté debout, et il sembla à Violaine qu'il tremblait un peu.

– Dis-moi que tu n'as rien oublié, souffla-t-elle.

Il ne répondit pas tout de suite, ferma les yeux, soupira.

– Non, dit-il. Je n'ai rien oublié.

– Merci, fit-elle, j'avais tellement besoin de l'entendre.

Puis elle baissa la tête, songea un moment, hésita, puis reprit :

– Je suis venue passer quelques jours au Solail, mais je peux m'y installer. Charlotte est d'accord. C'est même elle qui me l'a proposé.

A l'évocation de la maîtresse du Solail, Justin se

troubla en se remémorant leur nuit dans les vignes. Une nuit ? Non, même pas : quelques minutes de folie, une étreinte rapide mais qui n'était jamais sortie de sa mémoire. Il se demanda vaguement pourquoi Charlotte était venue vers lui, cette nuit-là, comprit que depuis le départ de Violaine, c'était Charlotte qui, pour lui, avait incarné le Solail, et qu'elles étaient peu à peu devenues à ses yeux une seule et même personne. Elles étaient pourtant physiquement totalement différentes, l'une brune, l'autre blonde. Mais aujourd'hui, en revoyant Violaine, il réalisait que c'était elle qu'il avait aimée, et il se sentait étrangement troublé.

Violaine se leva, vint se blottir contre lui, et il ne la repoussa pas.

– Dois-je rester ou repartir ? murmura-t-elle.

Il sentit le parfum de ses cheveux blonds, le même, exactement, qu'à l'époque où ils dormaient dans les vignes.

– Est-ce que je dois rester, Justin ? répéta-t-elle, avec une sorte de plainte dans la voix.

Il la prit par les épaules, murmura :

– Je ne veux pas lui faire de mal.

Elle comprit qu'il parlait de Nathalie, crut qu'elle l'avait perdu de nouveau, voulut se dégager, mais il ajouta, la retenant dans ses bras :

– Étais-tu heureuse à Paris ?

– Non. Je n'ai jamais pu être heureuse loin d'ici.

– Alors !

Il sembla à Violaine que sa vie venait enfin de reprendre le cours qu'elle n'aurait jamais dû quitter et elle referma ses bras sur le torse de l'homme dont elle n'avait pas cessé de rêver.

Ils venaient là, comme chaque matin, demander s'il

y avait du travail, et l'on aurait dit que tous les journaliers de la vallée se donnaient rendez-vous au Solail.
C'est du moins ce que se disait Arthémon, flanqué de
Jules, en entrant dans la cour devant ces hommes qui
revenaient chaque jour, malgré leur renvoi de la veille,
des hommes au regard fiévreux, vêtus de hardes, que
la crise jetait sur les routes, et qui espéraient, malgré
tout, chaque fois que le soleil se levait, réussir à louer
leurs bras afin de nourrir leur famille. Combien
étaient-ils, ce matin ? Trente ? Quarante ? Arthémon
pensa à tout le travail qui attendait dans les vignes,
puis il soupira. Il fit un signe à Séverin Barthès, qui
remplissait à la fois les fonctions de ramonet et de
régisseur, et que l'âge, maintenant, commençait à
courber. Séverin s'approcha pour prendre les ordres,
son chapeau dans sa main unique, avec cette humilité
des hommes qui ont servi un maître toute leur vie.

A cet instant, la porte du château s'ouvrit et Charlotte apparut, très droite dans sa robe noire, les cheveux noués en chignon, et les regards se tournèrent
vers elle, y compris celui d'Arthémon. Malgré son âge,
en effet, c'était encore elle la véritable maîtresse du
Solail, et tout le monde le savait. Si elle ne participait
pas directement à l'organisation du travail – elle en
laissait le soin à Arthémon, à Jules et à Séverin –, elle
prenait les décisions importantes, car les vignes lui
appartenaient toujours, même si elle avait signé des
papiers devant notaire en faveur de son neveu.

Il y eut un silence, pendant lequel la respiration des
hommes demeura suspendue. Charlotte ne dit pas un
mot. Elle se contenta de faire un signe négatif de la
tête, et Séverin revint parler aux journaliers qui
s'ébranlèrent lentement, sans une plainte, en direction de l'entrée charretière, pour regagner leur logis.
Arthémon s'approcha de Charlotte, qui murmura :

– Dis à Séverin de venir. Il faut que je lui parle.

Arthémon comprit qu'elle avait dû faire des comptes dans la nuit, et que la situation s'était aggravée. Il s'en fut vers le régisseur et ils retournèrent au château, où, précédés par Charlotte, ils gagnèrent le bureau dans lequel Charlotte et Arthémon avaient coutume de se retrouver pour régler les problèmes du domaine. Elle était déjà assise quand les deux hommes entrèrent, Séverin son chapeau toujours à la main, Arthémon la mine sombre, car il savait ce qui allait se passer pour en avoir souvent évoqué l'éventualité avec sa tante. Il demeura debout, examinant Charlotte, qui cherchait ses mots, il le devina, tandis qu'elle quittait son fauteuil et s'appuyait du dos contre la bibliothèque où trônaient les portraits d'Éloi et de Charles Barthélémie, les premiers, au Solail, à avoir planté de la vigne à la place du blé.

– Voilà, dit Charlotte, qui, aussitôt, s'arrêta, comme si quelque chose venait de la frapper.

Elle venait de revoir Séverin, amputé d'un bras à la guerre, le jour de l'armistice, quand les cloches s'étaient mises à sonner, et elle se souvenait de la manière dont elle avait serré contre elle l'humble serviteur qui l'avait tellement aidée en l'absence des hommes occupés à défendre le pays. Elle ressentait aussi, très intensément, le tremblement qui avait secoué ce corps rompu à toutes les tâches, à toutes les épreuves, et elle ne pouvait plus parler, soudain, car ce qu'elle avait à lui annoncer lui apparaissait comme une trahison, un véritable déni de justice vis-à-vis de cet homme si droit et si courageux. Pourtant, elle avait attendu le plus longtemps possible, avait repoussé ce moment autant qu'elle l'avait pu, mais, aujourd'hui, elle ne pouvait plus reculer.

Elle dévisagea Séverin, dont le regard exprimait autant d'humilité que de confiance, fut sur le point de renoncer, murmura néanmoins, au souvenir des

heures d'insomnie qui l'avaient conduite à cette décision :

– C'est au sujet de votre deuxième fils, Ludovic.

Séverin hocha la tête, mais ses yeux ne cillèrent pas.
Il attendait, sans crainte et sans impatience, un léger
sourire posé sur ses lèvres.

– Vous ne pouvez pas le garder à la Combelle, dit
Charlotte brusquement.

Séverin ne réagit pas dans l'instant, car les mots
prononcés par la maîtresse du Solail avaient du mal à
se frayer un chemin dans sa tête.

– Vous voulez qu'il s'en aille ? demanda-t-il enfin,
pas du tout certain d'avoir bien compris.

– Il le faut, Séverin, dit Charlotte, je ne peux plus
le payer.

Et elle ajouta, cherchant à tempérer l'effet de ses
paroles :

– Bien sûr, vous pouvez garder avec vous Jérôme,
votre aîné, puisqu'il est marié, et d'ailleurs il vous suc-
cédera un jour, je vous en fais aujourd'hui la promesse.

Séverin avait baissé la tête et triturait son chapeau,
ne sachant plus s'il devait protester ou remercier. Il
demanda pourtant, d'une voix où perça une once
d'amertume :

– Alors il faut que je chasse mon fils ?

– On ne peut plus lui payer ses journées, dit Arthémon, volant au secours de Charlotte dont les mains
tremblaient légèrement, et qui s'appuyait de tout son
poids contre la bibliothèque.

Un long silence se fit dans le bureau. Le regard de
Séverin courut de Charlotte à Arthémon et d'Arthémon à Charlotte, puis il murmura :

– Bon. Je vais lui dire.

Il hésita, voulut poser une autre question car il se
demandait ce qu'allait devenir Ludovic, mais la lueur
qu'il décela dans les yeux de Charlotte l'en dissuada.

27

– Bon, répéta-t-il, je vais m'en occuper.

Mais il attendit encore quelques instants, immobile, muet, comme si tout à coup il découvrait un insoupçonnable complot, comme si la Terre s'était brusquement arrêtée de tourner.

– C'est tout, Séverin, fit Arthémon, vous pouvez vous en aller.

Séverin hocha la tête, regarda une dernière fois Charlotte qui se sentit transpercée, puis il sortit lentement, sans se retourner, refermant doucement la porte derrière lui.

Arthémon s'approcha de sa tante, qui recula d'un pas et dit :

– Laisse-moi seule... s'il te plaît.

Arthémon sortit à son tour, et Charlotte se laissa tomber dans le fauteuil qu'avaient occupé tous les maîtres du Solail, accablée, soudain, comme elle ne l'avait jamais été. Elle se souvenait du jour de la naissance de Séverin, il y avait plus de cinquante ans, quand Mélanie Barthès, sa mère, venue au Solail pour les vendanges, avait accouché dans les vignes, et de son émotion à elle, Charlotte, qui n'avait pas vingt ans, devant le grand mystère de la vie. Elle songea à la peine qu'elle allait faire à Mélanie, qui vivait encore à la Combelle, entre ses enfants et ses petits-enfants, et qui avait près de quatre-vingts ans aujourd'hui. Elle eut envie de la voir, de lui expliquer ce qui se passait et pourquoi, à son corps défendant, elle avait dû prendre la décision de chasser Ludovic.

Elle se vêtit, sortit, et prit la direction de la Combelle sous une pluie tiède qui diminua, tandis que Charlotte approchait de la métairie. L'odeur de la terre et des ceps, exacerbée par l'humidité, l'arrêta un moment, la faisant respirer plus vite, submergée qu'elle était par des sensations mille fois éprouvées, toujours aussi fortes, aussi grisantes, et aussi douloureuses. L'averse se fit brusquement plus violente, contraignant Charlotte à s'abriter sous un amandier. La Combelle n'était pas loin : quatre cents mètres seulement, au pied des collines qui, au nord, dominaient la grande plaine, mais tout à coup Charlotte ne se sentit plus la force de marcher jusque là-bas et de se justifier devant Mélanie.

Alors qu'elle approchait du Solail, elle aperçut Arthémon qui venait à sa rencontre. Elle éprouva un pincement désagréable au cœur, comme à l'époque de la guerre où elle redoutait d'apercevoir le maire et son écharpe tricolore en travers de la poitrine. C'était ridicule : la guerre était finie depuis longtemps. Néanmoins elle ralentit le pas, comme à l'approche d'un danger. Arthémon s'arrêta à deux mètres d'elle, puis, après une hésitation, vint lui prendre le bras et dit :

– Une mauvaise nouvelle, ma tante : votre frère Étienne est mort. Sa femme est venue de Narbonne, mais elle n'a pas pu vous attendre et m'a chargé de vous en informer.

Charlotte tressaillit à peine. Elle savait que, depuis le jeudi noir d'octobre dernier, Étienne, son frère, qui avait réussi à édifier une véritable fortune avec le marché du vin des armées, était totalement ruiné.

– Une balle dans la tête, dit Arthémon. On l'a trouvé dans ses entrepôts ce matin.

Elle s'y attendait, mais quand même : elle l'avait tellement protégé, ce frère fantasque, elle l'avait tellement aidé du temps où il s'était installé à Narbonne, qu'elle se sentait une nouvelle fois coupable. Et pourtant, elle lui en avait voulu, à Étienne, de trafiquer le vin, d'intriguer à droite et à gauche pour obtenir des marchés, de malmener les petits propriétaires, de contribuer à l'écroulement des prix par des méthodes indignes qui l'avaient déconsidéré auprès de tous les vignerons.

Elle ne dit mot, rentra lentement, soutenue par Arthémon, et monta dans sa chambre, anéantie, tout à coup, à cette idée : Léonce, son frère aîné, avait disparu le premier, puis Berthe, sa sœur, était morte de la grippe espagnole en 1918, et, aujourd'hui, c'était le tour d'Étienne de quitter ce monde. Elle était seule à être en vie, désormais, des quatre enfants de Charles et Élodie Barthélémie, très loin de cette enfance lumineuse dont il lui semblait qu'aucune brise ne raviverait jamais les flammèches dorées.

– Puisque c'est ainsi, je ne resterai pas une minute de plus dans cette maison ! s'emporta Ludovic, ce soir-là, quand Séverin, son père, eut parlé devant toute la famille Barthès qui prenait son repas du soir dans la cuisine de la Combelle.

Ludovic fit du regard le tour de la table, s'arrêtant sur chaque visage familier. Ils étaient huit à vivre là, dans la promiscuité, même si les maîtres du Solail avaient fait agrandir la Combelle pendant la courte période de prospérité qui avait suivi la guerre : Mélanie Barthès, la grand-mère, sa fille Julie qui ne s'était jamais remise de la disparition de son mari et de la mort de Rose, sa fille, et qui perdait de plus en plus la tête ; Séverin et Clarisse, les parents de Ludovic, son frère Jérôme qui était marié avec Agathe dont il avait une fille, Mathilde, âgée de neuf ans.

– Où vas-tu aller ? demanda Clarisse, la seule à ne pas fuir le regard de son fils.

– Demander à mon oncle Justin, le tonnelier, s'il n'a pas de l'ouvrage pour moi, répondit Ludovic, ajoutant, avec une rage qui le faisait trembler : Il m'abritera bien quelques jours. D'ailleurs, j'en avais assez de travailler comme une bête, toujours soumis au bon vouloir de ces Barthélémie de malheur.

Et, s'adressant à la fois à son père et à son frère aîné :

— Et vous ! Vous n'en avez donc pas assez de trimer pour des prunes, de courber l'échine comme des mules bâtées, de passer votre vie à remercier de l'aumône qu'ils vous font ?

— Tais-toi, petit ! fit Séverin, se dressant à son tour.

— Non ! Je ne me tairai pas. Ça fait des années et des années que vous trimez pour eux, que vous vous levez la nuit à la lune rousse, comme si c'étaient vos vignes qui risquaient le gel, comme si vous faisiez partie de leur famille, alors qu'ils vous méprisent, qu'ils se servent de vous et vous jetteront comme un manche brisé quand vous ne leur serez plus utiles !

— Tais-toi, petit ! répéta Séverin.

Ils étaient face à face de chaque côté de la table, se défiant du regard, tremblant tous les deux, conscients qu'à cet instant se jouait une vie, peut-être même le destin de toute une famille.

— Ce ne sont pas eux qui me chassent, c'est moi qui m'en vais ! lança Ludovic, renversant sa chaise, et montant à l'étage où il dormait, pour y rassembler ses quelques effets personnels.

Un lourd silence s'installa dans la pièce où nul ne songeait à manger. Julie regardait en direction de l'escalier avec ses yeux hallucinés ; Agathe, la femme de Jérôme, avait pris contre elle sa fille Mathilde qui pleurait. Jérôme, lui, n'avait pas levé la tête de son assiette. Qu'aurait-il pu dire ? Il savait qu'il remplacerait un jour son père en qualité de ramonet, qu'il aurait une maison toute sa vie pour abriter sa famille. Séverin s'était assis. Il demeurait figé, d'une extrême pâleur sous le regard de Clarisse, sa femme, qui se tenait devant la cheminée, hésitant à rejoindre son fils dont on entendait le raclement des souliers, là-haut, à l'étage. Elle n'y tint plus, fit un pas dans la direction

31

du petit escalier qui ressemblait à une échelle meu-nière, avec ses marches trop courtes et sa rampe rudi-mentaire en bois de pin.

– Reste là ! tonna Séverin.

Elle s'immobilisa un instant, puis elle revint s'activer devant le trépied sur lequel réchauffait une grésale de « mounjetes », ces haricots épais qui constituaient la nourriture essentielle de la famille. C'est alors que Mélanie se leva et, lentement, sans que Séverin n'ose intervenir, monta les marches jusqu'à l'étage.

Ludovic se retourna brusquement, tandis que sa grand-mère s'asseyait sur la paillasse, le souffle court, avec en elle l'impression d'avoir déjà vécu une telle scène, le jour du départ de Justin, son fils, qui ressem-blait tellement à Ludovic : c'était la même tignasse brune, les mêmes yeux noirs et fiévreux, la même rage, la même violence à fleur de peau. Et Justin avait pro-noncé presque les mêmes mots que Ludovic aujour-d'hui. L'un de ses fils et l'un de ses petits-fils étaient destinés à mener le même combat, elle le savait depuis longtemps. C'est pour cette raison qu'elle avait tou-jours été proche de Ludovic, qui lui rendait bien la tendresse qu'elle lui témoignait, dès qu'il avait un moment de libre, s'asseyant sur le banc de pierre devant la maison pour l'écouter parler de sa vie, des vignes, des Barthélémie, du Solail.

Ludovic, qui avait enfoui ses frusques dans un sac de toile bise, s'apprêtait à redescendre. Mélanie se leva mais ne chercha pas à lui barrer le passage. Elle le retint simplement par le bras et lui dit :

– Pars, mon petit, mais ne nous oublie pas.

– Je ne vous oublierai pas, vous, grand-mère.

– Ni ton père ni ta mère.

Il ne répondit pas.

– Promets-le-moi, dit-elle.

– Je ne peux pas.

– Promets-moi au moins que tu reviendras me voir.

Il hocha la tête, l'embrassa sur le front et descendit, la laissant seule avec le souvenir de Justin la quittant pour aller vivre une autre vie. Elle entendit claquer la porte tandis qu'elle se trouvait encore sur le palier, descendit à son tour, s'assit à table et se mit à manger sa soupe avec cette lenteur des vieux qui semblent mesurer le temps qui leur reste avant de mourir.

– C'est mieux ainsi, dit-elle au bout d'un moment, alors que tout le monde s'était remis à manger comme elle, vaguement soulagé, sans doute, à l'image de Séverin qui s'était toujours méfié de ce fils rebelle qu'une haine sourde, et à ses yeux injustifiée, animait contre les maîtres du Solail.

– Il verra bien, si c'est plus facile ailleurs, dit-il, approuvé du regard par Jérôme, qui était au physique le portrait de sa mère Clarisse : fin, les yeux clairs et blond, d'une étonnante blondeur dans ce pays de soleil et de moricauds.

Mélanie arrêta Séverin d'un seul regard. Il avait toujours nourri une véritable vénération pour cette mère que l'âge n'avait même pas courbée, et chez laquelle seules la lenteur des gestes et la poignante maigreur trahissaient un déclin implacable. Il n'insista pas, se servit une pleine assiette de « mounjetes », résolu à oublier l'incident.

La pendule sonna dix heures. Dans le silence revenu, chacun se hâta de finir son assiette, et, après le fromage, les femmes de la maison débarrassèrent la table avant de faire la vaisselle. Séverin et Jérôme sortirent. Mélanie se mit à moudre du café, dont les grains, en craquant, dégagèrent une délicieuse odeur qui emplit la cuisine. Ensuite elle le passa dans la grande cafetière en émail bleu, pour qu'il soit prêt le lendemain matin, quand elle se lèverait.

Malgré son âge, elle se levait toujours la première, car elle couchait, avec Julie, en bas, dans un recoin protégé par un rideau. En haut, dans une chambre, dormaient Séverin et Clarisse, dans la deuxième Jérôme, Agathe et la petite Mathilde. Ludovic, lui, avait occupé un réduit dans lequel il n'y avait de place que pour une paillasse et un meuble étroit, qui avait plutôt les dimensions d'une table de nuit que d'une armoire.

Ce soir-là, personne n'eut le cœur à veiller. Chacun s'en fut se coucher rapidement, comme pour cacher ses blessures. Mélanie se glissa avec peine dans le lit trop haut au fond duquel était allongée Julie, l'écouta respirer un moment, souhaitant de toutes ses forces qu'elle s'endorme. Elle s'était échappée plusieurs fois durant la nuit, et, bien que l'on prît soin désormais de ne pas laisser la clef dans la serrure, Mélanie redoutait toujours une fuite possible par la fenêtre. Aussi ne dormait-elle guère, ce qui l'épuisait, la minait, car elle craignait que Julie ne veuille rejoindre son mari qu'elle prétendait enfoui dans le canal du Midi depuis treize ans. Ce soir-là, toutefois, un peu rassurée par la respiration régulière de sa fille, Mélanie réussit à trouver le sommeil.

— Je te prends le temps que Clément revienne du service militaire, dit Justin Barthès à Ludovic, ce matin-là, devant l'atelier encombré de tonneaux et de barriques.

— Merci, mon oncle, vous me rendez un fier service.

La veille au soir, Ludovic avait erré dans les vignes, avant de se coucher entre les ceps, enroulé dans une couverture. Au lever du jour, il avait pris la direction de Sainte-Colombe, avait attendu que s'ouvrent les portes de l'atelier de Justin, ce qui n'avait pas tardé.

Justin, devant l'aspect pitoyable de son neveu, dont les mains et le visage étaient souillés par la terre humide de la nuit, ajouta :

– Viens te réchauffer et déjeuner : on dirait que tu arrives des enfers.

Et, tout en montant les marches de l'escalier qui conduisait à l'appartement, Justin se souvint que lui aussi, souvent, avait dormi dans les vignes ; à l'époque, il vivait avec Violaine un amour impossible. Il se sentit un peu coupable devant Nathalie qui, ayant fait asseoir Ludovic, réchauffait la soupe du matin.

– Alors ils t'ont chassé, dit-il à son neveu qui n'eut pas le cœur à démentir et qui répondit :

– De toute façon, j'allais partir. Je hais les Barthélémie, et je te jure qu'un jour je leur ferai payer la façon dont ils font vivre mon père, mon frère et toute ma famille !

Justin crut se revoir au même âge, sourit. Il tenait là une recrue de choix dans le combat qu'il avait entamé contre ce qu'il appelait : « les exploiteurs du pauvre monde ». Son atelier était devenu le lieu de réunion de ceux qui avaient adopté les idées du progrès social. Certes, les radicaux, soutenus par la droite modérée, avaient remporté aisément les élections législatives de 1928, puisqu'ils possédaient quatre députés sur cinq, mais un nommé Léon Blum, à Narbonne, avait brillamment repris le flambeau tenu jusqu'en 1929 par Yves Pélissier. Désormais, tous les espoirs étaient permis, y compris dans la circonscription de Ginestas, dont dépendait Sainte-Colombe. Par ailleurs, le mouvement associatif avait fait son chemin, puisqu'il était question de construire une cave coopérative à Bressan, également à Argeliers et à Ginestas. Justin s'évertuait à convaincre les vignerons qui, après la guerre, avaient bénéficié du morcellement des vignes, de se regrouper, de s'allier pour être plus forts, et ils ne se montraient pas insensibles à ses arguments. Il était persuadé que, par ce moyen, les petits viticulteurs allaient grignoter les grands domaines dont les propriétaires ne consentiraient jamais à confier leurs récoltes à une coopérative.

– La machine est en route ! dit-il à Ludovic qui mangeait sa soupe. Ils n'en ont plus pour longtemps. Nous allons les encercler, les asphyxier. Bientôt les Barthélémie seront obligés de vendre. D'ailleurs, ils ont déjà commencé.

Il jeta un regard complice à Nathalie qui, depuis leur rencontre à Narbonne pendant les événements de 1907, partageait ses idées, et il la revit, l'espace d'un instant, comme elle était alors, si vive et si décidée, lui prenant le bras dans la foule qui manifestait sur la promenade des Barques. Il songea qu'elle n'avait guère changé bien qu'elle eût passé la quarantaine. Lui, ne pouvait pas en dire autant : la guerre l'avait rongé, miné, et son œil mort semblait occuper la totalité de son visage, tant la paupière tombait, maintenant, inutile et fanée, dessinant une tache sombre au milieu de ses traits qui avaient pourtant été harmonieux.

Nathalie posa sur la table une assiette de cansalade, ce lard maigre qui tenait souvent lieu de mets principal, et une tourte de pain.

– Mange, petit ! dit Justin à son neveu qui ne se fit pas prier et déclara, avec une rage qui embrasa ses yeux noirs :

– Un jour ils me paieront au centuple tout ce qu'ils m'ont fait ! Vous entendez, mon oncle, je vous jure aujourd'hui qu'ils me le paieront !

Justin sourit mais ne dit mot. Il n'avait rien oublié du Solail, de son père et de sa mère qui y avaient laissé le meilleur de leurs forces. Il poursuivait toujours de sa haine ce domaine qui était à ses yeux le symbole de la grande propriété, de l'asservissement des hommes à une famille, à une terre qui ne leur appartenait pas. Lui, aujourd'hui, était un homme libre, et, s'il avait payé très cher cette liberté, il entendait bien s'en servir pour aider ceux qui étaient encore contraints d'aller mendier chaque matin un peu de travail pour vivre.

Ils discutèrent un long moment, puis Justin parla de son fils Clément qui rentrerait en septembre de Toul où il accomplissait « son temps ».

– Quand il sera là, on avisera ; en attendant, je vais t'apprendre le métier : ça te sera toujours utile.

Ils redescendirent dans l'atelier, après que Ludovic eut chaleureusement remercié Justin mais aussi Nathalie, qui lui avait proposé d'occuper momentanément la chambre de Clément.

Excepté au plus fort de l'hiver, les portes de l'atelier demeuraient ouvertes sur la promenade où étaient entreposés des fûts, des cercles de barrique et des comportes. Il régnait pourtant dans la vaste pièce sombre, au sol en terre battue, une odeur de copeaux de bois et de fumée de brûlage. Justin expliqua à son neveu comment on se servait de la colombe et de la doloire, et il lui montra comment faire les joints des douelles avec des bandes minces de roseaux qui craquaient sous les doigts.

– Vas-y, dit-il enfin, moi je dois cercler ce fût-là.

Ils travaillaient depuis un quart d'heure quand les roues d'un cabriolet crissèrent sur le sable de la promenade. Justin, qui aurait reconnu ce bruit entre mille, se redressa aussitôt. C'était Charlotte Barthélémie, qui avait un temps conduit la grosse torpédo achetée en 1926 par Arthémon, mais qui, l'âge venant, avait repris le cabriolet qu'elle conduisait d'une main habile, tant étaient grands chez elle la connaissance et l'amour des chevaux. Elle s'arrêta devant l'atelier, tout près de la porte, et, comme à son habitude, ne descendit pas. Justin la dévisagea un instant, toujours mal à l'aise devant cette femme envers laquelle il ne pouvait se défendre d'un mouvement de haine et de sympathie mêlées, mais toujours profondément troublé par cette beauté que l'âge rendait aujourd'hui sombre et grave.

– Bonjour, dit-il, mais sans soulever sa casquette, au contraire de ceux qui croisaient la route de la maîtresse du Solail.

– Bonjour, Justin, fit-elle en tournant la tête vers l'intérieur de l'atelier où elle aperçut Ludovic au travail.

Son regard revint vers Justin qui le soutint avec une ombre de provocation. Mais, alors qu'il s'attendait à un reproche, Charlotte murmura :

– Merci, Justin. Vous avez bien fait.

Sans un mot de plus, elle agita les rênes et l'alezan partit, d'un pas souple et nerveux. Justin demeura un moment immobile, puis il se mit à frapper violemment sur le cercle qui, en quelques secondes, enserra le bois d'un grand fût, désormais prisonnier pour de longues années.

Chaque jour, ou presque, à midi, Blanche retrouvait Delphin dans les collines. Elle se privait pour cela de déjeuner, au grand désespoir de sa mère qui s'inquiétait de la voir dépérir. Arthémon, lui, avait interrogé sa femme au sujet de ces absences répétées, mais c'était Charlotte qui avait répondu :

– Laisse donc, moi aussi, à son âge, j'aimais à courir les collines.

Arthémon n'avait pas insisté. Quelquefois, pourtant, lors du repas du soir, ses yeux se posaient sur sa fille, cherchant à deviner ce qui se cachait sous ce masque farouche de silence et de volonté, mais Blanche possédait suffisamment d'empire sur elle-même pour ne pas se trahir. Car toute sa vie, tout son espoir étaient tendus vers cette heure du milieu de la journée où le jeune homme au visage de Christ apparaissait en bas, le long d'une allée, ses cheveux blonds jouant dans la lumière du soleil, levant la tête vers l'îlot clair entre les vignes où il savait qu'elle l'attendait, traînant la jambe, mais plus beau, précisément, à cause de ce pied atrophié qui le rendait vulnérable comme un ange déchu.

Il était en retard, ce jour-là, et Blanche s'impatientait en regardant distraitement les vignes dont les feuilles fragiles, d'un vert tendre, formaient dans la plaine une mer qui frémissait sous la houle profonde du vent. L'air était doux comme une étoupe et sentait le romarin et la résine de pin. Blanche songeait qu'une journée sans voir Delphin serait une journée perdue et elle s'y refusait par avance, imaginant le désert des heures qui la sépareraient du lendemain si, par hasard, il ne pouvait pas s'échapper du château. « Delphin, Delphin », murmura-t-elle, un peu effrayée par ce feu qui la dévorait, ce besoin de lui, de ses yeux clairs, de cette immense douceur jamais approchée chez un homme.

Elle entendit crier sur sa droite, sous l'éperon de la colline, et elle se leva pour tenter d'apercevoir les vignes entre les pins et les kermès, mais elle ne distingua rien d'autre que la route d'Argeliers, au loin, qui étirait son ruban pâle dans la plaine.

Elle s'assit de nouveau à l'endroit exact d'où elle savait qu'elle l'apercevrait le mieux. Sa silhouette grande et mince apparut, en effet, entre les roseaux qui séparaient le chemin de la vigne la plus basse, et, comme à son habitude, il leva la tête vers le sommet de la colline, mais, sembla-t-il aujourd'hui à Blanche, avec un peu plus de hâte, et, peut-être, d'inquiétude. Elle descendit l'étroit sentier à sa rencontre, se blottit dans ses bras, respirant cette odeur de terre et de futaille qu'il portait sur lui, mais aussi une autre, qu'elle définissait mal, et qui était tout simplement celle de sa peau. Il l'embrassa sur les cheveux – elle était beaucoup plus petite que lui –, puis sur son front qui sentait la lavande.

– Venez, dit-il.

Ils remontèrent jusqu'à leur refuge, s'assirent, face à face, mais Blanche eut l'impression que le sourire de Delphin n'était pas le même.

– Qu'y a-t-il ? demanda-t-elle, j'ai entendu crier.

D'abord il ne répondit pas, se contentant de remuer la tête, puis il murmura de sa voix à la douceur étrange :

– J'ai vu la caraque. Elle m'attendait.

Blanche connaissait la Finette et sa fille Éléonore, qui avait à peu près le même âge qu'elle, et elle les redoutait, comme tout le monde, sachant de quelles imprécations les deux caraques accablaient ceux qui croisaient leur route, jetant des sorts que nul n'était capable de lever, sinon en leur opposant la croix du Christ.

– La Finette ou sa fille ? demanda-t-elle.

– Sa fille, Éléonore, répondit Delphin, avec, dans son regard, une lueur égarée qui le rendit encore plus fragile aux yeux de Blanche.

– Que voulait-elle ?

Il ne répondit pas. Il se contentait de dévisager Blanche avec un air malheureux, comme s'il ne comprenait pas ce qui se passait autour de lui aujourd'hui, et elle eut la sensation qu'il ne savait pas se défendre, qu'elle devait le protéger.

– Delphin, reprit-elle, que voulait-elle ?

– C'est moi qu'elle veut, répondit-il enfin. Elle dit

que je suis à elle, que je lui appartiens, qu'elle m'envoûtera, qu'elle me prendra et que...

Il se tut, effrayé par ce qu'il allait dire.

– Et quoi, Delphin ? fit Blanche en lui prenant les mains.

– Et que, si je continue à vous voir, elle vous tuera.

Pour Blanche, ce fut comme si le monde s'écroulait : il n'y avait soudain autour d'elle ni collines, ni vignes, ni ciel, rien, sinon ce visage inquiet, aux cheveux et à la barbe dorés, qui semblait l'interroger. Mais ce fut elle qui demanda :

– Et toi, Delphin, qui veux-tu ?

Il sourit. Son visage, libéré de l'ombre qui s'était posée sur lui, retrouva d'un coup sa beauté placide.

– C'est vous que je veux, vous le savez bien.

– Alors, dit-elle, n'avons-nous pas assez attendu ?

Et, comme il ne bougeait pas, s'allongeant sur un lit de dorines, elle l'attira vers elle, nouant ses bras autour de son cou. Il n'eut aucun mal à obtenir ce qu'il n'avait jamais osé demander, et qu'elle lui donnait aujourd'hui comme si elle le lui avait promis depuis toujours, les yeux grands ouverts sur le ciel vaste comme l'univers.

Ils demeurèrent un long moment étendus, essoufflés, étonnés, n'osant bouger. Un milan tournait haut dans le ciel, décrivant des cercles patients, en quête de sauvagine. Blanche dénoua ses bras, les étendit en croix, ferma les yeux. Elle ne songeait plus à Éléonore, à cet instant, seulement à cette vague qui l'avait emportée à des milliers de kilomètres avant de l'abandonner sur une plage dont elle n'avait jamais imaginé la douceur. Elle ouvrit les yeux, sourit, puis elle se redressa, et, dans un mouvement involontaire, toucha le pied bot de Delphin, qui, instinctivement, recula. Elle voulut le caresser, mais il recula encore, tandis qu'elle murmurait, ne comprenant pas :

41

– Delphin, j'aime tout de toi.

Il ne souriait plus, et, au contraire, son visage avait pris une expression dure qu'elle ne lui avait jamais vue, tellement il avait été subjugué depuis leur première rencontre, un matin où elle lui avait adressé la parole, dans le parc du Solail, tandis qu'il taillait les buis. Ensuite, il avait espéré un mot, un regard, cherchant derrière la fenêtre de l'étage de quoi nourrir son espoir insensé. Et il y avait eu ce jour où ils s'étaient rencontrés dans les collines alors qu'il ramassait les asperges sauvages, et l'heure qu'ils avaient passée ensemble lui avait paru durer une éternité. Pourtant, il ne comprenait toujours pas comment la fille de ses maîtres s'était attachée à lui, ne sachant pas, habitué qu'il était à courber la tête, deviner dans les yeux des femmes du Solail quel effet, malgré son pied bot, sa beauté exerçait sur elles.

– Pourquoi ? murmura-t-il.

– Parce que je t'aime, Delphin, et que bientôt nous vivrons ensemble.

Il secoua la tête, se leva.

– Ne dites pas ça, Blanche, vous savez bien que ce n'est pas possible.

– C'est à moi de le rendre possible.

Mais il répéta, comme s'il ne l'entendait pas :

– Ce ne sera jamais possible : je ne suis qu'un domestique, vous le savez bien.

Et, avant qu'elle ait le temps d'esquisser un geste, il s'enfuit, dévalant la pente malgré son pied fou, comme s'il venait de commettre un crime et de prendre conscience de son écrasante culpabilité.

Blanche demeura stupéfaite, mais elle ne s'inquiéta pas de ce départ subit : Delphin avait besoin d'elle autant qu'elle avait besoin de lui. Il reviendrait, le lendemain, à midi, comme il venait depuis trois mois, elle en était certaine. Afin de prolonger ces instants, elle s'allongea de nouveau sur les dorines qui dégageaient leur parfum douceâtre, s'étira, ferma les yeux. Une grande paix descendit sur elle, pas même assombrie par le souvenir de ce qu'avait dit Delphin au sujet d'Éléonore, car maintenant il lui appartenait, et pour toujours.

Une heure plus tard, quand elle se rendit compte qu'elle aurait dû être rentrée depuis longtemps, elle s'élança vers les vignes qui dormaient dans une buée bleue. A peine atteignait-elle les derniers arbousiers qu'une silhouette noire surgit devant elle en lui arrachant un cri de frayeur, l'empêchant d'avancer. C'était Éléonore qui, patiemment, la guettait, du feu dans ses yeux fous, et qui la saisit par un bras, la secouant violemment.

— Cet homme est à moi, jeta-t-elle, de sa voix désincarnée. Il n'est pas pour toi. Si tu continues à le voir, je te tuerai.

Blanche, d'un mouvement vif, réussit à se dégager, et attrapa une branche tombée sur le chemin, menaçant :

— Laisse-moi passer. Tu ne peux rien contre moi, parce que c'est moi qu'il aime.

Éléonore, tremblante de fureur, fit un pas en avant, mais Blanche abattit son morceau de bois sur les mains qui tentaient de l'agripper. La caraque recula d'un pas, le visage défiguré par la douleur, puis un sourire naquit sur ses lèvres cruelles, et elle s'effaça pour laisser le passage à Blanche, tandis qu'elle murmurait :

— Alors c'est lui que je tuerai.

2.

En ce dernier jour des vendanges, Charlotte n'avait pu résister à l'envie de se rendre dans ses vignes pour couper elle-même quelques grappes, écraser les grains dans sa bouche et entendre, comme autrefois, le cri des filles mascarées[1] par les jeunes du pays. Malgré les difficultés, elle n'avait pas voulu faire l'économie de la main-d'œuvre venue de la montagne Noire, même si, désormais, c'était plutôt la main-d'œuvre espagnole, moins chère, que l'on embauchait dans les grands domaines du Languedoc. Or, Charlotte tenait aux traditions. Elle essayait, par ce moyen, de se persuader que rien n'avait changé, que c'étaient bien les mêmes vendanges qu'autrefois, au temps où l'on ne songeait qu'à rentrer le plus de récolte possible, pour en tirer le meilleur prix.

Et, ce matin, elle avait décidé de ne songer qu'au plaisir de vendanger, d'écouter chanter les « colles » – trois coupeurs, un porteur, un vide-panier –, de sentir cette odeur de terre chaude, d'entendre les grappes tomber dans le panier, l'essieu des charrettes grincer dans les allées, de froisser les feuilles exténuées et de sentir, au plus profond, très loin, en cet endroit secret

---

1. Mascarer : écraser une grappe sur le visage.

où veillait le meilleur d'elle-même, palpiter cet écho implacable, terrible et merveilleux, qui la renvoyait vers d'autres journées semblables à celle-là, et qui n'auraient jamais dû cesser. « Pourquoi faut-il vivre, se demandait-elle alors, avec l'impression de perdre à tout jamais le plus précieux ? »

Elle se redressa, sourit, essuya prestement une larme au coin de sa paupière droite, inspira profondément. A quelques pas de là, Séverin houspilla une « colle » qui n'avançait pas assez vite. Charlotte s'approcha, se rendit compte qu'il s'agissait de trois filles qui avaient à peine vingt ans.

– Laissez, Séverin, dit-elle.

Il s'éloigna, étonné, tandis que, sous le regard de la maîtresse du Solail, les trois filles se remettaient au travail sans soupçonner un instant ce que cachaient les traits sévères de Charlotte.

– Quel âge as-tu, toi ? demanda-t-elle à celle qui semblait la plus jeune.

– Quinze ans.

« Quinze ans, mon Dieu ! » songea Charlotte qui, aussitôt, s'éloigna, dévastée par le flot de ces années trop vite passées, rendant aujourd'hui dérisoire un plaisir qui était le même, et pourtant si différent.

A midi, elle ne rentra pas au Solail malgré la chaleur et, au contraire, insista pour partager le repas d'une « colle » sous un amandier, mangeant avec un plaisir extrême le pain et les sardines, buvant à même la bouteille mise à rafraîchir dans le puits, rassérénée, à présent, à l'idée d'avoir su préserver l'intégrité du domaine et, ainsi, d'avoir aujourd'hui rendu ces vendanges possibles.

A la fin du repas, prétextant qu'il avait trouvé une grappe oubliée, un garçon brun, aux traits fins, sec et noir comme un Espagnol, « chaponna » une fille, la mordant légèrement sur le front. Elle se laissa faire, contrairement à celles qui avaient été mascarées le matin, et Charlotte comprit que les lèvres s'étaient frôlées, scellant un acquiescement qui, elle ne sut pourquoi, la submergea de tristesse. Elle partit à pied vers le Solail, persuadée, tout à coup, que le monde s'était mis à tourner sans elle, et elle ne refusa pas de monter dans le cabriolet, quand Arthémon la rattrapa, soucieuse seulement d'aller se réfugier à l'ombre et de dormir un peu.

Elle y parvint, car les heures passées dans les vignes l'avaient épuisée. Quand elle se réveilla, elle se sentit mieux. Elle se rafraîchit devant sa table de toilette en marbre rose, descendit dans le bureau, fut étonnée d'y trouver Arthémon qui, en réalité, l'attendait.

— Nous n'avons jamais autant récolté de raisin, dit-il, une fois qu'elle se fut assise dans le fauteuil de reps vert qui avait défié les années.

— Et nous n'avons jamais autant eu de raisons de le regretter, dit Charlotte, qui savait qu'une telle récolte annonçait une nouvelle surproduction et donc une nouvelle mévente.

— Allons, ma tante ! fit Arthémon, il faut croire à ce statut viticole qu'ils viennent de voter : en échelonnant les ventes et en distillant les excédents, on finira bien par arrêter la chute des prix.

— Ce sont des cataplasmes sur une jambe de bois, tu le sais, soupira Charlotte.

Ce n'était pas la première fois, en effet, que de telles mesures étaient remises au goût du jour : déjà, après les événements de 1907, on avait réglementé les stocks et favorisé la distillation. Les conséquences bénéfiques avaient duré jusqu'à la guerre, puis le cycle infernal de la surproduction et de l'écroulement des cours avait recommencé.

— Et la coopérative ? demanda Arthémon.

Charlotte le toisa du regard.

– Tu veux me faire mourir avant l'heure ? Je me suis battue toute ma vie pour conserver le Solail et tu crois que je vais accepter, aujourd'hui, de porter ma récolte chez ceux qui ne rêvent que de nous voler nos vignes et nous chasser de notre domaine ?

Arthémon demeura un instant silencieux, puis reprit :

– Ce que je sais, en tout cas, c'est que ça ne peut pas durer comme ça, sinon ils n'auront pas besoin de nous les voler, nos vignes, nous serons obligés de les leur vendre, et à bas prix.

Charlotte soupira une nouvelle fois, se rafraîchit le visage avec un éventail d'Espagne que Blanche lui avait rapporté d'un voyage l'été précédent, puis elle murmura :

– La seule manière de s'en sortir, c'est de ne pas faire comme les autres. S'il y en a trop, il faut faire du vin différent.

Ils se dévisagèrent un moment, Arthémon s'interrogeant sur ce que signifiaient les paroles de sa tante, Charlotte poursuivant mentalement sa réflexion.

– De nouveaux cépages ? demanda-t-il.

– Oui.

– Du carignan ?

– Non, il est trop acide et trop sensible à l'oïdium. D'ailleurs, il y en a trop, ici, maintenant.

– Du cinsault ?

– Il dominerait l'aramon.

– Alors ?

– Du terret et du morastel, fit Charlotte après un instant. Ils sont secs et peu alcoolisés : mélangés à notre aramon et à notre carignan, ils donneront un vin tendre, au bouquet qui se développera avec l'âge et je suis sûre qu'ils vieilliront bien.

Arthémon hocha la tête pensivement, demanda :

– Et nous arracherons quoi ?

48

– L'aramon. Le Minervois en regorge. Et j'ai toujours peur des gelées avec lui : il débourre trop tôt.

– Nous planterons les mailleuls avec quel argent ?

– Nous vendrons une vigne, la moins bonne, celle qui se trouve entre le canal et les collines.

Arthémon, une nouvelle fois, demeura silencieux, réfléchissant à ce qu'il venait d'entendre. Chaque fois qu'il était question de vendre des vignes, il lui semblait que l'étau se refermait de plus en plus autour du Solail, et il en souffrait presque physiquement, comme Charlotte, mais il savait qu'aujourd'hui il fallait vraiment prendre des décisions qui engageraient l'avenir.

– J'espère que ce sera la dernière que nous vendrons, dit-il, et j'espère surtout que nous ne nous trompons pas.

– J'ai toujours pensé qu'il valait mieux faire du vin de qualité plutôt que de produire de la quantité, dit Charlotte. Or, aujourd'hui, les appellations « Vin de Qualité Supérieure » ne veulent plus rien dire : il y en a trop sur le marché. Il faut constituer des cépages nouveaux.

– Espérons que vous avez raison, ma tante, fit Arthémon, qui ne pouvait s'empêcher d'admirer secrètement cette femme de soixante-seize ans, qui faisait face avec opiniâtreté aux difficultés du domaine et parlait si bien d'avenir.

Elle hocha la tête, sourit.

– Je l'espère autant que toi, dit-elle.

Arthémon sortit, car il devait aller surveiller les hommes qui foulaient la vendange.

– Je te rejoins, dit Charlotte avant qu'il ne referme la porte, mais une grande lassitude l'envahissait, à présent, devant ce nouveau combat qu'elle devait impérativement engager, et elle se demandait si elle aurait la force de le mener à bien.

Elle demeura songeuse un long moment, puis le

grincement d'un fardier la tira de ses songes. Elle imagina le déchargement des comportes et l'odeur qui devait régner dans la cave, eut une folle envie de la sentir, cette odeur unique de moût, de futaille et de pressoir qui avait accompagné sa vie, s'appesantissant sur la plaine pendant les longues et lumineuses semaines de l'automne.

Songeant qu'à cette heure la chaleur devait être un peu tombée, Charlotte se leva, suivit le couloir et sortit dans la cour où régnait la grande animation des vendanges. Des hommes déchargeaient les fardiers, des femmes préparaient les tables pour le repas du soir, des enfants couraient en criant, et la grande cour du Solail bruissait de cette effervescence heureuse, où chacun prenait sa part, malgré la chaleur, malgré la fatigue.

Charlotte traversa la cour, entra dans la cave, respirant bien à fond l'odeur des raisins foulés qui réveillait en elle tout un monde enfoui, observa les hommes qui, près du treuil à crochets, hissaient les comportes jusqu'à l'étage, d'où le raisin, passé au fouloir à bras, tombait dans la grande cuve. Ils n'en finissaient pas : les comportes ne cessaient d'arriver sur les charrettes et les fardiers.

Il sembla tout à coup à Charlotte que ces hommes travaillaient pour rien, c'est-à-dire pour faire un vin qui ne se vendrait pas. Elle en fut si meurtrie qu'elle regagna le château, se rendit dans sa chambre pour prendre un peu de repos avant le « Dieu-le-veut », ce grand repas de fin de vendanges auquel elle tenait à assister.

Elle le présida comme à l'accoutumée, assise, très droite, en bout de table, tandis que la nuit tombait sur la plaine en vagues chaudes et douces comme du velours. Elle avait voulu que la fête fût belle, et que les plats fussent différents de ce qu'ils étaient d'ordinaire pour tous ces gens, du village ou de la montagne Noire, qui s'étaient penchés sur ses vignes pendant deux semaines.

Les femmes servirent des charcuteries de Lacaune, du bouilli aux câpres, des fricassées de volailles, du cantal, de la crème et des tartes : un vrai festin, dont Charlotte ne put s'empêcher de songer qu'il était peut-être le dernier. Mais elle refusa de s'attarder à cette pensée, car elle avait aussi autorisé les convives à danser, et ils ne s'en privèrent pas, avant même la fin du repas.

– Vous ne vous sentez pas bien, ma tante ? demanda Arthémon, qui était assis à côté d'elle, en la devinant préoccupée.

– Si. Tout va bien, répondit-elle.

Cependant, elle ne tarda pas à se lever et à partir, seule, dans les vignes, comme elle partait souvent, le soir, à la belle saison, à la poursuite des ombres fidèles du passé. La musique des violoneux la poursuivait, tandis qu'elle avançait lentement dans une allée, guidée par la lueur d'une lune de sucre, en direction des vignes de la Croix. « Mon paradis à moi, songea-t-elle ; l'ultime territoire avant l'autre monde, le lieu où je viendrai mourir si j'en ai la force. » Elle se retourna vers le Solail illuminé par les lampions, eut peur, tout à coup, de s'enfoncer davantage dans l'ombre, s'arrêta. L'odeur du moût était presque palpable. Unie à celle des pins descendue des collines, elle portait à suffoquer. Charlotte ferma les yeux. Elle était venue là pour ça : se rassurer en vérifiant, une fois de plus, qu'une infime parcelle de sa vie, en demeurant intacte en elle, reliait malgré tout, indéfectiblement, un passé lumineux à un présent atrocement désert.

– Je te prête l'argent, avait dit Justin à Ludovic. Tu achètes les terres les moins chères des collines, et tu plantes ta vigne toi-même. En attendant, tu peux loger ici, dans l'atelier : on mettra un lit et une paillasse.

Ludovic avait accepté, tout heureux à l'idée de devenir propriétaire, même s'il devait aller se louer pour vivre tant que sa vigne ne rapporterait rien. Il avait une bonne réputation de greffeur et de tailleur, ce qui lui avait permis de trouver des journées dans les domaines, et il mangeait avec les quelques sous qu'il gagnait ainsi. Le reste du temps, ou plutôt dès qu'il avait une heure de répit, il montait dans sa vigne, au-dessus de la route d'Argeliers, où, après avoir défriché, labouré, il avait planté le mailleul, ces jeunes plants de carignan fragiles comme des enfants, sur lesquels il fallait constamment veiller. De là, il apercevait le Solail, et il sentait ses forces décupler en lui, quand, bien campé sur sa terre, il mesurait le chemin parcouru depuis que les Barthélémie l'avaient chassé.

Il n'était revenu qu'une ou deux fois chez les siens, surtout pour sa grand-mère Mélanie, dont la présence lui manquait. Mais il y était retourné la journée, pour être sûr de ne pas rencontrer son père et son frère Jérôme, avec lesquels il ne voulait plus parler. Il avait réussi à construire un petit cabanon avec les pierres des collines, dans lequel il abritait ses outils et où il mangeait son pain et sa cansalade, à midi, se rassasiant plutôt du spectacle des jeunes plants, les siens, ceux qu'il avait plantés de ses mains, avec toute la science qu'il tenait de son père.

Il se reposait à l'ombre, ce dimanche-là, après avoir nettoyé sa vigne avec le rabassié, quand Justin apparut à l'extrémité du chemin que Ludovic avait ouvert, au prix de gros efforts, entre les arbousiers, les cistes et les térébinthes. Celui-ci se leva et se porta à la rencontre de son oncle qui lui dit, montrant le mailleul de la main :

– Je suis venu voir où il en était.

– Eh bien, regardez, mon oncle, regardez comme il est beau !

Justin s'accroupit devant les jeunes plants, caressa les ceps, frotta entre ses mains épaisses l'écorce qui se détachait en fines lamelles brunes, se releva en disant :

– Ils ont l'air vigoureux. Tu as fait du bon travail. En plus, ici, ils sont à l'abri du vent du nord et des gelées. Dans trois ans, quatre au plus tard, tu rentreras ta première vendange.

– Grâce à vous, mon oncle, dit Ludovic.

Ils allèrent s'asseoir sur deux pierres, appuyés du dos contre le cabanon.

– Le seul problème, ici, c'est l'eau, dit Ludovic. Il faut la monter en charrette d'en bas.

– Je t'ai dit que tu pouvais prendre mon cheval quand tu voulais.

– Merci. Sans vous, je n'y serais jamais arrivé.

Justin soupira.

– Moi, j'ai eu la chance d'hériter d'un atelier de tonnelier et d'une maison, mais je n'oublie pas que j'aurais bien voulu être aidé à ton âge, pour ne plus être journalier. Vois-tu, petit, je vais te dire aujourd'hui quelque chose que je n'ai jamais dit à personne : la vigne me manque.

Ludovic hocha la tête, répondit :

– Je comprends ça, mon oncle.

Justin se pencha, prit de la terre entre ses mains, la serra, puis la laissa glisser entre ses doigts.

– C'est que je l'ai aimée, la vigne, et que je l'aime encore...

Il ajouta :

– Je me souviens des labours d'automne derrière le cheval de la Combelle, des grappes tièdes dans les mains, des comportes pleines sous le soleil, des sarments dans les bordures après l'espoudassage, et de la taille, surtout. Ah ! petit, j'aimais tailler, tu sais ! même si le cers soufflait, et que je ne sentais plus mes mains prises par le froid, le soir, à l'heure de rentrer, quand les lumières s'allumaient au village.

Il demeura silencieux en se remémorant sa dure vie d'avant, reprit :

– Et l'odeur de la terre soulevée par la charrue, celle de la fumée des sarments brûlés, la poudre d'or du soufre qui fait pleurer les yeux, le poids de la cuve du sulfatage sur les épaules, je n'ai rien oublié de tout ça. C'était dur, c'était même très dur, souvent, et pourtant, je le regrette. Cela t'étonne, pas vrai ?

– Non, mon oncle, fit Ludovic après un instant. La vigne, nous l'avons tous dans le sang, ici.

– Et nous ne sommes pas les seuls. Même ceux qui crèvent de faim à cause d'elle auraient du mal à vivre loin.

Un silence les sépara un moment, durant lequel ils regardèrent un cabriolet parcourir la grande allée du Solail, entre les amandiers. Ils savaient que Charlotte Barthélémie était la seule à l'utiliser, et ils pensèrent à elle sans oser l'évoquer. Pourtant, Justin poursuivit, sans quitter des yeux le cabriolet qui s'éloignait maintenant vers Sainte-Colombe :

– Tu sais que Clément, mon fils, va se marier avec Juliette, la fille de l'instituteur de Bressan : c'est pour le mois prochain et tu es invité, bien sûr, mais je ne suis pas monté ici seulement pour te dire ça.

Justin hésita, reprit d'une voix basse et grave :

– Je lui laisserai l'atelier, à Clément, dans quelques années. Et moi, j'ai dans l'idée d'acheter une vigne, d'y revenir, quoi ! J'en ai parlé à Nathalie, et elle comprend ça. On va se serrer un peu la ceinture, mais je vais acheter la vigne que les Barthélémie ont mise en vente chez le notaire de Ginestas.

54

– C'est donc ce que vous êtes monté me dire, murmura Ludovic.

– Oui, c'est ça.

Et Justin ajouta :

– Pour te faire voir, aussi, que rien n'est impossible dans la vie, à condition de ne jamais renoncer.

– Et vous croyez que Charlotte Barthélémie va vous la vendre, à vous, cette vigne ?

– Oui.

– Vous en êtes si certain que cela ?

– Oui.

– Je peux savoir pourquoi ?

Justin demeura rêveur un instant, comme s'il poursuivait une image lointaine. Il murmura, sans se tourner vers Ludovic qui le dévisageait avec étonnement :

– Je le sais.

Son visage était devenu dur, tout à coup, et Ludovic comprit qu'il ne devait pas insister.

– Voilà, reprit Justin en se levant ; en attendant, on va essayer de faire une belle noce pour Clément. N'oublie pas : c'est pour le samedi en quinze.

– Je viendrai, dit Ludovic.

Justin serra la main de son neveu et s'éloigna lentement, le regard porté loin vers la plaine où les vignes du Solail commençaient à se teinter de vieil or et de cuivre. Derrière lui, Ludovic, immobile, les regardait aussi, se demandant pourquoi, chaque fois qu'il les apercevait, il lui venait au cœur comme un regret.

Des journées torrides se succédèrent, qui annonçaient de violents orages. Mélanie, à la Combelle, les redoutait moins depuis que les vendanges étaient terminées, mais elle craignait le pire pour les maisons ou les remises, se souvenant de celui qui, une année, avait emporté le toit de l'étable. Cette chaleur, peu fréquente en cette fin octobre, l'accablait. Elle avait du mal à respirer, à se déplacer, et redoutait de ne pouvoir suivre Julie, si, par malheur, il lui prenait l'idée de s'enfuir une nouvelle fois. Heureusement, son arrière-petite-fille, Mathilde, l'aidait à la surveiller dès qu'elle rentrait de l'école, ainsi que le samedi après-midi et le dimanche.

Mais Julie ne représentait pas le seul souci de Méla-nie : elle s'inquiétait aussi de la mévente et des consé-quences qu'elle pouvait avoir sur la Combelle, ou du moins sur ceux qui y vivaient encore. Elle s'inquiétait également pour Ludovic, comme toutes les personnes âgées qui passent en revue, à longueur de journée, les membres de leur famille en se désolant de ne plus leur être d'aucun secours. Or, Ludovic, s'il n'était revenu que deux fois à l'oustal après son départ, elle en avait des nouvelles par Clarisse, et elle savait qu'il vivait difficilement, même si Justin l'abritait sous son toit. Elle n'ignorait pas qu'il avait planté une vigne et elle en était fière, sachant qu'il était de la même race que son oncle : celle des révoltés, mais aussi celle des plus courageux, de ceux qui étaient capables de chan-ger leur vie et le monde. Elle aurait voulu aider son petit-fils de la même manière qu'elle avait aidé ses enfants, et elle se désolait de n'être désormais utile à personne, pas même à Julie, à qui, pourtant, elle ne cessait de parler dans l'espoir de la ramener à la vie, mais qui demeurait aux portes de la folie, de plus en plus lointaine et inaccessible aux mots, à l'attention et à la tendresse qu'elle lui témoignait.

Mathilde n'était pas encore rentrée de l'école, ce soir-là, quand l'orage éclata. Il y avait déjà une heure qu'il roulait ses nuages d'encre au-delà des collines, du côté de Saint-Pons et de l'Espinouse. Ils finirent par se décrocher des massifs boisés et dévalèrent vers la plaine sur laquelle ils s'ouvrirent comme une immense baudruche qui se déchire.

Partagée entre l'idée d'aller à la rencontre de sa petite-fille et celle de ne pas laisser Julie seule, Mélanie hésita un moment. Mais, comme l'orage s'acharnait sur la vallée, des éclairs à odeur de soufre suivant de peu les ébranlements monstrueux du tonnerre, et comme elle ne savait pas si Agathe avait pu quitter son travail de lingère au Solail pour se porter à la rencontre de sa fille, Mélanie décida de sortir en emmenant Julie avec elle.

Elle se couvrit comme elle le put, un capuchon en toile cirée sur ses épaules et sur sa tête, en vêtit de même Julie, puis elles partirent sur le sentier qui, entre les collines et les vignes du Solail, menait à Sainte-Colombe. Elles furent transpercées dès les premiers mètres par une pluie tiède d'une violence inouïe mais qui n'arrêta pas Mélanie. Elle pensait à Mathilde et, redoutant que la petite ne s'abrite sous un arbre, elle tirait Julie par la main, la forçant à avancer malgré ses réticences à marcher sous ce déluge.

A deux cents mètres de la Combelle, le vent violent avait arraché la porte d'un cabanon au bord d'une vigne. Les deux femmes s'y réfugièrent un moment, et Mélanie put reprendre son souffle que les rafales avaient retenu prisonnier dans sa bouche. Cependant, quand elle voulut repartir, Julie s'y refusa absolument.

– Viens ! dit Mélanie, la petite est peut-être sous un arbre.

Julie, ses cheveux bruns plaqués sur son visage étroit, ses yeux sombres animés seulement par une lueur d'effroi, s'obstina.

– Bon, écoute-moi bien, dit Mélanie en s'approchant d'elle, comme elle en avait pris l'habitude pour tenter de se bien faire comprendre : tu peux m'attendre ici, mais tu ne bouges pas. Tu as compris ?

Et elle répéta, espérant que la peur empêcherait Julie de s'enfuir :

– Tu ne bouges pas. Tu m'attends ici. Je serai de retour dans dix minutes.

Il lui sembla que la lueur d'effroi aperçue dans les yeux de sa fille s'atténuait. Un peu rassurée, elle repartit, ayant pris le capuchon de Julie pour mieux se protéger. Elle eut l'impression que la pluie se faisait moins violente, mais les coups de tonnerre et les éclairs étaient toujours aussi rapprochés. Elle avait froid, maintenant, en marchant vers le village dont elle distinguait à peine les maisons basses, au bord de la route. Et toujours pas de Mathilde. Elle résolut d'aller jusqu'à l'école, finit par trouver sa petite-fille qui lui dit :

– Il ne fallait pas venir, grand-mère, j'ai pas peur de l'orage.

Elles repartirent vers la Combelle. Il pleuvait encore, mais doucement, avec cette application têtue des queues d'orage qui sentent le gravier et le soufre, et dont les coups de tonnerre lointains répondent aux murmures de la terre en train de boire, accueillant les innombrables ruisselets qui dévalent vers ses replis les plus secrets. Les deux femmes marchaient entre les flaques d'eau, Mélanie répétant, de plus en plus dévorée par l'angoisse :

– Vite ! Vite !

Un nouvel éclair zébra le ciel au-dessus des collines, mais le tonnerre tarda à s'ébranler. Sur leur droite, les vignes s'égouttaient dans un frémissement léger de feuilles brusquement délestées. A l'approche du cabanon, Mélanie hâta le pas malgré sa fatigue. Le cœur douloureux, elle tourna rapidement à l'angle de la bâtisse et ne put retenir un gémissement en la découvrant vide.

– Vite, petite ! répéta-t-elle, comme si, dans ces deux mots, résidait le seul espoir qui demeurait en elle.

Songeant que Julie avait peut-être regagné la Combelle à la fin de l'orage, Mélanie entraîna Mathilde dans cette direction. Elles eurent tôt fait de parcourir les deux cents mètres qui séparaient le cabanon de la métairie où les accueillirent Agathe et Clarisse, très inquiètes de ne pas les avoir trouvées en rentrant.

– Mais enfin, dit Clarisse, où étiez-vous passées ?

Mélanie ne répondit pas. En découvrant l'absence de Julie, ses dernières forces, soudain, l'abandonnèrent. Elle se sentit glisser le long du mur, puis le monde bascula sur elle et elle perdit connaissance.

Elle se réveilla dans son lit, quelques minutes plus tard, en se demandant pourquoi elle était couchée alors que la nuit n'était pas encore tombée. Puis elle pensa à l'orage et, l'instant d'après, à Julie.

– On l'a retrouvée ? demanda-t-elle.

– J'ai envoyé la petite prévenir Séverin et Jérôme, répondit Clarisse. Restez couchée ou alors vous n'échapperez pas à la pneumonie.

Mélanie ne voulut rien entendre. Malgré les efforts de sa belle-fille qui tentait de la retenir, elle enfila des vêtements secs, but une tasse de café et repartit vers le canal. C'était maintenant l'embellie. La terre, entre les ceps, semblait animée d'une vie nouvelle, joyeuse et reconnaissante envers l'eau qui l'avait abreuvée. Les allées sablonneuses retenaient de larges flaques dans lesquelles on apercevait d'immenses pans de ciel où couraient encore quelques nuages. Les oiseaux participaient en pépiant à ces épousailles de la terre et du ciel, et pourtant Mélanie ne les entendait pas. Elle marchait obstinément vers le canal, dont elle apercevait les platanes qui commençaient à se déplumer, très loin, tout en se demandant si elle aurait la force de les atteindre avant la nuit.

Elle avançait à petits pas, maintenant, des frissons courant sur sa peau, redoutant la ligne vert salade qui semblait figurer une longue barrière incontournable, peut-être le terme d'une route. Elle y parvint alors que l'ombre de la nuit rampait déjà sur la vallée, avec des reflets de velours neuf.

Une fois sur les rives qui dominaient une eau teintée de boue, Mélanie appela plusieurs fois, d'une voix qu'elle ne reconnut pas :

– Julie ! Julie !

Rien ni personne ne lui répondit. Elle se demanda si elle devait se diriger vers Capestang ou vers Lézignan, obliqua vers la droite, puisque c'était la direction que prenait d'habitude sa fille. Elle entendit crier dans les vignes de la Croix : ce devaient être Jérôme et Séverin qui la cherchaient. Mais elle n'eut pas la force de répondre et elle continua de marcher le long de la rive qui sentait l'herbe et la feuille humides.

Elle arriva bientôt à proximité de la passerelle de l'écluse, distingua, le cœur fou, une forme noire allongée dessus, et cria :

– Julie !

C'était elle, en effet, mais qui avait cessé de vivre, foudroyée, une main tenant encore la ferraille de la rambarde dont le piquet central avait attiré le feu du ciel. Mélanie s'approcha, demeurant un moment incrédule devant ce corps sans vie, se pencha sur lui, dévastée par la douleur et en même temps comme bizarrement soulagée : elle avait enfin cessé de souffrir, sa fille sur laquelle elle avait veillé si longtemps. Elle n'errerait plus jamais à la recherche de son mari et de sa fille trop tôt disparus, et son regard ne laisserait plus filtrer cette lueur de folie qui le parcourait, parfois, bouleversant tous ceux qui l'aimaient. A bout de forces et de courage, Mélanie s'allongea sur le corps de Julie et ne bougea plus.

Ce fut Séverin qui la trouva une heure plus tard, toujours protégeant sa fille, transie de froid, incapable de parler. Il la ramena à la Combelle avant de revenir chercher Julie, en compagnie de Jérôme, sur la jardinière. Le lendemain, une pneumonie se déclara dans le corps épuisé de Mélanie. Elle mit peu de temps à venir à bout de la résistance de la vieille femme qui ne tarda pas à rejoindre Julie dans le petit cimetière de Sainte-Colombe. L'automne allumait de grands feux d'or et de cuivre sur les collines où tranchait insolemment le vert des pins et des kermès. Désormais, Mélanie reposait aux côtés de sa fille et de son mari Cyprien, celui qui avait été le premier mort de la révolte des vignerons, pendant les événements de 1907.

Avec l'arrivée des mauvais jours, Blanche redoutait de ne plus pouvoir rejoindre Delphin aussi souvent qu'elle le souhaitait, car la présence du domestique était requise dans la cour du Solail et non plus dans les vignes, où les femmes sarmentaient, protégées par de longues calines blanches. Or, à l'intérieur du Solail, il n'était pas facile de rencontrer son amoureux sans risques. D'ailleurs, on les avait vus ensemble, et les langues s'étaient déliées, ce qui n'avait pas échappé à Pascaline, la mère de Blanche, renseignée par une femme de cuisine.

Menacée d'être envoyée dans un couvent à Narbonne, Blanche avait feint de se résigner, mais elle s'était contentée de ne plus voir Delphin pendant la journée : désormais, elle le rejoignait la nuit dans les vignes, quand le Solail dormait. Elle prenait de grandes précautions, vérifiant que la lumière était éteinte dans la chambre de sa tante et de ses parents, attendant une heure du matin avant de descendre l'escalier qui donnait sur la cour, puis sortant par le portail qui s'ouvrait sur le parc.

Comme ils ne pouvaient pas se prévenir sans se faire remarquer, Delphin avait pris l'habitude d'aller dormir, chaque nuit, dans les vignes de la Croix : ainsi, ils étaient sûrs de se trouver. A Blanche qui s'inquiétait de l'hiver qui approchait, il avait répondu qu'il savait ouvrir un cabanon où ils pourraient se réfugier sans crainte, ce même cabanon – mais tous deux l'ignoraient – où avaient vécu le vieil Antoine, ancien régisseur du domaine, et plus tard Justin Barthès, à l'époque où il avait quitté le Solail.

C'était la pleine lune, cette nuit-là, à l'heure où Blanche s'engagea dans les vignes dont les feuilles avaient viré au pourpre. Le cers avait chassé la « marinade » qui avait succédé aux orages de la semaine passée. Il faisait déjà plus froid, et elle frissonnait sous son châle que le vent relevait, glissant sur sa peau. Elle se mit à courir pour se réchauffer, mais surtout pour rejoindre au plus vite celui qu'elle n'avait pas vu depuis trois jours et trois nuits, et dont la présence, pourtant, lui était devenue aussi nécessaire que l'air qu'elle respirait. Elle ne supportait plus ces heures de séparation, était bien décidée à demander à Delphin de s'enfuir avec elle à Narbonne, loin de s'imaginer qu'elle renouvelait en cela les rêves des femmes du Solail qui vivaient un amour interdit.

Il l'attendait, comme à son habitude, dans la deuxième allée à droite, après la Croix. Elle leva la tête vers son visage d'ange, tandis qu'il l'enlaçait, répétant :

– Tu as pu venir, tu as pu venir...

Elle ne prononça pas le moindre mot, se contentant de presser sa tête contre ce torse dont elle avait tant rêvé, et de le serrer à l'étouffer. Ensuite, ils se laissèrent glisser sur la couverture dont elle aurait reconnu l'odeur entre mille, et qui était son odeur à lui, dont elle emportait quelques miettes au matin, afin de prolonger le plus longtemps possible, dans sa chambre, des moments devenus trop rares.

La tête appuyée sur l'épaule de Delphin, une main posée sur sa poitrine dure et osseuse, elle murmura :

– Ça ne peut plus durer comme ça, il faut nous enfuir à Narbonne.

Ce n'était pas la première fois qu'elle s'ouvrait à lui de ce projet, mais c'était un projet lointain, et il ne l'avait pas pris vraiment au sérieux. Cette nuit, cependant, il comprenait que Blanche était prête à tout.

– Et nous vivrons de quoi, à Narbonne ? demanda-t-il en prenant soin de contrôler le ton de sa voix pour ne pas l'alerter sur ses réticences.

– J'ai des économies.

– Il ne durera pas toute la vie, cet argent.

– Alors nous travaillerons.

– Qui voudra de moi, avec mon pied ? fit-il, d'une voix proche du murmure.

– Si tu ne peux pas travailler, c'est moi qui chercherai une place, fit-elle avec conviction.

– Et je resterai à t'attendre toute la journée ?

Il y eut un long silence entre eux, que troubla seulement le cri bref d'une sauvagine saisie par un oiseau de proie, là-bas, sur le flanc de la colline. Blanche se souleva sur un coude, demanda :

– Tu ne veux pas vivre avec moi, Delphin ?

– Je ne suis pas sûr de te mériter, fit-il dans un souffle.

– Et pourquoi donc ?

– Tu le sais bien, Blanche, tu le sais bien : je suis un domestique et je marche sur un seul pied.

– Que m'importe, à moi, que tu sois un domestique et que tu aies un pied...

Elle s'arrêta, hésitant à prononcer le mot qui devait lui faire mal.

– Un pied bot ?

– Un pied malade, oui. Tu sais bien que tout ça m'est égal, que je ne peux pas vivre sans toi, alors ?

– Tes parents n'accepteront jamais un mariage entre toi et moi.

– Delphin, c'est pour cette raison que nous devons partir.

Il soupira, se tut, renonçant à poursuivre cette conversation qui, à ses yeux, demeurait pour l'instant sans issue. Mais elle ne se tint pas pour battue et, au contraire, reprit :

– Faut-il que j'attende un enfant de toi, pour que tu acceptes de partir avec moi ?

Il la repoussa vivement, s'assit et lui fit face.

– Pour qu'il soit pied-bot comme moi ? demanda-t-il, la voix douloureuse.

– Ton père ne l'était certainement pas, pied-bot, répondit-elle. Ce ne sont pas des choses qui se donnent avec la naissance.

– Tu crois ?

– Mais oui, bien sûr.

Il s'allongea de nouveau, et, une nouvelle fois, elle se serra contre lui, essayant seulement de songer à ces minutes qui leur étaient mesurées.

– Il faut faire confiance à la providence, dit-il brusquement, comme s'il ne se sentait pas encore assez fort pour s'enfuir.

Elle n'eut pas le cœur à insister davantage et se dit qu'il avait peut-être raison. Ce n'était pas parce qu'elle était majeure depuis un mois que leur mariage était devenu possible. Ou alors, loin de sa famille. Mais pourraient-ils vivre sans ressources ? Elle n'en était plus du tout sûre, à présent. Et pourtant, elle savait que sa mère, Pascaline, se démenait pour lui trouver un prétendant qui fût digne des Barthélémie. Que devait-elle faire ? Et où aller ? Elle résolut d'oublier ses tourments dans les bras de Delphin et s'endormit, ensuite, enroulée avec lui dans la couverture de laine brute qui savait si bien conserver leur chaleur.

Quand elle se réveilla, le jour n'était pas loin. Elle le devina près de couler par-dessus les collines comme un lait qui déborde.

– Delphin ! Vite ! dit-elle.

Il s'éveilla brusquement, les yeux hagards, se demandant où il se trouvait. Elle l'embrassa avec fougue, puis, très vite, se mit à courir dans l'allée où s'était déposé le « mouillé » de la nuit. Dès qu'elle aperçut le château, elle s'efforça de deviner, entre les branches des pins parasols, si des lumières ne brillaient pas déjà à l'étage. Elle n'en aperçut aucune, en fut rassurée, mais elle ne s'arrêta pas de courir pour autant.

En poussant le portail, elle se sentit soulagée de constater qu'aucun domestique ne se trouvait dans la cour encombrée de charrettes et de barriques. Elle la traversa rapidement, ouvrit la porte basse, s'engagea dans l'escalier qui montait à l'étage. Une fois qu'elle eut atteint le milieu des marches, elle sentit une présence et leva la tête brusquement. Sa tante Charlotte se tenait sur le palier, avec un air si sévère, si dur et si hostile que Blanche hésita à monter les dernières marches.

– Dépêche-toi, si tu ne veux pas que ton père te voie, dit Charlotte, en s'effaçant, en même temps, pour lui ouvrir le passage.

Blanche, quelque peu soulagée, s'empressa de rejoindre sa tante qui lui dit, en lui prenant le bras et en l'entraînant vers sa chambre :

– Viens donc ! Nous avons à parler, il me semble.

Blanche se laissa faire et retrouva face à elle, dès que la porte fut refermée, le même visage dur et hostile qu'elle avait aperçu dans l'escalier. Elle avait cru trouver de la compréhension, et elle réalisait qu'elle allait passer en jugement.

– D'où viens-tu ? fit Charlotte d'une voix froide.

– Vous le savez, d'où je viens, ma tante, dit-elle.

– Alors, tu continues de le voir ?

Blanche ne répondit pas.

– Et la nuit, maintenant, reprit Charlotte, dont le regard sombre fouillait sa nièce, cherchant à sonder ce cœur qu'elle croyait bien connaître.

– Oui, ma tante.

Charlotte la dévisagea un moment, puis elle demanda d'une voix moins hostile :

– Et où donc ?

– Dans les vignes de la Croix.

Blanche ne comprit pas pourquoi le visage de Charlotte changeait brusquement. Comment aurait-elle deviné qu'elle aussi, il y a bien longtemps, avait passé des nuits dans ces vignes ? Elle devina plus qu'elle ne vit le léger sourire qui était apparu sur les lèvres de Charlotte, mais elle remarqua la lueur qui s'était allumée dans ses yeux.

– Va vite dormir, petite, dit Charlotte. Il est cinq heures et ton père va se lever.

Blanche ne demanda pas son reste. Elle ne songea même pas à remercier sa tante de son indulgence, et elle sortit hâtivement avant de se précipiter dans sa chambre dans laquelle elle se réfugia avec la sensation d'avoir trouvé une alliée d'importance dans le difficile combat qu'elle menait.

Pour un beau mariage, c'était un beau mariage. Justin Barthès était heureux en observant son fils élégamment vêtu du premier costume de sa vie – sans doute, d'ailleurs, demeurerait-il l'unique – et en apercevant celle qui, radieuse, descendait à son bras les marches de l'église. Il lui semblait que se justifiait ainsi tout ce qu'il avait subi, enduré, y compris la perte de son œil à la guerre. Il n'aurait jamais imaginé, en effet, que Clément puisse se marier avec la fille d'un maître et d'une maîtresse d'école, lui qui était le fils d'un journalier, et, en cet après-midi ensoleillé, il sentait fondre en lui ce poids de scepticisme et de méfiance qu'il avait accumulé envers les hommes pendant des années, mais aussi cette haine sourde qu'il nourrissait envers les grands propriétaires, tout un cortège d'amertumes, de rancœurs, de ressentiments qu'il traînait avec lui chaque jour comme autant de misères.

En fait, il s'était senti soulagé dès que Clément était rentré du service militaire, ayant craint que les puissants ne décrètent une nouvelle guerre, eux qui en avaient tellement besoin pour vendre leurs canons. Or, Clément était revenu plus fort que jamais, plus sûr de lui, les épaules carrées, les cheveux noirs et drus, sans avoir perdu les éclairs de gaieté dans ses yeux qu'il tenait de sa mère, ni cette innocence naïve – étonnante chez ce colosse – qui fond d'ordinaire à l'armée comme neige au soleil. Bref ! Justin avait retrouvé son fils tel qu'il était parti. Personne ne le lui avait abîmé, et cette constatation l'avait un peu réconcilié avec les hommes et avec le monde.

Juliette, pour son premier poste, avait été nommée à Ginestas, où elle se rendait chaque matin à bicyclette, vêtue d'une robe noire à col blanc, toujours rieuse et attentive, aussi bien avec Justin qu'avec Nathalie, même si les « novis » avaient décidé de louer un appartement indépendant, de l'autre côté de la promenade. Aujourd'hui, ses cheveux noirs soigneusement dissimulés sous la couronne en croissant, ses yeux verts sans le moindre apprêt soulignant la pâleur naturelle de son teint, sa robe blanche traînant jusqu'à terre en un voile que tenaient maladroitement deux petites filles paralysées par cet honneur, Juliette descendait les marches lentement, un sourire éclatant sur ses lèvres à peine fardées.

En bas des marches, le regard de Justin rencontra celui de Nathalie. Ils n'avaient pas besoin de se parler pour se comprendre. Ils avaient traversé tant d'épreuves ensemble : la charge des cuirassiers à Narbonne, la misère dans le petit appartement de Raoul et Victorine Maffre, la séparation de la guerre, puis celle de la captivité en Allemagne, les années difficiles d'après-guerre, autant d'obstacles à une vie heureuse qu'ils avaient franchis sans se plaindre, mais en luttant, au contraire, côte à côte. Et, aujourd'hui, leur fils pouvait se marier sans crainte du lendemain, avec un toit, un métier, la certitude de ne jamais manquer de rien. C'était là leur plus grande victoire : en vingt ans, ils avaient brisé leurs chaînes et réussi à bâtir la vie de liberté et de dignité dont ils avaient tous deux rêvé.

Tandis que le cortège dévalait les pavés de la calade qui descendait vers la promenade de Sainte-Colombe, Justin songeait que cette journée constituait l'aboutissement de ce rêve, et il ne se rassasiait pas d'entendre Nathalie, à son bras, rire dans le soleil qui était venu illuminer les derniers jours de l'automne. En bas, les violoneux attendaient les invités qui se mirent aussitôt à danser sur la place, tandis que les femmes requises par Nathalie achevaient de dresser la table dans l'atelier préalablement débarrassé des outils, des fûts et des barriques. Dehors, en attendant l'heure du repas, Justin servit des apéritifs qui donnèrent des couleurs aux visages des hommes et embrasèrent ceux des femmes moins habituées à boire ces alcools.

Enfin, le repas commença dans une grande gaieté, et les plats succédèrent aux plats, les bouteilles de vin bouché aux bouteilles de vin du pays, tandis que retentissaient les premières chansons, reprises en chœur par tous les invités. Une soixantaine, en fait, car Justin et Nathalie avaient voulu faire du mariage de leur fils une fête dont on puisse se souvenir. Ils en avaient eu assez des privations, des sous que l'on compte sur le coin d'une table, des économies soigneusement rangées dans la boîte en fer-blanc pour se garantir des mauvaises années.

– Une fois dans notre vie, avait dit Nathalie à Justin. Ce sera la seule.

Malgré ses réticences à dépenser, il avait accepté, et ce soir il ne le regrettait pas, même si, dans sa générosité, Nathalie avait tenu à inviter Violaine, en souvenir de l'aide qu'elle lui avait apportée pendant la guerre. Violaine, dont Justin sentait le regard posé sur lui, un regard qui le brûlait, réveillant en lui des souvenirs qu'il s'efforçait d'oublier, mais qui resurgissaient, cette nuit, plus vivants que jamais.

Il sortit un peu avant la fin du repas, s'assit à la table où étaient posées les bouteilles d'apéritif. Clément le rejoignit et prit place face à lui. Il était heureux et cela se voyait.

– Merci, père, dit-il. C'est beaucoup plus que je n'en ai jamais espéré.

– Tant mieux, dit Justin.

Ils avaient peu parlé tout au long de ces années qu'ils avaient vécues côte à côte dans l'atelier. Justin avait gardé de la guerre une amertume qui le portait à se montrer taciturne et même violent parfois. Mais ils s'étaient toujours compris à demi-mot, ou par un regard, et ils n'ignoraient pas que, dans le silence, ils partageaient ce qu'ils avaient de meilleur : une tendresse inavouable parce qu'elle les submergeait, souvent, et qu'ils ne savaient comment y faire face.

– Donne-moi ta main, dit Justin brusquement.

Clément la lui tendit et Justin la prit avec la fermeté

qu'il mettait en toute chose, y compris dans chacun de ses gestes quotidiens.

– Tu sais, fils, je n'ai jamais su très bien parler, mais je voudrais que tu saches une chose.

Il se tut un instant, parut hésiter, murmura :

– Eh bien, voilà : si tu n'étais pas né pendant que j'étais à la guerre, je ne serais pas vivant aujourd'hui.

Il venait de se souvenir brusquement, ce soir, de tous ces moments de désespoir éprouvés au fond des tranchées, et de ces instants de renoncement définitif qui l'assaillaient, parfois, quand trop de fatigue, d'horreurs aperçues, trop de souffrance accumulée l'abandonnaient aux portes de la mort. Combien de fois n'avait-il pas éprouvé l'envie de se lever, de sortir du trou et de s'avancer dans le no man's land qui le séparait des Allemands ? Combien de fois n'avait-il pas esquissé le geste de se dresser quand éclataient les shrapnells ou les obus ? Chaque fois, l'image de sa femme et aussi celle de son fils l'en avaient empêché.

– Merci, père, fit Clément gravement.

Ils demeurèrent silencieux, puis Justin ouvrit sa main, une main qui portait les stigmates de longues années de travail, à manier l'outil. Juliette et la demoiselle d'honneur, en surgissant brusquement, les empêchèrent de s'attendrir davantage. Ils regagnèrent leur place pour le dessert, mais Nathalie comprit que Justin était de nouveau hanté par ses fantômes. Elle chanta plus fort, sourit, lui servit à boire, mais c'est à peine s'il voyait maintenant les convives rassemblés autour de lui et qui chantaient pourtant, loin de se douter de ce qui se passait dans la tête de Justin Barthès, le tonnelier. Celui-ci découvrait avec épouvante que la bête qu'il avait crue endormie en lui pouvait se réveiller à tout moment, même pendant ceux qui auraient dû être joyeux. Et la bête, c'était la guerre qui lui avait volé sa jeunesse, lui avait pris un œil, et qui pouvait

70

resurgir avec son cortège de sang et de larmes, à l'instant où on s'y attendait le moins. La bête, c'était celle qui le renvoyait implacablement dans la boue, parmi les rats, au milieu des cadavres éventrés dont les chairs bâillaient, dégageant une odeur qu'il aurait reconnue entre toutes et qui le poursuivait, plus de dix ans plus tard, une nuit où tout aurait dû être insouciance et bonheur.

Il ne s'était même pas aperçu que les convives sortaient, appelés par les violoneux qui s'étaient mis à jouer. Nathalie vint le prendre par la main et l'entraîna dehors.

– Viens danser, dit-elle.

Il dansait mal et, pour tout dire, il n'aimait pas ça. Elle l'entraîna malgré lui dans une valse où il se perdit, la tête douloureuse, ivre, davantage, sans doute, de sombres souvenirs que de verres de vin.

– Où es-tu ? demanda Nathalie.

Justin parut s'éveiller d'un mauvais songe, regarda autour de lui, entendit les rires et les cris, se rassura : il se trouvait bien à Sainte-Colombe, devant son atelier où se déroulait le mariage de son fils Clément. Les violons se remirent à jouer, et il dut danser avec la mariée, s'excusant de lui marcher sur les pieds.

– Mais non, dit Juliette, vous dansez très bien.

Il se rendit compte qu'elle ressemblait à Nathalie au même âge, en fut secrètement heureux, comme si Clément était en droit d'en espérer les mêmes satisfactions que lui. Où était-il, Clément ? Il dansait avec sa mère, précisément, et Justin ne leur avait jamais vu cet air de bonheur ineffable qui, un instant, le combla.

Une fois la danse terminée, il réussit à se dégager de la foule des invités et alla s'asseoir un peu en retrait, contre le mur. Les images de la guerre s'estompaient peu à peu. Il but un nouveau verre de vin, aperçut brusquement Violaine immobile devant lui.

– Je suis donc la seule que tu ne feras pas danser, fit-elle d'une voix qui le transperça.

Elle ne changeait pas : c'était la même douceur du visage, les mêmes cheveux blonds, lisses comme une eau tiède ; la même bouche fragile, les mêmes yeux verts. La même musique, aussi, s'échappait de ses doigts si agiles, si fragiles ; ces doigts qu'il avait aperçus courant sur les touches du piano, le jour de leur rencontre dans la salle à manger du Solail. Ces doigts qui caressaient si bien ses cheveux et sa peau dans les vignes, avant que la volonté des Barthélémie ne les sépare.

Il se raidit à ce souvenir, comme si la blessure était encore béante, mais il se reprit aussitôt. Que représentaient les Barthélémie aujourd'hui ? Ils en étaient réduits à vendre leurs vignes et souffraient encore plus que les petits propriétaires de la mévente du vin.

– C'est donc tellement te demander que de me donner une minute de ta vie ? murmura Violaine.

Elle avait des larmes dans les yeux. Il se leva, le cœur battant, la tête toujours aussi douloureuse, et se mit à tourner avec Violaine, silencieux, fermé, hostile.

– C'est toi qui m'as demandé de rester, dit-elle, et je ne te vois même pas.

Se penchant légèrement en arrière, il s'aperçut qu'elle pleurait. Il se sentit alors tellement coupable qu'il recula jusqu'au mur.

Violaine, immobile, pleurait toujours en le regardant, mais tout le monde la bousculait. Une femme vint la prendre par la main et la fit asseoir. Justin s'éloigna vers le fond de la promenade, s'assit sur un banc. « J'ai trop bu », pensa-t-il. Là-bas, les lumières des lampions jouaient dans le vent de la nuit. Il était loin, tout seul, perdu. Il serra les poings, se mit à trembler volontairement, éprouvant sa force en la faisant vibrer en lui, comme pour se rassurer. Mais ce n'était pas la musique des violons qu'il entendait à présent, c'était celle, inoubliable, d'un piano merveilleux qui lui était pour toujours interdit.

Charlotte fit atteler l'alezan pour se rendre dans la vigne qui était située à l'extrémité du domaine. Le notaire de Ginestas l'avait fait prévenir qu'il avait trouvé un client, mais que le prix offert était inférieur à celui qu'elle demandait.

– Qui est-ce ? avait-elle demandé.

– Justin Barthès, le tonnelier.

Elle avait longtemps hésité, puis elle avait accepté de le rencontrer pour négocier, à condition que ce fût dans la vigne en question. La nécessité impérieuse de vendre avait pesé lourd dans sa décision, même si se mesurer à Justin Barthès, et donc le rencontrer de nouveau, ne lui déplaisait pas. Il y avait des combats qui comptaient plus que d'autres et, malgré son âge, c'étaient encore ceux-là que Charlotte préférait.

On était à la fin de novembre, mais l'air n'avait pas encore aiguisé ses lames en fer-blanc que lui forge le cers, une fois l'hiver venu. Il charriait au contraire l'odeur du bois fumé et des feuilles en fanaison qui avaient viré au pourpre et au grenat.

Le cabriolet dépassa la Croix, continua lentement vers l'extrémité du domaine, s'arrêta. Charlotte descendit, noua les rênes au tronc d'un grenadier, puis s'en alla, à pied, vers la vigne la plus éloignée du Solail. Justin Barthès s'y trouvait déjà, ayant suivi la route de Béziers, puis à gauche, en direction des collines. Immobile à l'angle de deux allées, il la regarda s'approcher, toujours très droite, ses cheveux peignés en chignon, ses mains soulevant légèrement sa longue robe de soie bleue, pour ne pas la salir. Elle s'arrêta tout près de lui, à moins d'un mètre, le dévisagea longuement, sans ciller. Il reconnut l'éclat unique de ses yeux de lavande, se dit qu'ils n'avaient rien perdu de leur beauté farouche et sombre. Il soutint ce regard dans lequel il décelait à la fois de la douceur et de la violence, de l'orgueil et de l'humilité.

— Je vous en offre deux mille francs, dit-il, désirant couper court à toute autre considération, car il se méfiait d'elle, mesurant combien elle était encore redoutable, malgré son âge.

Elle continua de l'observer sans répondre, un léger sourire posé sur ses lèvres, étrangement calme, comme si cette rencontre l'amusait.

— Et qui vous dit que je veux vous la vendre, cette vigne ? demanda-t-elle enfin, d'une voix dont le timbre trahissait malgré elle une certaine émotion.

— Ça ! fit-il en montrant ses mains ouvertes devant lui, et en ajoutant aussitôt : Personne n'a su la tailler mieux que moi.

— C'est pour cette raison que vous y tenez tant ? demanda Charlotte sans se démonter.

— Non. Pas seulement.

— Je peux savoir, alors ?

— C'est dans ce cabanon que j'ai vécu quand j'ai quitté la Combelle et c'est aussi dans ce cabanon qu'est mort Antoine, votre ancien régisseur, comme un miséreux.

— Oui, dit Charlotte, je me souviens. Mais ce n'est pas moi qui l'ai chassé, c'est mon frère Léonce. Vous n'ignorez sûrement pas que je suis intervenue plusieurs fois en sa faveur.

Justin ne répondit pas. Il savait que c'était vrai, et il savait aussi qu'après s'être longtemps battue contre ce frère tyrannique, elle avait gagné ce combat. Cette pensée le rendit plus hostile, car elle venait de lui remettre en mémoire de quoi elle était capable.

74

– Il n'empêche qu'Antoine y est mort, dit-il. C'est une raison suffisante, pour moi.

– Il n'y en a pas d'autre ? fit-elle. J'ai le droit de savoir.

– Vous n'avez aucun droit !

Il avait presque crié. Et, comme elle le dévisageait d'un air un peu étonné, il répéta, d'une voix mauvaise :

– Vous n'avez plus aucun droit sur moi, vous entendez ? Plus aucun et depuis longtemps !

Le visage de Charlotte changea brusquement. Il devint dur, d'une extrême froideur.

– C'est entendu, dit-elle, je n'ai aucun droit sur vous et vous n'en avez aucun sur moi. Cette vigne, si vous la voulez, elle vous coûtera deux mille cinq cents francs.

– Alors je m'en passerai, dit-il.

– Et vous le regretterez toute votre vie.

Elle reprit, ne lui laissant pas le temps de réagir :

– Oui, toute votre vie vous vous en voudrez d'avoir eu trop d'orgueil et de ne pouvoir fouler cette terre qui est celle des Barthélémie, de ne pouvoir tailler cette vigne qui est nôtre, de ne pouvoir rentrer les raisins de nos ceps. Car vous n'avez vécu que pour ça, Justin Barthès, jusqu'à aujourd'hui. C'est la seule chose qui vous intéresse : prendre nos vignes, voir mourir le Solail, et notre famille avec.

Il s'attendait à ce que le combat fût rude, mais pas à ce point-là. Il répondit d'une voix âpre :

– Deux mille deux cents. Je n'irai pas au-delà.

Elle sourit, une lueur gaie, presque enfantine, passa dans ses yeux sombres.

– Il y a bien longtemps que vous vous êtes vengé, dit-elle. Rappelez-vous.

Et, comme il demeurait sur ses gardes, préférant le silence à cette discussion, car il avait compris qu'elle l'entraînait sur un terrain où il ne serait pas à son affaire :

– Vous vous êtes vengé une nuit, dans les vignes de la Croix, il me semble. Vous ne vous souvenez pas ? Prendre une femme du Solail comme vous l'avez prise, ce n'est pas de la vengeance, ça ?

– Vous êtes venue de votre plein gré.

– Était-ce une raison pour vous conduire de la sorte ?

Il ne répondit pas, se contenta de la regarder fixement, étonné par la douceur qui émanait d'elle, maintenant, comme si elle avait enfin jeté les armes.

– D'accord pour deux mille deux cents francs, mais à une condition, fit-elle.

– Laquelle ?

Elle ne répondit pas, s'approcha à le toucher, un sourire énigmatique posé sur ses lèvres, puis elle leva lentement sa main droite. Il la saisit au vol, la serra violemment.

– Vous me faites mal, gémit-elle. C'est donc tout ce dont vous êtes capable ?

Il la lâcha, hésita, mais ne bougea pas. La main de Charlotte monta jusqu'à son visage et ses doigts se posèrent sur l'œil mort de Justin, le caressant doucement.

– Justin Barthès, murmura-t-elle.

Les doigts descendirent vers le nez, les lèvres enfin, s'y attardèrent. Il lui saisit de nouveau le poignet, mais sans serrer, cette fois, et la repoussa doucement. Alors elle posa ses doigts sur ses lèvres à elle, et ferma les yeux.

Quand elle les rouvrit, il s'était reculé d'un pas.

– Je vais prévenir mon notaire, dit-elle, nous sommes d'accord sur deux mille deux cents francs.

Ses yeux se posèrent une dernière fois sur lui, avec, tout au fond, quelque chose de grave et d'ensorcelant, puis elle se retourna brusquement et s'en alla vers son cabriolet. Il fit quelques pas dans sa direction, faillit l'appeler, se retint. Elle agita les rênes, fit virer le cheval et s'éloigna sans se retourner, le laissant seul dans sa vigne, désemparé, avec en lui l'impression que cette femme diabolique l'avait volontairement aidé à réaliser le plus grand rêve de sa vie.

3.

Arpentant d'un pas nerveux les vignes où les journaliers sulfataient les raisins sous le soleil de juin, Arthémon ne décolérait pas. La veille au soir, dans leur chambre, sa femme Pascaline l'avait mis au courant de la liaison qui durait depuis longtemps entre sa fille Blanche et Delphin, le pied-bot. Outre les inconvénients qu'eût entraînés une telle mésalliance, il savait, lui, Arthémon, mieux que quiconque, quels étaient les risques de cette union. Il s'était levé de fort mauvaise humeur, avait bousculé les journaliers et les domestiques, rabroué Jules, son fils, qui tardait à rejoindre Séverin occupé dans la cour à organiser les équipes, puis il était parti dans les vignes pour y réfléchir à son aise. Que pouvait-il faire pour mettre un terme à cet amour dont il ne voulait à aucun prix sans provoquer un scandale dont le Solail n'avait pas besoin en ces temps si difficiles ?

Il se demanda si Charlotte était au courant, et il lui parut impossible qu'elle ne le fût pas. Pourquoi ne lui en avait-elle pas parlé ? Pourquoi, enfin, Blanche avait-elle réussi à tromper sa vigilance si longtemps ? « Un domestique ! maugréait-il, tête baissée, frappant furieusement dans les mottes de terre, et un pied-bot, par-dessus le marché ! Elle est complètement folle, ma fille ! » Et il remâchait interminablement dans sa tête les conséquences funestes de cette relation coupable, s'il ne parvenait pas à y mettre fin.

Pourtant, s'il avait pu voir clair en lui, il se serait aperçu que c'était surtout contre lui-même qu'il était furieux. S'il ne s'était pas mal conduit envers sa femme, s'il n'avait pas eu, de surcroît, la mauvaise idée de recueillir Delphin au Solail, rien de tout cela ne serait arrivé. Qui connaissait la véritable identité du pied-bot ? Charlotte, sûrement, Pascaline, sans doute, bien qu'elle n'eût jamais osé évoquer le sujet avec lui ; d'autres femmes du domaine, probablement, mais ni Delphin ni Blanche, assurément, n'étaient au courant de ce secret douloureux. Arthémon, en effet, se souvenait très bien d'avoir fait jurer à la mère de Delphin de ne jamais le lui révéler, et c'était à cette condition formelle qu'il avait recueilli leur enfant au Solail. Depuis, elle avait quitté le village et il n'avait jamais cherché à la revoir. Elle non plus, d'ailleurs. Il savait qu'elle vivait à Narbonne avec un marchand de tissus avec lequel elle avait refait sa vie. Blanche, elle, ne pouvait pas savoir que Delphin était son demi-frère : personne n'aurait osé le lui révéler sous peine d'encourir les foudres du maître du Solail. Et, de cela, Arthémon était absolument certain.

Plus il se sentait coupable et plus la colère augmentait en lui. Il allait lui faire voir, à ce pied-bot, à cet ingrat, ce qu'il en coûtait, dans la vie, de ne pas savoir rester à sa place ! Séduire une innocente, quand on n'était même pas capable de marcher, de travailler normalement, ni de gagner sa vie ! Voilà comment il le récompensait, lui, Arthémon, de s'être montré si généreux ! Il revint vers la jardinière à laquelle était attelé l'alezan, y monta rageusement, fit claquer le

fouet sous le regard étonné des journaliers qui travaillaient à proximité.

Une fois au château, il se dirigea droit vers la cave
où Delphin s'occupait des muids en prévision des vendanges. Celui-ci, en le voyant arriver avec un air si
sombre, crut qu'il s'était passé quelque chose dans les
vignes et s'apprêta, en bon domestique, à s'apitoyer
avec son maître. Mais il comprit que c'était plus grave
qu'il ne l'imaginait dès l'instant où Arthémon lança,
d'une voix vibrante de menace :

– Viens avec moi, toi !

Delphin obéit sur-le-champ, comme il en avait
l'habitude, et suivit son maître qui le fit monter à
ses côtés, avant de s'engager, sans un mot, dans
l'allée bordée d'oliviers. Il faisait déjà chaud, en ce
mois de juin, bien que la matinée ne fût pas très
avancée. De grandes écharpes de nuages achevaient
de fondre sous le soleil, là-bas, très loin, au-dessus des
Pyrénées.

Delphin, qui n'osait pas poser de questions, commençait à s'inquiéter vraiment, se demandant si son
idylle avec Blanche n'avait pas été découverte. Il se
rassura un peu quand Arthémon tourna à gauche en
direction d'Argeliers et il songea qu'ils se rendaient
sans doute à la distillerie. Cinq cents mètres plus loin,
pourtant, Arthémon bifurqua brusquement vers la
droite et s'engagea dans un chemin qui menait sur les
collines. Delphin, cette fois, n'eut plus de doute sur
ce qui l'attendait.

Ils montèrent le sentier pendant un long moment,
au milieu de la garrigue crépitante d'insectes, puis ils
débouchèrent dans une clairière entre les pins et les
chênes verts. Arthémon tira sur les rênes, arrêta la
jardinière et lança :

– Descends !

Et comme Delphin, paralysé, ne bougeait pas :

– Descends, je te dis ! Il faut que je t'aide ?

Delphin obéit lentement, persuadé, maintenant, que le moment qu'il redoutait était arrivé. Il s'éloigna de quelques pas de la charrette, vit Arthémon descendre lui aussi, la contourner, se saisir du fouet, et s'avancer vers lui, une rage froide au fond des yeux.

– Alors, comme ça, on a séduit ma fille ! fit le maître du Solail, d'une voix qui ne laissait aucun doute sur ses intentions.

Delphin recula d'un pas, mais ne trouva rien à répondre.

– Moi qui t'ai recueilli, qui te nourris, qui te donne du travail, c'est donc comme ça que tu me remercies ?

Delphin demeurait immobile, incapable de prononcer le moindre mot, tant sa culpabilité l'accablait.

– Réponds-moi !

Qu'aurait-il pu dire ? Qu'il aimait Blanche et qu'elle l'aimait aussi ? Cela lui parut impossible, et en tout cas de nature à augmenter encore sa colère.

– Réponds ! je te dis.

Et, comme Delphin demeurait obstinément silencieux, Arthémon se mit à frapper avec une telle rage que le domestique tomba, essayant vainement de se protéger le visage avec le bras. Mais ce n'était pas son visage que visait Arthémon, c'était son torse, que protégeait à peine une mince chemise d'été vite réduite en lambeaux, découvrant une peau où la lanière du fouet creusait des sillons rougissants.

– Je vais t'apprendre à respecter les filles ! criait-il à chaque coup de fouet. Un domestique ! Un bon à rien ! A qui je fais la charité ! Qui crèverait de faim si je n'étais pas là ! Un infirme répugnant ! Et qui est sale ! Qui sent mauvais ! Qui boite ! Qui ne sait même pas tailler la vigne ! Un voleur de fille ! Je vais te mon-

trer, moi, qui tu es, bon à rien ! Crapule ! Vermine !
Galeux !

Delphin s'était tourné vers le tapis des aiguilles de
pin et ne bougeait plus. Dans sa fureur, Arthémon
frappait maintenant avec le manche du fouet, s'acharnait contre la chaussure à tige, comme si ce pied bot
était responsable de ce qui arrivait aujourd'hui,
comme s'il était le symbole de la culpabilité écrasante
du domestique. Pourtant, au bout d'une minute de
folie, un éclair de lucidité passa dans le regard de feu
d'Arthémon : ce n'était pas un étranger qu'il frappait
ainsi, mais son propre fils. Il s'arrêta d'un coup, les
mains tremblantes, le souffle court, effrayé par sa
propre violence, mais aussi par ce corps immobile,
à terre, devant lui, qui semblait ne plus respirer.
Il avait peut-être tué son enfant ! Il lâcha le fouet,
s'accroupit, retourna Delphin, constata avec soulagement qu'il respirait toujours. Alors Arthémon se
releva, puis, sans même ramasser le fouet, il partit vers
la jardinière, fit claquer les rênes et s'en alla sans se
retourner.

Couvert de sueur sous le soleil proche du zénith,
il laissa le cheval aller au pas, tenta de calmer les
battements désordonnés de son cœur, encore effrayé
de cette rage folle qui venait de l'embraser. Il prit
lentement la direction du Solail, incapable de savoir
ce qu'il devait décider au sujet de Blanche, car il
risquait de la perdre définitivement si elle appre-
nait la vérité sur la naissance de Delphin. Mais ce qui
le troublait le plus, c'était la fureur dont il avait été
capable. Il mesurait combien il avait changé depuis
la guerre qui l'avait rendu comme fou, par moments, ne contrôlant plus ses gestes ni ses paroles,
envers ses propres enfants. Combien de fois Jules
n'avait-il pas essuyé ses sarcasmes, et Blanche son
impatience agressive ? Quant à Pascaline, sa femme,

c'était pis encore : non content de l'avoir trompée pendant des années, il la traitait durement aujourd'hui, ne supportant ni sa soumission ni l'attachement qu'elle continuait de lui témoigner.

Il arriva au Solail sans même s'en rendre compte, alors que midi sonnait au clocher de Sainte-Colombe. La chaleur était telle qu'Arthémon ruisselait de sueur. Il fallait qu'il se rafraîchisse et reprenne une apparence normale avant le repas. Il entra dans le bureau, où, en été, se trouvaient toujours, sur la table du fond, une cuvette et une cruche d'eau. Charlotte l'y attendait, car elle se doutait qu'il se passait quelque chose d'anormal pour avoir assisté, derrière la fenêtre de l'étage, à son départ en compagnie de Delphin.

– Vous êtes là, vous ! fit-il sans contenir un mouvement de contrariété.

– Oui, je suis là, dit-elle sans se démonter. Tu n'as pas l'air dans ton assiette.

Il ne répondit pas, s'approcha de la cuvette, fit couler de l'eau sur ses mains et humecta longuement son visage qui, Charlotte l'avait remarqué à l'instant où il était entré, était cramoisi. Enfin il s'essuya avec la serviette et se sentit un peu mieux. Il s'assit alors dans le fauteuil qui se trouvait sur le côté droit du bureau, contre la bibliothèque, mais il n'adressa pas la parole à sa tante qui l'observait à la dérobée.

– Qu'as-tu fait de Delphin ? demanda-t-elle brusquement, quand elle eut compris qu'il ne parlerait pas.

Ce fut comme si une guêpe avait piqué Arthémon. Il sursauta, se tourna vers elle et lança :

– Vous m'espionnez, maintenant ?

Elle haussa les épaules, ne répondit pas. De longues secondes passèrent, puis Charlotte demanda :

84

– Qui t'a parlé ?

Il haussa les épaules à son tour, répondit :

– Ma femme, pardi.

Et, se levant vivement, en se plantant devant Charlotte qui ne tressaillit même pas :

– Vous étiez au courant, vous ?

– De quoi donc ? fit-elle. Du fait que ta fille avait un amoureux ? C'est de son âge, il me semble.

– Un drôle d'amoureux ! Un pied-bot ! ricana-t-il.

– Où est-il, le pied-bot ? demanda-t-elle, car elle savait combien il avait changé, Arthémon, et combien il était devenu capable de violence.

– Là-haut, dans les collines, ça lui servira de leçon.

Elle se leva à son tour, s'approcha de lui, murmura :

– Tu frappes ton fils, maintenant ?

Ils n'avaient jamais abordé ce sujet, car elle avait compris, à l'époque où Arthémon ne s'était plus caché de sa liaison avec la mère de Delphin, qu'il avait dû trouver un exutoire à ce qu'il avait vécu pendant la guerre, et elle ne s'était pas senti le droit de lui en faire le reproche.

– Et mon père, à moi, fit rageusement Arthémon, croyez-vous qu'il me faisait des compliments tous les jours ?

Certes non. Charlotte n'ignorait pas comment Léonce, son propre frère, se conduisait avec ses enfants, les menant durement, et n'hésitant pas à lever la main sur eux. Mais là n'était pas le problème aujourd'hui, et il lui apparut qu'Arthémon se défaussait habilement. Aussi demanda-t-elle doucement, pour ne pas l'irriter davantage :

– Dis-moi seulement où tu as laissé ce pauvre Delphin.

– Là-haut, sur le Pech, dans la clairière de Maussan.

– Dans quel état ?

Il haussa les épaules mais ne répondit pas. Elle sortit, fit atteler l'alezan au cabriolet et partit vers le Pech où Delphin, le dos en sang, était toujours recroquevillé sur sa douleur.

Le jour n'était pas encore levé quand Justin Barthès arriva dans sa vigne. Il avait pris l'habitude de se lever très tôt pour venir y travailler jusqu'à neuf ou dix heures, puis il rejoignait l'atelier où Clément s'était déjà mis à l'ouvrage. Il y retournait le soir, à la fraîche, et retrouvait délicieusement des sensations, des odeurs qu'il avait crues oubliées : celle du sulfate de cuivre mélangé au carbonate de chaux que l'on répandait avec la cuve Vermorel fixée sur les épaules, celle des feuilles humides de la nuit, de la terre ameublie, celle du soufre aussi, qu'il fallait utiliser abondamment pour protéger les feuilles et les sarments de l'oïdium. Il se faisait aider dans cette tâche par Ludovic, qui remboursait ainsi le prêt du cheval et du matériel que lui avait consenti Justin pendant deux ans.

Ludovic, cependant, n'habitait plus dans l'atelier de son oncle. Au mariage de Clément, il avait fait connaissance d'une fille du village, prénommée Adèle, dont le père, Adrien Bouvet, était mort quelques années auparavant d'une pleurésie. Celle-ci vivait chichement avec sa mère Joséphine qui possédait deux vignes sur les collines. Sachant qu'une propriété, même de petite taille, ne pouvait pas se passer d'un homme, mais aussi et surtout parce qu'elle pensait avoir trouvé en Ludovic un mari sur qui elle pourrait compter, Adèle avait accepté de se marier avec lui, six mois après leur rencontre. Ludovic avait donc un toit désormais, et bientôt la vendange de sa propre vigne s'ajouterait à celle des deux femmes : il deviendrait un véritable vigneron, pauvre certes, mais libre, et reconnaissant envers Justin de l'avoir aidé à ses débuts. Aussi le rejoignait-il, à sa demande, pour travailler la vigne que Justin avait achetée à Charlotte Barthélémie, et ce n'était pas, pour l'un comme pour l'autre, sans une profonde satisfaction.

Ludovic arriva, ce matin-là, quand le jour commençait à pointer au-dessus des collines. Il avait travaillé toute la nuit dans les vignes d'Adèle, à la lueur de la lune, profitant du fait qu'il n'y avait pas de vent pour achever de soufrer avant le 9 juin, comme c'était l'usage. C'était à peine si la nuit avait dispersé la chaleur de la veille, et l'on sentait le soleil près de monter dans le ciel pour y régner en maître pendant une interminable journée. Ce soleil était un présage d'une récolte abondante et riche en alcool, si toutefois les violents orages du mois d'août ne venaient pas cribler les vignes de grêle.

– Bonjour ! dit Ludovic en posant sa musette devant lui.

Comme il était couvert de poudre d'or, Justin comprit qu'il avait soufré toute la nuit.

– Alors, tu ne dors plus ? dit-il en lui serrant la main.

– Je me rattrape la journée, fit Ludovic. Une bonne méridienne de une heure à quatre heures, et je me réveille comme neuf.

– C'est que tu es jeune, toi, fit Justin en riant.

– On croirait entendre parler un vieillard !

– Allez, dépêchons-nous, sinon le soleil va nous coller le soufre sur la peau.

Ils se saisirent des poudreuses, s'éloignèrent de

quelques pas, et commencèrent à actionner le soufflet, dans l'air qui fraîchissait, maintenant, juste avant l'aube. Une grande paix régnait sur la vallée où les coqs s'enrouaient, réveillant les châteaux, les métairies et les villages. Le parfum des pins et des romarins coulait à gros bouillons des collines qui semblaient s'obscurcir à mesure que le ciel, au-dessus d'elles, pâlissait. A des tintements de grelots, des grincements d'essieux et quelques éclats de voix portés par l'air devenu brusquement léger comme du verre, on devinait que le travail avait aussi commencé au Solail.

Pour Justin, qui avançait lentement entre les ceps, examinant d'un œil expert les feuilles au vert tendre, ce n'était pas vraiment du travail, mais du plaisir. Et pourtant le soufre le faisait pleurer comme autrefois. Mais c'était à peine s'il sentait la douleur, car il travaillait sa propre vigne et non pas celle des autres : cela suffisait pour lui faire oublier la dureté et l'ingratitude de ces travaux qui brisent les reins, irritent les yeux, et paraissent ne jamais devoir finir. Il devinait à chaque pas combien ce monde-là, plus que celui du bois et des barriques, était charnellement le sien. Il avait eu raison d'y revenir, car il portait en lui la passion de cette terre d'un ocre rouge, de ces ceps semblables à des artères brunes par où montaient les sucs vers les raisins, pour les gonfler au fil des jours d'une vie chaude et soleilleuse, la vraie vie, celle des gens du Languedoc, celle de sa famille, depuis, lui semblait-il, le premier jour du monde.

Le soleil venait de sauter par-dessus les collines. Toute la vallée se mit à étinceler, dans l'air brusquement traversé d'éclats de vitre et d'une sonorité nouvelle : on eût dit qu'en quelques secondes la vallée avait changé de robe, comme ces femmes qui se parent en sachant qu'elles vont passer de l'ombre à la lumière. Le jour était là, tremblant sur lui-même comme un agneau qui vient de naître, et Justin n'avait pas assez d'odorat, d'ouïe, de tous ses sens, pour l'accueillir comme il l'aurait voulu, car le travail pressait.

Il s'arrêta tout de même un instant, quelques secondes seulement, et il leva la tête vers le ciel, pour boire cette lumière qui ruisselait comme une source vers la plaine, mais qui allait se tarir très vite, dès que la chaleur s'épaissirait. Cette pensée le contraignit à se remettre au travail, une brûlure de plus en plus féroce dans ses yeux dont les sourcils étaient couverts de poudre.

Une heure plus tard, les deux hommes s'assirent près du cabanon, pour déjeuner de pain, de cansalade, d'oignons et de fromage. Côte à côte, ils regardèrent un moment le Solail dont ils apercevaient le toit tremblant dans la chaleur entre les pins parasols, puis Justin murmura :

– Quelquefois, je me dis que je suis complètement fou d'avoir acheté cette vigne.

Et, comme Ludovic ne répondait pas :

– La crise n'a jamais été aussi terrible. La coopérative ne parviendra jamais à absorber les stocks.

– D'autant, fit Ludovic, qu'on ne lui confie que les surplus les plus mauvais, ceux qu'on ne peut pas vendre soi-même.

– Oui, soupira Justin, il y a beaucoup de chemin à faire avant que les vignerons jouent vraiment le jeu. Ils ont encore du mal à comprendre qu'ils doivent mettre leurs intérêts en commun sans arrière-pensée, et se montrer solidaires face au marché.

– Ce n'est pas pour demain.

– Non, fit Justin, mais ça finira bien par arriver. Il le faut. C'est une question de survie, mais ils ne l'ont pas compris, même quand ils vont déposer leur bulletin dans l'urne.

Il faisait là allusion aux élections législatives qui venaient d'avoir lieu et qui avaient assuré aux radicaux quatre députés sur cinq dans le département de l'Aude. Il n'y avait qu'à Narbonne que Blum, le candidat socialiste, avait été élu. Même les modérés, pour faire face à la menace d'extrême gauche, faisaient voter pour les radicaux dont Albert Sarraut était toujours la tête pensante.

– C'est dans les villes que les idées bougent le plus vite, reprit Justin, non sans regret.

– Le père de Juliette, qui est un instituteur socialiste, a quand même été élu maire de Bressan, observa Ludovic.

– Oui, mais chez nous, à Sainte-Colombe, ce sont toujours les Sauzade, radicaux conservateurs s'il en est, qui tiennent la mairie. Ils sont même soutenus par les Barthélémie, c'est dire !

– Tant que tu ne te présenteras pas, toi, dit Ludovic avec une conviction qui surprit Justin, rien ne bougera.

– Je me demande si ça en vaut la peine. Je ne crois pas qu'on puisse faire le bonheur des gens malgré eux. On ne peut agir que sur sa propre vie.

– C'est toi qui tiens un tel discours ! s'indigna Ludovic en hochant la tête de déception. Toi qui t'es battu pour la coopérative alors que tu ne possédais même pas de vignes, toi qui souhaites la disparition de la grande propriété et la redistribution des terres !

Justin ne répondit pas tout de suite. Il parut réfléchir, puis il murmura d'une voix subitement changée :

– Regarde ! ça peut être si simple, de vivre.

Il montrait les vignes qui s'épanouissaient au soleil

dans des frissons qui couraient comme une houle jusqu'au bas des collines.

– Et tous ces journaliers qui crèvent de faim ! s'exclama Ludovic. Tous ces domestiques qui vivent courbés ! Tous ces petits propriétaires, comme moi, qui travaillent jour et nuit, tu les oublies ?

– Je n'oublie rien, dit Justin. Je me demande simplement si chacun ne porte pas en soi les forces de changer ou non sa vie.

– Si certains n'en ont pas la force, dit Ludovic, indigné, il faut que les autres acceptent de les aider.

Justin soupira, répondit :

– Oui, tu as sans doute raison.

Puis, se dressant brusquement :

– Finissons-en avant qu'il ne fasse trop chaud.

Ludovic se leva à son tour, reprit la poudreuse et, suivi par Justin, entra de nouveau dans la vigne. Il semblait maintenant qu'un immense poudroiement tournoyait dans les rayons du soleil. La vallée entière s'était couverte de l'or du soufre. Ce spectacle parut cruel à Justin, qui songea à tous les journaliers qui se penchaient sur les ceps pour quelques sous et arrivaient à peine à nourrir leur famille.

Blanche ne comprenait pas pourquoi Delphin, la nuit, ne l'attendait plus dans la vigne de la Croix. Elle ne comprenait pas davantage pourquoi elle ne l'apercevait plus dans la cour du château, et parfois l'idée lui venait qu'ils avaient été trahis, que Delphin avait été chassé du Solail. Elle avait remarqué que son père la dévisageait avec insistance lors des repas, et c'est à peine si elle osait lever la tête de son assiette, de plus en plus convaincue qu'il s'était passé quelque chose dont Delphin avait fait les frais. Pendant deux jours elle renonça à se renseigner auprès des domestiques mais, le troisième jour, elle n'y tint plus et, à la nuit tombée, malgré le risque d'être aperçue, elle poussa la porte du réduit sombre qui servait de chambre à Delphin, près de l'écurie. A la lueur de la lune qui entrait par un soupirail, elle distingua une forme allongée qui bougea à peine quand elle demanda :

– Delphin... Delphin, tu es là ?

Il s'assit en gémissant.

– Blanche ! Malheureuse ! Va-t'en vite, dit-il en reculant vers le mur, effrayé.

– Mais pourquoi ? fit-elle en s'agenouillant près de lui. Que s'est-il passé ?

– Ton père, il sait tout.

Elle voulut d'une main caresser son épaule et sentit un pansement de gaze sous ses doigts.

– Il t'a frappé ? fit-elle.

– Non, je me suis battu avec un journalier. Mais ce n'est rien. C'est fini maintenant.

– Et mon père, comment sais-tu qu'il est au courant ?

Delphin hésita un instant à répondre, finit par avouer :

– Il m'a parlé.

– Quand ?

– Il y a deux jours.

– Qu'est-ce qu'il t'a dit ?

– Qu'il savait tout. Que ça ne pouvait pas durer.

– Et toi, Delphin, qu'as-tu répondu ?

– Que je lui obéirai.

– Delphin !

– Il va me chasser, Blanche, si je n'obéis pas.

Elle distinguait dans la pénombre ses longs cheveux dorés et ses yeux clairs qui n'arrêtaient pas de ciller. Elle comprit qu'il ne lui disait pas toute la vérité, murmura :

– C'est tant mieux s'il te chasse, Delphin, je partirai avec toi.

– Personne ne voudra de moi, fit-il, je devrai mendier ma vie sur les chemins.

– Moi je travaillerai, surtout si nous allons à Narbonne. Ce sera très facile, là-bas.

Il n'eut pas le temps de répondre : la porte s'ouvrit brusquement, leur arrachant un cri à tous les deux. La silhouette d'Arthémon Barthélémie se découpait dans l'encadrement, énorme, menaçante, redoutable. Blanche se releva vivement, tandis que Delphin se recroquevillait contre le mur. Arthémon ne prononça pas un mot. Il s'approcha de sa fille, la prit par le bras, l'entraîna dehors, repoussant du pied la porte derrière lui.

– Vous me faites mal, gémit Blanche, tandis qu'ils franchissaient la cour, déserte et silencieuse.

Il ne desserra pas pour autant sa poigne de fer et, au contraire, la força à monter l'escalier, d'où disparut la tête affolée de Pascaline. Une fois sur le palier, il obligea Blanche à entrer dans sa chambre et la projeta sur le lit. Elle se retourna, essaya de lui faire face, mais elle ne lui avait jamais vu cet air ravagé, comme fou, et elle crut qu'il allait la frapper. Pour la première fois de sa vie, elle comprit vraiment quel homme était son père, et elle en eut peur. Il s'approcha, leva la main, mais ce geste, au lieu de l'effrayer, donna à Blanche la force de se révolter :

– Allez-y ! Frappez-moi, dit-elle, je ne l'en aimerai pas moins.

Il tremblait, hésitant à abattre sa main, mais quelque chose le retenait. Après quelques secondes durant lesquelles la tempête gronda dans sa tête, Arthémon Barthélémie renonça. Il la saisit pourtant de nouveau par un bras et lança d'une voix sifflante :

– Je vais le chasser ! Tu ne le reverras plus jamais ! Et je m'arrangerai pour qu'il crève de faim.

– Si vous faites ça, je le rejoindrai et je mourrai de faim avec lui, dit-elle, étonnée de sa propre audace.

– Je t'enfermerai, dit-il. Tu ne sortiras jamais du Solail.

Il y avait une telle détermination dans sa voix qu'elle comprit qu'il en était capable. Mais, dans le même instant, renoncer à Delphin lui parut impossible, et elle rassembla assez d'énergie pour défier une nouvelle fois son père en disant :

– Vous ne pourrez pas m'enfermer toute ma vie. Je découvrirai bien le moyen de m'enfuir.

Il parut touché, demanda d'une voix mauvaise :

– Qu'est-ce que tu lui trouves, à ce pied-bot ? C'est une larve, une épave que j'ai recueillie par charité. Sans moi, à l'heure qu'il est, il serait devenu un mendiant et il coucherait à la belle étoile.

Blanche planta son regard sombre dans les yeux de son père, murmura :

– Je l'aime.

– La belle affaire ! grinça Arthémon. J'espère qu'il te le rend bien, parce que c'est une chance pour lui.

– C'est une chance pour nous deux.

– Ah ! Tu crois ça ? C'est toi qui le porteras sur ton dos pour aller travailler ?

– Il n'en a pas besoin, il marche tout seul.

– Et il travaille trois fois moins que les autres. Qui serait assez sot, à part moi, pour lui faire l'aumône d'un travail ?

– S'il ne peut pas travailler, c'est moi qui m'en chargerai.

– Ah oui ! Et qu'est-ce que tu feras ?

– N'importe quoi, pourvu que je vive avec lui.

Elle avait réponse à tout, et cela réveilla la fureur

d'Arthémon. Il recula d'un pas, se demanda s'il ne devait pas lui dire toute la vérité, mais il y renonça. Non, il ne pouvait pas avouer à sa fille qu'il était aussi le père de Delphin. C'était impossible : il avait tout fait pour qu'elle ne le sache jamais, et il ne supportait pas de se voir piéger de la sorte aujourd'hui.

– Écoute-moi, petite, dit-il lentement, en pesant bien ses mots, d'une voix à la froideur terrible : si tu continues à voir ce pied-bot de malheur, et si tu ne veux pas m'obéir, il ne me restera plus qu'une chose à faire : le tuer.

Et, comme elle demeurait abasourdie par ce qu'elle venait d'entendre, il répéta :

– Je te promets que si tu m'y obliges, moi, Arthémon Barthélémie, je ne le chasserai pas, ton pied-bot, mais je le tuerai.

Et il sortit, claquant derrière lui une porte qui réveilla tous les gens du château.

Le lendemain, désemparée, Blanche chercha de l'aide auprès de Violaine, à qui, pourtant, elle n'avait jamais fait de confidences, mais chez qui elle devinait une blessure secrète.

Il était six heures, ce soir-là, quand Violaine passa dans le couloir qui menait à la salle à manger où elle avait l'habitude de jouer du piano jusqu'au dîner. En entendant son pas, Blanche ouvrit sa porte brusquement et lui demanda d'entrer. Violaine, d'abord surprise, la suivit dans sa chambre et s'installa pour l'écouter. Elles n'avaient jamais beaucoup parlé ensemble, sans doute parce que Blanche ne goûtait guère la musique et préférait courir les collines, mais aussi parce que la jeune fille comprenait mal cette tante accablée de langueurs, et qui paraissait vivre de chimères et poursuivre les rêves les plus fous. Pourtant, plus seule que jamais, incapable de savoir ce qu'elle devait faire, Blanche se confia à Violaine, qui ne sembla pas étonnée le moins du monde par ce qu'elle entendait. Au contraire, dès que la jeune fille s'arrêta de parler, elle lui fit des confidences à son tour, lui racontant sa folle passion, lorsqu'elle avait vingt ans, pour Justin Barthès, et le regret qui ne cessait de la hanter de n'avoir pas su, ou pas pu, braver les interdits. Comme elle avait vécu longtemps loin du Solail et ignorait la véritable identité de Delphin, elle ajouta :

– Pars ! Fuis ! Emmène-le loin d'ici, de l'autre côté de l'océan s'il le faut, mais ne gâche pas ta vie comme moi.

Blanche en demeura stupéfaite, mais Violaine lui expliqua son amour intact pour Justin, son calvaire quotidien à le savoir tout près d'elle et cependant inaccessible, le foyer brûlant qui continuait de rougeoyer en elle et de consumer sa vie.

– Je peux te donner de l'argent, dit Violaine. Mes leçons de piano m'en rapportent plus qu'il ne m'en faut.

– Merci, répondit Blanche, mais j'en ai assez : moi non plus je ne dépense rien de ce que me donne ma mère.

– On n'a jamais assez quand on doit partir loin, fit Violaine.

Et elle répéta fébrilement, comme si c'était elle qui était menacée :

– Je t'en donnerai, je t'en donnerai.

Elle avait pris les mains de Blanche, les serrait.

– Pars ! Pars ! Emmène-le loin d'ici ! reprit-elle.

– Comment faire ? demanda Blanche. Il faudrait le prévenir et je ne peux même pas lui parler.

– Écris un mot pour lui. Je le lui porterai, moi. Mais surtout, partez vite !

Il y eut un instant de silence, durant lequel Blanche s'interrogea sur cette fièvre étrange qui s'était emparée de sa tante, et elle en fut même un peu effrayée.

– Mais où aller ? demanda-t-elle.

– A Sète. Ce n'est pas loin de Béziers, et il y a des bateaux pour l'Algérie.

– L'Algérie ?

– Oui, là-bas, personne ne s'occupera de vous. Il y a du travail dans les vignes et vous pourrez être heureux.

Ce bonheur possible, à portée de la main, emporta la décision de Blanche.

– Merci, dit-elle, mais je ne peux pas écrire de mot : Delphin ne sait pas lire.

– Eh bien, j'irai lui dire où tu l'attends.

– Demain soir, à la tombée de la nuit. Je ferai semblant de rejoindre ma chambre, mais je trouverai bien le moyen de sortir. Je l'attendrai à l'écluse la plus proche de la route de Béziers.

– Oui, c'est entendu, fit Violaine, je lui dirai demain. Tu peux compter sur moi.

Et Violaine ajouta, les yeux brillants, le visage illuminé d'une joie profonde, comme si c'était elle qui partait :

– Si j'avais su, si j'avais su...

Dans la soirée, elle revint voir Blanche pour lui donner de l'argent. Blanche, d'abord, refusa, mais Violaine insista tellement qu'elle finit par accepter. La jeune fille se coucha, ce soir-là, pleine d'espoir, avec son petit trésor près d'elle, comme s'il représentait le meilleur des viatiques sur la route de la liberté.

Le lendemain, Violaine put parler à Delphin dans l'étable, alors qu'il s'occupait des chevaux.

– Elle vous attendra à onze heures du soir, à l'écluse, près de la route de Béziers. Ne vous occupez de rien, elle a tout prévu. Soyez prudent, c'est tout ce qu'elle vous demande.

Il sentait encore dans sa chair la trace des coups portés par Arthémon, mais ne plus voir Blanche, ne plus pouvoir la prendre dans ses bras lui paraissait impossible. Au fil des jours, en effet, elle lui était devenue aussi indispensable que le pain qu'il mangeait. Il avait pourtant fait des efforts sur lui-même pour renoncer à cet amour interdit, mais il en perdait le sommeil. Non, il ne pouvait plus vivre sans elle, et comme elle, désormais, il était prêt à tout. Fou d'impatience et d'angoisse, il vécut cette interminable journée dans une agitation qui faillit le trahir.

– Qu'est-ce que tu as, aujourd'hui ? lui demanda Arthémon, après que le domestique eut renversé une comporte pleine d'eau, qu'il était en train de nettoyer.

Delphin ne répondit pas, mais il se sentit seulement rassuré une fois que son maître eut quitté la cave. Ce fut alors au tour de Jules de le prendre à partie en lui disant que l'alezan boitait.

– Il ne boitait pas, ce matin, répondit timidement Delphin.

– C'est ça, fit Jules, contrarié, je ne sais plus reconnaître un cheval qui boite maintenant. Mais pour qui tu te prends ?

– Je l'emmènerai ferrer demain, dit Delphin.

Et il crut que son jeune maître lisait dans ses yeux son projet de départ. Il s'empressa alors de s'éloigner en direction de l'étable, afin de se soustraire à ces regards qui, lui semblait-il, le transperçaient. Là, il s'occupa du cheval, mais il eut l'impression que le temps s'était arrêté et que la nuit ne tomberait jamais. Il mangea seul, dans la remise, après être allé remplir sa gamelle à la cuisine, puis il prépara un petit sac de toile qui contint sans peine ses vêtements : il portait tout ce qu'il possédait sur lui, excepté une vieille veste et un pantalon de rechange, rapiécé de haut en bas.

Comme la nuit ne tombait toujours pas – ces journées torrides de juin paraissaient ne jamais devoir finir –, Delphin sortit dans la cour, discuta un moment avec un des journaliers qui avaient l'autorisation de dormir dans l'étable, puis il regagna ostensiblement la remise. Une demi-heure passa encore, avant qu'il ne se décide à ressortir, son sac sur l'épaule, refermant sans bruit la porte derrière lui et scrutant l'ombre rafraîchissante de la nuit. C'était la pleine lune. Seul le parc était sombre car les pins parasols le protégeaient de la lueur laiteuse, qui, plus loin, inondait la vallée.

Delphin sortit du parc par un trou dans les buis, d'où il savait pouvoir gagner les vignes proches. Au loin, face à lui, il devinait la ligne sombre des platanes du canal, et, pressant le pas, il s'engagea dans une allée entre deux vignes. Il avait très chaud. Il se sentait coupable, mais, en même temps, sa détermination demeurait entière. Il arriva à un carrefour de deux chemins, devina une ombre devant lui :

– Blanche, dit-il, c'est toi ?

Nul ne lui répondit. Pourtant, il y avait quelqu'un, il en était sûr, car il distinguait nettement une silhouette dont l'aspect évoquait en lui un souvenir désagréable.

Avant même qu'elle eût prononcé le moindre mot, il avait reconnu Éléonore, la caraque, qui le poursuivait depuis longtemps de ses assiduités. Chaque fois qu'il quittait seul le Solail, en effet, il la rencontrait sur sa route. On eût dit qu'elle savait tout de lui, de ses moindres mouvements, de ses moindres allées et venues, de ses moindres projets. Elle ne cessait de le harceler, affirmant qu'il lui appartenait, qu'elle ne le laisserait jamais vivre avec une autre, qu'elle le tuerait plutôt que de le perdre. Aussi en avait-il peur, la sachant dans sa folie capable de tout grâce aux pouvoirs maléfiques hérités de sa mère, la Finette.

– Où vas-tu ? fit la caraque, tu vas la rejoindre, c'est ça ? Tu veux t'enfuir avec elle !

– Laisse-moi passer, dit-il, ça ne te regarde pas.

Elle fit un pas en avant et, à l'éclair qui jaillit sous la lune, il distingua un couteau dans sa main droite.

– Si tu ne retournes pas d'où tu viens, je te tue, dit-elle d'une voix exaltée qui ne laissait aucun doute sur sa détermination.

– Laisse-moi passer, répéta-t-il, mais sans esquisser le moindre geste, car il savait qu'avec son pied il n'était capable ni de forcer le passage ni de se mettre à courir.

– C'est à moi que tu appartiens. Je te veux, et je t'aurai, fit-elle, avançant encore et s'arrêtant à un mètre de lui.

– Éléonore ! supplia-t-il.

– Retourne ! cria-t-elle, le couteau pointé droit sur lui, à moins de cinquante centimètres, maintenant, de sa poitrine.

Il eut l'impulsion de se jeter sur la lame, mais il pensa à Blanche et il y renonça. Elle se précipita sur lui, l'enserrant dans ses bras souples et nerveux. Ils tombèrent, enlacés, et il se défendit de son mieux, réussissant finalement à se dégager, car ses bras étaient les plus forts. Dès qu'il se retrouva debout, il découvrit brusquement du sang sur son ventre et s'affola. Il repartit alors en direction du Solail, claudiquant comme un pauvre hère, poursuivi par un rire fou et des menaces qui résonnaient en lui comme autant de malheurs à venir.

4.

LES vendanges de cette année 1932 s'annonçaient belles. Justin Barthès, qui faisait office de vide-panier dans la lumière de cette matinée de septembre, se demandait depuis combien d'années il n'avait pas vendangé. Vingt ans ? Trente ans ? Il ne savait plus. Il renonça à chercher, s'arrêta après avoir vidé les raisins dans la comporte située à l'extrémité d'une allée, et regarda autour de lui : partout, dans la vallée, au Solail comme dans les vignes environnantes, des hommes et des femmes se penchaient sur les ceps, où les raisins chauds, gonflés par le soleil de l'été, semblaient palpiter sous les doigts qui les saisissaient.

Il ne résista pas à l'envie de cueillir une grappe et d'y mordre à pleines dents, comme il le faisait, il y avait bien longtemps, en cachette de son père Cyprien, le ramonet de la Combelle. Que d'années avaient passé ! Il n'était plus journalier, désormais, mais il vendangeait sa propre vigne, il allait rentrer sa propre récolte, faire son propre vin, le vendre à la coopérative, et boire chez lui, dans sa maison, la deuxième presse, en véritable vigneron qu'il était devenu.

Les prix étaient toujours à la baisse, mais Justin en souffrait moins que les autres, car les ressources qu'il tirait de la tonnellerie le rendaient moins dépendant de la chute des cours. Certes, il donnait un salaire à Clément, et les commandes de fûts et de barriques se faisaient rares, mais Justin, comme sa femme Nathalie, avait été habitué à vivre de peu, et il ne souffrait guère des privations que la crise économique imposait à tous. Il n'y pensait pas, d'ailleurs, ce matin-là, occupé qu'il était à observer Nathalie, son chapeau de paille sur la tête, qui riait aux côtés de Juliette, la femme de Clément, venue aider, elle aussi, avant la rentrée des classes. Si Clément était resté à l'atelier, Ludovic, lui, était présent pour ces vendanges, accompagné par Adèle, qui avait abandonné pour deux ou trois heures sa mère impotente.

Ainsi, ils étaient cinq à travailler dans cette matinée de septembre qui scintillait de mille feux sous les rayons d'un soleil aussi chaud qu'au plus fort de l'été. Les trois femmes coupaient les raisins, et les deux hommes les acheminaient jusqu'aux comportes qu'ils hissaient, une fois pleines, sur la charrette arrêtée à l'entrée de la vigne. Ils avaient calculé qu'à cinq une seule journée suffirait pour la vendanger, et que, dès le lendemain, donc, ils pourraient se retrouver dans les vignes de Ludovic et d'Adèle où il y aurait davantage d'ouvrage.

Ludovic, qui s'épuisait au travail, ne parvenait cependant pas à rembourser à son oncle le moindre sou sur la somme empruntée pour la plantation de son mailleul.

– Laisse, disait Justin, j'ai le temps.

– Et si je n'y arrive pas ? demandait Ludovic.

– Tu y arriveras, répondait Justin, rassurant.

Mais Ludovic devenait de plus en plus agressif, et il semblait à Justin qu'il buvait plus que de raison. Ce matin-là, précisément, il était déjà venu à deux reprises près du seau dans lequel on avait mis à rafraîchir deux bouteilles de vin. Cela ne l'empêchait pas de travailler, mais il manifestait une sorte de hargne, dans laquelle Justin devinait des signes inquiétants de découragement.

Vers onze heures, les vendangeurs du Solail atteignirent l'extrémité de la vigne qui voisinait avec celle de Justin Barthès. Il arriva un moment où les vide-paniers de l'une et l'autre équipe se rencontrèrent dans l'allée mitoyenne. C'est ainsi que Ludovic se retrouva face à son père et à son frère qu'il n'avait pas revus depuis deux ans. D'abord il feignit de ne pas remarquer leur présence, mais Séverin vint se planter devant lui et demanda brusquement :

– C'est depuis que tu es devenu propriétaire, que tu as honte de ta famille ?

Ludovic blêmit et répliqua d'une voix froide :

– J'ai honte de vous depuis toujours, vous devriez le savoir, non ?

Justin et Jérôme s'approchèrent, car ils redoutaient autant l'un que l'autre ce face-à-face longtemps évité.

– Et pourquoi ? demanda Séverin, que sa manche pendante rendait pitoyable.

C'est du moins ce que ressentit Justin, qui vint prendre Ludovic par l'épaule et tenta de l'éloigner.

– Viens ! dit-il. Le travail nous attend.

Mais celui-ci se dégagea et répondit à son père :

– Parce que vous vous êtes toujours traînés aux pieds de vos maîtres comme des chiens battus. Parce que vous ne vous êtes même pas rebellés quand ils m'ont chassé, et que vous continuez de vivre tête baissée sur votre lâcheté.

– Viens, je te dis ! répéta Justin, en cherchant de nouveau à entraîner Ludovic.

Mais celui-ci résistait et continuait de défier son père du regard, plus par fatigue, par désespoir, sans doute, que par véritable animosité.

105

– Tu n'as pas le droit de parler comme ça, petit, fit Séverin, dont la main tremblait.

– J'ai tous les droits ! cria Ludovic, hors de lui. Je ne dépends de personne, moi !

– Venez, père ! fit Jérôme en essayant d'entraîner Séverin en direction du Solail.

– Et toi ! rugit Ludovic en s'en prenant subitement à son frère, toi, l'héritier de la Combelle, le futur esclave des Barthélémie, fais-moi voir comment tu vas te rouler à leurs pieds, toi ! Montre-moi si tu as bien appris ta leçon ! Si tu seras un chien bien obéissant ! Si tu sauras réclamer l'os qui t'empêchera de mourir de faim !

Jérôme, contrairement à son père, n'eut pas le sang-froid de supporter l'affront : il bondit sur Ludovic, l'empoigna violemment, et les deux hommes roulè-rent à terre dans un combat si féroce que Justin et Séverin ne réussirent pas à les séparer. Il fallut que les journaliers interviennent, et encore durent-ils s'y prendre à deux fois avant d'y parvenir. Justin entraîna alors Ludovic dans sa vigne, et le fit asseoir près du cabanon, après avoir rassuré Adèle qui pleurait, un mouchoir à la main.

Ludovic, écarlate, le visage souillé de terre, du sang sur la joue droite, haletait, regardant droit devant lui, les coudes posés sur ses genoux.

– Écoute-moi bien, petit, dit Justin, furieux de cette violence dont il avait horreur, si jamais tu recommen-ces une seule fois à insulter ton père ou à te battre avec ton frère, tu ne pourras plus compter sur moi. Tu m'as bien compris ? Plus jamais !

Et, comme Ludovic se saisissait d'une bouteille de vin sans oser lever les yeux sur lui :

– Et si tu continues de boire, ce sera la même chose ! Tu es en train de prendre un chemin qui ne te mènera nulle part. Je ne sais pas où tu vas, mais, en tout cas, tu peux être sûr que tu iras sans moi !

Puis il s'éloigna, laissant seul Ludovic qui avait reposé la bouteille de vin et qui regardait toujours fixement devant lui, comme s'il prenait seulement conscience, maintenant dégrisé, de la manière inqualifiable dont il s'était conduit. Cinq minutes plus tard, il revint dans la vigne, un peu calmé, sembla-t-il à Justin, qui pourtant, volontairement, ne lui adressa pas la parole jusqu'à la pause de midi.

La tension retomba heureusement au cours du repas qu'ils prirent à l'ombre du cabanon, retrouvant des gestes, des sensations, des menus plaisirs demeurés intacts, malgré le temps passé. Pour Justin Barthès, depuis ses vendanges lointaines, rien n'avait vraiment changé : c'était le même soleil, les mêmes rires de filles, les mêmes odeurs sucrées de comportes bien pleines assaillies par les guêpes. On finit par oublier l'incident du matin, et l'on reprit le travail, après une courte sieste sous les amandiers, dans la bonne humeur retrouvée. Pendant l'après-midi, la leçon donnée par Justin ayant porté, Ludovic évita de boire, et il n'y eut pas le moindre problème dans l'allée mitoyenne.

Le soir, pourtant, alors qu'ils se tenaient seuls dans la cave de Justin pour fouler le raisin, Ludovic tenta de se justifier en disant :

– Je n'en peux plus, tu comprends. Je crois que j'ai vu trop grand. Si encore Adèle pouvait m'aider, mais tout seul, je n'y arrive pas.

– Je t'aiderai encore plus s'il le faut, répondit Justin, mais si je te vois te battre une nouvelle fois, tu n'entendras plus jamais parler de moi.

Durant les deux jours qui suivirent, ils vendangèrent les vignes d'Adèle, et à aucun moment il ne fut question de ce qui s'était passé dans l'allée du

Solail. Le dernier soir, alors que tous les vendangeurs étaient réunis dans la maison d'Adèle – y compris Clément qui les avait rejoints pour fouler le raisin après sa journée de travail à l'atelier –, Ludovic soupira :

– Est-ce qu'on vendra le vin, au moins ?

Et il ajouta, comme Justin tardait à répondre :

– Les cuves de la coopérative sont pleines. Elle ne peut même pas écouler le vin de l'an passé.

– On l'écoulerait plus facilement si on ne vendait pas la meilleure presse aux marchands, dit Justin. Tant qu'on n'aura pas compris que c'est aux coopératives qu'il faut confier le meilleur de nos récoltes, tout le monde souffrira.

– Nous sommes habitués, fit Adèle d'un ton désabusé. Souffrir, ça, on sait faire.

Il y eut un instant de silence, que rompit Justin en disant :

– Il y en a qui souffrent plus que nous : ce sont les journaliers qu'on renvoie chaque matin.

Ludovic, comme Adèle, se sentit touché par ces paroles. Il se jura bien, ce soir-là, qu'on ne le prendrait plus à se plaindre. Il travailla pendant une quinzaine de jours dans sa cave, porta toute sa récolte à la coopérative, puis il reprit le chemin de sa jeune vigne, celle qui avait le plus besoin de ses soins attentifs.

Bien que la saison fût avancée, il faisait toujours aussi chaud, ce matin-là, et la garrigue environnante crépitait du chant des insectes englués dans la rocaille et les herbes sauvages. Ludovic était en train de biner entre les jeunes plants afin de compenser le manque d'eau, quand il entendit marcher derrière lui. Il pensa que c'était Justin qui venait l'aider et il se retourna pour le remercier. Stupéfait, il aperçut Clarisse, sa mère, qui portait un bigos [1] sur l'épaule et qui le regardait d'un air douloureux, immobile, pitoyable avec ses socques, sa blouse noire et son chapeau de paille troué. Étonné, Ludovic demanda :

– Qu'est-ce que tu viens faire ici ?

– Je viens t'aider, fit-elle.

– Je n'ai besoin de personne.

– Il ne sait rien ; tu n'auras pas à lui dire merci.

Il comprit qu'elle parlait de Séverin, et la seule évocation de son père accrut son hostilité.

– Tu crois pas que tu en fais assez comme ça ? demanda-t-il d'un ton acerbe. Tu veux mourir avant l'heure ?

Il se rendait compte, en effet, combien sa mère avait changé depuis qu'il avait quitté la Combelle, et combien, en quelques mois, elle était devenue une vieille femme.

– Ils nous ont renvoyées du château, Agathe et moi, dit Clarisse avec une moue de dépit qui sembla à Ludovic dissimuler un sanglot. Ils ne peuvent plus payer.

Et elle ajouta, avec un haussement d'épaules, déjà résignée :

– C'est pas ce qu'ils nous donnaient, pourtant, qui pouvait les ruiner. Mais qu'est-ce que tu veux ? Les affaires vont si mal...

Il la considérait d'un œil différent, soudain, comme si le fait qu'elle eût été chassée la rapprochait de lui.

– Je sais comme c'est dur pour toi, alors j'ai pensé t'aider, reprit-elle avec une expression si fragile, si soumise, qu'il en fut bouleversé. Même à soixante ans, je peux faire encore, ajouta-t-elle d'une voix qui s'était brisée sur le dernier mot.

Il eut l'impression que c'était plus une question

---

1. A l'inverse du rabassié, qui est plein, le bigos est une sorte de houe avec des dents.

qu'une affirmation, et il se sentit transpercé par cette marque de faiblesse derrière laquelle se cachait, il le devinait, une tendresse toujours retenue. Elle souriait, guettant une approbation, une reconnaissance, peut-être, un signe enfin de son acceptation de ce qu'elle était vraiment : une vieille femme, maintenant, mais sa mère, celle qui s'était toujours inquiétée pour lui et avait souffert en silence de son départ.

Il lâcha son outil, s'approcha d'elle, la prit dans ses bras doucement, comme s'il avait peur de la casser. Ils restèrent ainsi près d'une minute étroitement unis, puis il recula d'un pas et dit, montrant les jeunes plants de la main :

– C'est la nôtre.

Et, comme elle ne comprenait pas :

– Elle est aussi un peu à toi, tu sais.

Hésitant à reprendre son travail, il regarda un moment, incrédule, les larmes inonder le visage si différent de celui, si beau et tant aimé, qui avait accompagné les lumineuses années de son enfance.

Une fois les vendanges achevées, les journaliers du Solail vinrent s'occuper du mailleul de terret et de morastel qui avait été planté l'année précédente par Charlotte Barthélémie. Ils étaient de moins en moins nombreux, ces journaliers, et les domestiques participaient maintenant aux travaux dans les vignes, ainsi que Jules, qui était pourtant l'héritier du Solail. Les femmes, elles – Violaine comme Blanche –, avaient été requises à la cueillette des olives, dont il n'était pas question de négliger l'apport en argent frais, puisqu'on vendait une bonne partie de l'huile, une fois prélevée la part nécessaire à la cuisine du château.

Les affaires allaient de plus en plus mal pour Charlotte et pour Arthémon qui se demandaient s'ils n'allaient pas devoir encore vendre une vigne. La plantation des nouveaux cépages avait coûté beaucoup plus cher qu'ils n'avaient cru, et les jeunes plants ne rapporteraient pas d'argent avant au moins cinq ans. Charlotte se demandait d'ailleurs si elle avait bien choisi le moment pour effectuer ces travaux. Le vin ne se vendait pas, ou si mal qu'on s'interrogeait : fallait-il le vendre à des négociants qui s'y entendaient pour profiter de la situation ou fallait-il le stocker ? Les foudres et les muids du Solail étaient déjà pleins, et Charlotte ne se résignait pas à porter ses surplus à la coopérative.

— Moi, vivante, jamais ! disait-elle à Arthémon qui, lui, commençait à fléchir. Je sais très bien qu'elles sont contrôlées par les socialistes, les mêmes qui rêvent de nous prendre nos vignes.

— Qu'allons-nous faire du vin ? demandait-il alors.

— Je le vendrai d'une manière ou d'une autre.

— Quand ?

— Quand la demande reprendra. Il suffit de stocker en attendant.

— Nos muids sont pleins.

— Je vais en commander d'autres.

Et, au lieu de percevoir de l'argent, elle en déboursait davantage pour payer de nouvelles cuves qui encombraient inutilement les caves du Solail.

C'était à ces dépenses que pensait Charlotte en regardant les domestiques s'occuper du mailleul qui portait tous ses espoirs pour les années à venir. Grâce à lui, le vin produit au Solail serait différent, et de meilleure qualité que celui des autres vignerons. Ainsi le domaine serait sauvé. Encore fallait-il tenir cinq ans. En aurait-elle la force ? Elle se le demandait, en reprenant la route du château, dans la douceur de la fin septembre qui succédait enfin à la canicule des mois précédents.

111

Cette idée obsédait maintenant Charlotte : tien- drait-elle cinq ans alors qu'il lui semblait que ses forces déclinaient de plus en plus ? Si la marche lui faisait du bien à l'esprit, elle réveillait des douleurs aux genoux qui l'empêchaient de dormir. Par ailleurs, elle était constamment essoufflée, et des vertiges, souvent, la forçaient à s'allonger. Cet après-midi-là, elle avait pourtant refusé la jardinière proposée par Jules pour rentrer. C'était tellement bon, cette odeur de moût, ce petit vent marin qui glissait sur le visage, ces ailes de nuages, couleur de dragée, qui semblaient prendre leur envol, là-haut, au-dessus des collines dont les feuil- les commençaient à changer de couleur.

Charlotte soupira. Elle aurait bien pris le chemin qui y montait si ses jambes le lui avaient permis. « Si j'essayais ? » se dit-elle, poussée par une vague mer- veilleuse et désespérée qui ramenait à la surface de ses pensées ce qu'il y avait en elle de plus précieux, de plus secret. Elle se souvint alors que le courtier devait venir à six heures. « Au diable le courtier ! » murmura-t-elle. Elle tourna à droite au croisement de deux allées et prit le chemin qui, lui semblait-il, menait vers le ciel étendu comme une mer au-dessus des pins et des kermès. Elle aperçut la Combelle sur sa gauche, à moins de deux cents mètres, mais il n'y avait rien qui pût l'attirer là-bas, depuis la mort de Mélanie.

Elle commença à escalader la colline par un petit sentier qui s'ouvrait derrière une haie de roseaux, reconnut avec un spasme de bonheur un univers fami- lier : les toiles d'épeire sur les genévriers, les touffes brûlées des dorines, la salsepareille, les bourraches, les cistes, les arbousiers, les térébinthes, les acacias, les fenouils, tout cela reconstituait miraculeusement devant elle un monde dont elle avait oublié l'exis- tence, et qui, cependant, était viscéralement le sien.

Elle s'arrêta pour souffler sous un figuier qui signa-

lait la présence d'un puits, puis elle se retourna : le
Solail s'étendait dans la plaine d'un vert passé, calme
et paisible comme si aucune menace ne pesait sur lui.
Et pourtant... Charlotte repartit, s'efforçant de ne plus
se retourner. La montée lui donnait chaud, mais elle
se sentait bien, retrouvant des sensations qu'elle n'avait
pas éprouvées depuis... combien de temps ? Quatre
ans ? Cinq ans ? Un perdreau rouge piéta devant elle,
et elle tendit la main vers lui, comme ces jeunes enfants
qui cherchent à faire connaissance avec un animal dont
ils ignorent tout de l'instinctive méfiance.

Charlotte continua de monter, faillit s'arrêter en
apercevant les pins, trop haut pour elle. Mais elle
tenait à retrouver le nid qu'elle occupait, il y avait si
longtemps, et qui lui servait de refuge contre les menaces du monde. « Je le peux », se dit-elle. Et, malgré
son cœur qui battait à se rompre, malgré ses jambes
qui fléchissaient, elle atteignit enfin le creux douillet
qu'elle reconnut aisément entre trois chênes kermès,
où elle s'était blottie si souvent, parmi les dorines. Elle
s'assit, ferma les yeux, inspira l'air chaud saturé de
tous les parfums des collines, et il lui sembla qu'elle
appartenait à ce monde par tous les pores de sa peau.

Elle s'allongea alors, étonnée d'avoir pu oublier, au
milieu des murs de son château, la seule évidence de
la vie : le monde, dans sa beauté et sa permanence,
comptait davantage que les hommes dont la fragilité
et la petitesse ne révélaient qu'une condition tragiquement éphémère. Ce ne fut pas clairement formulé en
elle, mais seulement, et impitoyablement, ressenti.
« Le vin ne se vend plus, la belle affaire ! », se dit-elle.
Elle songea au coup de pied que l'on donne parfois
dans les fourmilières, et à la panique qui s'ensuit chez
les pauvres insectes. Le coup de pied aujourd'hui,
c'était celui que le vin d'Algérie donnait, dans le marché, et tout le monde devenait fou.

Elle se redressa sur un coude, regarda le château du Solail immuablement dressé au milieu de la plaine, puis, au loin, posés sur l'horizon, les clochers de Saint-Just à Narbonne. Dix siècles, au moins, songea-t-elle. Et ces collines ? Leurs parfums ? Combien d'années d'existence ? Peut-être des millions. Elle sourit, cueillit une tige de fenouil et la mordilla comme lorsqu'elle était enfant. Une grande paix l'habitait, maintenant. Elle ne songeait plus qu'au crépitement des insectes dans la garrigue, à l'odeur entêtante des pins qui balayaient nonchalamment le bleu tendre du ciel, à tout ce que laissaient filtrer ces collines tapies dans leur éternité.

Elle demeura là-haut jusqu'à plus de sept heures, et elle regagna seulement le Solail quand elle eut épuisé son envie de se fondre dans cet univers dont elle avait oublié la douceur. Arthémon la vit arriver, souriante, et se demanda d'où elle venait. Mais elle ne donna aucune explication et s'assit simplement sur le fauteuil qu'il lui céda. Après quoi, elle demanda au courtier d'une voix étrangement calme :

– Combien ?

Il s'engagea dans des considérations oiseuses qu'elle arrêta de la main en disant :

– Faites-nous gagner du temps, mon ami. Combien ?

Le courtier, un gros homme rouge qui suait abondamment et respirait avec difficulté, bredouilla :

– Je ne peux pas aller au-delà de vingt francs l'hecto.

– Eh bien, vous irez seul, dit-elle.

L'homme la considéra avec stupéfaction, son regard se tourna vers Arthémon, puis revint vers elle. Il reprit, d'une voix contrariée :

– Les cours risquent encore de baisser. Que ferez-vous de votre vin, s'il vous reste sur les bras ?

Charlotte se mit à rire, et, devant Arthémon médusé, elle répondit en se levant pour donner congé au courtier :

– Je le boirai, mon ami, je le boirai.

C'était une vraie corvée que de ramasser les olives, et Blanche ne s'y habituait pas. Ses mains souillées, criblées de fines coupures, la faisaient rager contre l'obligation qui lui avait été signifiée par son père d'aider aux travaux du domaine. Elle en était d'autant plus furieuse qu'elle n'avait pas eu le courage de partir, par souci de rester près de Delphin. Pendant les jours qui avaient suivi la nuit de juin où elle l'avait attendu en vain, elle s'était crue trahie par lui. Heureusement, Violaine s'était entremise, et Blanche avait appris ce qui s'était passé. Connaissant la folie de la caraque, Blanche n'en avait pas voulu à Delphin. Elle avait pu s'expliquer avec lui au cours d'une brève entrevue ménagée par Violaine, un jour où Arthémon et Charlotte étaient partis à Narbonne pour affaires.

Depuis, ils n'avaient pas renoncé à leur projet. Ils avaient décidé qu'elle s'en irait la première, seule, afin que sa famille, comme la caraque, croie à une séparation. Delphin la rejoindrait ensuite, quand elle aurait trouvé du travail. Violaine s'en occupait, à l'occasion des leçons de piano qu'elle donnait à de jeunes élèves de Narbonne. En attendant, pour ne pas réveiller la suspicion et la colère de son père, Blanche faisait preuve de bonne volonté et participait aux travaux, ainsi qu'il le lui avait demandé. Mais il lui tardait de partir, à la fois pour échapper à ces corvées qu'elle détestait, et pour vivre enfin avec Delphin la passion qui brûlait toujours aussi fort en elle.

La cueillette des olives lui permettait de suivre les allées et venues de Violaine, qui se rendait à Narbonne chaque jour. Cette cueillette s'achevait, mais il faudrait, dès le lendemain, s'occuper des olives dans la cour du château. Blanche n'en était pas mécontente, car cette tâche lui permettrait de revoir Delphin. Même si elle n'avait pas l'occasion de lui parler, leurs regards pourraient au moins se croiser, elle sentirait sa présence près d'elle, et cela suffirait à son bonheur. Ce fut dans cet espoir qu'elle descendit de l'escabeau, sa cueillette achevée, et qu'elle égalisa de la main, dans la grande panière d'osier, le niveau des olives qui débordaient.

Elle regagnait le château quand elle entendit le moteur de la torpédo conduite par Violaine. Elle s'arrêta, se laissant dépasser par les femmes qui rentraient elles aussi à l'approche du soir, puis elle se retourna vers la route où elle apercevait la voiture, par endroits, entre les frissons des oliviers. Quand elle arriva à sa hauteur, Blanche distingua nettement le signe de tête de sa tante et surtout le sourire qui éclairait son visage. Elle avait trouvé ! Sûr qu'elle avait trouvé ! La voiture s'éloigna lentement et Blanche se retint de courir derrière elle. Elle marcha plus vite, pourtant, dépassa les femmes qui discutaient entre elles en riant, aperçut avec dépit son père debout sur le perron. D'instinct, elle ralentit le pas et accepta de voir disparaître Violaine dans le château sans pouvoir lui parler.

Elle dut aider dans la cour à la première lessive des olives pendant une bonne heure, mais elle fut heureuse, malgré son impatience, de côtoyer Delphin qui, en compagnie de Jules et des journaliers, déchargeait les panières. Enfin, elle put rentrer et monter dans sa chambre, pour faire un peu de toilette avant le repas du soir. Quand elle ressortit, Violaine l'attendait dans le couloir.

– J'ai réussi, dit-elle aussitôt.

116

Et elle reprit, saisissant les mains de Blanche :

– Une place de gouvernante dans une famille de la vieille ville. Ils acceptent aussi de prendre Delphin pour s'occuper du jardin. Tu te rends compte ?

Blanche ne trouvait pas les mots. Elle n'osait croire qu'elle touchait enfin au but, après avoir tant attendu.

– Mais il faut que tu prennes ton poste lundi, ajouta Violaine. Ils sont très pressés.

On était vendredi. Il ne restait à Blanche que quarante-huit heures pour se préparer.

– Et lui ? demanda-t-elle.

– Il te rejoindra dans un mois.

– Oh ! Merci ! fit Blanche en embrassant sa tante.

Des pas dans l'escalier l'empêchèrent de s'épancher davantage. Elle descendit, tandis que Violaine, elle, gagnait sa chambre et refermait la porte vivement.

Les pas étaient ceux de Charlotte qui ne manqua pas de remarquer le trouble de Blanche et l'arrêta de la main.

– Qu'est-ce qui se passe, ma fille ? demanda-t-elle.

– Rien, fit Blanche, sinon que je suis fatiguée à cause des olives.

Charlotte sourit.

– Avec le travail, on oublie tout le reste, dit-elle. N'est-ce pas ?

– Oui, dit Blanche en rougissant.

– A la bonne heure, ma fille, te voilà devenue raisonnable.

Blanche esquissa un sourire et s'empressa de descendre dans la salle à manger, où, enfin seule, elle put se reprendre avant l'arrivée de son père. Mais elle vécut ce soir-là, comme à l'occasion de tous les repas qui suivirent, un véritable calvaire : il lui semblait que tout le monde l'observait en devinant ses pensées, et elle ne savait comment se soustraire aux regards qui soupesaient sa culpabilité. Restait cependant à trouver

117

le moyen de se rendre à Narbonne avec ses bagages. Elle résolut de partir les mains vides, et à pied, le dimanche après-midi, pour rejoindre la gare de Bressan sans attirer l'attention. Violaine lui porterait ses affaires au fur et à mesure de ses déplacements à Narbonne. Ainsi fut fait. Blanche partit sans revoir Delphin qui avait évidemment donné son accord à Violaine, persuadé qu'il la rejoindrait un mois plus tard, comme ils en étaient convenus.

C'était un merveilleux après-midi d'automne que ce dimanche-là : le feu du ciel avait un peu faibli car le marin soufflait en foucades qui ne parvenaient pas à disperser les fins nuages étirés en longs écheveaux. De part et d'autre de la route, le vert des vignes pâlissait après avoir perdu ses forces depuis les vendanges. Blanche montait vers le col, au-delà duquel la route basculait vers Bressan, sans la moindre fatigue ni la moindre appréhension. Elle n'avait que trop tardé. Elle était majeure, à présent, et elle pouvait librement décider de sa vie. Les promesses faites à Charlotte de ne pas quitter le Solail étaient oubliées. Puisque personne ne voulait de ce mariage avec Delphin, elle allait le vivre ailleurs.

Quelques charrettes la croisaient ou la dépassaient, mais elle ne les voyait pas. Un homme au volant d'une De-Dion-Bouton lui proposa de la déposer où elle voulait, mais elle refusa : elle tenait à couvrir elle-même la distance qui la séparait de la gare, comme si elle franchissait ainsi, grâce à ses seules forces, la distance qui la séparait d'une nouvelle vie : la vraie, celle qu'elle avait choisie. Une fois à la gare, elle s'inquiéta d'être reconnue, mais personne ne faisait vraiment attention à elle. Elle monta dans le train comme on monte dans le ciel, la tête pleine de rêves. Ensuite, elle ne cessa de sourire jusqu'à Narbonne, persuadée qu'elle avait forcé le destin et que le bonheur l'attendait au bout du chemin.

En rentrant vers dix heures de la vigne, ce matin-là, Justin fut étonné de l'air bizarre qu'avait Clément, debout devant la colombe sur laquelle il rabotait des douelles. Il fit comme si de rien n'était et se mit en devoir de travailler des planches à l'herminette, sans un mot, comme il en avait l'habitude. Les deux hommes parlaient peu, parce que c'était dans leur nature, et qu'ils se comprenaient d'un seul regard, dans le travail comme dans le cours normal de la vie quotidienne.

Il arrivait souvent à Justin d'observer à la dérobée ce fils dont la force paisible le surprenait toujours, surtout lorsqu'il songeait à sa propre fougue, à la violence de sa propre jeunesse. Avec ses cheveux drus et noirs, une peau mate qu'il tenait de son goût pour le travail au soleil, depuis les premiers jours du printemps jusqu'au mois de novembre, Clément était un colosse, pourtant, ses yeux n'exprimaient que de la bienveillance et de la bonté. La complicité qui régnait entre eux constituait pour Justin l'un des plus beaux cadeaux de sa vie : jamais un mot plus haut que l'autre, mais le dévouement, au contraire, le geste qui prévient, la solidarité du compagnonnage, et la certitude de la reconnaissance pour le travail assuré grâce à l'atelier, alors que tant d'hommes criaient misère. Il y avait bien eu une ombre entre eux quand Clément avait décidé, avec sa femme, Juliette, d'abandonner le toit familial, mais cette ombre avait été vite dissipée, le soir où Clément avait dit, à l'heure de quitter l'atelier :

– C'est mieux, ainsi nous serons sûrs de ne jamais nous fâcher.

C'étaient exactement les mots que Justin attendait. Mais, ce matin, Clément avait le même air que ce soir-là, comme s'il n'osait parler. Aussi Justin manœuvra-t-il pour se trouver face à lui en saisissant une douelle. Il suspendit son geste l'espace d'un instant, et son regard croisa naturellement celui de son fils.

– Il faudrait que je te parle, dit aussitôt Clément.

Justin s'arrêta, dévisagea Clément qui se troubla.

– Voilà, dit-il, Juliette attend un enfant et je voulais que tu sois le premier à l'apprendre.

Inexplicablement, Justin sentit quelque chose se nouer dans sa poitrine, et il y eut dans ses yeux comme un refus que Clément ne comprit pas. Celui-ci reprit néanmoins, devinant qu'il devait atténuer l'effet de surprise :

– Juliette a demandé le poste de Sainte-Colombe qui doit se libérer l'année prochaine : nous n'aurons plus de loyer à payer.

Justin respirait plus vite, essayant de sourire, mais n'y parvenant pas, se demandant ce qui se passait en lui, glacé par une impression de danger. Des images de corps éventrés, de membres déchirés, des cris, des plaintes fusèrent dans son esprit, lui démontrant, une nouvelle fois, que la guerre n'était pas morte en lui, mais seulement endormie. Il luttait contre la conviction que les hommes naissaient pour se battre, être blessés, déchiquetés, et il ne supportait pas l'idée que son sacrifice, à lui, n'eût servi à rien, pas même aux siens. Il lui semblait voir son fils et son petit-fils se faire broyer par le fer et le feu des obus, et il en voulait à Clément, en cet instant, de perpétuer la chair à canon, celle dont se nourrissait le monstre sans cesse renaissant de la folie des hommes.

Clément lâcha sa douelle, attendit encore un instant, puis il sortit devant l'atelier. « Rejoins-le ! » soufflait une voix à Justin, toujours immobile, mais il ne

120

le pouvait pas. C'était comme si une mare de sang et de boue retenait ses pieds prisonniers. Il pensa à son œil mort que caresserait peut-être son petit-fils, il pensa à ce marasme des affaires dont il ne pouvait rien sortir de bon, il pensa à tous ceux qui, par le monde, vivaient des armes et de la guerre. Ses mains tremblaient. Il savait que Clément souffrait et il s'en voulait de ne pas aller vers lui, mais comment échapper à cette gangue sale et rouge qui était posée sur lui comme une immense toile d'araignée ? Il aurait pu rester ainsi prisonnier plusieurs minutes, heureusement, il entendit Nathalie chanter, là-haut, à l'étage, et quelque chose en lui se dénoua. Il inspira profondément, remua un pied, puis le second, et, faisant appel à toute son énergie, il rejoignit Clément.

Quand il sentit la main de son père sur son épaule, celui-ci se retourna. Il y avait à la fois de l'incompréhension et de la reconnaissance dans ses yeux.

– C'est bien, fils, fit Justin, ainsi nous serons plus forts tous les trois.

Il serra les doigts sur les bras de Clément, le secoua un peu, parvenant enfin à sourire.

– Merci, dit Clément. Tu sais...

– Je sais, fit Justin, ne dis rien.

Tout autour de la promenade, la vie quotidienne se montrait au grand jour : des chevaux et des bœufs attendaient devant l'atelier du maréchal-ferrant, des voitures devant celui du charron, deux hommes discutaient avec le menuisier et, face à face, les deux cafés – le rouge et le blanc – exhibaient leurs chaises de fer que les propriétaires venaient de sortir devant les portes, se mesurant du regard. Au milieu, naviguant entre les étals des marchands ambulants, les femmes portaient dans des brocs l'eau qu'elles avaient recueillie à la fontaine publique.

Clément tira la colombe au-dehors et se mit au travail. Justin fut heureux de l'entendre fredonner l'une de ces chansons que propageaient les postes de T.S.F. Certes, ils étaient rares, encore, mais une musique inconnue s'échappait parfois de certaines maisons, et Justin ne désespérait pas de pouvoir en acheter un à Nathalie si les affaires s'amélioraient.

A midi, il parla avec elle de cette naissance à venir et il comprit qu'elle en était heureuse.

– Un petit-fils, dit-il, si tôt, si vite !

– Pourquoi pas une petite-fille ?

Il n'y avait même pas pensé. Cette éventualité acheva de le rassurer. Les filles n'allaient pas à la guerre, elles, et ne marchaient jamais au canon, contrairement aux hommes qui étaient capables de tout lâcher, de tout quitter, un beau jour, pour tenter de donner follement à leur vie de nouveaux horizons.

– Ce qu'il faudrait faire, reprit-il, ce serait payer Clément davantage. Nous, avec un jardin et peut-être une deuxième vigne, ça nous suffirait. Qu'est-ce que tu en penses ?

– La même chose que toi, dit-elle en souriant. Je pourrai enfin devenir vigneronne.

– Ce n'est pas une situation bien enviable aujourd'hui.

– La tonnellerie ne va guère mieux depuis que la coopérative a été créée. Ils ne stockent plus dans leur cave. Pour le reste, le vin se vend si mal qu'ils n'ont même pas de quoi acheter une comporte.

Il se demanda si elle lui reprochait de s'être battu pour la création de cette fameuse coopérative, sacrifiant son propre intérêt à l'intérêt général, c'est-à-dire à ses idées. Mais il comprit à son sourire qu'il n'en était rien.

– Nous avons toujours vécu de peu, dit-il, alors qu'est-ce que ça change ?

– Rien, fit-elle, sinon que maintenant j'ai des ampoules.

Et elle ouvrit devant lui ses mains fines de couturière, qui, depuis les vendanges, gardaient des traces d'un travail auquel elle n'était pas habituée. Il les prit dans les siennes, les serra, reprit :

– Nous allons monter une coopérative dans la banlieue de Paris. Elle achètera notre vin et n'aura aucun mal à l'écouler là-bas. Il n'y a que le mouvement associatif et une grande solidarité qui nous sauveront, nous tous qui vivons de la vigne.

Il ajouta, soucieux de la convaincre :

– On ne peut pas s'en sortir seuls. Nous nous sauverons tous ensemble ou pas du tout, tu le sais, ça ?

– Oui, dit-elle, je le sais.

Car pour elle aussi, les commandes se faisaient rares, l'argent ne rentrant plus dans les maisons. Il lut dans les yeux de sa femme la confiance qu'elle lui avait toujours témoignée, même aux pires moments de leur vie.

– Ce qui compte, maintenant, c'est ce petit qui doit venir.

– Cette petite, rectifia-t-elle en souriant.

– Oui, il vaudrait peut-être mieux.

Et, après avoir vidé son verre de café, il regagna l'atelier, où Clément s'était déjà remis à l'ouvrage. Il lui sembla que tous deux travaillaient avec une ardeur nouvelle, et il comprit qu'ils songeaient à cet enfant qui allait agrandir la famille. Et puis son regard se posa sur les comportes et les muids tout neufs qui encombraient l'atelier, faute d'acheteurs. Il acheva de raboter les planches mises de côté à cet effet, puis il partit vers la colline où se trouvait la vigne de Ludovic, pensant que celui-ci devait avoir davantage besoin de lui que Clément dans l'atelier plein de cuves inutiles.

C'était l'heure où la chaleur devenait la plus lourde.

123

Le soleil avait dispersé les brumes de la marinade et faisait crépiter la garrigue de chaque côté du chemin. Justin entendit Ludovic qui labourait le mailleul en encourageant le cheval de la voix. Il le rejoignit, comprit qu'il ne s'était pas arrêté à l'heure de la sieste afin de ramener le cheval le soir même car lui, Justin, en avait besoin le lendemain. Ludovic haletait, à bout de forces, la sueur dessinant des sillons sales sur son front. Quand Justin saisit le licol sans même prononcer un mot, Ludovic ne protesta pas. Il alla s'asseoir à l'ombre du cabanon, s'épongea longuement le front et le cou.

Tenant fermement les manches de la charrue, Justin retrouva des sensations venues de très loin – des vignes du Solail, en fait – et, comme à chaque fois qu'il se rapprochait de cette période de sa vie, une sorte d'allégresse l'envahit, malgré la fatigue, malgré la douleur des bras et des reins, la sueur qui descendait dans ses yeux, le cheval qui bronchait, épuisé lui aussi, et cette impression, surtout, de ne jamais en finir. Il fit une pause, alla s'asseoir près de Ludovic qui voulut prendre le relais, mais Justin le retint par le bras.

– Arrête ! Si tu n'as pas fini ce soir, j'attendrai un jour de plus, voilà tout.

Ludovic s'assit de nouveau avec un soupir. Ils demeurèrent un instant silencieux, puis Ludovic souffla :

– Ça ne peut plus durer comme ça.

– Quoi donc ?

– Trois vignes et pas de matériel, je n'y arrive pas.

Il ajouta, découragé :

– En plus, avec le peu que je gagne, je ne pourrai jamais te rembourser.

– Je t'ai déjà dit que rien ne pressait.

– Pour moi, si. Je m'épuise pour rien. Un de ces jours, je vais tomber et je ne me relèverai pas.

Il se tut un instant, reprit :

– Alors voilà, cette vigne, je vais te la rendre. Avec les deux d'Adèle, je pourrai y arriver plus facilement. De toute façon, les ressources que je tirerai de celle-là un jour ne serviront qu'à te rembourser.

C'était l'évidence. Justin réfléchit un instant, proposa :

– Tu as beaucoup travaillé ici, et il ne serait pas juste que tu ne récoltes rien.

– Tu m'as aidé toi aussi et prêté ton cheval chaque fois que je te l'ai demandé.

– Quand même, dit Justin, sans toi cette vigne n'existerait pas. Alors voilà : je la reprends à mon nom, mais à condition qu'on partage pendant trois ans le revenu des vendanges.

Ludovic leva sur lui un regard reconnaissant.

– Tope là, dit-il en tendant une main.

Justin frappa dans la main ouverte et scella ainsi leur accord.

– Tu sais, reprit Ludovic, cette vigne est trop éloignée des autres. Et puis, quand j'ai commencé, je n'avais que celle-là à travailler puisque je n'étais pas marié.

Justin hocha la tête.

– Bien sûr, dit-il, ne t'inquiète pas. On aurait dû en parler plus tôt.

– Je pourrai m'occuper du potager, reprit Ludovic, faire venir tous les légumes qu'il nous faut, engraisser un cochon ; j'aurai davantage de temps, tu comprends ?

– Oui, dit Justin.

– J'envisage aussi de tenir des ruches dans le taillis qui se trouve au-dessus de la maison ; comme ça je pourrai vendre un peu de miel.

– C'est une bonne idée, dit Justin.

Il songea que cette journée dont il n'attendait rien de particulier venait de le faire renouer un peu plus

125

avec son travail d'avant, et il se sentit comme apaisé, en accord avec sa vie et avec le monde. La guerre était loin, en cet instant, et seule la puissante odeur du labour vibrait en lui, fortifiant les racines qui le rivaient à cette terre ingrate, depuis toujours.

En se relayant, ils achevèrent de labourer avant la nuit. Ils redescendirent côte à côte, Justin tenant le cheval par la bride. L'animal encensait en faisant cliqueter sa gourmette et ses colliers. Devant eux, tout en bas, les vignes du Solail frissonnaient dans les derniers rayons du soleil. Au bout, peu avant le canal du Midi, celle de Justin semblait dormir, déjà, dans l'ombre des collines. Une grande paix descendait sur la terre, de celles qui font croire aux hommes que leur vie ne finira jamais.

Charlotte ne cessait de se heurter avec Arthémon qui lui reprochait de ne pas l'avoir alerté assez tôt sur une possible fugue de Blanche. Pourtant, elle avait été aussi surprise que lui, et elle en demeurait aussi meurtrie, songeant à la promesse donnée par sa nièce de ne jamais quitter le Solail si Jules ne se mariait pas. En fait, plus que le départ de Blanche, c'était un profond désaccord sur la manière de conduire les affaires du domaine qui les opposait. Charlotte avait fait le choix de la qualité du vin, et Arthémon ne songeait qu'à vendre en jouant le jeu des coopératives.

– Aujourd'hui, le vignoble algérien produit autant que le nôtre, affirmait Charlotte. Nos surplus ne servent qu'à couper ceux du Bordelais ou de Bourgogne. Il n'y a que le vin de qualité qui s'écoule facilement, pas ce gros rouge dont tu me rebats les oreilles.

– D'ici que tes mailleuls produisent, nous serons ruinés depuis longtemps, répliquait Arthémon.

– Il faut tenir le coup, tranchait-elle ; cinq ans, ce n'est pas grand-chose.

Il soupesait son âge d'un regard qui n'avait plus rien de complice, tournait les talons, et elle l'entendait malmener de la voix les rares journaliers qu'ils pouvaient encore payer.

Ce qui la torturait, surtout, c'était l'idée de se battre pour rien. Elle songeait à ses fils, trop tôt disparus, et souffrait terriblement. Blanche était partie, Jules ne se mariait pas, et après Arthémon il n'y aurait aucune descendance pour assurer la survie du Solail. Elle se sentait lasse, très lasse, en ce soir d'octobre si doux, dont l'air était saturé de l'odeur des moûts et des cuves pleines. Assise dans un fauteuil sur le perron, Charlotte regardait les oliviers miroiter sous le vent de nuit qui se levait, dispersant un peu les effluves qu'épaississait le soleil pendant la journée. Elle pensait à Blanche et ne parvenait pas à lui en vouloir : n'était-elle pas partie à Narbonne, elle aussi, pour se marier et vivre sa vie ? Elle était à l'époque plus jeune que Blanche. Cela ne l'avait pas empêchée de revenir plus forte, pour s'occuper du domaine. Cette pensée lui fit du bien. Blanche lui ressemblait tellement. Peut-être suivrait-elle la même route qu'elle et reviendrait-elle au Solail pour mieux le défendre, jusqu'à la fin de sa vie.

Apaisée, Charlotte se leva et s'en fut marcher dans le parc, où, prisonniers des frondaisons, rôdaient les parfums mêlés des buis, des lilas et des lauriers-roses. Ces parfums la transportèrent en un instant vers un soir lointain où, à dix ans, elle était allée cacher ses larmes dans le parc. Elle s'y retrouva de façon très précise, avec ses peurs et ses chagrins, et elle pensa soudain qu'elle n'en était jamais partie, que toute sa vie s'était déroulée là, dans ce coin à l'ombre si fraîche. Une sorte d'ivresse l'assaillit, très violente, si violente qu'elle sentit ses jambes se dérober sous elle, et qu'elle glissa doucement sur la pelouse, le cœur soulevé par une houle qui l'emporta au-delà des choses et du temps.

– Madame... Madame...

Quelle était cette voix ? Elle rouvrit les yeux avec l'impression de s'être absentée du monde pendant plusieurs heures. La nuit, pourtant, n'était pas tout à fait tombée. Elle aperçut le beau visage d'un homme au-dessus d'elle, des cheveux longs, des yeux clairs, avec une expression très douce, presque tendre. Elle reconnut Delphin, chercha à se relever. Il l'aida de la main. La tête lui tournait un peu, tandis qu'elle s'appuyait sur l'épaule du domestique, pour faire un pas, puis deux, difficilement. « C'est vrai qu'il est beau », songea-t-elle. Elle pensa aussitôt à Blanche, à qui on avait interdit la beauté et la douceur de cet homme. Elle s'arrêta, demanda :

– Tu penses encore à elle ?

Delphin ne répondit pas. Une lueur affolée passa devant ses yeux, mais il ne détourna pas son regard dont l'innocence la toucha profondément.

– Réponds-moi ! fit-elle, impatientée.

– Je l'aime, fit-il.

Et il ajouta, devinant sans doute qu'il pouvait se confier à elle :

– J'ai mal.

Cette douleur d'animal pris au piège, impuissant à se défendre, la culpabilisa. Il clignait des yeux, ne la lâchait pas du regard, semblait l'implorer. Elle songea alors qu'il était le demi-frère de Blanche et elle ne dit mot. Elle repartit, toujours appuyée sur lui, la tête bourdonnante, le pas mal assuré.

Elle fut satisfaite de constater qu'il n'y avait personne sur le perron : elle n'aurait pas à donner d'explications sur ce qu'il fallait bien appeler un malaise, et dont elle était revenue à grand-peine – elle s'en rendait compte à présent, effrayée à l'idée de cette vague qui l'avait emportée vers des rives trop lointaines pour ne pas être inquiétantes. Il l'aida à monter les marches du perron, et elle perçut davantage à cette occasion combien il était handicapé par son pied bot.

– Merci, dit-elle, une fois en haut.

Elle se tourna vers lui, ajouta :

– Pas un mot. A personne.

Il hocha la tête sans bien savoir ce qu'elle voulait dire par là : est-ce qu'elle était au courant de son projet de départ ou lui défendait-elle de dire qu'il l'avait trouvée inanimée dans le parc ? Il fit demi-tour et s'éloigna tandis qu'elle ouvrait la porte et s'engageait péniblement dans l'escalier.

Un nouveau vertige s'empara d'elle avant qu'elle n'arrive en haut. Elle s'agrippa à la rampe, lutta contre l'ombre qui la recouvrait, parvint à la repousser. Puis elle monta lentement les dernières marches et put rejoindre sa chambre, soulagée. Elle se coucha sans même se dévêtir, éteignit la lumière, et demeura ainsi étendue dans le noir, s'interrogeant sur les signaux que lui avait envoyés son corps dans le parc du château, près de l'endroit où elle se réfugiait, jadis, entre deux buis.

Elle ne put trouver le sommeil. Il lui semblait que l'espace et le temps se confondaient dans sa tête, qu'elle revenait en marchant vers les premières années de sa vie et que l'avenir la poursuivait, comme les ogres poursuivent les enfants perdus dans la forêt. Tout se mêlait : son père avait la voix de sa mère, les pins des collines poussaient dans les vignes, c'était du vin et non de l'eau qui coulait dans le canal du Midi.

Elle s'aperçut qu'elle rêvait quand le bruit d'une porte la tira du sommeil qui était tombé sur elle tardivement, vers quatre heures. Elle en fut un peu rassurée mais demeura à l'écoute de son cœur qui, par moments, lui semblait-il, s'arrêtait de battre. Elle n'avait jamais vraiment pensé à la mort. C'était la première fois qu'elle frappait à sa porte, et Charlotte s'en était étonnée plutôt que véritablement inquiétée. Elle s'y était intéressée, même, dès que la légère angoisse éprouvée au début s'était estompée.

Le matin balaya les nuages de la nuit. Elle se leva avec précaution, ouvrit les volets sur un monde qui lui parut tout neuf. Le soleil embrasait déjà les vignes et les collines, et le ciel était de ce bleu très clair que lui forgent, en automne, les journées qui s'annoncent sans pluie. Elle fit sa toilette, descendit dans la salle à manger où elle déjeuna de café et de pain, puis elle envoya Jules chercher Arthémon qui se trouvait dans les vignes :

– Dis-lui que je l'attends dans le bureau.

Elle s'y réfugia, redoutant de voir revenir l'ombre étrange qui l'avait ensevelie la veille. Elle fit des comptes, dont les résultats furent encore plus mauvais qu'elle ne l'attendait. « Cinq ans, songea-t-elle, est-ce que j'ai seulement cinq ans devant moi ? » Elle n'en était plus sûre, aujourd'hui. Quelque chose rôdait autour d'elle, dont elle devait tenir compte.

Arthémon surgit, la mine sombre, contrarié d'avoir dû abandonner les vignes. Mais il comprit, en la voyant sourire, qu'il n'aurait pas à engager un nouveau combat.

– J'ai réfléchi, dit-elle sans attendre, tu peux porter le vin à la coopérative.

Il ne sut jamais au terme de quel cheminement de sa pensée elle avait, pour la première fois de sa vie, reculé.

Delphin voyait encore devant lui le corps de Charlotte inanimée. Cela faisait pourtant deux jours qu'après l'avoir trouvée dans le parc, il l'avait aidée à regagner le château. Il gardait de ce moment un souvenir très étrange, à cause de cette sorte d'abandon dont avait fait preuve la maîtresse du Solail, ces instants de faiblesse qu'il connaissait bien chez les femmes, et qui, toujours, le bouleversaient.

Avant Blanche, et même pendant sa liaison avec elle, il y en avait eu plusieurs – des jeunes lingères ou domestiques – qui étaient venues le rejoindre dans la remise où il dormait, le supplier quand il les repoussait, pleurer, souvent, en prétendant l'aimer. Lui n'avait jamais compris ce regard que les femmes portaient sur lui, car il songeait seulement à son pied atrophié, et non à son visage, à son corps mince mais harmonieusement musclé, à cette bonté qui émanait de son sourire, à sa fragilité. Leur instinct maternel les inclinait à vouloir le protéger, mais aussi sa beauté à laquelle un destin cruel avait attenté, et elles allaient vers lui comme on va vers une île à l'écart des tempêtes, vers le doux et le beau, le cocon, le refuge.

Il ignorait tout cela. Il était chaque fois étonné de ces élans qui les poussaient vers lui, à l'exemple de Blanche, dont il n'aurait jamais osé rêver si elle n'avait levé ses yeux de lavande sur lui. Hélas ! Elle n'était pas la seule : il y avait aussi Éléonore, la caraque, dont la folle passion épouvantait Delphin. Elle était devenue une hantise, surtout depuis le jour où elle l'avait empêché de rejoindre Blanche. Quand il se rendait à Sainte-Colombe, à Argeliers, ou dans les collines, dès qu'il se retrouvait seul, elle surgissait brusquement, comme si elle avait connaissance de tous ses projets.

– Tu es à moi, disait-elle, j'ai tout le temps, je sais que tu viendras.

Il la fuyait, mais ses mots le brûlaient. Un jour, elle

était même venue dans la cour du château, d'où les femmes, affolées par ses gestes déments et ses imprécations, avaient disparu, et il avait fallu que Jules la chasse, non sans avoir été frappé par un sort qui devait, selon la caraque, le rendre impuissant pour la vie.

Delphin, lui, ne sortait plus, sinon en compagnie d'un autre domestique ou d'un journalier. Mais il pensait avec angoisse au jour du départ qui approchait et il se demandait comment il allait pouvoir partir à Narbonne sans attirer l'attention de la caraque. Il comptait en parler à Violaine, qui, de temps en temps, lui donnait des nouvelles de Blanche, pendant qu'il s'occupait des arbres dans le parc.

Il s'était couché tard, ce soir d'octobre, mais il ne parvenait pas à s'endormir tellement la caraque l'obsédait. Noire comme une olive, les traits aigus, les yeux fous, elle surgissait même dans ses rêves, sa robe rouge aux épaulettes noires traînant jusqu'à terre, et elle le frappait avec ce couteau qu'elle avait déjà brandi une fois devant lui. Delphin en était même venu à redouter de s'endormir. Il restait assis sur sa paillasse, les yeux grands ouverts, terrifié par l'ombre qu'il croyait deviner devant lui, la suppliant de s'éloigner.

Comme la porte de la remise ne fermait pas, il plaçait chaque soir une chaise derrière et la calait. Il pensait en effet qu'Éléonore était capable d'entrer dans le château et de le poursuivre jusque dans cette chambre. Il la croyait capable de tout, en fait, de les tuer vraiment, lui ou Blanche, et il songeait avec impatience au jour où il aurait quitté le Solail et serait enfin délivré de ses persécutions.

Quand la clenche de la remise claqua, ce soir-là, Delphin recula contre le mur et cessa de respirer. Il espéra un instant que c'était la petite lingère au visage taché de son qui revenait, mais la voix de la caraque murmura dans l'ombre :

– Delphin, ouvre-moi, c'est pour un secret.

– Va-t'en, fit-il, va-t'en, ou j'appelle !

– Si tu appelles, tu ne sauras jamais ce qui est arrivé à Blanche.

Son cœur se mit à battre plus vite, mais il redoutait un piège et il répéta :

– Si tu n'es pas partie dans une minute, j'appelle le palefrenier.

Il y eut un instant de silence, puis la caraque souffla :

– Alors elle va mourir.

– Ce n'est pas vrai.

Quelques secondes passèrent, puis la caraque reprit :

– Elle est malade, Delphin, très malade, il n'y a que moi qui puisse la sauver.

Il hésitait à présent, mais il savait déjà qu'il finirait par ouvrir. Il tenta encore de parlementer, essaya de la questionner davantage, mais elle se méfiait.

– Si tu n'ouvres pas, demain elle sera morte, dit-elle enfin, machiavélique.

Il se leva, retira la chaise qui bloquait la porte et revint prestement s'asseoir contre le mur, le plus loin possible de l'entrée. La silhouette d'Éléonore apparut, longue et souple, puis elle referma vivement la porte derrière elle.

– Alors, fit-il, dis-moi le secret, maintenant que tu es entrée.

Elle ne répondit pas. Il entendit un bruit de vêtement qui glisse sur une épaule et comprit qu'elle se déshabillait. A l'instant où elle fit un pas en avant, il aperçut son corps dans la lueur de la lune qui filtrait par le soupirail. Il n'eut pas le temps de poser d'autre question : déjà elle était contre lui, l'enserrait de ses bras nerveux, de ses jambes agiles, et lui murmurait des mots fous à l'oreille. Il se débattit, mais elle était vigoureuse, et ne s'en laissait pas conter. La main droite de Delphin rencontra l'une de ces battes de bois servant à tasser le raisin dans les cuves qui débordent. Il la frappa violemment, si violemment qu'elle gémit, et, folle de douleur, se releva d'un bond.

– Tu m'as frappée, dit-elle, la voix sifflante, portant sa main à son crâne plein de sang.

Elle reprit, tandis qu'il s'attendait à voir jaillir l'éclat d'une lame de couteau :

– Tu ne l'auras jamais, dit-elle, tu m'entends ? Tu ne l'auras jamais, et tu sais pourquoi ?

Il ne répondit rien, tout entier obsédé par ce couteau qui allait surgir, il en était sûr, maintenant.

– Tu ne l'auras jamais parce que c'est ta sœur.

– Non, dit-il, non !

– Si ! Ton père s'appelle Arthémon Barthélémie. Ta mère a été sa maîtresse pendant des années, bien avant la guerre. Pourquoi crois-tu qu'il t'a recueilli ici ? Et pourquoi crois-tu qu'il te garde, toi qui ne peux même pas travailler comme il faut, alors qu'il renvoie des journaliers chaque matin ? C'est parce que c'est ton père et que tu es le demi-frère de Blanche. Tu ne pourras jamais te marier avec elle !

– Non, gémit-il une nouvelle fois, incapable d'accepter cette révélation qui détruisait tous ses rêves.

– C'est ta sœur ! C'est ta sœur ! ricana la caraque, et son rire résonna si douloureusement en lui qu'il se roula en boule et ne bougea plus.

Elle sortit, lançant une dernière invective qu'il n'entendit même pas. Des mots, des images, des attitudes d'Arthémon Barthélémie passaient dans sa mémoire, et il comprenait maintenant pourquoi on le gardait ici, au Solail. Il continua de gémir comme un animal qui va mourir et qui le sait.

Cette nuit-là, son ombre erra longtemps dans la cour du château et dans la cave. Il cherchait quelque chose en parlant pour lui seul, comme pris de folie.

Arthémon Barthélémie, son père, le découvrit le lendemain, pendu dans la remise. Le maître du Solail effaça très vite, en entendant des journaliers s'approcher derrière lui, les deux larmes qui étaient apparues dans ses yeux effarés, en décrochant son fils.

Deuxième partie

LES PRINTEMPS FOUS

5.

C'ÉTAIT un printemps de folie que ce printemps 1936 : on avait appris avec stupeur l'invasion de l'Éthiopie par l'Italie, et à peine avait-on eu le temps de s'étonner de la passivité des États voisins face à l'événement, que les troupes allemandes étaient entrées en Rhénanie. Une sorte de fièvre s'était emparée des pays d'Europe, dont on devinait déjà qu'elle n'annonçait rien de bon.

En Languedoc, où des chemineaux affamés avaient parcouru la campagne l'hiver précédent, les vignerons n'avaient cessé de se battre contre la politique de déflation menée par Laval, auquel avait succédé Albert Sarraut. En effet, le statut viticole voté en 1935 – qui avait interdit les plantations nouvelles et mis en place des primes à l'arrachage – n'avait eu aucun effet sur la chute des cours. Désormais, 15 000 viticulteurs algériens produisaient autant que 145 000 déclarants audois. Avec les récoltes records de 1934 et 1935, l'excédent atteignait maintenant 12 millions d'hectolitres par an, et de nouveau le feu couvait sous les cendres, prêt à s'embraser à la moindre étincelle.

Justin Barthès, qui avait été élu maire en 1935, avait contribué de toutes ses forces au rassemblement de

Front populaire qui avait préparé avec détermination les législatives face à la droite du Front national. Elle aussi, sentant le danger, s'était regroupée, depuis l'Action française jusqu'aux radicaux hostiles au Front populaire, comme Joseph Caillaux. Les ligues redoutaient moins Hitler ou Mussolini que les partis de gauche qui portaient l'espérance de tous ceux qui souffraient depuis de longues années de la crise. A Sainte-Colombe, la grande majorité des viticulteurs croyaient aux promesses de Blum et de Georges Monnet et attendaient avec impatience les résultats des législatives qui devaient concrétiser ce fol espoir. « Le pain, la paix, la liberté » : tel était le slogan auquel s'était ralliée la masse des vignerons en colère.

Le soir du 3 mai, deuxième tour des élections, ils étaient plus de trente autour du poste de T.S.F. de Justin et Nathalie Barthès. A minuit, même si on ne connaissait pas encore les chiffres définitifs, il devint évident que le Front populaire avait gagné la bataille. Ce fut alors une explosion de joie dans la maison du tonnelier qui, aussitôt, offrit à boire à tous ceux, vignerons, artisans, journaliers, qui se trouvaient là rassemblés. Le fils du charron, qui proposait d'aller chercher son accordéon, fut acclamé. Dix minutes plus tard, monté sur une table, il faisait danser une centaine de villageois sur la promenade éclairée par les lumières des maisons environnantes.

Justin aussi, dansait, même s'il n'aimait pas ça, ivre d'une immense espérance, fier d'avoir mené à bien ce combat entamé il y avait plus d'un an de cela, lorsqu'il avait accepté, sous la pression de ses amis, de se présenter comme conseiller municipal, le premier sur la liste. Un mois plus tard, le petit journalier de la Combelle avait été élu maire de Sainte-Colombe. Plus que de la fierté, il éprouvait davantage le poids des insuffisances dues à son manque d'instruction, lui qui savait à peine lire et écrire. Mais la solidarité des siens, des vignerons qui lui faisaient confiance, lui permettait de faire face aux pièges tendus par le candidat radical demeuré fidèle à la droite, cet Armand Sauzade qui était l'homme lige des Barthélémie.

Que se passait-il, cette nuit auréolée d'étoiles qui semblaient toutes neuves, et que parcourait le parfum frais des pins et des romarins exacerbé par les chants, la musique, les cris joyeux d'une foule sans cesse plus nombreuse ? « Ils n'ont quand même pas tous voté pour le Front populaire ! » se dit Justin Barthès, étonné par l'importance de la foule rassemblée sur la place. Non, ils n'avaient pas tous voté pour ce Blum qui allait devenir chef du gouvernement, et pourtant, ils étaient attirés par la fête comme des lucioles par une lampe. Car les lumières de la promenade symbolisaient cet espoir nouveau qui pointait comme un jour fragile au-dessus des collines, et ils l'attendaient depuis six ans. Six ans de privations, d'achats différés, de pain mesuré, de vêtements cent fois reprisés, de bougies rallumées pour économiser l'électricité, d'outils mal réparés, de piécettes comptées en cachette, la honte au front, parfois, quand il fallait refuser aux enfants la papillote ou l'orange de Noël.

Mais cette nuit, tout redevenait possible, du moins voulaient-ils le croire, ces hommes et ces femmes qui, depuis le 6 février 1934, se méfiaient des troubles de la rue parisienne et préféraient s'en remettre à des élections, surtout quand les résultats paraissaient conformes à leur désir de jours meilleurs. Nathalie, les mains posées sur les épaules de Justin, riait aux éclats. Clément tournait follement dans les bras de Juliette, tenant entre eux leur fille Camille, tous trois

141

emportés par la musique d'un violoneux qui s'était joint à l'accordéoniste.

Justin aperçut Ludovic et Adèle qui dansaient aussi, et tant d'autres qui n'avaient pas dansé depuis bien longtemps. Il se sentit tout à coup accablé par la responsabilité qu'il avait prise vis-à-vis de tous ceux qui étaient présents, en cette si belle nuit de mai. Quand la danse s'acheva, il alla s'asseoir et, poussant un soupir, ferma les yeux. Cette victoire, la sienne mais aussi celle des petits vignerons, le submergeait. Il ne cessait de penser à la Combelle, à sa mère et à son père qu'il avait suivis dans les vignes dès l'âge de quatre ans. Il songeait également au long chemin parcouru, à tant de luttes perdues, comme celle de 1907, à tous ceux qui n'étaient pas là, aujourd'hui, pour participer à la fête. Il rouvrit les yeux, remarqua que Nathalie s'était approchée de Juliette, et, comme personne ne prêtait attention à lui, il s'éloigna silencieusement dans l'ombre et se mit à monter vers le haut de Sainte-Colombe.

La musique continuait de l'accompagner, tandis que ses souliers cognaient sur la calade aux pierres inégales. Il savait où il allait, mais quelque chose lui faisait mal, se nouait en lui, alors qu'il aurait dû être simplement heureux. Les ruelles étaient désertes. Un vent frais, apportant le parfum des collines, caressait son front mouillé par la sueur. Il montait toujours, poussé par une force venue de très loin, mais qu'il connaissait bien. Une fois arrivé près de l'église, il tourna à droite, longea les oliviers qui jetaient des éclats d'argent sous la lune, puis il aperçut les grands cyprès du cimetière et il se dirigea vers eux d'un pas calme mais décidé.

La grille grinça, faisant s'envoler des oiseaux de nuit branchés sur les arbres. Justin descendit quelques mètres, prit sur la gauche en direction du mur, s'approcha d'une tombe : celle de ses parents et de Julie, sa sœur morte de la guerre qui l'avait menée aux portes de la folie. Mais c'était surtout à son père que pensait Justin, cette nuit-là : Cyprien Barthès, le premier mort de la révolte des vignerons de 1907. A sa mère, aussi, qui avait été chassée de ses vignes par le phylloxéra et qui avait travaillé celles des Barthélémie durant toute sa vie. Il lui semblait qu'il devait leur faire partager la victoire des vignerons, des gens humbles, ceux qui leur ressemblaient.

– Voilà, dit-il à voix basse. Tout ça, on vous le doit.

Il demeura un long moment immobile avec une envie de leur parler encore, mais il ne le pouvait plus. Il les revoyait inlassablement courbés sur les ceps du Solail, et il aurait voulu être sûr qu'ils l'entendent, non pour célébrer une vengeance, mais pour leur témoigner la reconnaissance qu'ils méritaient, à l'image de tous ceux qui avaient rendu possible la victoire de cette nuit. Déjà, lorsqu'il avait été élu maire, lui, le petit journalier de la Combelle, il était monté se recueillir sur leur tombe et il avait été aussi ému que cette nuit, incapable de repartir, de les abandonner à leur sommeil solitaire.

Une foucade de vent lui apporta le son de l'accordéon qui jouait toujours sur la promenade. Allons ! Il fallait redescendre. Il s'arracha à cette présence quasiment perceptible, avec l'impression de n'avoir pas su, ou pas pu, exprimer tout ce qu'il ressentait, mais c'était son lot, depuis toujours : les mots se refusaient à lui parce qu'il n'en possédait pas assez. Il referma doucement la porte de fer, respira le parfum liturgique des grands cyprès, puis celui, plus doux, moins poivré, des oliviers, et il se dirigea vers l'église près de laquelle il aperçut une silhouette familière. C'était Nathalie, qui avait deviné où il était parti, comme elle devinait, depuis toujours, ses pensées les plus secrètes.

143

– On te cherche, dit-elle, une fois qu'il se fut approché.

Elle n'avait pas besoin de lui poser des questions : elle savait. Il la prit par les épaules et ils redescendirent sans se presser vers la promenade où l'on dansait toujours. « Nous sommes le 3 mai 1936, se dit Justin. A partir d'aujourd'hui, rien ne sera plus jamais comme avant. » S'il avait besoin de forger ainsi, dans sa mémoire, cette date, c'était par superstition, pour forcer un peu le destin, car il était persuadé, en réalité, que rien ne serait facile ni donné de surcroît. Alors il chercha à s'étourdir, à ne penser qu'à l'instant présent, et il se mit à danser comme il n'avait jamais dansé, à boire et à rire, se refusant à songer au lendemain, au travail qui les attendait tous, élections législatives ou pas, dans les vignes assoupies au soleil.

Durant tout le mois de mai, le pays fut paralysé par les grèves, et ce fut partout une immense kermesse insouciante et joyeuse. En Languedoc, on dansait sur les places et jusque dans les vignes, où les femmes portaient à manger et à boire dans des banastes d'osier. Blum, le député de Narbonne, avait formé un gouvernement auquel n'avaient pas voulu participer les communistes. A son initiative, une série de réunions rassemblèrent les représentants du patronat et des ouvriers, qui aboutirent aux accords Matignon, lesquels augmentaient d'un coup les salaires de 12 %. Dans le domaine de la viticulture, il fallut négocier des contrats collectifs pour les ouvriers agricoles. C'est ainsi que Justin Barthès se retrouva à la tête d'une délégation de journaliers dans la cour du Solail, le 20 juin, à onze heures du matin.

144

Ceux-ci avaient été refoulés plusieurs fois par Arthémon et son fils Jules, qui, fort de son mariage l'année précédente avec Hortense, une jeune fille de Capestang, avait pris de l'autorité. Du moins le laissait-il accroire, car il savait très bien, même s'il piaffait d'impatience, que Charlotte tenait toujours les rênes du domaine. C'était maintenant une très vieille dame, Charlotte, dont le port de tête souffrait un peu de ce balancement mécanique qui vient aux vieillards, quand le corps se fait de plus en plus étranger. Elle ne sortait plus guère, car ses jambes la trahissaient souvent ; elle s'en allait seulement, aux beaux jours, au milieu des vignes où, immobile sur la banquette de la jardinière, elle regardait inlassablement les journaliers se pencher sur les ceps.

Elle se trouvait pourtant debout en haut des marches du perron, ce matin-là, quand les ouvriers, précédés par Justin, se présentèrent une nouvelle fois. Appuyée sur la table de pierre, elle les regardait s'approcher, flanquée d'Arthémon et de Jules, légèrement tremblante, non pas de peur, mais simplement parce qu'elle n'était plus habituée à rester debout si longtemps. Ce fut elle qui prit tout naturellement la parole, quand Justin posa le pied sur la première marche.

– Qu'est-ce que vous faites là, vous ? demanda-t-elle.

– Je suis mandaté par vos journaliers pour venir négocier avec vous, répondit-il en montrant, dans sa main droite, une feuille de papier qu'elle ignora superbement.

– Ils ne sont pas assez grands pour parler ? Il leur faut des chaperons, à leur âge ?

– Vous n'avez pas voulu les recevoir.

Un épais silence se fit tout à coup, car elle comprit qu'Arthémon ne l'avait pas tenue au courant

145

de ce qui se passait. Elle répondit, sans rien laisser paraître :

– Faites-moi un peu voir ce mandat.

Elle ne fut pas mécontente d'obliger Justin Barthès à monter les marches vers elle, comme si elle le dominait. Elle lut la feuille de papier d'un regard négligent et dit à Justin, qui n'était pas redescendu et attendait à deux pas d'elle, sous l'œil hostile de Jules et de son père :

– Eh bien, nous allons négocier, monsieur le Maire, mais à une condition : que nous soyons tous les deux seuls.

Il comprit qu'elle s'amusait de cette situation, et n'en fut pas vraiment étonné. Il répondit néanmoins, ne voulant pas céder si vite sous le regard des journaliers :

– Je dois être assisté par une délégation.

– Et ce mandat, alors ? A quoi sert-il ?

– Il me faut deux témoins.

– Vous seul ou pas du tout, trancha Charlotte, approuvée de la tête par Jules et Arthémon.

– Un moment, dit Justin.

Il redescendit, s'entretint avec les journaliers qui acceptèrent de le laisser négocier seul : ils en avaient assez de ne plus pouvoir travailler, de n'être plus payés, et leur confiance était entière envers un homme qui, lui aussi, avait été journalier.

– C'est entendu, dit Justin en remontant les marches.

– Pas avant qu'ils n'aient quitté le domaine, fit Charlotte d'une voix qui n'admettait pas la moindre réplique.

Les journaliers hésitèrent, puis ils s'éloignèrent, non sans jeter de temps en temps un regard en arrière, comme s'ils espéraient être rappelés. Charlotte attendit qu'ils aient disparu avant de désigner un fauteuil à Justin et de faire comprendre d'un signe à Jules et à Arthémon qu'ils devaient disparaître également. Ceux-ci s'inclinèrent à regret, jetant vers Justin des regards pleins de fiel.

Il s'installa dans un fauteuil en osier, sur ce perron où il n'avait jamais mis les pieds, ce qui lui fit une nouvelle fois prendre conscience du chemin parcouru depuis le temps où il passait au bas des marches en écoutant, subjugué, la musique du piano de Violaine qui s'échappait par la fenêtre ouverte. Charlotte s'assit à son tour, péniblement, et il ne manqua pas de le remarquer. Elle avait maigri, s'était tassée un peu sur elle-même, mais elle souriait malicieusement, et il songea de nouveau que cette situation devait beaucoup l'amuser.

– Justin Barthès, murmura-t-elle en le fixant de ses yeux de lavande, dont l'éclat s'était assombri avec l'âge. Maire de Sainte-Colombe ! Qui l'aurait dit ?

– Moi, mentit-il, incapable de se persuader, certains jours, qu'il était devenu le maire de son village.

– Oui, bien sûr, dit-elle, en le dévisageant bizarrement, mais peut-être pas à l'époque où vous étiez mon journalier.

– J'ai tout fait pour ne plus l'être, et le plus tôt possible.

– Oui, je sais, dit-elle.

Elle demeura silencieuse un instant, puis, sans le quitter des yeux, elle demanda brusquement :

– Vous devez être content ?

– De quoi donc ?

Elle eut un geste un peu las de la main.

– De tout ce qui se passe.

– Il y a longtemps que je l'attendais, et vos journaliers aussi, vous pouvez en être sûre.

De nouveau elle eut un geste vague, qui semblait

147

vouloir écarter ce qui n'était pas, ce matin, pour elle, l'essentiel.

– Ce n'est pas ce que je voulais dire.

– C'est ce qui m'intéresse, moi, répliqua-t-il.

– Votre œil ne vous fait pas souffrir ? demanda-t-elle brusquement, d'une voix changée.

Et elle ajouta doucement, sans lui laisser le temps de se remettre de sa surprise :

– Moi, je vais mourir.

Une fois de plus cette femme le décontenançait, le bouleversait même, alors qu'il s'était apprêté à un combat féroce.

– Vous ne croyez pas, Justin Barthès, que je vais pouvoir survivre à ce chambardement ?

Elle ajouta, d'une voix à peine audible :

– Non, je ne le pourrai pas.

– Un peu plus de justice entre ceux qui possèdent et ceux qui n'ont rien ne fera mourir personne, fit-il d'un ton sec.

– Qui vous parle de ça ?

Il ne comprenait pas où elle voulait en venir.

– Je vous parle des viticulteurs qui vont disparaître, que vous le vouliez ou non, les grands comme les petits.

– C'est pour ça que nous nous battons.

– Vous vous battez mal : comment voulez-vous augmenter la paye des journaliers au moment où le vin se vend de moins en moins ?

– Ce n'est pas le problème des journaliers si le vin ne se vend pas. C'est le problème de ceux qui nous gouvernent et qui ne prennent pas les mesures nécessaires.

– Par exemple ?

– Par exemple, interdire les importations de vin d'Algérie.

– L'Algérie, c'est la France.

– Alors, fixer un prix plancher pour le vin.

– Vos cuves resteront pleines ; vous savez bien qu'il n'y a qu'une solution : produire du vin de qualité et donc renouveler tous les cépages.

– Personne ne peut attendre quatre ou cinq ans sans ressources, vous le savez aussi bien que moi.

– Je l'ai fait, moi, c'est pour cette raison que je n'augmenterai pas les journaliers.

– Vous y serez obligée par la loi.

– Non, puisque je n'en embaucherai pas.

– Et qui travaillera vos vignes ?

– Nous. La famille. Ceux de la Combelle. Je vendrai ce qu'il faudra, mais je garderai en vie le Solail, même si ça ne vous fait pas plaisir, monsieur Justin Barthès.

Il y eut un long silence, que troubla seulement la voix d'Arthémon qui donnait des ordres, dans la cour du château.

– Vous croyez qu'ils peuvent vivre avec ce que vous leur donnez ? demanda Justin en essayant de porter la discussion sur le terrain qui le préoccupait.

– Ils vivront encore moins bien si la viticulture meurt.

– Les autres propriétaires ont signé des contrats à six cents francs par mois ou vingt-cinq francs par jour.

– Moi, je ne signerai pas.

– Vous y serez obligée.

– Non, je vous l'ai déjà dit, je n'embaucherai pas.

– Vous serez quand même obligée. Tous les propriétaires doivent signer.

– Pas moi.

La jardinière passa devant le perron, conduite par Jules. Deux domestiques étaient assis à l'arrière. Charlotte et Justin tournèrent la tête vers elle, le temps qu'elle s'éloigne. Quand leurs regards se croisèrent de nouveau, celui de Charlotte avait changé.

– J'ai planté du cinsault dans les vignes de la Croix. La terre le porte bien.

Elle ajouta aussitôt, constatant qu'il se fermait volontairement à cette évocation :

– La terre des vignes de la Croix, Justin, vous la connaissez aussi bien que moi. Elle est chaude, généreuse, c'est une terre heureuse. Je peux vous le dire puisque c'est la dernière fois que nous nous voyons.

– Vous dites n'importe quoi.

– Non, fit-elle, ses yeux brillant étrangement.

Il était troublé de nouveau, même s'il s'en défendait de toutes ses forces.

– Quatre-vingt-un ans, soupira-t-elle, et des souvenirs merveilleux.

Elle se fit implorante soudain, en demandant d'une voix douce :

– Dites-moi si vous vous souvenez de cette nuit-là.

– Non, fit-il durement, je l'ai rayée de ma mémoire.

Les yeux de Charlotte brillèrent un peu plus.

– Je ne vous crois pas, dit-elle. Dites-moi une fois la vérité puisque je vais mourir.

– Vous n'allez pas mourir.

– Je n'aime pas ce qui se passe. Je ne le comprends pas. Je partirai sans regret de ce monde qui n'est plus le mien.

– Quand on se sent mourir, on n'en parle pas tant, fit-il d'une voix où il laissa volontairement percer du mépris.

Il y eut un instant de silence qui souligna une vraie rencontre de leurs regards.

– Mais je n'en parle qu'à vous, Justin, dit-elle d'une voix d'enfant qui le transperça. Personne n'est au courant, si ce n'est mon médecin.

– Et pourquoi à moi ? demanda vivement Justin pour lui dissimuler son émotion.

– Parce que vous ressemblez à quelqu'un, dit-elle. Il y a bien longtemps, j'avais treize ans, j'ai été mascarée par un garçon de la montagne Noire. Une vieille histoire, mais le premier éclair d'éternité dans ma vie.

Elle soupira, ajouta :

– Il y en a eu deux. Le second grâce à vous.

Il eut un geste agacé de la tête, continua de la dévisager sans pouvoir prononcer le moindre mot.

– Je crois bien que je n'oublierai jamais, souffla-t-elle en effaçant une larme qui perlait au coin de sa paupière droite.

– Moi, si, dit-il.

– Vous en êtes si sûr ?

Le regard qu'elle posait sur lui l'empêcha de répondre.

– Moi, reprit-elle, votre œil mort, je l'aurais caressé tous les jours.

Elle soupira, puis elle murmura, comme il demeurait muet :

– Ça ne fait rien : si on ne réalise pas nos rêves dans ce monde, on les réalise dans celui d'après, à condition d'avoir commencé ici-bas. Vous ne le saviez pas ?

Leurs regards se lièrent. Il sentit qu'elle pensait vraiment ce qu'elle lui disait.

– Je ne sais pas, dit-il, peut-être...

Ils demeurèrent un long moment silencieux, puis il tressaillit brusquement et brisa le charme :

– Vingt-cinq francs par jour ou six cents francs par mois, dit-il brusquement.

– Non, fit-elle. Le Solail d'abord.

Il se leva et elle eut un geste de la main pour le retenir.

151

– Adieu, Justin, dit-elle.

– Au revoir, Charlotte, fit-il en rassemblant ses forces pour partir.

Et il ajouta, comme un ultime présent à l'occasion de cette séparation qu'il devinait définitive :

– Un jour, je les achèterai, ces vignes de la Croix.

Il descendit les marches du perron, parut hésiter un instant, puis il s'en alla sans se retourner.

– Vous voyez, ma tante, j'ai tenu ma promesse, dit Blanche en embrassant Charlotte à la sortie de l'église Saint-Bonaventure de Narbonne : j'ai fini par me marier. C'est bien ce que vous vouliez, non ?

– Oui, ma fille, dit Charlotte, et je t'en remercie.

Elles avaient retrouvé la complicité qui les avait longtemps unies le jour où Charlotte avait fait le voyage à Narbonne, en compagnie de Violaine, pour la soutenir après la mort de Delphin, il y avait quatre ans de cela. Folle de douleur, Blanche avait écouté sa tante lui expliquer qu'elle s'était opposée à cette liaison parce qu'elle savait qu'ils étaient du même père, elle et Delphin. Après plusieurs jours passés ensemble, ayant compris que Charlotte n'avait pu agir autrement, Blanche avait bien voulu lui pardonner. Mais ce qu'elle avait toujours refusé depuis lors, c'était de revoir son père Arthémon, devenu à ses yeux le seul responsable de son malheur.

Soutenue par Violaine et Charlotte, Blanche avait fini par surmonter l'épreuve, mais elle n'avait pas voulu rentrer au Solail. Elle avait repris sa place de gouvernante à Narbonne, en promettant une nouvelle fois à Charlotte de se marier. Et aujourd'hui, quatre ans plus tard, plus par raison que par amour, elle venait d'épouser Paul Lefebvre, un officier d'infanterie, dont elle avait fait connaissance dans la famille Rodor, celle qui l'employait comme gouvernante. Dès le lendemain, elle devait partir avec lui pour Toulouse où il servait comme lieutenant.

Les cloches sonnaient à toute volée, et Blanche n'en finissait pas d'embrasser les nombreux invités et les membres de sa famille : tous sauf Arthémon, qu'elle se refusait toujours à accueillir, ainsi que Jules, qui s'était solidarisé avec son père.

Mais les femmes du Solail étaient présentes : Violaine, Pascaline, Charlotte, donc, qui retrouvaient non sans émotion la branche narbonnaise de la famille avec qui Blanche avait renoué : Joseph, le fils d'Étienne, mort en 1930 après le krach boursier, qui avait renoncé au négoce du vin et qui était marié à Solange dont il avait deux enfants : Marceau et Aloyse. Il possédait une usine de tuiles sur la route de Béziers. Blanche y avait passé de nombreux dimanches, heureuse de pouvoir côtoyer des Barthélémie.

Charlotte n'en revenait pas de constater à quel point Joseph ressemblait à Étienne, ce frère qu'elle avait aidé si longtemps, à l'époque où elle-même avait vécu à Narbonne avant de regagner le domaine. Blond, comme lui, les cheveux frisés et les yeux clairs, il dénotait dans leur famille de bruns à la peau mate, mais, contrairement à son père, il n'avait en lui aucun signe de légèreté et les traits de son visage exprimaient une grande volonté. Elle remarqua d'ailleurs que Marceau, le jeune homme qui était âgé d'une quinzaine d'années, ressemblait aussi à son père et à son grand-père. Elle en fut heureuse, comme si cette ressemblance entre les hommes de trois générations attestait, à Narbonne, de la survie des Barthélémie en une époque où il lui semblait qu'ils étaient menacés.

À l'occasion du repas, qui réunit une centaine de

convives dans l'entrepôt de la tuilerie, Charlotte eut l'occasion de discuter avec Joseph et de l'apprécier. Lui aussi affrontait beaucoup de difficultés à cause de la grève des ouvriers. Il ne savait pas s'il allait pouvoir remettre en marche la production, et il redoutait surtout de ne pouvoir faire face à l'augmentation des salaires décidée par le gouvernement. Ils en parlèrent un moment, contraints de se pencher l'un vers l'autre pour se faire entendre, car les convives commençaient à chanter.

– Mon fils Marceau est attiré par la vigne, dit Joseph en changeant de conversation. Ça doit être dans le sang : il était très proche de son grand-père et sa mort l'a beaucoup affecté. Il ne se passe pas un jour sans qu'il me parle du Solail.

– Eh bien, qu'il y vienne, dit Charlotte, ravie. C'est bientôt les vacances, non ?

– Oh ! Avec ces grèves, s'exclama Joseph, elles ont commencé depuis longtemps.

Un peu plus tard, Marceau, à qui son père avait transmis l'invitation de Charlotte, vint la remercier.

– Ça me fait plaisir, vous savez, madame. J'ai toujours eu envie de vivre au milieu des vignes.

– Appelle-moi ma tante, dit Charlotte, bouleversée par ce regard si clair, si limpide qu'elle crut se retrouver devant Étienne au même âge.

– Merci encore, ma tante, dit le jeune homme avant de regagner sa place.

Les plats succédaient aux plats, et il faisait très chaud dans l'entrepôt, bien que la nuit tombât. Charlotte sentait une grande fatigue l'envahir. Son regard se posa sur le mari de Blanche qui conservait, dans cette agitation joyeuse, un air un peu distant. Il était grand, brun, le front haut, avec des yeux métalliques d'une bizarre dureté, et une fine moustache qui soulignait un nez droit : un homme tout à fait conforme à l'idée qu'on se fait d'un officier. « Elle ne sera pas très heureuse », songea Charlotte, et quelque chose en elle se noua. Car elle se souvenait très bien des mois qui avaient suivi la mort de Delphin et de la détresse de Blanche. Celle-ci avait eu beaucoup de difficulté à sortir de la mélancolie dans laquelle elle avait sombré. Ses deux familles, les Rodor comme les Barthélémie, chaleureuses et attentives à son égard, l'avaient heureusement aidée.

Ce soir, en se rendant compte qu'elle allait perdre cette petite-nièce dont elle avait été si proche et dont elle n'avait su faire le bonheur, Charlotte s'en voulait. Il lui semblait qu'il était encore temps, qu'elle pouvait la ramener au Solail et la garder près d'elle. « Il faudrait essayer », songea-t-elle, mais la grande lassitude qui l'accablait depuis plusieurs mois, de nouveau, l'assaillit. « Je n'ai plus de forces », se dit-elle. Et aussitôt, elle pensa que si Blanche partait, elle ne la reverrait plus. Cela lui parut tout à fait impossible. Dès lors, elle n'eut plus qu'un souhait : que le festin s'achève vite et qu'elle puisse lui parler, même si, ce soir, il était bien tard pour la retenir.

Le temps passa. Elle écoutait à peine ses voisins de table, et elle leur répondait machinalement, s'efforçant quand même de sourire et de participer, à sa manière, aux réjouissances un peu convenues qui sont l'apanage des repas de noces. Elle avait toujours aussi chaud, trop chaud pour demeurer plus longtemps dans l'entrepôt. Elle s'excusa rapidement, puis elle sortit et fit quelques pas sur la place qui servait d'accès à l'usine.

Au fond, près de la maison d'habitation, trois cyprès se balançaient doucement. Elle distingua un banc de pierre et s'y dirigea. L'odeur puissante des cyprès rafraîchis par la nuit lui fit du bien : elle lui rappelait celle des arbres des collines. Elle se sentit un peu mieux, tandis que s'élevaient, là-bas, sous l'entrepôt, des chansons à la mode : un homme chanta *Ramona*, puis une voix de femme entonna *Ferme tes jolis yeux*. « Je voudrais bien fermer mes yeux », songea Charlotte. Elle eut envie de partir, mais elle pensa à Blanche : il fallait qu'elle lui parle puisque ce serait la dernière fois.

Elle n'eut pas la force de revenir vers le lieu clos où l'air ne circulait pas. D'ailleurs, elle n'en eut pas besoin : d'abord Violaine apparut, car elle s'inquiétait de ne plus la voir, puis, un peu plus tard, ce fut au tour de Blanche de venir s'asseoir près d'elle.

– Comme il fait chaud ! dit-elle en relevant ses lourds cheveux noirs du geste gracieux qui lui était coutumier.

– Bientôt la Saint-Jean, dit Charlotte en lui prenant le bras, c'est normal qu'il fasse chaud.

Il y eut un bref silence, puis Charlotte demanda :

– Alors tu t'en vas, ma fille ?

D'abord, Blanche ne répondit pas. Elle devinait ce que devait ressentir sa tante, en cette nuit qui aurait pu être si belle mais qui allait être avant tout celle des adieux.

– Il le faut, dit-elle.

– Es-tu heureuse, au moins ?

Blanche hésita un court instant, puis répondit :

– J'aurais pu l'être.

Charlotte comprit qu'elle faisait allusion à Delphin. Elle soupira, puis demanda :

– Et Paul ? Ton lieutenant ?

– Je peux me reposer sur lui. Il est fort et il est droit. Que demander de plus ?

Charlotte fut un peu soulagée à l'idée que quelqu'un veillerait sur Blanche.

– Tu l'aimes donc ? fit-elle, en espérant que Blanche répondrait affirmativement.

– On n'aime vraiment qu'une fois dans sa vie, ma tante, dit-elle, vous le savez bien.

Charlotte hocha la tête mais ne répondit pas. Elle s'efforçait de trouver les mots qu'il fallait pour la retenir, mais ils ne lui venaient pas. En avait-elle le droit d'ailleurs ? Pourtant, l'imminence d'une déchirure l'accablait. Elle demanda doucement :

– Tu reviendras ?

– Jules est marié, il va même avoir un enfant. Le Solail ne risque plus rien.

« Comment lui faire comprendre, se demanda Charlotte, que le Solail devrait être dirigé par quelqu'un qui me ressemble ? » Elle reprit, avec une gravité dans le ton qui émut Blanche :

– Promets-moi au moins que, même de loin, tu veilleras sur le Solail, et que, s'il lui arrivait malheur, tu reviendrais.

Blanche se tourna vers elle, lui prit les bras et dit en l'embrassant :

– Je vous le promets, ma tante.

Puis elle ajouta après un soupir :

– Il faut que je rentre. On doit me chercher.

Charlotte, de nouveau, songea que c'était la dernière fois qu'elle parlait à sa nièce et elle eut un geste de la main pour la retenir. Mais sa main retomba, tandis qu'elle murmurait :

– Va, ma fille, je te rejoins dans cinq minutes.

La robe de mariée se balança un moment au rythme de la musique, étincelante, à travers les larmes qui ne parvenaient plus à couler des yeux fatigués de la maîtresse du Solail.

Chaque matin, les journaliers revenaient dans la cour du Solail, et chaque matin, Arthémon, flanqué de Jules, les renvoyait. Une nuit de la fin juin, ils s'installèrent sur le perron avec femmes et enfants et ne voulurent rien entendre des menaces proférées par le maître du Solail : ils resteraient là jusqu'à ce que les Barthélémie acceptent de signer les contrats collectifs. Les plus déterminés firent même le coup de poing contre Jules, Séverin, Jérôme et les domestiques, et ils demeurèrent maîtres du terrain. Arthémon menaça alors d'aller chercher les gendarmes de Ginestas, mais les ouvriers prétendirent qu'ils avaient l'accord du maire de Sainte-Colombe. Justin Barthès, interrogé à la mairie par Arthémon, confirma et lui dit, bien décidé à ne pas céder un pouce de terrain :

– La loi vous oblige à signer. En restant là, ils ne font que demander son application.

– Je n'ai pas de travail pour eux.

– Vous en aurez un jour. Alors il faut signer.

Quand Arthémon regagna le domaine, ce jour-là, Charlotte eut bien du mal à l'empêcher de recourir aux gendarmes. Au cours du repas qui suivit, tous les deux furent étonnés d'entendre pour la première fois la voix de Violaine s'élever pour contester la manière dont ils se comportaient.

– Vous n'avez pas honte ? s'insurgea-t-elle. Vous n'entendez pas pleurer les enfants de ces pauvres gens ? Vous voulez vraiment les faire mourir de faim ?

– De quoi te mêles-tu ? répliqua Arthémon, interloqué. Tu ne vois pas qu'ils sont ravitaillés par le village ? Si tu n'es pas d'accord, tu peux t'en aller ; personne ne te retient ici. Va les rejoindre, tous ces rouges qui ne rêvent que de mettre le feu au château. Quant à moi, dès que j'aurai fini de manger, j'irai chercher les gendarmes à Ginestas. On verra bien si les propriétaires ne peuvent plus être maîtres chez eux, aujourd'hui.

Charlotte, très pâle, se leva et dit :

– Personne ne partira d'ici sans ma permission. Quant aux gendarmes, c'est moi qui les préviendrai le jour où ce sera nécessaire.

Puis elle quitta la table et gagna sa chambre afin de prendre un peu de repos, comme elle en avait l'habitude en cette saison. En bas, dans la grande salle à manger, le repas continua dans un lourd silence. Tous, Pascaline, Arthémon, Jules et Hortense, étaient unis contre Violaine qui ne put supporter leur mépris et lança brusquement, défiant Arthémon du regard :

– Ça ne t'a pas suffi de faire le malheur de ta fille ? Aujourd'hui, c'est moi que tu veux chasser, et demain tu t'en prendras à qui ? A ton fils ou à ta femme ?

Il accusa le coup, ayant très mal vécu la séparation d'avec Blanche et se sentant coupable de tout ce qui s'était passé depuis la mort de Delphin. Aussi ne répondit-il pas sur-le-champ, touché qu'il était au plus profond de lui-même par la remarque de Violaine. Jules vola à son secours en demandant d'une voix aigre :

– Tu veux leur donner le château et nos vignes ? Et de quoi vivrons-nous ? Tu t'en fous, toi ! Tu vends de la musique.

– Il n'est pas question de leur donner quoi que ce soit. Il est seulement question de signer des contrats qui prévoient des prix à respecter mais n'obligent pas à embaucher.

– Avec ces gens-là, dit Jules, il ne faut rien signer, si tu leur donnes la main, ils te prennent le bras.

Devant tant de mauvaise foi, Violaine haussa les
épaules et répondit vivement :

– Ils n'ont rien, ils ne sont rien, et ils vous font peur.

– Personne ne m'a jamais fait peur ! tonna Arthémon. Et ce n'est pas aujourd'hui, à cinquante-six ans,
que ça va commencer. Quant à toi, si tu veux rester
ici, occupe-toi de ton piano et laisse-nous nous occuper des vignes.

Violaine faillit répliquer, mais elle songea à Charlotte dont la santé l'inquiétait de plus en plus et elle
renonça à jeter de l'huile sur le feu. Elle se leva, au
contraire, et s'apprêtait à sortir de la salle à manger
quand la voix d'Arthémon l'arrêta brusquement :

– Si c'est Justin Barthès que tu défends en prenant
le parti des journaliers, ne nous en fais pas payer le
prix à nous, qui n'y sommes pour rien s'il n'a jamais
voulu de toi.

Foudroyée, elle chancela, demeura un instant
immobile en serrant la poignée de la porte pour ne
pas tomber, puis elle sortit et s'appuya au mur en
fermant les yeux. Sa décision était prise : elle allait
quitter le château, et sans aucun regret.

Un peu plus tard, dans l'après-midi, elle entendit
Charlotte sortir de sa chambre et elle se précipita pour
lui demander :

– Où allez-vous, ma tante ?

– Parler à ces gens.

– Il fait trop chaud. Attendez que la chaleur soit
tombée.

Mais Charlotte l'écarta de la main, et poussa la porte
qui donnait sur le perron. L'immense éclat du ciel
l'aveugla brusquement, et Violaine dut la prendre par
le bras pour la soutenir. Devant elles, les journaliers,
leurs femmes et leurs enfants étaient allongés à
l'ombre, pitoyables, accablés de chaleur, épuisés. En
voyant apparaître la maîtresse du Solail, un homme

s'était levé. Grand, brun, vêtu d'une chemise trouée et d'un pantalon retenu sur ses hanches par une ficelle, il faisait face à Charlotte, qui lui dit d'une voix douce :

– Je vais vous faire porter à boire et ensuite vous repartirez chez vous. Vous comprenez bien que vous ne pouvez pas rester ici.

– Nous ne repartirons pas tant que vous n'aurez pas signé, répondit le journalier, très calme.

– Renvoyez au moins vos femmes et vos enfants. Ils ne peuvent pas rester ici, avec cette canicule.

– Ils ont l'habitude, dit l'homme.

Charlotte réfléchit un instant, reprit après un soupir :

– Je vais être obligée de faire venir les gendarmes, non pas pour vous chasser, mais parce que je ne veux pas qu'un enfant meure, chez moi, d'insolation.

– On se battra, dit l'homme, sans baisser les yeux qui s'étaient animés, au contraire, d'une lueur fiévreuse.

Elle ne connaissait pas son nom, mais elle l'avait souvent vu travailler dans ses vignes.

– Vous vous appelez comment ? demanda-t-elle.

Les autres journaliers s'étaient levés et entouraient maintenant celui qui répondait en leur nom.

– Ça fait vingt ans que je travaille pour vous et vous ne savez même pas comment je m'appelle.

Charlotte vacilla. Une sorte de lourde culpabilité l'accablait soudain, tandis qu'un enfant se mettait à pleurer, et qu'elle mesurait le fossé qui la séparait de ces gens dont elle se sentait, pourtant, aujourd'hui, plus que jamais responsable. L'enfant était rouge, et haletait contre sa mère qui essayait vainement de le calmer. Arthémon et Jules venaient d'arriver. Ils tentèrent de s'interposer entre les journaliers et Charlotte, qui les en empêcha en demandant :

– Et si je signe ce contrat, vous partirez tout de suite ?

– Tout de suite, dit l'homme.

– Donnez-moi le papier.

Il lui tendit une feuille froissée, presque illisible tellement elle était sale. Elle la prit malgré le geste d'Arthémon qui, de la main, essaya de l'en empêcher. Puis, toujours soutenue par Violaine, elle entra dans le couloir et se dirigea vers le bureau, poursuivie par Jules et par Arthémon.

– Tu ne vas pas signer ? demanda Arthémon tandis qu'elle s'installait et trempait sa plume dans l'encrier.

Elle ne répondit pas, signa en bas de la feuille, puis elle la tendit à Violaine et dit :

– Porte-la. Moi, je ne peux pas.

Violaine voulut forcer le passage, mais Jules la saisit par le bras. Charlotte, alors, fit un effort sur elle-même, se leva, et, le visage dur, d'une voix métallique, ordonna :

– Laisse-la passer ! J'ai encore assez de forces pour faire venir mon notaire et changer les clauses de mon testament.

Jules s'effaça. Arthémon sortit, comme fou, et Charlotte l'entendit décrocher le fusil qui était suspendu dans le couloir de l'entrée. Elle rejoignit Violaine, lui prit le bras et sortit avec elle. Violaine donna le document au porte-parole des journaliers. Il examina un instant la feuille de papier, puis il lança :

– Allez ! On s'en va.

– Oui ! Et le plus vite possible ! fit Arthémon, son fusil dans les mains. Croyez-moi, vous n'êtes pas près de remettre les pieds ici !

Les hommes, les femmes et les enfants se dirigèrent lentement vers l'allée bordée d'oliviers.

– Pose ce fusil ! dit calmement Charlotte à Arthémon. Tu n'as jamais su t'en servir.

Furieux, il disparut, toujours suivi par Jules. Immobile au bras de Violaine, Charlotte regarda un long moment s'éloigner les journaliers dont les silhouettes dansaient dans les reflets d'huile lourde que faisait onduler la canicule implacable de cette journée de juillet.

L'été s'appesantit encore sur les vignes où l'on taillait en prévision des vendanges. Cette chaleur était trop lourde pour ne pas provoquer l'un de ces orages que l'on redoutait tant. Il arriva à la mi-août, en début d'après-midi, tourna très longtemps sur la montagne Noire avant de couler vers la plaine, poussé par un vent à « décorner les bœufs ». D'un noir sombre et profond à l'horizon, les nuages, en s'approchant, prirent en quelques minutes cette teinte blanc étincelant qui annonce la grêle. Les vignerons lancèrent des fusées pour les éloigner, tandis que toutes les cloches de la plaine se mettaient à sonner. Mais le vent soufflait trop fort, et rien ne put empêcher les nuages de s'accumuler et de rouler sur eux-mêmes, comme les vagues énormes d'une mer en tempête. Un éclair les ouvrit brusquement, puis la grêle commença de hacher les feuilles et les grappes gorgées de soleil.

Marceau, qui, après avoir répondu à l'invitation que sa grand-tante avait formulée lors du mariage de Blanche à Narbonne, était venu en vacances au Soleil, fut surpris par sa soudaineté et sa violence. Il n'avait pas suivi les domestiques quand ceux-ci lui avaient dit de rentrer pour s'abriter. Il avait continué de tailler, comme Séverin le lui avait appris, en prenant soin de couper seulement l'extrémité des sarments et les feuilles inutiles. Mais s'il était resté seul, en réalité, c'était parce qu'il espérait le retour de la jeune fille prénommée Mathilde que son père, Jérôme, avait envoyée au château, d'où elle devait rapporter à boire.

Cela faisait plus de quinze jours qu'il avait fait sa connaissance, et il s'était tellement habitué à sa présence qu'il la cherchait à tout moment du regard. Elle ne ressemblait en rien aux filles qu'il avait l'habitude de côtoyer à Narbonne : petite et brune, vêtue d'une simple robe de toile sans manches qui découvrait ses bras et ses épaules dorés par le soleil, elle travaillait en silence auprès de son père et relevait rarement la tête, sinon pour s'essuyer le front et repousser ses cheveux, dans un geste qui éclairait son visage aux traits ronds.

Marceau ne perdait rien du moindre de ses mouvements depuis que son regard avait croisé le sien, une fois, une seule fois. Cependant, il s'était rapproché d'elle lors de ces repas que l'on prenait hâtivement dans les vignes, et il avait eu le temps de murmurer : « Vous êtes belle. » C'était tout, mais c'était suffisant car il avait compris, à la lueur qui avait traversé les yeux verts de Mathilde, qu'elle avait été bouleversée par ces quelques mots prononcés par un jeune homme de la ville, et qui, de surcroît, faisait partie de la famille de ses maîtres.

Comme il ne l'apercevait pas dans l'allée où elle s'était éloignée, il courut pour se réfugier dans le cabanon le plus proche. Quelle ne fut pas sa stupeur de la découvrir là, sagement assise sur une comporte, sursautant à son arrivée, avec, dans les yeux, une expression affolée.

– Je peux m'abriter avec vous ? demanda-t-il, pourtant, le moment de surprise passé.

Elle ne répondit pas, mais se poussa un peu pour libérer l'entrée étroite du cabanon. Il y eut un instant de silence, durant lequel elle continua de regarder droit devant elle, avec une expression un peu butée. Puis elle murmura prudemment :

– Il ne faut pas qu'on nous voie ensemble.

– Ne vous inquiétez pas : je partirai avant la fin de l'orage.

Et, comme elle ne répondait pas, il ajouta :

– Je peux partir tout de suite, si vous voulez.

– Non, c'est dangereux, dit-elle.

Mais elle ne tourna pas la tête vers lui et se mura dans un nouveau silence.

Le crépitement de la grêle sur les feuilles était effrayant. On eût dit le grignotement d'un insecte géant aux mandibules occupées à déchiqueter les vignes impuissantes. Et cela durait, souligné par le tonnerre et les éclairs qui fusaient dans des lueurs bleuâtres à odeur de soufre.

– Toute la récolte est perdue, dit Mathilde, et il sembla à Marceau qu'elle retenait un sanglot.

Il ne sut que répondre, ne comprenant pas très bien en quoi elle était directement concernée par les funestes conséquences d'un orage. Des grêlons gros comme des œufs de pigeon roulèrent jusque devant la porte ouverte du cabanon. Mathilde se baissa, en ramassa un, l'examina entre ses doigts d'un air accablé, mais elle ne dit mot. Au-dessus des vignes, le ciel était toujours aussi clair. Il était impossible de lever la tête pour juger de l'avance des nuages : on avait l'impression qu'on se serait brûlé les yeux. Le pire était que le vent avait cessé de souffler, comme si, une fois son forfait accompli, il s'était brusquement arrêté, effrayé par ce qu'il avait provoqué. Et la grêle crépitait toujours sur les grappes et les feuilles, atteignant les plus basses, qui avaient été protégées jusqu'alors.

Marceau s'aperçut que Mathilde tremblait, et il demanda, d'une voix la plus douce possible :

– Vous avez froid ?

Elle fit non de la tête mais croisa ses bras sur sa poitrine qui se soulevait nerveusement.

– Vous avez peur de moi ? demanda-t-il.

– Non. J'ai peur de mon père.

– Et pourquoi ?

– Vous le savez bien : nous sommes seuls, à l'écart de tout le monde, et nous n'en avons pas le droit.

– Nous ne faisons rien de mal.

– Non, dit-elle, mais il ne faut pas.

De nouveau le silence retomba entre eux, tandis que la grêle s'acharnait toujours sur les vignes.

– Mathilde ! Regardez-moi ! dit-il.

Elle se poussa davantage contre le mur.

– Pourquoi ne voulez-vous pas me regarder ?

– Vous le savez bien, dit-elle.

– Non, je ne sais pas.

Il essaya de se rapprocher d'elle, mais elle l'arrêta de la main en disant :

– N'approchez pas ou je m'en vais.

Il répondit en riant, songeant qu'elle avait fait la même réponse quelques minutes auparavant :

– C'est dangereux.

Et il ajouta aussitôt :

– Vous êtes si belle.

Elle leva brusquement vers lui ses yeux de fontaine et demanda avec une sorte de colère dans la voix :

– Pourquoi dites-vous ça ?

– Mais parce que c'est vrai, dit Marceau, décontenancé.

– Tous les garçons disent ça, fit-elle, en se détournant de nouveau et en reprenant son attitude butée de petite fille.

– Oui, mais moi je le pense vraiment, dit-il, et je ne pourrai jamais repartir à Narbonne.

– Oh ! dit-elle, vous aurez vite fait de m'oublier.

166

– Jamais, Mathilde, dit-il. Jamais. Je ne pourrai jamais.

Elle eut de nouveau un bref regard, le visage dur, presque hostile. Il avança une main, tenta de la poser sur la sienne mais elle la retira vivement, comme s'il l'avait brûlée.

– Vous viendrez avec moi ? demanda-t-il.

– Cessez de dire des bêtises, fit-elle, je suis la fille du ramonet.

– Quelle importance ? Moi, je vous emmènerai au bout du monde.

Il comprit qu'elle pleurait et demanda :

– Qu'avez-vous ?

– Laissez-moi, dit-elle.

La grêle paraissait se calmer un peu, mais le mal était fait sur les feuilles et les fruits de la vigne. Mathilde frissonna. Il avança la main une nouvelle fois, la posa sur la sienne, et cette fois, sans qu'il comprenne pourquoi, elle ne la retira pas. Alors il la prit doucement et la serra. Elle ne bougeait plus mais son souffle s'accélérait.

– Mathilde, souffla-t-il.

Et il répéta plusieurs fois :

– Mathilde, Mathilde...

Il sentait la chaleur de cette main dans la sienne, et il aurait voulu que cela ne cesse jamais. Mais la grêle s'arrêta et la pluie, aussitôt, lui succéda. Mathilde se dégagea, fit un bond, le frôla et s'enfuit brusquement avec la légèreté de ces elfes de légende, mi-fées mi-sorcières, qui hantent les abords des points d'eau. Il sortit lui aussi de l'abri, mais elle était trop loin déjà, et il renonça à la poursuivre. Au contraire, dépité, il entra de nouveau dans le cabanon et attendit que cesse la pluie.

Quand l'orage s'éloigna, il lui resta en mémoire l'éclat de cet immense miroir dans lequel les vignes avaient paru contempler leur propre souffrance, et la chaleur précieuse d'une main dans la sienne. Il quitta l'abri du cabanon, aperçut Arthémon, Jules et Séverin qui s'avançaient dans la vigne, dont la terre était couverte de feuilles et de grappes. Sur celles qui tenaient encore aux sarments, les grains avaient éclaté, laissant apparaître les pépins, sous la chair qui pendait lamentablement. Arthémon se pencha, en ramassa une, l'examina un instant puis la laissa retomber en soupirant. Marceau rejoignit les deux hommes qui continuèrent d'avancer, se penchant de temps en temps sans un mot, accablés, sur les ceps.

Bientôt arriva Jérôme, suivi par Mathilde. Celle-ci se garda bien de lever les yeux vers Marceau qui se laissa dépasser par les hommes et se mit à marcher près d'elle. Aucun d'eux ne parlait. C'était la désolation. Pas une grappe n'avait été épargnée. Ils aperçurent dans une allée le cabriolet de Charlotte qui venait aux nouvelles. Arthémon se dirigea vers elle, et tous firent de même. Charlotte ne descendit pas. Ce n'était pas nécessaire : avant même qu'Arthémon ne réponde à ses questions, elle savait ce qu'il allait lui dire.

– Presque tout est perdu. Je ne sais même pas si ce sera la peine de vendanger.

– Au moins les prix remonteront, dit-elle d'une voix étrangement froide, comme étrangère à ce qui se passait.

Puis ses yeux se portèrent sur Marceau et sur Mathilde et elle n'entendit plus les mots prononcés par Jules et par Arthémon : en surprenant le regard échangé par les jeunes gens, elle venait de comprendre que tout recommençait entre le château et la Combelle. Au lieu d'en être furieuse et malgré la malédiction de la Finette et de sa fille, elle en fut réconfortée : la vie lui apparaissant soudain comme un éternel recommencement. Ses yeux s'attachèrent à ceux de Mathilde, qui se sentit devinée et détourna vivement la tête. « Quel âge a-t-elle donc ? » se demanda Charlotte. Elle fit un rapide calcul, songea qu'elle devait avoir quinze ans. L'âge où elle-même courait les collines, où le regard des journaliers s'attardait sur ses jambes et ses épaules rondes, l'âge où le monde entier lui appartenait. Elle fit tourner brusquement le cheval et s'éloigna vers le château, non pour fuir le désastre de la grêle, comme le pensèrent les hommes, mais pour se soustraire à l'éclat mortel de cette jeunesse triomphante qui la brûlait jusqu'aux os.

Les vendanges avaient été mauvaises, mais, les cours ayant remonté, on put écouler les surplus des années précédentes, ainsi que l'avait prévu Charlotte. L'été s'achevait, prolongé par l'odeur des moûts, un été que l'on n'oublierait pas, tellement il avait été différent des autres. En Languedoc, en effet, on avait vu arriver des Espagnols qui fuyaient la guerre civile. Exsangues, dépenaillés, ils demandaient le toit et le couvert, s'installaient dans les granges ou dans les remises où ils se contentaient de pain et de fromage. Puis, avec les premiers congés payés, les gens des villes, bras et jambes cramoisis, avaient traversé les villages à bicyclette, en tandem ou dans des petites voitures en direction de la mer. Certains s'étaient arrêtés au village, des jeunes, notamment, qui prenaient pension à l'Auberge de la Jeunesse nouvellement créée à l'initiative du ministre Léo Lagrange.

Le gouvernement, après avoir réformé la Banque de France, signé les accords Matignon, créé l'Office du blé et la Société nationale des chemins de fer français, avait adopté une politique de non-intervention en Espagne, malgré la pression exercée par les communistes. Son mot d'ordre, aujourd'hui, était : « Remettre la France au travail. » Mais les grèves continuaient un peu partout, et on avait par moments l'impression, tellement l'opposition paraissait capable de préparer un coup de force sur le modèle espagnol, que l'on était au bord de la guerre civile.

Charlotte Barthélémie sentait s'écrouler autour d'elle le monde qui avait toujours été le sien. Elle n'avait pas oublié les élections de l'année précédente qui avaient porté Justin Barthès à la tête de la mairie de Sainte-Colombe, ni celles du mois de mai qui avaient assuré la victoire du Front populaire, ni ces journaliers qui avaient envahi le domaine et dormi sur le perron du château, avec femmes et enfants. Elle n'avait pas davantage oublié la grêle qui avait frappé les jeunes plants de cinsault et de morastel, hypothéquant du même coup l'avenir du Solail. Elle pensait souvent à Blanche et Violaine, qui étaient parties, et dont la présence lui manquait terriblement pour faire face à tant de difficultés.

Elle avait l'impression que le Solail se désintégrait au fil des jours, du moins celui qu'elle aimait, et qu'elle avait défendu jusqu'au bout de toutes ses forces. Or, des forces, il ne lui en restait guère. C'est à peine si elle s'était rendue dans la cave au moment des vendanges, et elle passait ses journées dans sa chambre ou dans le bureau, incapable de faire atteler le cabriolet pour se rendre dans les vignes, dont, pourtant, d'ordinaire, elle se plaisait tant à parcourir les allées.

Elle se sentait seule, abandonnée, y compris par Arthémon à qui elle s'était opposée tout l'été. Ses jambes la portaient difficilement, et elle laissait tomber tous les objets qu'elle saisissait. Marceau, qui avait redonné un peu de jeunesse au château, était reparti

170

depuis quinze jours. Elle avait apprécié la présence de ce jeune homme qui ressemblait tellement aux Barthélémie de Narbonne. Elle avait eu de longues discussions avec lui, s'étonnant de sa passion pour les vignes du Solail, lui qui avait été élevé à la ville, mais elle s'était bien gardée de s'opposer en quoi que ce soit à sa liaison naissante avec la petite Mathilde de la Combelle. Elle se souvenait trop bien de Blanche et de Delphin, de Violaine et de Justin, d'autres encore, qui n'avaient pas pu vivre ce qui lui paraissait aujourd'hui l'essentiel de la vie : la vraie passion, celle qui embrase les cœurs et emporte ses victimes vers des horizons qu'ils ne pourront jamais oublier.

Un après-midi qu'elle se sentait encore plus lasse que d'habitude, elle demanda à voir la jeune Mathilde de la Combelle, que Jules, stupéfait, envoya chercher par Séverin. Une heure plus tard, Mathilde entra dans le bureau sur la pointe des pieds, se demandant ce que lui voulait la maîtresse du Solail. Charlotte la fit asseoir et l'examina longuement en silence. Ces cheveux noirs, cette rondeur des traits, ce grain de peau étaient ceux de Mélanie, l'arrière-grand-mère de Mathilde, qui était arrivée au domaine enceinte de Séverin, au moment du phylloxéra, il y avait plus de soixante ans. Et pourtant, Charlotte avait l'impression que dix ans à peine étaient passés depuis ce temps-là. Et de nouveau la conviction qu'elle n'avait pas su retenir ces jours qui avaient coulé sans qu'elle n'y prenne garde la foudroya. « Je n'ai pas vécu », se dit-elle. En même temps, cependant, le souvenir du long combat qu'elle avait mené dans les vignes lui revenait en mémoire. Alors ? Où était la vérité ? La vérité, c'est qu'elle avait mené un combat secondaire, sinon dérisoire. Le seul qui comptait, celui de son amour inavouable pour Justin Barthès, elle ne l'avait même pas engagé, ou à peine. Elle ne se rendit pas compte qu'elle fermait les yeux de douleur, et elle sursauta quand Mathilde demanda :

– Qu'avez-vous, madame, vous ne vous sentez pas bien ?

Charlotte rouvrit brusquement les yeux, tenta de sourire :

– Si, ma fille, dit-elle, inquiétant davantage Mathilde qui se demanda pourquoi elle l'appelait « ma fille ».

Puis, comme celle-ci demeurait muette, Charlotte demanda :

– Quel âge as-tu, toi ?

– Quinze ans, madame.

– Ah oui ! C'est vrai.

– Et Marceau ?

Mathilde se troubla et ne sut que répondre :

– Je ne sais pas, madame.

– Tu le connais bien, pourtant, Marceau.

Mathilde pensa qu'elle avait été trahie par quelqu'un et répondit du bout des lèvres :

– Je le connais un peu.

– Un peu seulement ?

– On travaillait ensemble dans les vignes.

Charlotte continua de regarder fixement Mathilde qui baissa les yeux, déjà convaincue qu'elle allait devoir renoncer au bonheur qui venait d'illuminer sa vie.

– Ne le laisse pas s'en aller, dit Charlotte.

La jeune fille crut avoir mal entendu, mais, en relevant la tête, elle comprit, au sourire de la maîtresse du Solail, qu'elle ne s'était pas trompée. Elle voulut remercier, mais ne sut si elle devait le faire et, désemparée, garda le silence.

– Tu peux partir, dit doucement Charlotte.

Mathilde se leva, hésita.

– Merci, madame, dit-elle enfin, continuant de regarder cette femme dont elle avait si peur et qui lui

souriait, pourtant, comme si elle avait été sa mère ou
sa grand-mère.

– Va, ma fille, dit Charlotte, et elle détourna brusquement la tête, pour que Mathilde n'y décèle rien
de ce qu'elle s'efforçait de dissimuler depuis le début.

Le bruit de la porte refermée arracha un soupir à
Charlotte. Comme elle était lasse ! Il lui semblait que
chaque jour qui passait consumait une parcelle de ses
forces. C'est à peine si elle pouvait aujourd'hui monter les escaliers, et maintenant le temps n'était plus
le même dans sa tête. Elle mêlait les époques, se
croyait par moments revenue enfant, cherchait du
regard son père, le terrible Charles Barthélémie, que
défiait Léonce, son frère, dans la grande salle à manger du Solail. Elle ne souffrait pas vraiment de son
corps, non, mais son énergie se diluait peu à peu,
comme les brumes du matin sous les premiers rayons
du soleil.

Elle monta lentement dans sa chambre, demanda à
Hortense, la femme de Jules, de faire venir son médecin, un vieil homme à bésicles, plein de sagesse et
d'humanité, qu'elle aimait beaucoup. Il renouvela ses
gouttes et ses potions, mais ne cacha point à Charlotte
qu'il ne pouvait plus grand-chose pour elle.

– Merci, lui dit-elle, au moins, je sais où j'en suis.

Quelques jours passèrent encore, d'un mois d'octobre à l'air épais comme du sucre. Charlotte ouvrit
les fenêtres de sa chambre et les respira avec un
plaisir aussi ancien que précieux. Puis, un soir, elle
se sentit mieux. « Profitons-en », se dit-elle. Elle sortit
après le repas en évitant de se faire remarquer de
Pascaline ou d'Hortense. Elle avait posé un châle sur
ses épaules, s'étonna de l'épaisseur de l'air nocturne,
où le mélange du parfum des moûts et des buis était
enivrant. La nuit, autour d'elle, semblait haleter
doucement, comme un animal assis à l'ombre, au

beau milieu d'un après-midi, pendant les grosses chaleurs.

Elle emprunta l'allée d'oliviers, puis elle tourna à gauche et se dirigea vers les collines. « Où donc est allé Léonce ? se demanda-t-elle. Ne va-t-il pas partir à la guerre ? » Elle marcha plus vite, s'essouffla, et, brusquement, ses jambes s'effacèrent sous elle. Elle s'assit, leva la tête vers les étoiles qui lui parurent toutes neuves. « Léonce ! » appela-t-elle, mais seul un mince filet de voix sortit de sa bouche. Elle s'allongea, songea qu'elle ne devait pas être loin de la Combelle, eut envie d'aller voir Mélanie. Mais n'était-elle pas morte, Mélanie ? Charlotte ne se souvenait plus.

Quand elle se sentit un peu mieux, elle se dit qu'elle n'aurait pas la force de monter sur les collines et elle redescendit dans les vignes, où elle erra un long moment, ne sachant, pendant ses instants de claire conscience, ce qu'elle faisait là. De nouveau, bientôt, ses jambes s'affaissèrent. Elle se laissa tomber sur la terre tiède entre les ceps, sourit : maintenant, elle savait pourquoi elle était venue. Elle fit un terrible effort et se remit à marcher, cherchant la vigne de la Croix, celle de la mascare, celle de son mariage avec Louis, mais aussi celle de Justin. « Je rentre chez moi », se dit-elle, et une grande quiétude l'envahit.

Elle y arriva à bout de souffle, tremblant sur ses jambes, mais avec la conviction d'avoir gagné un ultime combat. Elle s'allongea, puis se mit sur le dos, face aux étoiles. « J'y suis, pensa-t-elle. Comme ce monde est grand ! » Elle vogua longtemps au milieu de tous ceux qui avaient peuplé sa vie : ses parents, son mari, ses deux fils, Justin Barthès, d'autres encore, leur parla, les oublia. Le parfum des collines l'envahit délicieusement et elle eut l'impression qu'il ne disparaîtrait jamais de sa mémoire. Il lui sembla même qu'elle était devenue ce parfum. Elle ne sentait plus battre son cœur. « Ma vraie demeure », songea-t-elle, puis un grand soleil l'éblouit, qu'elle reconnut dans un éclair de bonheur intense : c'était celui de la mascare, le même exactement, aveuglant, terrifiant mais superbe, qui lui rendait enfin, et pour toujours, ses quinze ans disparus.

6.

LE vent avait tourné au nord, en cette fin février 1938, et Justin, qui avait entrepris la taille d'hiver, redoutait les gelées dont les conséquences sur les sarments mis à nu pouvaient être néfastes. Ses mains, crispées sur les cisailles, étaient durcies par le froid et les engelures. Pourtant, il travaillait avec cette même passion de la taille qui l'avait toujours animé, depuis que son père, Cyprien, lui en avait enseigné les secrets. Avant d'actionner les cisailles, il prenait soin de bien choisir le nœud immédiatement supérieur à l'œil qu'il allait conserver, puis il coupait à la base du nœud, d'un geste sûr, préservant le diaphragme qui s'opposerait à l'entrée de l'eau de pluie dans le bois. Il laissait toujours deux yeux sur les coursons – ces moignons qui prolongeaient le cep –, quelquefois un seul, quand il lui semblait que le bourgeon situé juste au-dessus du courson qui, d'ordinaire, ne se développait pas, risquait d'éclore en raison d'une densité anormale. S'il n'avait pas agi de la sorte, le troisième œil aurait appelé la sève vers le haut, rendant du même coup inutile le bourgeon suspect.

La taille était une science, et Justin le savait. Il était heureux, dans le froid sec de cet après-midi à l'éclat de vitre, et il avançait lentement, sa respiration for-

177

mant des panaches blancs qui se dissolvaient dans l'air transparent au goût de givre. Il travaillait seul, car il n'aurait pas aimé qu'on l'aide à tailler sa vigne. Il savait que la récolte était directement dépendante de ce travail minutieux effectué en hiver, et il avait une manière à lui de couper les sarments, d'évaluer l'importance des yeux et des bourgeons, de deviner le poids et la place exacte des grappes qui naîtraient aux beaux jours.

De temps en temps, il s'arrêtait, réfléchissait, le regard perdu sur l'horizon, aux perspectives que laissaient entrevoir les vendanges prochaines. Elles n'étaient pas si sombres : les deux automnes précédents, en effet, le vin s'était très bien vendu pour la première fois depuis longtemps. Sans doute parce que les vendanges n'avaient pas été abondantes, mais aussi et surtout parce que la distillation des excédents décidée par le statut viticole de 1935 avait nettoyé le marché. Presque tous les surplus avaient été écoulés. On pouvait espérer, pour la fin de l'année, une stabilisation des cours. De ce côté-là, tout allait mieux.

Ce qui préoccupait davantage Justin Barthès – qui avait recommencé à tailler d'une manière machinale et laissait vagabonder ses pensées –, c'était la situation politique. Beaucoup d'espoirs nés au printemps 1936 avaient été déçus : la production stagnait, le chômage avait tendance à s'accroître, et les prix avaient grimpé de plus de 30 %, ce qui avait d'abord contraint le gouvernement à dévaluer, puis à décider une pause que Léon Blum avait annoncée dans une solennelle allocution radiodiffusée. Le chef du gouvernement avait également renoncé à sa grande promesse de la « retraite des vieux », ce qui avait provoqué les critiques de plus en plus violentes des communistes déjà irrités par la politique de non-intervention en Espagne – malgré cette disposition officielle, cependant, Justin

178

n'ignorait pas que la France laissait passer les volontaires des Brigades internationales, ainsi que le matériel expédié par l'U.R.S.S., via Mourmansk et Bordeaux, sans parler des armes qui franchissaient la frontière des Pyrénées-Orientales à destination du *Frente popular.*

Cette question de l'intervention ou de la non-intervention en Espagne avait violemment opposé Justin et Ludovic. Le premier, en effet, refusait viscéralement tout ce qui favorisait la guerre où que ce fût, tandis que le second, qui avait pris des responsabilités au sein du parti communiste de Sainte-Colombe, œuvrait pour l'intervention armée aux côtés du *Frente popular* – dont était issu, rappelait-il avec force, le gouvernement légal de l'Espagne.

Au printemps 1937, de violentes grèves avaient agité le pays et les heurts entre grévistes et forces de police avaient fait cinq morts et deux cents blessés à Clichy. Ludovic, qui ne cessait de vitupérer contre Léon Blum, n'avait été satisfait que le jour où celui-ci avait remis sa démission au président Lebrun, en juin 1937. Depuis, le radical Camille Chautemps avait été nommé chef du gouvernement, et Justin ironisait devant Ludovic, en lui demandant si les radicaux, qui avaient fait tomber le Front populaire, allaient mieux défendre les « petits » que Léon Blum. Mais ce qui préoccupait le plus Justin Barthès, en réalité, c'était les visées expansionnistes d'Hitler, lequel ne cachait plus son désir d'annexer l'Autriche. Justin, accablé, devinait qu'il se passait là-bas des événements qui risquaient de provoquer une nouvelle guerre et il s'en désolait tous les jours, songeant à ce qu'il avait vécu, lui, pendant quatre terribles années.

Au cours de ces discussions parfois violentes qui l'avaient opposé à Ludovic, Justin avait trouvé un allié en la personne de son fils Clément, mais aussi en

Juliette, sa femme, qui avait été titularisée à Sainte-Colombe, lors de la rentrée scolaire d'octobre précédent. Cette similitude de points de vue, cette aversion pour les armes, avait considérablement rapproché Justin et sa belle-fille avec laquelle, auparavant, il avait peu parlé, se sentant en position d'infériorité par rapport à une institutrice, lui qui lisait et écrivait avec tant de difficulté. Ainsi, si Ludovic s'était éloigné de Justin, le jeune couple s'en était rapproché, ce dont Justin et Nathalie se félicitaient. C'était d'ailleurs celle-ci qui gardait Camille quand Juliette faisait l'école.

En décembre 36, Justin avait tout naturellement proposé à Juliette de faire office de secrétaire de mairie, ce qu'elle avait accepté après avoir beaucoup hésité, encouragée par Clément, ravi de la bonne entente qui régnait entre sa femme et son père. Ainsi, depuis, chaque soir après l'école, Justin et sa belle-fille passaient une heure dans le petit bureau de la mairie située sur la promenade de Sainte-Colombe, ce qui soulageait considérablement Justin dans l'exercice de ses fonctions.

Juliette lui était devenue très vite indispensable, tant il s'était senti écrasé par sa charge, surtout lorsqu'il s'agissait de s'occuper des papiers qui s'accumulaient sur son bureau. En ce moment, il s'agissait des dossiers d'admission aux assurances sociales. Justin recevait les vignerons en présence de sa secrétaire, de manière à ce qu'elle puisse noter tous les renseignements les concernant, mais c'était elle qui remplissait les formulaires, et il se demandait comment il serait venu à bout de ce travail si elle n'avait pas été là.

Sa charge de maire, en fait, lui prenait de plus en plus de temps, et il regrettait de s'être fait élire. C'était dans ses vignes qu'il se sentait heureux, même si le froid mordait ses mains, comme en cette fin d'après-midi de février que le cers astiquait de ses brèves rafales dans lesquelles on devinait la proximité du gel. Il fallait qu'il termine avant la nuit, sans quoi il devrait attendre le redoux et ce serait mauvais pour la vigne. Il lui restait quatre rangées à tailler, et il en avait encore pour une heure. Tant pis ! Juliette commencerait bien sans lui.

Quand il monta sur sa charrette avec la satisfaction du devoir accompli, il y avait longtemps que le soleil avait disparu derrière les collines, et la nuit étendait ses draperies sombres sur la plaine qui semblait se recroqueviller sous le froid. Le cheval aussi avait froid. Il se mit de lui-même au trot sur le chemin qui, entre les vignes, conduisait à la route de Sainte-Colombe où les lumières s'allumaient une à une, vacillant dans le vent. Justin frissonna et remonta le col de sa veste. Il lui tardait d'arriver, mais la bête s'était remise au pas, au bas de la côte qui précédait le village. Il dut se servir du fouet – ce qu'il faisait rarement – pour la remettre au trot.

Quand il arriva chez lui, il était plus de six heures et demie. Il demanda à Clément de s'occuper du cheval et se hâta de se rendre à la mairie où des vignerons étaient assis dans un coin de la pièce, à l'opposé de Juliette qui classait nerveusement des formulaires.

– Tu aurais pu commencer sans moi, dit-il, usant d'un ton où perçait malgré lui un reproche.

– C'est à vous qu'ils veulent parler, répondit-elle avec une vivacité qui le surprit.

C'était fou comme elle ressemblait à Nathalie au même âge, et il ne le remarquait jamais sans en être touché. Mais il prenait soin de dissimuler son émotion sous des propos brefs et un ton bourru que Juliette, parfois, prenait pour de l'hostilité ; d'où les réticences qu'elle avait manifestées avant d'accepter le poste de secrétaire.

Ce soir, tandis que son regard s'appesantissait sur le

visage énergique, les yeux verts, les longs cheveux bouclés qui retombaient, au niveau des épaules, sur la robe noire à épaulettes et à col blanc, Justin Barthès s'étonnait de l'exaspération à peine retenue de la jeune femme. Il s'assit de l'autre côté de la table, face à elle, et appela le premier couple de vignerons qui s'avança avec la raideur un peu craintive manifestée par les humbles dans les lieux officiels.

Il lui fallut du temps, beaucoup de temps, pour écouter, expliquer, rassurer, parler de tout et de rien en prenant soin de ne pas les brusquer, s'enquérir des nouvelles de la famille, de l'état des vignes, des prochaines vendanges. La femme, une noiraude revêche maigre comme un piquet, ne voulait pas croire que l'État allait lui donner un peu d'argent parce qu'elle avait des enfants. Elle se méfiait, redoutait qu'on le lui reprenne avec des intérêts. Quand elle fut enfin convaincue – aussi bien par Justin que par son mari –, il fallut patienter pour qu'elle retrouve les dates de naissance exactes de ses trois garçons. Puis ce fut au tour des autres vignerons, et ils n'en eurent terminé qu'à huit heures passées.

– Viens souper à la maison, dit Justin, en se levant, tandis que Juliette rangeait le dernier dossier.

– Alors vite, dit-elle, parce que j'ai des cahiers à corriger.

Depuis plus d'un an qu'ils travaillaient ensemble, il n'avait pas réussi à tisser avec elle une véritable complicité. Elle maintenait toujours et en toutes circonstances une réserve – une froideur – qu'il ne comprenait pas très bien, sans se rendre compte qu'il agissait de même envers elle. En fait, il lui faisait peur, et cette froideur qu'elle manifestait à son égard n'était que sa défense naturelle.

– Il ne fallait pas m'attendre, dit-il de nouveau, conscient d'abuser du temps de sa belle-fille.

182

– Ils n'ont confiance qu'en vous, répondit-elle, avec une sorte d'amertume dans la voix.

Il soupira, croisa le regard ardent de Juliette qui ne se déroba pas.

– Je taillais, dit-il, comme pour se justifier.

– Écoutez, fit-elle brusquement, ce n'est pas ma place ici, je n'aurais jamais dû l'accepter.

– Et pourquoi ?

– Parce que je suis une femme et qu'ils ne voudront jamais que je m'occupe de leurs affaires.

– Qu'est-ce que tu vas chercher ? fit Justin en haussant les épaules, tout en étant persuadé qu'elle n'avait pas tort.

– Vous ne pouvez pas comprendre, vous, mais c'est la vérité. D'ailleurs, tous les secrétaires de mairie des communes voisines sont des hommes. Je ne veux plus continuer.

En même temps qu'elle parlait, elle prenait conscience de la force qui émanait de son beau-père, de ses traits creusés par l'âge et les épreuves, de ses pommettes aiguës, de son œil unique, et cela ajoutait à sa conviction d'être inutile en ces lieux. Lui, paraissait surpris de cette révolte qui exprimait, il le devinait, un dépit de n'être pas considérée à sa juste valeur.

– J'ai besoin de toi, dit-il, exprimant ainsi, et pour la première fois, l'admiration secrète qu'il portait à cette jeune femme si instruite. Je sais que ça te fait beaucoup de travail avec l'école, mais...

– Le travail ne me fait pas peur, fit-elle, vous ne comprenez pas ce que je veux dire.

Il la dévisagea un instant, murmura :

– Si tu veux rentrer chez toi, je ne pourrai pas t'empêcher, mais je te le répète : j'ai vraiment besoin de toi.

Et il ajouta, la sentant touchée par cet aveu :

– Crois-tu que c'est en restant chez elles que les femmes seront mieux considérées ?

Il lui sourit, et dans ce sourire Juliette devina une affection qui la surprit et lui fit oublier son amertume.

– Allez, viens, petite, dit-il. Il est bien tard.

Depuis la mort de Charlotte, Arthémon Barthélémie avait repris solidement en main les rênes qu'elle avait tenues si longtemps, et il n'entendait pas les partager avec Jules, qui était déjà en complet désaccord avec lui sur la manière de conduire le domaine.

– Achetons un tracteur, disait-il à son père, nous n'aurons plus à payer des journaliers. Les Barthès suffiront pour travailler nos vignes.

– Acheter ! Acheter ! Tu n'as que ce mot à la bouche ! répondait Arthémon, et avec quel argent ?

– Nous avons bien vendu le vin des dernières vendanges.

– Tout est parti pour rembourser nos dettes.

– Alors empruntons à la caisse du crédit agricole.

– Il manquerait plus que ça ! se récriait Arthémon, qui se méfiait de ces caisses nouvelles dont l'installation au niveau départemental avait été encouragée par le gouvernement de Front populaire.

Jules haussait les épaules et s'en allait, rêvant à ces Hotchkiss et à ces Massey-Ferguson, rouges ou bleus, qui commençaient à apparaître dans la vallée. Il se réfugiait auprès d'Hortense, et de Jean, son fils, qui savaient l'apaiser. Hortense était la douceur même, et Jean lui ressemblait, de physique et de caractère. Elle avait des cheveux châtains, et des taches de rousseur éclairaient son visage naturellement gai. C'était une fille de petits propriétaires de Capestang, qui avait été habituée à moins d'espace qu'au Solail. Elle avait gardé de son passé un sens de la mesure et de

184

l'économie qui n'était pas inutile dans ce château devenu trop vaste depuis le départ de Violaine, de Blanche et de Charlotte. Elle s'entendait bien avec Pascaline, la femme d'Arthémon, qui lui laissait de plus en plus d'initiatives. Elle s'entendait bien avec tout le monde, d'ailleurs, et savait inciter Jules à plus de patience et de tolérance, notamment à l'égard de son père.

– Ton tour viendra, disait-elle, il ne faut pas brusquer les choses. Elles s'arrangeront d'elles-mêmes.

– Je ne souhaite pas sa mort, répondait Jules, mais j'espère qu'il ne sera pas trop tard pour le Solail.

Jules misait beaucoup sur les cépages de terret et de morastel qui devaient donner à plein à l'automne suivant, car il était persuadé, au contraire de son père, que sa grand-tante Charlotte avait fait le bon choix. Produire du vin de qualité permettrait de vendre mieux, surtout les années où il y en aurait trop. Il incitait Arthémon à diversifier les cépages, non pas en plantant des mailleuls, mais en greffant, ce qui ferait gagner du temps. Arthémon s'y refusait, comme il se refusait à tout ce qui ne provenait pas de ses propres décisions.

Un matin du début mars, Jules vit s'avancer Séverin et Jérôme dans une allée et leur trouva un air bizarre.

– Que se passe-t-il ? fit Jules en arrivant à leur hauteur.

– Ce sont les nouveaux cépages, fit Séverin d'une voix mal assurée. Il y a de drôles de nœuds en formation sur l'écorce.

– J'y suis passé la semaine dernière, dit Jules, et je n'ai rien vu.

– Il faut bien regarder, dit Jérôme.

– Si ça se trouve, ce n'est rien, dit Séverin, peut-être seulement des changements provoqués par la sève qui va monter.

– Allons-y ! dit Jules, qui n'était pas du tout rassuré par les derniers mots du régisseur.

Effectivement, quelques minutes plus tard, en se penchant sur les ceps de terret, il découvrit des sortes de nœuds dont certains, déjà, prenaient l'apparence de débuts d'excroissances.

– Qu'est-ce que c'est que ça ? fit Jules, livide, en se redressant brusquement.

Séverin paraissait très embarrassé.

– Parle, fit Jules, impatienté, est-ce que tu as déjà vu ça ?

– Il me semble, fit Séverin, mais il y a bien long-temps, et ce n'était pas au Solail. J'avais été appelé à Ginestas chez un propriétaire qui souhaitait mon avis.

– Et alors ? demanda Jules qui comprenait que son régisseur hésitait à parler et redoutait le pire.

– On dirait des broussins.

– Des broussins ?

– Oui, ça arrive après une saison de grêle ou de gel. C'est un microbe qui pénètre dans les plaies.

– C'est grave ?

– Il faut supprimer les tumeurs et pulvériser les plaies avec de l'arsénite de soude, je crois.

– Tu crois ou tu en es sûr ?

– Il faut que je me renseigne, fit Séverin.

– C'est efficace, au moins ?

– Ça devrait l'être, puisque les excroissances ne sont pas encore entièrement formées.

En réalité, Séverin se souvenait que le traitement était peu efficace. Jules devina à son embarras que l'affaire était grave.

– Occupe-t'en le plus vite possible, dit-il.

Puis il regagna le Solail pour prévenir Arthémon qui sortait peu dans les vignes à cause de rhumatismes tenaces dont il souffrait beaucoup. C'était ce qui faisait enrager Jules : que l'on prétendît diriger un domaine

186

depuis un bureau, ce bureau que son père ne quittait plus ou à peine, comme s'il lui servait de refuge contre les ennemis, réels ou imaginaires, qui menaçaient le Solail.

– Des broussins ? fit celui-ci, une fois que Jules eut parlé. Qu'est-ce que c'est que cette histoire ?

Il voulut aller voir, revint au château encore plus furieux, car le froid et l'humidité de ce début mars avivaient ses douleurs.

– Heureusement que je ne t'ai pas écouté quand tu as voulu me faire acheter un tracteur, reprocha-t-il à Jules, comme si son fils était responsable de la maladie apparue sur les ceps.

Celui-ci, ulcéré, se retira sans répondre, et partit à la recherche de Séverin qui travaillait déjà, en compagnie de Jérôme, à nettoyer les nœuds au moyen d'une serpette. Dessous, le bois était très compact, verruqueux, et il empêchait la circulation de la sève. Ainsi, il était évident que les vendanges tant espérées n'auraient pas lieu à l'automne suivant. Des années d'efforts, de soins attentifs, n'auraient servi à rien. Les jeunes plants de terret et de morastel sur lesquels Jules comptait tellement pour sortir enfin des difficultés venaient sans doute d'être touchés à mort.

Il marcha longtemps dans les vignes ce matin-là, avec en lui la conviction que le combat était perdu. D'ailleurs, tous les grands domaines ne subissaient-ils pas le sort du Solail ? Combien étaient obligés de vendre des vignes, ne parvenant pas à faire face aux charges, trop lourdes, désormais, de la main-d'œuvre, des engrais et du matériel ? La tendance était au morcellement des terres, et cela depuis la guerre de 14, mais elle ne faisait que s'amplifier. A quoi bon s'y opposer ? Le plus sage était de s'adapter. Mais comment convaincre Arthémon qui demeurait campé sur des certitudes dépassées, des méthodes anciennes, défendant les positions qu'il avait défendues contre Charlotte, alors qu'elle n'était maintenant plus là ? A qui faire appel ? Jules savait ne pas pouvoir compter sur sa mère. Violaine et Blanche étaient parties. Il n'y avait qu'Hortense pour le comprendre. Mais Hortense n'était pas une Barthélémie. Elle n'avait aucun droit sur le Solail. Et le Solail allait mourir. Jules, ce matin-là, en rentrant tristement au château, en était totalement persuadé.

A Toulouse, Blanche habitait dans le quartier d'Esquirol, pas très loin de la place du Capitole, et ne s'y plaisait guère, car les collines et les vignes du Solail lui manquaient. En outre, son fils Lionel, dont elle avait accouché pendant l'été 1937, était de santé fragile et l'inquiétait beaucoup. Paul, son mari, passait le plus clair de son temps à la caserne Caffarelli, et Blanche se demandait si, en se mariant avec un officier dont la présence était requise en permanence à l'extérieur de son foyer, elle n'avait pas commis la plus grave erreur de sa vie.

Elle n'oubliait rien du Solail, en effet, ni de Delphin ni de Charlotte dont le décès l'avait affligée. Elle n'oubliait pas Violaine non plus, avec qui elle avait tissé des liens de véritable amitié, et elle se sentait seule, terriblement seule. A Toulouse, elle ne fréquentait personne, se repliait au contraire sur elle-même pour mieux penser à ses collines, à ses vignes, à Delphin si tragiquement disparu. Paul ne comprenait pas cette attitude et la lui reprochait : il ne manquait pas de femmes d'officiers qui souhaitaient nouer des relations avec elle. « A quoi bon ? » soupirait Blanche. Personne n'était capable de lui rendre ce à quoi elle avait renoncé d'elle-même, et dont la perte la faisait souffrir chaque jour. Le Solail. Ses grands pins parasols, son allée bordée d'oliviers, ses vignes à perte de vue, les heures de bonheur qu'elle avait vécues là-bas, et qui continuaient de la hanter, même la nuit, tandis que Paul dormait à côté d'elle, tellement étranger.

Elle était en train de lire, cet après-midi-là, quand on sonna à sa porte. Elle en fut étonnée, n'attendant personne. Elle ouvrit, cependant, car sa solitude, depuis le matin, lui pesait.

– Violaine ! s'exclama-t-elle, en découvrant sa tante, souriante, devant sa porte. Que fais-tu là ?

– Je suis venue te voir. Je te dérange, peut-être ?

– Mais non, au contraire. Entre vite. Si tu savais comme ça me fait plaisir !

Blanche précéda Violaine dans le petit salon où elle passait ses journées, un salon succinctement meublé d'une crédence, d'un meuble bas en merisier, d'un divan de velours rouge et de deux fauteuils de même couleur, mais dont l'usure trahissait les moyens limités du jeune foyer.

– Assieds-toi, je t'en prie, dit Blanche, qui remarqua le regard que portait Violaine vers le landau dans lequel dormait son fils.

– Je peux le voir ? demanda-t-elle.

– Bien sûr, mais il ne faut pas le réveiller, car j'ai toujours du mal à l'endormir.

Elles s'approchèrent du landau, et Violaine demeura un long moment penchée vers le visage de l'enfant qui gémissait dans son sommeil. Se redressant enfin, elle s'exclama :

– Quelle chance tu as ! Un enfant ! Tu te rends compte ?

– Oui, je me rends compte, fit Blanche. Enfin, je crois...

Violaine devina chez sa nièce une sorte d'amertume qui la surprit. Elle demanda, d'une voix qui, malgré elle, trahissait une inquiétude :

– Tu es heureuse, au moins ?

Blanche esquissa un pauvre sourire.

– Est-ce que je pourrai un jour être heureuse après tout ce que j'ai vécu ?

– Aujourd'hui, tu as un mari et un enfant, observa Violaine, tout le monde ne peut pas en dire autant.

– Ce n'est pas un mari que j'ai, fit Blanche, c'est une ombre qui me quitte le matin dès l'aube et qui rentre à la nuit. Je le vois un jour par semaine, pas davantage : c'est comme s'il n'était pas là.

Violaine ne sut que dire. Pour combler le silence qui venait brusquement de s'installer, Blanche se leva, ouvrit les portes du buffet, sortit deux verres et une bouteille de muscat.

– Dis-moi au moins ce qui t'amène ici, fit-elle en posant les verres et la bouteille sur une table basse, entre les fauteuils.

– J'avais envie de te voir, tout simplement, fit Violaine.

Et elle ajouta aussitôt, un ton plus bas :

– Moi aussi, je me sens seule, tu sais.

– Et tu penses au Solail.

– Pas seulement, dit Violaine : je pense aussi à celui qui habite à deux cents mètres de chez moi et que je ne peux pas voir.

– Justin Barthès ?

– Exactement.

– Et tu ne peux pas l'oublier ?

– Est-ce que tu peux oublier Delphin, toi ?

– Ni Delphin, ni le domaine, ni cette vie de là-bas, soupira Blanche.

De nouveau le silence tomba. Elles burent un peu de muscat, puis Blanche demanda :

– Comment ça va, au Solail ?

– Pas très bien. Arthémon et Jules n'arrêtent pas de se disputer et une maladie vient d'attaquer les jeunes plants.

190

– Le mildiou ?

– Non. Quelque chose qu'on n'avait jamais vu.

– C'est grave ?

– Je crois que tout ce qu'avait planté Charlotte est perdu.

– Pauvre Charlotte, murmura Blanche. Heureusement qu'elle n'est plus là pour voir ça.

Violaine hocha la tête, reprit :

– C'est Hortense, la femme de Jules, qui me tient au courant. Elle passe me voir chaque fois qu'elle vient au village.

– Je l'aimais bien, dit Blanche. Je m'entendais bien avec elle.

– Elle est gentille, dit Violaine, et heureusement qu'elle est là, sans quoi ils finiraient par se battre.

– Et Pascaline ?

– Elle subit, comme toujours. Arthémon devient de plus en plus irritable en vieillissant.

– Est-ce que tu y es retournée ? demanda Blanche.

– Non. Je ne veux pas.

– Moi, je ne sais pas pourquoi, fit Blanche rêveusement, mais il me semble que j'y reviendrai un jour.

Et elle ajouta, tandis que Violaine la considérait avec étonnement :

– Je l'ai promis à Charlotte... si le Solail était en péril.

– On n'en est quand même pas là, soupira Violaine, du moins je l'espère.

– Moi aussi, je l'espère.

Ce jour-là, elles discutèrent jusqu'à la nuit, heureuses de pouvoir évoquer leur vie d'avant et celle d'aujourd'hui. Comme Blanche disposait d'une chambre d'amis, Violaine resta dormir et ne repartit que le lendemain. Entre-temps elle rencontra Paul, à l'occasion du repas du soir, et elle le trouva encore plus austère que lors de son mariage avec Blanche. C'était un homme froid, dur, sans aucune faille, et elle ne comprit pas pourquoi sa nièce s'était attachée à un être si différent de Delphin, qui ne savait même pas sourire.

– Tu reviendras ? demanda Blanche au moment de se séparer.

– Pourquoi ne viens-tu pas, toi ? demanda Violaine.

– Mon fils est souvent malade.

– Et alors ? Tu peux voyager sans risque par le train.

– Je viendrai dès qu'il ira mieux.

– C'est promis ?

– C'est promis.

Blanche comprit, en prononçant ces mots, qu'à chaque minute de sa vie elle penserait à ce voyage qui la ramènerait vers le seul endroit au monde où elle pourrait encore être heureuse.

Ses ruches étaient devenues pour Ludovic une véritable passion. Il était désormais un expert en enfumage, en essaims qu'on enruche, en récolte de miel. Un miel succulent qu'il vendait très bien, d'ailleurs, et qui lui apportait un petit revenu supplémentaire. Adèle s'occupait du jardin, de la basse-cour, et fournissait la maison en légumes et en viande. Le vin se vendait mieux, et Ludovic était sur le point d'acheter un cheval qui lui faciliterait le travail de ses deux vignes. Il aurait alors davantage de temps pour s'occuper de politique, et pour faire face aux responsabilités qu'il avait prises au sein du parti communiste.

Il s'y était résolu, malgré les difficultés prévisibles – notamment le manque de temps –, parce qu'il lui avait semblé que c'était là le seul moyen de se battre contre ceux qui possédaient encore la majeure partie des terres en Languedoc, tous ceux qui, à l'exemple des Barthélémie, « exploitaient le pauvre monde ». Ce qu'il n'avait pas imaginé, Ludovic, c'était que ce combat-là l'opposerait à Justin Barthès, lequel, devenu maire, prenait souvent des positions moins tranchées que lui, se montrait plus conciliant envers « les gros », mais aussi envers ceux qui étaient à la tête du pays. Malgré leur amitié, des disputes violentes les avaient fait se heurter, au sujet notamment de la guerre d'Espagne ou de la non-participation des communistes au gouvernement.

Ce jour-là, 14 mars 1938, les journaux annonçaient que les Allemands avaient annexé l'Autriche. Tout cela, pensait Ludovic, à cause de la faiblesse des politiciens français et anglais qui ne parvenaient pas à s'unir contre Hitler. L'Anschluss préfigurait d'autres annexions, il en était persuadé, probablement même des conquêtes.

– Voilà où nous a conduits la politique de Blum, dit Ludovic à Justin, ce soir-là, en lui ramenant son cheval peu avant la nuit. Avec le rattachement de huit millions d'Autrichiens, l'Allemagne compte aujourd'hui quatre-vingt-deux millions d'habitants.

– Où tu as trouvé ça ? demanda Justin, qui avait été consterné, le matin, en apprenant la nouvelle dans *La Dépêche*.

– Là-dedans, fit Ludovic en brandissant *L'Humanité*.

– C'est sûr qu'il ne s'arrêtera pas là, dit Justin, mais je ne vois pas ce que les socialistes ont à voir là-dedans. Les radicaux n'ont pas fait mieux puisque Chautemps vient de démissionner. Comment veux-tu que des gouvernements de gauche réussissent tant que vous saboterez l'économie avec vos grèves ?

– On ne fait jamais grève par plaisir. On fait grève parce qu'on y est obligé.

– Oui, sans doute, mais ça n'arrange pas les choses, tu le verras quand la droite reviendra au pouvoir.

– C'est déjà fait. Pour qui prends-tu les radicaux ?

– Je ne te parle pas de cette droite-là, je te parle de celle qui s'exprime aujourd'hui à travers la Cagoule en posant des bombes à Paris, ou encore chez les Croix de Feu.

– Si Blum ne nous avait pas trahis, on n'en serait pas là, trancha Ludovic, catégorique.

Justin était excédé par cette manière qu'avait Ludovic de s'en prendre à celui que tout le monde – la droite, les radicaux et les communistes – avait combattu avec la plus extrême violence.

– Et l'U.R.S.S., est-ce qu'elle a protesté contre l'annexion de l'Autriche ? demanda-t-il avec agacement. Qu'est-ce qu'il a dit, ton Staline ? Il a expédié des troupes ?

– Je ne te parle pas de l'U.R.S.S. mais de la France.

– Parlons-en, en effet. Je suppose que Thorez et Duclos vont envoyer des volontaires en Autriche comme ils l'ont fait en Espagne. Est-ce que je me trompe ?

– C'est au gouvernement d'agir, pas aux partis politiques !

– C'est encore plus facile à dire quand on refuse d'y participer. On est certain, comme ça, d'avoir toujours raison.

Les deux hommes se trouvaient dans l'écurie qui jouxtait l'atelier. Face à face, ils se défiaient du regard, surpris de se trouver constamment en désaccord, après tout ce qu'ils avaient partagé.

– C'est toi qui veux toujours avoir raison, répliqua Ludovic, les mains tremblantes.

– Je ne suis sûr que d'une chose, répondit doucement Justin : c'est que la guerre est à nos portes, et qu'au lieu de nous déchirer nous devrions tout faire pour l'éviter.

– Seulement tu as fait le mauvais choix : tu soutiens ceux qui nous y conduisent tout droit.

Justin blêmit, répondit :

– Va-t'en, petit !

Et, se souvenant de l'aide qu'il avait apportée à son neveu depuis son installation au village, il ajouta :

– Tu as la mémoire courte.

– Ce n'est pas parce que je te dois beaucoup que tu as raison. C'est un état d'esprit de nanti, ça.

– Va-t'en, petit, il vaut mieux, répéta doucement Justin.

– Oui, je vais m'en aller, et sois tranquille, je ne reviendrai pas de sitôt, parce que, aujourd'hui, j'ai de quoi acheter un cheval.

– Je suis content pour toi.

Comprenant que Justin était sincère, Ludovic hésita un instant, puis il murmura :

– Je te souhaite de ne jamais voir partir ton fils.

Et il s'en alla, laissant Justin désemparé face à cette éventualité qu'il avait toujours redoutée.

Agité de sombres pensées, Justin pansa son cheval et lui donna son avoine, puis il s'assit un moment dans la pénombre de l'écurie dont la chaleur et l'odeur étaient comme des remparts contre le monde extérieur. Il se sentait très mal. Il lui semblait que sa rupture avec Ludovic préfigurait, irrémédiablement, celle de l'équilibre fragile qui s'était jusqu'à ce jour installé entre toutes les nations d'Europe. Personne ne parviendrait à faire reculer Hitler. Cet homme était fou. Il fallait s'apprêter à revivre les atrocités de 14-18, les séparations, les drames, les blessures inguérissables. Il enfouit sa tête dans ses mains pendant quelques secondes, sursauta en entendant la porte s'ouvrir. C'était Clément, qui, étonné de voir son père assis sur une botte de paille, demanda :

– Tu ne vas pas à la mairie ?

– Si, dit Justin, je partais.

Mais, comme il ne bougeait pas, Clément demanda encore, en s'asseyant près de son père :

– Quelque chose ne va pas ?

Justin leva la tête vers son fils, étonné de l'insouciance dans laquelle il vivait, heureux de peu de chose, toujours content, s'en remettant à Juliette pour tout ce qui était étranger à la tonnellerie, et à lui, Justin, pour façonner le monde de manière à ce que la vie demeure ce qu'elle avait toujours été à Sainte-Colombe.

– Non, tout va bien, dit Justin, évitant d'inquiéter son fils et s'efforçant de croire qu'après tout les choses pouvaient s'arranger, que le pire n'était jamais certain.

– Ah, bon ! fit Clément, aussitôt rassuré. Je m'occupe du cheval. Va-t'en vite, Juliette doit t'attendre.

Justin partit, gagna la mairie sans même s'en rendre compte, tellement il était plongé dans ses pensées. Dès qu'il entra dans le bureau, au regard que lui lança sa belle-fille, il comprit que, comme lui, elle savait pertinemment que l'Europe courait à la catastrophe aussi sûrement que les jours succédaient aux jours. Il évita pourtant d'en parler et se mit à signer les dossiers qu'elle avait préparés. Comme les mains de Juliette tremblaient, il lui dit enfin, sans la regarder :

– Ne t'inquiète pas, petite. Personne ne sera assez fou pour se lancer dans une nouvelle guerre.

Mathilde avait espéré que Marceau reviendrait au Solail pour les vacances de Pâques, et elle le guettait chaque jour, sursautant quand le cabriolet ou la jardinière s'annonçait dans une allée. Depuis leur première rencontre, Marceau était revenu à deux reprises au domaine : à Pâques, et aux grandes vacances de l'année précédente. En cette fin du mois de mars, cela faisait donc six mois qu'elle ne l'avait pas revu, six mois durant lesquels elle avait pensé à lui chaque jour.

L'été dernier, en effet, en présence de ce garçon si différent de ceux du domaine, elle avait cessé de lutter contre l'attirance qui la poussait vers lui, et ils avaient échangé des serments, cachés dans les vignes, revivant sans le savoir les amours clandestines de tous ceux qui, avant eux, avaient connu les mêmes passions. La Combelle et le Solail, de nouveau, se trouvaient réunis malgré tout ce qui les séparait.

Chaque fois que Mathilde se sentait coupable lui revenaient en mémoire les mots prononcés par Charlotte Barthélémie, peu avant sa mort : « Ne le laisse pas s'en aller. » Pourquoi lui avait-elle délivré ce message avant de mourir ? Mathilde ne le savait pas, mais ces quelques mots lui étaient d'un grand réconfort quand elle songeait à sa position de petite journalière comparée à celle de Marceau, qui faisait de brillantes études à Narbonne. Il lui semblait que la maîtresse du Solail lui avait donné une autorisation qui devait s'imposer à tous, puisqu'elle représentait l'une de ses dernières volontés. Mais pourquoi ? Elle était loin d'imaginer que Violaine, Blanche, Charlotte elle-même avaient connu les mêmes tourments et les mêmes amours impossibles.

Pâques arriva, et Marceau ne se montrait toujours pas. Mathilde se résignait déjà à attendre l'été quand il surgit un après-midi, alors qu'on était occupé au sulfatage dans les vignes de la Croix. Il était en compagnie de Jules. On ne voyait plus guère Arthémon, qui surveillait désormais davantage le travail à l'intérieur du château et dans la cave. Marceau vint dans la vigne où travaillait Mathilde, en feignant de s'intéresser aux sarments. Il la frôla, et dit, en passant près d'elle :

– Ce soir, ici.

– Non, fit-elle, la nuit tombe trop tôt en cette saison. Je ne pourrai pas sortir.

– Alors quand ?

Elle ne put lui répondre, car sa mère, Agathe, s'était approchée, se doutant, depuis l'été précédent, qu'il se passait quelque chose entre sa fille et ce garçon venu de la ville. Mathilde dut se résigner à regagner la Combelle sans avoir pu se mettre d'accord avec lui sur un rendez-vous, et elle demeura toute la soirée rêveuse et mélancolique, ce qui n'échappa point à sa mère et accrut ses soupçons.

Le lendemain, vers midi, Séverin envoya Mathilde au château pour y chercher des bouteilles fraîches, et Marceau, qui la guettait, surgit d'une vigne alors qu'elle se hâtait, jetant à droite et à gauche des regards pleins d'espoir.

– Où peut-on se voir plus longtemps ? demanda-t-il en la prenant par les épaules.

– Je ne peux pas, dit-elle, ma mère me surveille.

– Alors je serais venu pour rien ?

– Je ne sais pas, Marceau, c'est difficile.

Il l'attira vers lui, tenta de l'embrasser, et elle se défendit à peine, sachant que ces moments leur étaient comptés.

– Mathilde, souffla-t-il, je ne pense qu'à toi.

– Moi aussi, Marceau, répondit-elle, mais il faut vraiment que je parte maintenant.

Elle ne bougeait pas, cependant, blottie dans ses bras, la tête appuyée contre sa poitrine.

– Comment faire ? répétait Marceau. Comment faire ?

– Si je travaillais au château, je serais plus libre, dit-elle en levant les yeux vers lui.

– J'essaierai d'en parler à Hortense, fit-il, je suis sûr qu'elle comprendra.

– Oh oui, Marceau, dit-elle, c'est la seule solution.

– Mais en attendant ?

– Le matin, je vais faire des courses à Sainte-Colombe. Si tu veux, retrouvons-nous sur la route de Bressan, près de la fontaine romaine, vers onze heures.

Elle repartit précipitamment vers le château, et il la suivit de loin, s'arrangeant même pour la croiser de nouveau quand elle revint dans les vignes, dix minutes plus tard, portant les bouteilles que lui avait demandées Séverin.

Le lendemain, comme convenu, ils se rejoignirent au-dessus du premier lacet de la route de Bressan, passé la fontaine romaine, et ils se cachèrent dans la garrigue, pour quelques minutes dérobées au monde des adultes. Là, Marceau promit de nouveau de ne jamais la quitter, de faire sa vie avec elle, avec des mots qu'elle n'était pas habituée à entendre et qui la bouleversaient. Chaque fois qu'elle se trouvait en sa compagnie, en effet, Mathilde changeait de monde. Et cet univers dont il lui ouvrait les portes était si différent de celui qu'elle connaissait, qu'elle croyait avoir rêvé, une fois seule, se demandant si le sortilège n'allait pas cesser brusquement et si Marceau, un jour, ne l'oublierait pas.

– Jamais, disait-il, jamais. Tu sais bien que je ne pourrais jamais vivre sans toi.

Éblouie, elle se répétait ces mots qui l'aidaient à travers le désert des journées devenues inutiles sans lui, attendait le moment de partir au village avec une impatience qu'elle avait beaucoup de mal à cacher à sa mère, s'efforçant de ne pas penser à la fin des vacances de Marceau qui, pourtant, approchait.

La veille de son départ, elle s'attarda davantage avec lui, et ils comptèrent les jours qui les séparaient du mois d'août, car il ne pourrait revenir en juillet, ayant promis à son père de l'aider. Elle mit longtemps à s'arracher de ses bras et dut courir pour rattraper son retard. Il demeura immobile le temps qu'elle disparaisse au détour du chemin, puis il s'éloigna en faisant un crochet par les collines, afin d'éviter Sainte-Colombe où, maintenant, nombreux étaient ceux qui le connaissaient.

Ce matin-là, quand Mathilde arriva, essoufflée, à l'embranchement du chemin de la Combelle, Éléonore surgit devant elle, lui interdisant de passer. Mathilde s'arrêta, davantage inquiète de son retard que de la caraque qui ricanait.

– Pour qui tu te prends, toi ? fit Éléonore, de sa voix haut perchée, il te faut des messieurs de la ville ? Et un Barthélémie, en plus ! grinça-t-elle, en s'approchant de Mathilde et en la saisissant par un bras.

– Laissez-moi, fit Mathilde, épouvantée d'avoir été vue avec Marceau, sachant que la pauvre folle n'allait pas se priver de le faire savoir, et par tous les moyens.

– Il ne sera jamais pour toi, celui-là, fit Éléonore. Quand il se sera bien amusé avec toi, il partira.

– Ce n'est pas vrai, dit Mathilde.

– Qu'est-ce que tu crois ? Ils sont tous comme ça, surtout ceux de la ville.

– Pas lui !

– Lui surtout, dit la caraque, serrant plus fort son bras. Il en a d'autres à Narbonne, tu sais.

La douleur fit se révolter Mathilde qui se dégagea et se mit à courir sur la route d'Argeliers, avant de disparaître, sur la gauche, dans la première allée qu'elle trouva au milieu des vignes. Elle courait, et la voix d'Éléonore ne cessait de la poursuivre, insinuant le doute dans son esprit, détruisant ses rêves. Heureusement, quand elle arriva, la Combelle était déserte, tout le monde ayant été retardé par la corvée d'eau nécessaire au sulfatage. Elle put se remettre de ses émotions mais ne parvint pas à retrouver ses moyens, car, désormais, le ver était dans le fruit : contrairement à ce qu'elle avait cru, elle devait se méfier de Marceau comme des autres hommes et oublier toutes ses folles promesses. Elle était née pour être journalière, et son destin était de le rester.

7.

L A chaleur était devenue accablante, en cette fin du mois d'août 1939. Justin Barthès se levait très tôt pour préparer la vigne à l'approche des vendanges, et ne rentrait que vers neuf heures, pour aider Clément dans l'atelier, les commandes ayant repris depuis que le vin se vendait un peu mieux.

Ces premières heures du jour passées dans les vignes lui permettaient d'oublier que la guerre était imminente, il en était certain. Déjà, en septembre 1938, on y avait échappé par miracle au moment de l'affaire des Sudètes. Les réservistes avaient été rappelés par la France et l'Angleterre, qui tentaient de s'opposer au démantèlement de la Tchécoslovaquie décidé par Hitler. A Munich, le 30 septembre, Daladier et Chamberlain, en échange de quelques concessions de pure forme, avaient abandonné à son sort la jeune République tchèque, qui, en perdant une de ses régions les plus importantes, se trouvait privée de toute possibilité de défense contre une éventuelle invasion allemande.

Comme la plupart des Français, Justin avait approuvé ces accords qui préservaient la paix, au moins pour quelque temps. Cependant, après la Tchécoslovaquie, comme c'était prévisible, Hitler s'en prenait maintenant à la Pologne. Et cette fois, la France et l'Angleterre avaient donné leur parole à Varsovie qu'elles ne céderaient pas. Des négociations étaient d'ailleurs en cours à Moscou, pour tenter d'établir un front commun contre l'Allemagne. Cela serait-il suffisant pour faire reculer Hitler ? Justin ne le croyait pas, ce matin-là, persuadé qu'il était depuis longtemps que la folie des hommes les pousserait toujours à s'entre-tuer.

Et pourtant, qu'elle était belle, cette matinée du 24 août, dans la vigne des collines ! Tous les parfums, réveillés par la fraîcheur du petit jour, se levaient en vagues épaisses et déferlaient sur le coteau, arrêtés seulement par les ceps chargés de grappes lourdes, d'un bleu plombé, sans aucune moisissure. Plus haut, les pins et les chênes kermès respiraient doucement, avec de longs soupirs auxquels répondait le frémissement des feuilles de vigne. Des bruits de charrettes et d'essieux montaient de la vallée, avec une sonorité si nette, si précise, qu'on les eût dits tout proches. La vigne elle-même semblait s'éveiller à mesure que Justin avançait dans les allées, murmurant sa chanson paisible, très loin des menaces du monde.

Quand il se retourna après être parvenu au bout d'un rang, le soleil émergeait de la colline d'en face. Les premiers rayons glissèrent dans la vallée, faisant aussitôt fumer la terre qui, bientôt, s'embrasa. Justin ne bougeait pas. Il regardait, émerveillé, cet incendie magnifique de l'aube, qui se propageait très vite, comme poussé par le vent, projetant sur les collines des ombres géantes : celles des bancs de brume qui se levaient un à un, comme des vols immenses d'oiseaux blancs.

Ils lui cachèrent un moment le soleil, puis ils atteignirent le ciel, et toute la vallée se mit à resplendir. Justin ne bougeait toujours pas. Ce n'était pourtant pas la première fois qu'il assistait à un tel lever du jour du haut de sa vigne, mais, aujourd'hui, la beauté du monde lui paraissait plus précieuse, sans doute parce qu'elle était menacée.

Il ne parvenait pas à effacer cette menace de son esprit. « A quoi bon, tout cela ? » se demandait-il, et la colère qui bouillonnait depuis de longs mois au fond de lui rompit ses digues, déborda. Il planta violemment son rabassié dans la terre, le retira, recommença plusieurs fois, puis il le lâcha et se redressa. En bas, la vraie vie reprenait : celle du feu qu'on allume dans les cheminées, du parfum de café et de cire d'abeille, du patient travail de la vigne et des jardins potagers, des basses-cours et des clapiers, celle du bonheur simple, des heures partagées par des hommes et des femmes unis dans un même destin. La vie. Petite, sans doute, mais si fragile dans son entêtement à continuer malgré tout, si belle de cette simplicité, irremplaçable, merveilleuse et terrible.

Justin délaissa le rabassié et s'empara des cisailles qui claquèrent dans le matin, tandis qu'il se mettait à tailler en vert, en prévision des vendanges. Chaque fois qu'il arrivait à l'extrémité d'une allée, il se retournait avec hâte, mesurant le chemin parcouru par la lumière et s'étonnant de sa couleur de plus en plus dorée, à mesure que le soleil montait, sentinelle muette d'un univers en marche vers de mystérieuses nécessités. Justin s'efforça de penser aux vendanges. Quoi qu'il se passe, de toute façon, il faudrait bien s'occuper des raisins. Cette idée l'apaisa. Il imagina des cuves pleines, et l'odeur des moûts et des futailles bondées, qu'il retrouva intacte dans sa mémoire, le rasséréna. Dès lors, il travailla avec moins de hâte et plus de plaisir, puis, quand il eut fini, il se reposa un moment près du cabanon avant de redescendre.

Il était plus de neuf heures quand il arriva sur la promenade. Il dit bonjour à Clément qui était occupé à cercler une barrique, puis il monta à l'étage pour déjeuner. Nathalie, chaque matin, allait lui chercher *La Dépêche* à l'épicerie-tabac-journaux qui avait appartenu autrefois à la Violette et que tenait aujourd'hui sa fille, Gisèle, une femme aussi revêche que sa mère était aimable.

Justin s'assit, coupa du pain, et eut de la peine à croire le titre qui se détachait en lettres noires, épaisses, à la une du quotidien : « Un pacte de non-agression conclu entre l'Allemagne et l'U.R.S.S. » Il en oublia de manger, parcourut l'article en sentant se réveiller sa colère : la veille, le 23 août, Ribbentrop et Molotov avaient signé un pacte qui laissait l'Angleterre et la France isolées face à Hitler. Ce dernier se trouvait ainsi en mesure d'attaquer la Pologne sans avoir à craindre quoi que ce soit du côté de l'U.R.S.S. L'auteur de l'article laissait entendre, en outre, qu'un protocole secret avait été signé entre les deux pays, prévoyant un éventuel partage de la Pologne et une mainmise soviétique sur la Finlande et la Lettonie.

Cette trahison ulcéra Justin qui, renonçant à déjeuner, partit, son journal à la main, en direction de la maison de Ludovic. Ce dernier, rentré comme lui de ses vignes avant la grosse chaleur, lisait *L'Humanité* qui tentait de justifier, avec beaucoup de difficulté, la scélératesse de l'accord signé la veille.

– Alors ! dit Justin, incapable de dissimuler son indignation. Cette fois on sait qui trahit, et qui défend son pays !

D'abord, Ludovic ne répondit pas. Il paraissait accablé, et ne comprenait manifestement pas ce qui s'était passé la veille.

– C'est pas possible, murmura-t-il.

Et il répéta, comme si son incrédulité se résumait à ces trois mots dérisoires :

– C'est pas possible, c'est pas possible.

– Si ! fit Justin. Faut croire qu'ils se ressemblaient plus qu'on ne le pensait.

– Staline doit avoir une idée derrière la tête, suggéra Ludovic.

– Oui, celle de s'éviter une guerre et de récupérer à bon compte des territoires auxquels il n'a jamais renoncé. C'est lui le plus malin.

– Tu peux comprendre ça, toi qui es pacifiste, dit Ludovic, d'un ton plein de fiel.

– C'est vrai que je ne suis pas de l'avis de Blum qui penche pour la manière forte. Je préfère la position de Paul Faure qui dit que « la Pologne ne vaut pas la mort d'un seul vigneron ».

– « D'un seul vigneron du Mâconnais », rectifia Ludovic.

– Si tu veux. Tous les vignerons se ressemblent. En tout cas, toi qui te vantais si fort de vouloir en découdre avec Hitler, te voilà bien embarrassé. Tu peux me dire ce que tu vas faire si la guerre éclate ?

Ludovic jeta à Justin un regard abattu.

– Je ne sais pas, dit-il.

Justin soupira.

– Grâce à vous, maintenant, nous sommes seuls en face du fou. Et grâce à vous, également, nous pouvons être sûrs qu'il n'hésitera plus.

Mais il n'eut pas le cœur à accabler davantage Ludovic qui ne savait que répondre et regardait toujours, pétrifié, la première page de son journal ouvert devant lui. Justin préféra s'en aller, songeant que ce règlement de comptes avec son neveu était une bien dérisoire satisfaction par rapport à la gravité de l'événement relaté par les journaux.

Il rentra chez lui, écouta d'une oreille distraite Nathalie qui essayait de trouver des raisons d'espérer, puis il descendit dans l'atelier où l'odeur du bois brûlé l'envahit délicieusement. Clément achevait de cercler

207

un grand fût. Justin l'aida à enfoncer les cercles de fer portés au rouge qui, en refroidissant, allaient s'incruster dans le bois. Quand ce fut terminé, ils se trouvèrent face à face, subitement vacants, n'osant se regarder. Clément demanda doucement :

– Cet accord entre les Russes et Hitler, c'est mauvais, n'est-ce pas ?

– Oui, dit Justin.

– Alors, cette fois, c'est sûr, on va avoir la guerre ?

– Je crois, dit Justin.

Clément alla s'asseoir sur une barrique, soupira.

– Je m'inquiète pour toi, dit-il. Comment vas-tu faire, avec tout ce travail sur les bras, si je m'en vais ?

Justin s'approcha de lui, répondit :

– Tant que tu t'inquiètes, c'est que tu es vivant, et pour moi c'est l'essentiel. Pour le reste, tu sais, je ferai ce que je pourrai.

Ils se remirent au travail et ne parlèrent plus de toute la matinée.

Des milliers d'Espagnols républicains avaient envahi le Languedoc au printemps 1939, descendant du col du Perthus. Ils étaient apparus en janvier, au moment de la prise de Barcelone par les franquistes, et jusqu'au début de l'été le flot des réfugiés avait coulé de façon ininterrompue dans la campagne languedocienne, si bien qu'on avait dû ouvrir des camps à Argelès et Port-Leucate. Ceux qui étaient arrivés les premiers s'étaient installés tant bien que mal dans les villages, misérables, enveloppés dans des couvertures trouées, leurs hardes jetées dans des baluchons qu'ils portaient sur l'épaule, accablés par le froid et la faim.

Violaine, qui habitait sur la promenade, avait été bouleversée par le spectacle de ces pauvres gens qui s'étaient rassemblés sous les platanes et avaient dormi à la belle étoile, pendant les nuits de février. Elle leur était naturellement venue en aide, leur portant de la soupe, accueillant les enfants malades chez elle, le temps qu'ils reprennent des forces. Elle avait trouvé une alliée en la personne de Juliette, qui, dès le début, avait été émue, elle aussi, par le sort de ces réfugiés, et elles avaient unis leurs efforts pour soulager ces malheureux.

De ce fait, Violaine avait fréquenté la mairie et retrouvé Justin, ce qui avait suffi à son bonheur. Pouvoir le côtoyer chaque jour, même si leurs relations n'étaient pas celles qu'elle avait espérées, lui suffisait, du moins pour le moment. Car elle nourrissait toujours l'espoir de vivre avec lui, et sa passion pour cet homme demeurait intacte, embellie même, peut-être, par les jours qui passaient, les faisant vieillir à proximité l'un de l'autre, sans qu'ils fissent le moindre geste interdit, même si les regards se prolongeaient parfois plus qu'il ne l'eût fallu – surtout celui de Violaine.

On avait pu loger la plupart des familles dans les domaines ou les petites propriétés, car les Espagnols se contentaient de peu : de la paille pour dormir, du pain et de l'eau. Ces hommes et ces femmes, qui avaient traversé les Pyrénées au plus froid de l'hiver, étaient rompus à toutes les vicissitudes de la vie. Durs au mal et à la douleur, ils forçaient l'admiration des vignerons, par leur courage au travail, leur façon de se montrer dignes dans la misère, de ne jamais mendier, de garder vivante au fond des yeux cette étincelle qui permet de survivre et d'espérer.

Ceux qui n'avaient pu être accueillis – une dizaine de familles – avaient été abrités dans un hangar qui appartenait à la commune et se trouvait dans le bas de Sainte-Colombe, à proximité de la route d'Argeliers. Justin l'avait fait fermer avec des planches, et des séparations avaient été montées à l'intérieur du bâtiment, de manière à leur donner un peu d'intimité. Ceux-là, pourtant, ne travaillaient pas. Il fallait donc les nourrir, et c'était une charge importante pour la commune.

Juliette, aidée par Violaine, s'en chargeait, avec la participation de la population qui donnait du pain, des légumes, parfois des vêtements usagés. Cette situation, pourtant, ne pouvait pas durer éternellement, car la population savait que des camps avaient été organisés, et Justin, qui avait demandé des crédits, avait reçu des instructions de la part des autorités préfectorales pour « transférer ses réfugiés » à Argelès.

– Vous n'y songez pas ? s'indignait Juliette. Ils nous ont fait confiance. Vous n'allez pas les envoyer là-bas !

Justin ne répondait pas. Il aimait cette race espagnole, fière, forte et courageuse, qui savait si bien travailler la vigne ou manier les outils. Mais il n'oubliait pas ceux qui étaient morts d'épuisement ou de pneumonie, et il craignait de ne pouvoir les soigner, mais aussi de ne pas les nourrir comme il aurait fallu. Heureusement, on était en juillet, et la proximité des vendanges faisait prendre patience à la population. Il répondit à la préfecture que toutes les familles seraient logées chez l'habitant dès le mois de septembre.

Lui-même avait recueilli un vieil homme prénommé Miguel, qui couchait dans l'atelier, comme l'avait fait Ludovic, et qui aidait Clément. Il tenait avec lui de longues conversations, dans un patois qui participait à la fois de l'espagnol et du français, au cours desquelles Justin découvrait la cruauté de la guerre civile. Guernica, Tolède, Teruel : autant de hauts lieux, de faits d'armes dont les noms lui étaient devenus familiers. Ainsi, avec la présence quotidienne de Miguel dans l'atelier, Justin sentait brûler au fond de lui le foyer douloureux de sa mauvaise conscience, pour s'être prononcé contre l'intervention de la France en

Espagne. Il se battait donc autant qu'il le pouvait afin de donner à ses réfugiés ce dont ils avaient besoin pour lutter contre le froid et la faim et vivre dignement.

Un jeudi de la fin août, pourtant, alors que *La Dépêche* faisait état des ultimes négociations qui se déroulaient entre Paris, Londres et Berlin au sujet de la Pologne, Juliette vint le chercher en fin d'après-midi dans la vigne où il travaillait. En la voyant arriver de loin sur sa bicyclette à gros pneus, Justin se dit que la guerre était déclarée et regretta amèrement que ce soit cette jeune femme si belle, si intelligente qui vienne lui annoncer une telle nouvelle.

Elle laissa tomber sa bicyclette dans l'herbe, s'approcha lentement, et il devina qu'elle avait pleuré.

– Un enfant est mort chez les Espagnols, dit-elle doucement.

Et elle ajouta, tandis qu'il ne pouvait s'empêcher de ressentir une sorte de soulagement dont, toutefois, il eut honte aussitôt :

– Le petit Antonio Arcos. Insolation et déshydratation. Il n'avait pas dix ans.

Elle les connaissait tous par leur nom, car ils étaient devenus une grande famille. Elle le dévisageait de ses yeux mouillés, et l'impression d'une immense culpabilité accabla soudain Justin. Jamais il n'avait ressenti autant que ce jour-là le poids de ses responsabilités.

– Justin, fit-elle en se laissant aller contre lui, qu'avons-nous fait là ?

Il entoura maladroitement ses épaules, ne sachant que dire, étonné par ce désespoir alors qu'elle s'était toujours montrée si courageuse.

– Allons, petite, dit-il, allons !

Après des débuts difficiles, une grande complicité les unissait à force de travailler ensemble, et Justin admirait chaque jour davantage cette jeune femme qui rendait Clément si heureux et qui était si sensible à l'injustice et à la pauvreté.

– C'est de notre faute, dit-elle, parce que nous ne leur donnons pas assez d'eau.

– Mais non, petite ! Crois-tu qu'ils ont de l'eau à volonté dans les camps ?

Elle se redressa brusquement, demanda d'une voix qui le transperça :

– Vous êtes sûr ?

Il n'était sûr de rien, en cet instant, il avait seulement prononcé les premiers mots qui lui étaient venus à l'esprit. Mais il ne pouvait supporter de voir pleurer Juliette et il répondit :

– Comment en serait-il autrement, avec des milliers d'hommes, de femmes et d'enfants ?

– Il était si beau, fit-elle, comme si elle n'entendait pas Justin, songeant de nouveau à l'enfant.

– Viens, dit-il, viens.

Et il l'entraîna vers le chemin, où le cheval, dételé, attendait paisiblement à l'ombre.

– Passe devant, dit-il, j'arrive.

Elle redressa sa bicyclette, tenta un pâle sourire et partit. Il regarda un moment flotter sa robe au-dessus du pédalier, puis il attela le cheval et se mit en route vers le village qui dormait au loin dans la brume oscillante de la chaleur.

Les Espagnols, comme à leur habitude, se montrèrent d'une dignité exemplaire, même la mère, dont c'était le seul enfant. Murée dans sa détresse, elle serrait les dents, et jetait de toutes parts des regards ardents, dans lesquels se lisait une énergie à la fois farouche et désespérée. Violaine se trouvait dans le hangar où ne circulait pas le moindre souffle d'air, et où la chaleur était étouffante. Elle aussi, comme Juliette, était bouleversée. Elle se tenait près de la mère, tentait de lui parler, mais celle-ci ne répondait pas. Comme il fallait emporter l'enfant dans un endroit frais, Violaine proposa la cave de sa maison. Juliette, Justin et Violaine s'y retrouvèrent avec les parents du petit, et restèrent un moment autour du corps que l'on avait enveloppé dans un drap. Le menuisier vint prendre les mesures. Quand ce fut fait, Justin dit à sa belle-fille :

– Va prévenir Nathalie et ouvrir la mairie, petite, je te rejoindrai dès que je le pourrai.

Elle partit. Les parents étaient assis sur deux chaises de paille, toujours muets, et Justin se trouvait face à Violaine, dont les yeux brillaient étrangement, sans qu'il sût si c'était à cause de la mort de l'enfant ou parce qu'ils se trouvaient réunis, une fois de plus, et si près l'un de l'autre. Il fut soulagé de voir arriver Nathalie, et, dès qu'elle eut pris sa place, il partit à la mairie s'occuper des papiers. Là, Juliette leva sur lui un regard toujours aussi accablé, et demanda :

– Qu'avons-nous fait vraiment pour ces gens ?

Justin ne cilla pas. Son visage de loup et son œil unique se durcirent davantage quand il répondit :

– C'est moi qui prends les décisions. Tu n'as rien à te reprocher.

– Mais je vous ai poussé à les garder ! Si ça se trouve, ailleurs, cet enfant ne serait pas mort.

– Il en serait mort d'autres.

– Qu'est-ce que vous en savez ?

– Je le sais.

Elle se détourna, prit sa tête entre ses mains. Il s'approcha, vint tout près d'elle, songea qu'elle n'était en rien préparée à ce qui allait se passer si la guerre arrivait.

– C'est bientôt les vendanges, dit-il. Je ne vais pas les envoyer maintenant à Argelès.

Elle hocha la tête, puis elle demanda :

– Comment faites-vous pour être aussi fort ?

– Quand on vient d'où je viens, petite, et quand on est passé par où je suis passé, on ne craint plus grand-chose.

Elle ne répondit pas. Il attendit quelques instants, puis il recula en disant :

– Je vais prévenir le cantonnier.

Mais il ne put s'empêcher de penser que, depuis février, avec cet enfant mort, il y aurait quatre Espagnols enterrés dans le petit cimetière de Sainte-Colombe, loin de la terre où ils étaient nés.

Le lendemain, 1ᵉʳ septembre, les journaux annoncèrent que les troupes allemandes étaient entrées en Pologne. Justin Barthès voulut encore espérer que les négociations en cours allaient stopper le fol engrenage, mais le 3, vers midi, il reçut les affiches qui décrétaient la mobilisation générale. Le soir même, à dix-sept heures, la France, imitant l'Angleterre, déclarait la guerre à l'Allemagne. La soirée fut triste et silencieuse dans la maison des Barthès, Clément devant rejoindre le lendemain son régiment. Seule Nathalie essayait de détendre l'atmosphère, en occupant Camille qui se rendait compte qu'il se passait quelque chose de grave. Justin n'ouvrait pas la bouche : il avait cru que son fils échapperait à ce qu'il avait vécu, lui, dans les tranchées, et voilà que tout recommençait. Ce qui lui faisait le plus mal, c'était de savoir que Clément était loin d'imaginer ce qui l'attendait : il se montrait confiant, tentait de rassurer Juliette en disant qu'il allait être affecté à la défense de la ligne Maginot, où il serait à l'abri des obus et des bombes. Mais ces seuls mots évoquaient les dangers de la guerre et augmentaient l'angoisse de ceux qui restaient.

Il fallut bien se résoudre à aller se coucher. Clément,

Juliette et Camille regagnèrent leur logement dans l'école, et Justin demeura seul avec Nathalie, assis face à elle sous la suspension de porcelaine. Il se mit à feuilleter distraitement le journal, puis il le replia violemment et laissa enfin couler sa colère :

– Si on me le tue, fit-il d'une voix terrible, si on me le tue...

Et il brisa entre ses doigts un coquetier de terre cuite.

– Il ne risque rien sur la ligne Maginot, dit Nathalie, il est costaud, il reviendra. Ne t'inquiète pas.

Il soupira, reprit :

– Si on m'avait dit que ça recommencerait un jour, je ne serais jamais revenu.

Nathalie blêmit, soupira. La cinquantaine passée, sa vivacité naturelle s'était adoucie. Il y avait la même acuité dans ses yeux, mais elle était devenue plus patiente et avait appris à apaiser les colères de Justin. Celui-ci la dévisageait, précisément, ce soir-là, avec un feu brûlant dans le regard. Elle n'oubliait rien de ce qu'il avait enduré entre 1914 et 1918, et de toute façon son œil mort le lui rappelait tous les jours.

– Nous sommes vivants, malgré tout, fit-elle, et nous avons eu du bon temps. Tout le monde n'a pas une maison, des enfants et des petits-enfants.

– Pour combien de temps ? dit-il d'une voix amère.

– Le temps que ça durera. Il ne faut pas le gâcher soi-même. Il y en a assez qui s'en chargent comme ça.

Cette sagesse exprimée d'une voix calme mit du baume sur ses blessures. Il la vit telle qu'elle était vraiment : une femme énergique et gaie qui l'accompagnait sur le difficile chemin de la vie et qui savait ce qu'il pensait en tout temps, en tout lieu. Sa présence lui était indispensable, jusque dans ses silences.

– Allons nous coucher, dit-il. La seule chose qui soit sûre, c'est que, dans les jours qui viennent, nous aurons du travail.

Le lendemain matin, il se rendit dans sa vigne près de la Croix, comme si de rien n'était, car Clément ne partait qu'à onze heures. Justin lui avait recommandé de profiter de la matinée avec Juliette et Camille, mais il le vit arriver, peu après huit heures, les cisailles à la main, pour l'aider.

– Ça t'avancera un peu, dit Clément, parce que je me demande comment tu vas faire tout seul.

– Comme j'ai toujours fait, répondit Justin. De toute façon, les commandes ne seront pas nombreuses à l'atelier.

– Et les vendanges ?

– Ta mère et Juliette m'aideront. Et puis nous ne manquons pas d'Espagnols.

Comme Clément se mettait à tailler, Justin s'approcha de lui et dit :

– Je préfère que tu retournes près de ta femme et de ta fille.

– J'ai le temps, dit Clément.

– Profite de ce temps. Je ferai face tout seul. J'ai encore de la force.

Clément n'en doutait pas une seconde : pas une once de graisse n'enrobait le corps sec et musclé de son père. Ses traits émaciés et brunis par le soleil exprimaient une grande volonté et l'on n'y décelait pas la moindre faille, bien qu'il eût cinquante-quatre ans.

– Je ne suis pas venu pour t'aider, dit Clément. Je suis venu pour te parler.

– Alors, viens, dit Justin, entraînant son fils vers le cabanon.

Ils s'assirent sur deux pierres, face au jour qui achevait de se lever, éclaboussant la vallée d'une lumière neuve, qui pétillait comme l'eau d'un torrent sur des galets.

– Peut-être que je ne reviendrai pas, murmura Clément.

Justin sentit une onde froide couler sur ses épaules, et répondit :

– Je suis bien revenu, moi.

– Tu sais que tout peut arriver, même le pire.

Justin découvrait que son fils n'était pas l'homme insouciant qu'il croyait, mais que son apparente indolence cachait un être capable de gravité. Si Clément avait hérité de la nature heureuse de sa mère, cela n'excluait pas une maturité qui s'exprimait dans les grandes occasions. Justin observait ce colosse brun, aux cheveux épais, aux traits burinés, dont les yeux ne cillaient pas, et qui était tout entier dans ce regard plein de franchise et de force. Il n'eut pas envie de se dérober.

– Oui, dit-il, tout peut arriver.

– Eh bien, dans ce cas, il faut me promettre une chose.

– Ce que tu voudras.

– Promets-moi de veiller sur ma femme et sur ma fille.

– Tu n'as pas besoin d'une promesse pour ça, dit Justin. Je m'en occuperai mieux que n'importe qui.

– Oui, dit Clément, mais je voudrais l'entendre de ta voix.

Et il ajouta, comme Justin se fermait, croyant à un manque de confiance de la part de son fils :

– Ça m'aiderait.

– Oui, petit, je comprends... Je te le promets.

Clément sourit. Il attendit quelques secondes, puis il reprit :

– Quoi qu'il arrive, je voudrais que tu saches une chose.

– Quoi ? demanda Justin.

– C'est que je n'aurais pas aimé avoir un autre père que toi.

Justin, troublé, tendit sa main à son fils qui la serra.

– Merci, petit, dit-il.

Et il ajouta, pour la première fois incapable de soutenir le regard de Clément :

– Tu vas sans doute vivre des choses abominables.

– Je sais, fit Clément, n'en dis pas plus.

– Beaucoup plus terribles que tu ne le crois, ajouta Justin comme s'il n'avait pas entendu. Des choses qui te transformeront, qui te feront prendre honte de toi et des hommes.

– Je sais, dit Clément.

– N'en fais pas plus qu'il ne faut. Et surtout, petit, surtout, si ta vie n'est pas en danger, ne tire jamais le premier. Sans quoi, après, tu ne pourras plus vivre, avec ce souvenir.

Justin toussota, ajouta :

– Enfin, c'est ce que je me suis dit, moi, même dans les moments les plus durs. Et il y en a eu beaucoup.

– Oui, dit Clément. Je comprends.

Ils se turent. Un épervier aux ailes de faux tournait dans le ciel d'un bleu tendre où se perdaient, très haut, les hirondelles.

– Tu vois ça ? demanda Justin.

– Quoi donc ?

– Ce ciel, ces vignes, ces collines.

– Bien sûr que je les vois.

– Si tu ne les oublies pas, tu sauras toujours ce que tu dois faire, même dans les pires moments.

Ils se turent. La garrigue crépitait autour de la vigne, réveillant des parfums de genêt, de ciste et de romarin. De longues minutes passèrent, et ils ne se décidaient pas à parler, craignant, sans doute, de n'être plus assez forts pour cacher leur immense chagrin d'avoir à se séparer.

– Rentre, dit enfin Justin. Je te rejoindrai dans cinq minutes, le temps d'aller au bout de cette rangée.

Clément partit. Moins d'une heure plus tard, ils se

retrouvaient tous devant l'atelier, la charrette attelée pour se rendre à la gare de Bressan. Clément embrassa sa mère, puis Juliette, et enfin sa fille.

– Sois bien sage, dit-il, et quand je reviendrai de voyage, je te ramènerai une surprise.

Il monta sur la charrette où Justin attendait. Celui-ci fit aussitôt claquer les rênes, sachant qu'il ne fallait pas inutilement prolonger les adieux.

Tout le long de la route, passé la fontaine romaine, les vignes montraient des grappes épaisses et de belle couleur. Clément pensait aux vendanges et soupirait. Le cheval allait au pas dans la côte où l'ombre était rare. Il y avait du monde sur la route, malgré la chaleur, comme si tous les hommes du pays étaient en marche vers un même point de rencontre, au loin, mystérieux. Justin pensa à un nid de guêpes qu'un mauvais génie aurait dérangé. Mais il ne dit rien pendant tout le voyage, et il se contenta de profiter de la présence, à ses côtés, de ce fils qui s'en allait.

A la gare, il ne s'attarda pas non plus. Quand il eut déposé sur le sol le bagage de Clément, il l'étreignit hâtivement, puis il lui dit :

– La seule chose qui compte, petit, n'oublie pas, c'est de revenir.

– Oui, dit Clément.

Justin remonta dans la charrette et s'en alla sans se retourner, les dents serrées, incapable de se soustraire à l'idée qu'il ne reverrait plus jamais son fils.

Au Solail, les vendanges battaient leur plein, avec Arthémon et Séverin, mais sans Jules et sans Jérôme, qui avaient rejoint eux aussi leurs unités. On avait donc réquisitionné toutes les femmes du domaine et fait appel aux Espagnols qui ne demandaient que cela. Certes, les « colles » étaient moins efficaces qu'avant, mais on rentrait néanmoins le raisin dans de bonnes conditions, et les repas du soir se tenaient toujours dans la cour du château, organisés par Hortense, qui veillait à tout. Pascaline, en effet, ne lui était plus d'aucune aide, car elle demeurait enfermée dans sa chambre où elle soignait une anémie devenue chronique. Arthémon, lui, demeurait à l'ombre, dans la cave où il surveillait le fouloir, tandis que Séverin s'occupait des vignes. Mais il y avait aussi Marceau, à qui Séverin faisait de plus en plus confiance, pour s'occuper des porteurs, tous espagnols, qui allaient et venaient entre les vignes et les charrettes.

Après un brillant succès à ses examens, Marceau aurait dû entrer, sans la guerre, à la faculté des lettres de Montpellier. Pourtant, s'il avait passé le conseil de révision en juin, et si son départ était prévu pour le printemps suivant, il avait pris la décision que lui avait dictée la fougue de sa jeunesse : s'engager dès la fin des vendanges pour la durée du conflit. Ainsi, il pourrait choisir son arme, mais surtout se battre contre celui qui voulait conquérir l'Europe. C'était un devoir, et aussi un besoin. Car Marceau n'avait pas supporté les atermoiements de la France et de l'Angleterre, leur lâcheté face à Hitler dans l'affaire des Sudètes, et il ne supportait pas davantage l'idée que son pays, sa terre du Midi, pût un jour tomber sous le joug allemand.

Il s'était souvent heurté à son père qui, lui, ne voyait pas d'un mauvais œil se propager en France, dans certains milieux, les idées venues d'outre-Rhin.

– Nous aussi, il nous faudrait quelqu'un à poigne, disait-il souvent, en lisant *L'Action française*.

Sa femme et sa fille l'approuvaient, qui gardaient en mémoire ce jour de juin 1936 où les ouvriers avaient bousculé le patron et envahi l'usine. Marceau, lui, n'en pouvait plus de ce climat qui régnait dans sa maison de Narbonne, et c'était aussi une raison qui le poussait à s'engager. Il n'était heureux qu'au Solail, en fait, avec les gens qu'il aimait, dans les vignes, avec ses livres, et surtout avec Mathilde.

Comme il y avait beaucoup de mouvement au domaine pendant les vendanges, il pouvait la retrouver chaque soir, avant le repas que tout le monde prenait dans la cour du château, mais ils faisaient en sorte de ne pas rester seuls trop longtemps. A son arrivée au Solail, Mathilde s'était montrée hostile à son égard, et il avait dû s'employer pour qu'elle avoue les raisons de cette hostilité.

— Tu partiras, avait-elle dit, tu ne te marieras jamais avec moi.

Il lui avait fallu longtemps pour la persuader du contraire, renouvelant des serments dont la sincérité était évidente, et il ne trouvait plus la force de lui avouer qu'il voulait s'engager. En réalité, c'était elle, et elle seule, qui, aujourd'hui, le faisait encore hésiter.

Les vendanges, pourtant, allaient s'achever. L'odeur des moûts campait sur la plaine, et l'air était saturé de guêpes et de mouches ivres. Tous les vendangeurs étaient las, épuisés par deux semaines de travail incessant. Le dernier soir, Arthémon donna l'autorisation d'un « Dieu-le-veut », à condition qu'il n'y ait ni musique ni danses. Marceau se retrouva donc assis pas très loin de Mathilde et leurs yeux ne se quittèrent pas. Ce soir-là, Agathe, qui ne se sentait pas très bien, était rentrée à la Combelle, demandant à Séverin de veiller sur Mathilde.

Quand ce fut le moment de partir, Hortense, à qui Marceau faisait des confidences, dit à Séverin :

— Laissez-la encore un peu, je la raccompagnerai.

— Bon, dit Séverin, comme vous voulez.

Il s'en alla, totalement étranger à ce qui se tramait dans son dos. Et ce ne fut pas Hortense qui raccompagna Mathilde mais Marceau, heureux pour une fois de n'avoir plus à se cacher, dans cette nuit épaisse et chaude, où des milliers d'étoiles filantes traversaient le ciel qui semblait tout proche. Quand il l'entraîna dans une vigne, Mathilde ne s'y opposa pas : elle avait tellement rêvé de quelques heures de solitude avec lui. D'ailleurs, depuis peu, elle avait repris espoir et elle ne doutait plus de ses promesses.

Quand il s'allongea et qu'il l'attira contre lui, elle ne s'y refusa pas. Il la sentait si vulnérable, cette nuit-là, qu'il hésita un long moment à parler. Il finit par s'y résoudre quand il comprit qu'elle était décidée à ne rien lui refuser.

– Je vais m'engager pour la durée de la guerre, dit-il, tout doucement, sachant qu'il allait lui faire mal.

Elle se redressa brusquement.

– Qu'est-ce que tu dis, Marceau ? fit-elle d'une voix bouleversée.

– Je vais m'engager pour la durée de la guerre, Mathilde, il le faut.

– Et moi ? gémit-elle.

– Je reviendrai, Mathilde.

– Tu peux mourir, aussi.

Il la prit par les épaules, répéta :

– Je reviendrai, je te le promets.

– Tu promets ! Tu promets ! Mais qu'est-ce que tu feras sous les bombes ? Pourquoi me promets-tu toujours ce que tu ne peux pas tenir ?

Il la lâcha soudain, se rejeta en arrière, murmura :

– De toute façon, je dois partir au printemps, tu le sais bien, alors qu'est-ce que ça change ?

– Au printemps, la guerre sera peut-être finie.

– Non, Mathilde. Ce n'est pas parce qu'il ne se passe rien sur le front en ce moment que c'est terminé. Ne crois pas ça.

Elle soupira, demanda d'une voix amère :

– Tu es donc si pressé de mourir ?

– Non, fit-il, je suis seulement pressé de vivre avec toi.

– Alors marions-nous !

– Je ne suis pas majeur et je n'ai pas de métier. Mes parents n'accepteront jamais.

– Tu vois ! Nous ne pourrons jamais nous marier.

– Nous nous marierons dès que nous n'aurons plus besoin d'autorisation.

– Pourquoi prendre tant de risques en attendant ?

– Parce qu'il le faut, Mathilde. Imagines-tu ce que deviendra le Solail si les Allemands arrivent jusqu'ici ?

– Ils n'y arriveront jamais, dit-elle.

– Hitler est un fou. Il est capable de tout. Son armée est la plus puissante du monde.

S'intéressant peu à ce qui était extérieur au domaine, il sembla tout à coup à Mathilde que le danger était bien plus important qu'elle ne l'avait imaginé.

– C'est pour nous que je veux m'engager, reprit Marceau : pour que nous puissions vivre libres, et comme nous le voulons.

Au terme de leurs discussions, il parvenait toujours à prononcer des mots qui éblouissaient Mathilde. Cette fois encore, il avait su trouver ceux qu'il fallait. Quand les mains de Marceau s'insinuèrent sous sa robe et commencèrent à caresser sa peau, elle noua ses bras autour de son cou.

Depuis que le gouvernement avait mis les communistes hors la loi, Justin Barthès se demandait ce que devenait Ludovic. Avait-il rejoint son unité ou se cachait-il quelque part, comme beaucoup de ses camarades désorientés par le ralliement de leurs responsables à la ligne de Moscou qui dénonçait la guerre impérialiste ? Justin, cependant, n'avait pu se préoccuper longtemps du sort de Ludovic, car les vendanges l'avaient accaparé. Il en était venu à bout avec l'aide de Nathalie, de Juliette, de Miguel, et de deux vieux Espagnols – Ramon et Maria – qu'il logeait dans le cabanon de la vigne proche de la Croix. Ceux-ci s'inquiétaient beaucoup de la guerre, car ils savaient qu'Hitler, en lui fournissant des armes, avait aidé Franco à écraser les républicains.

– S'il vient par ici, disait Miguel, on est foutus. Il faudra repasser la montagne, et là-bas, tu sais ce qui nous attend.

– Ne t'inquiète pas, répondait Justin, nous n'en sommes pas là, et heureusement.

« Rien à signaler sur l'ensemble du front », disaient en effet les communiqués laconiques publiés dans les journaux ou entendus à la T.S.F. La « drôle de guerre » s'installait, les Allemands étant occupés à réduire à merci la Pologne et le gouvernement français s'étant rallié à une stratégie de prudence, conscient de l'écart qui existait, à son désavantage, entre les deux armées.

Les vendanges achevées, Justin, aidé par Miguel, porta sa récolte à la coopérative qui assurait la vinification. Les perspectives de vente n'étaient pas mauvaises. On parlait même d'une possible hausse des cours, au moins d'un certain équilibre. Clément écrivait qu'il était bien à l'abri dans la ligne Maginot, et Juliette s'apprêtait à reprendre l'école. On avait cru à un cataclysme au début de septembre mais la vie continuait, ce qui faisait reprendre espoir à beaucoup, même si, chaque soir, on attendait avec quelque anxiété les nouvelles diffusées par la T.S.F.

C'est ainsi que, le soir du 29 septembre, Justin apprit aux côtés de Nathalie la capitulation de Varsovie et le partage de la Pologne entre l'Allemagne et l'U.R.S.S. Il ne faisait plus de doute, désormais, que les Allemands, forts des succès de leur *Blitzkrieg*, allaient se retourner vers les frontières françaises.

– Il n'y en a plus pour longtemps, dit Justin à Nathalie. Avant un mois ils auront attaqué.

– Surtout, pas un mot à la petite, dit-elle.

La « petite », pour eux, c'était Juliette, qui avait voulu rester dans son logement de l'école, seule avec Camille, refusant la proposition de Justin et de Nathalie de venir habiter chez eux en l'absence de Clément. Nathalie lui rappelait fréquemment cette offre, mais Juliette tenait à son indépendance et, chaque fois, refusait.

Moins d'une semaine après la défaite de la Pologne, on apprit que certains responsables communistes s'étaient enfuis à Moscou. Dès lors, l'étau du gouvernement se referma davantage sur eux, y compris à Sainte-Colombe où Justin, en tant que maire, reçut la visite des gendarmes de Ginestas.

– C'est au sujet de votre neveu, dirent-ils, vous ne sauriez pas où il se cache, par hasard ?

– Non, je ne le sais pas.

– Si vous le saviez vous n'hésiteriez pas à nous le dire, je n'en doute pas.

– Non, je ne vous le dirais pas.

– Faites attention, monsieur Barthès, fit le brigadier, un homme maigre, aux traits saillants et aux yeux d'une fixité inquiétante, vous êtes maire, certes, mais nous sommes en guerre et nous ne plaisantons pas avec ces choses-là.

– Moi non plus, dit Justin.

Ils s'en allèrent, et Justin se promit de rester sur ses gardes, se doutant qu'il ne tarderait pas à recevoir des nouvelles de Ludovic, malgré les divergences de vues qui les avaient séparés.

Effectivement, quarante-huit heures plus tard, au milieu de la nuit, on frappa à la porte. Justin descendit, reconnut Adèle qui faisait face à Miguel, lequel tenait une barre de fer à la main.

– Ça va, tu peux aller dormir, dit Justin à Miguel.

Il disparut aussitôt dans l'atelier, tandis que Justin faisait entrer Adèle dans le couloir. Elle était en larmes et se fit suppliante :

– Il faut venir, Justin, dit-elle, je vous en prie.

– Pourquoi ? Que se passe-t-il ?

Nathalie était apparue en haut des marches, inquiète de cette visite nocturne. Quand elle eut reconnu Adèle, rassurée, elle remonta dans sa chambre.

– Il a besoin de vous. Il veut vous voir, reprit Adèle.

– Où est-il ?

– Il vous attend dans votre vigne du Pech.

Elle ajouta, lui prenant les mains :

– Il ne sait plus où aller. Il faut l'aider, Justin, s'il vous plaît !

– Ne vous inquiétez pas, dit-il, j'y vais. Rentrez chez vous.

– Merci, Justin, merci beaucoup.

– Bonne nuit, Adèle.

Il remonta expliquer à Nathalie ce qui arrivait, puis il partit, à pied, vers sa vigne. La nuit était tiède, saturée de l'odeur des moûts qui pesait toujours sur la plaine en l'absence de vent. Sainte-Colombe dormait toutes fenêtres ouvertes, paisiblement, et Justin s'étonnait de ce calme, de cette sérénité, en pensant à la guerre dont les échos devenaient de plus en plus préoccupants. Il songea à Clément, l'imagina endormi dans quelque abri, là-haut, loin de son foyer, et quelque chose en lui se noua. Pourquoi son fils devait-il vivre loin de sa maison, de sa femme et de ses parents ? Au nom de quelle loi ? Au nom de la folie des hommes, seulement, cette même folie qui obligeait Ludovic à se cacher comme un criminel, alors qu'il ne demandait qu'à travailler et à vivre honnêtement, parmi les siens.

Malgré ce qui s'était passé entre eux, Justin ne lui en voulait pas : Ludovic avait ses idées, et, même si Justin ne les partageait pas, il les respectait. Et c'était sans la moindre hésitation qu'il se portait à son secours, au milieu de cette nuit si calme de la fin de l'été, sur laquelle veillaient des étoiles géantes, si proches de la Terre que Justin avait l'impression de pouvoir les cueillir de la main.

Quittant la route d'Argeliers, il prit à droite le sentier de terre qui montait vers la colline. L'odeur des pins, descendant en vagues lourdes depuis le sommet, le prit à la gorge. Il s'arrêta, inspira bien à fond, puis il se remit en route lentement, attentif à tous les bruits : soupir de feuille, battement d'aile d'oiseau dérangé dans son sommeil ou glissement d'une sauvagine dans la garrigue. Il fit volontairement rouler des pierres du pied en approchant de la vigne, de manière à ne pas surprendre Ludovic. Celui-ci l'avait entendu. Il se tenait sur le chemin, un fusil dans les mains, dont Justin vit luire le canon sous la lune.

– Merci, fit Ludovic, quand Justin s'arrêta devant lui.

– Alors, dit Justin en lui serrant la main, tu te promènes avec un fusil, maintenant ?

– Bien obligé.

Ils marchèrent vers le cabanon, dont la masse sombre paraissait surveiller la colline.

– Je ne sais plus où aller, dit Ludovic une fois qu'ils furent assis, face à face, distinguant seulement l'éclat de leurs yeux.

Il ajouta, d'une voix humble, méconnaissable :

– J'ai pensé que, peut-être, je pourrais dormir dans ton cabanon.

– Voilà la clef, dit Justin.

Surpris, Ludovic, qui errait dans les collines depuis presque un mois, demanda :

– Pourquoi fais-tu ça ?

– Parce que je sais qui tu es, dit Justin.

Il y eut un silence, que troubla seulement l'appel d'une chevêche, plus haut, dans les pins.

– Tu sais ce que tu risques ?

– Je ne risque plus rien depuis longtemps, dit Justin avec un soupir de lassitude.

Et il ajouta, d'une voix égale, comme si cela allait de soi :

– Je te porterai à manger en venant travailler.

De nouveau le silence s'installa entre eux, puis :

– Je n'oublierai jamais ce que tu fais pour moi, dit Ludovic. Adèle m'a dit que tu étais allé l'aider à finir les vendanges.

– Qu'aurais-tu fait, à ma place ?

– J'aurais fait pareil.

– Tu vois, il n'y a rien là qui vaille la peine d'en parler davantage. Ce qui compte, maintenant, c'est d'essayer de vendre le vin.

– Elle n'y arrivera jamais.

– Je m'en occuperai, dit Justin.

– Il faudra bien qu'un jour je te rende tout ça, murmura Ludovic, pensif. Je te promets que...

– L'époque n'est pas aux promesses, petit, fit Justin. Les gendarmes sont venus chez moi, aujourd'hui.

– Qu'est-ce qu'ils voulaient ?

– Tu le sais bien.

– Qu'est-ce que tu leur as dit ?

– Que voulais-tu que je leur dise ? fit Justin en haussant les épaules. Que j'allais les mener jusqu'à toi ?

Puis il reprit, comme Ludovic ne répondait pas :

– Il faut te méfier, sortir le moins possible du cabanon, et seulement la nuit.

– Ça ne s'arrange pas, quoi, soupira Ludovic.

– Surtout depuis que Thorez s'est enfui à Moscou.

Ludovic sursauta, posa une main sur le poignet de Justin qui demanda :

– Tu ne le savais pas ?

– Non. Adèle ne m'a rien dit.

– Eh bien, maintenant, tu le sais.

Le frémissement des arbres autour de la vigne fit chuchoter la nuit. Tout en bas, dans la vallée, la lueur de la lune réfléchissait l'éclat de quelques vitres au château du Solail et le frisson des oliviers courait jusqu'à la route d'Argeliers.

– Je redescends, dit Justin. Toi, essaye de sortir le moins possible, il vaudrait mieux.

Ils se levèrent.

– Merci encore, dit Ludovic, qui hésita un peu avant de donner l'accolade à Justin.

– S'il y a un problème, je t'enverrai Miguel, dit Justin avant de se mettre en route.

Ludovic fit un signe de la main et Justin s'éloigna. Tout en suivant le chemin qui serpentait dans la garrigue, il regarda un long moment, droit devant lui, une grosse étoile qui clignotait, comme pour lui délivrer un mystérieux message. Il se demanda si ce n'était pas Clément, qui, réveillé, pensait à lui, dans sa froide prison de ciment : cette ligne Maginot dont parlaient chaque jour les militaires comme d'une muraille infranchissable.

Ce qui avait le plus surpris Blanche, en arrivant au Solail, à la mi-septembre, c'était l'absence des têtes familières qu'elle y avait toujours côtoyées. A part Arthémon et Séverin, en effet, il n'y avait plus d'hommes : comme son mari, ils étaient partis vers des lieux inconnus, dans le nord du pays. Elle n'avait pu supporter sa solitude à Toulouse et avait décidé de revenir au Solail, le temps que durerait la guerre, avec son fils Lionel. Elle s'était dit que si on ne voulait pas d'elle au château, elle se réfugierait chez Violaine à Sainte-Colombe.

Cela n'avait pas été nécessaire. Certes, elle avait été obligée de renouer avec son père, mais cela s'était fait plus facilement qu'elle ne l'imaginait. La guerre relativisait tout, et Blanche, qui ne supportait plus son isolement, s'était efforcée d'oublier le passé et de ne pas ranimer les vieilles querelles. Sa mère, Pascaline, l'avait accueillie avec joie, mais aussi Hortense, qui, depuis le départ de Jules, se trouvait bien isolée face à ses beaux-parents.

Blanche avait eu la satisfaction de participer aux vendanges, ce qui ne lui était pas arrivé depuis longtemps. Elle avait retrouvé les menus plaisirs de sa vie d'avant, et s'était étonnée de n'en avoir mesuré la richesse qu'après en avoir été éloignée. Aujourd'hui, elle avait mûri, et elle savait ce qui était important et ce qui ne l'était pas. Elle s'était donc promis de ne jamais plus oublier qui elle était vraiment et où se trouvait la vraie vie : au Solail, tout simplement, elle le vérifiait chaque jour.

Elle avait fait la connaissance de Marceau et deviné sa liaison avec la petite Mathilde de la Combelle. Depuis, elle essayait de parler à la jeune fille, mais elle souhaitait se trouver seule avec elle, et ce n'était pas facile. Un dimanche, pourtant, alors qu'elle escaladait les collines à la recherche des lieux qu'elle avait fréquentés avec Delphin, quelle ne fut pas sa surprise de trouver Mathilde assise à l'endroit où elle le rencontrait. Cette jeune fille brune et farouche l'intimidait. D'ailleurs, Mathilde fit mine de se lever à l'instant où Blanche s'asseyait, à trois mètres d'elle, sur une pierre délicieusement chaude.

– Non, reste, s'il te plaît, fit Blanche.

Mathilde ne répondit pas mais s'assit de nouveau, son regard fixé sur Blanche avec hostilité.

– Je voudrais te parler, fit Blanche.

Les yeux de Mathilde restaient braqués sur elle, exprimant une grande méfiance. Cependant, elle ne manifestait plus le désir de s'enfuir.

– Je t'ai vue avec Marceau, fit-elle doucement.

Mathilde ne répondit rien, mais elle était de plus en plus sur ses gardes.

– Moi aussi, soupira Blanche, il y a longtemps...

Et elle lui raconta pendant de longues minutes tout ce qu'elle avait vécu avec Delphin, en lui dissimulant seulement le fait qu'il était un fils naturel d'Arthémon. Quand elle se tut, le regard vague, tout entière plongée dans ses souvenirs, Mathilde demanda, à moitié rassurée :

– Pourquoi me racontez-vous ça ?

– Parce que je ne veux pas que tu sois un jour malheureuse, comme moi.

– Et que dois-je faire ? Je ne suis rien et il est si instruit.

– Partir avec lui. Hors du Solail, il n'y aura plus aucune différence entre vous.

– Vous croyez vraiment ?

– J'en suis sûre. En tout cas, ne fais pas comme moi : pars avec lui tant qu'il est temps. Si le Solail vous manque, vous reviendrez plus tard.

Mathilde pensa à ce que lui avait dit Charlotte, peu avant sa mort. Songeant aux encouragements des deux femmes, elle était prête à tout quitter, à s'enfuir avec Marceau, mais elle se souvint qu'il avait décidé de s'engager.

– Il veut partir à la guerre, dit-elle d'un air affligé.

– Comment cela ?

– Il veut s'engager.

– C'est lui qui te l'a dit ?

– Bien sûr. Il prétend qu'il faut être libre pour être heureux.

– Ça ne m'étonne pas de lui, fit Blanche qui réfléchit un instant avant d'ajouter : Je dois aller à Narbonne. Si tu veux, j'essaierai de lui parler, de le convaincre de ne pas partir, sinon avec toi.

– Oh, merci ! fit Mathilde. J'ai tellement peur de le perdre !

Elles discutèrent encore un moment, puis Blanche reprit sa promenade dans les collines qui commençaient à changer de couleur. En écrasant les touffes des romarins dont le parfum éclatait sous ses pieds, en mâchonnant une tige de fenouil et en observant, tout là-bas, les clochers de Narbonne qui se fondaient dans le bleu délicat du ciel, il lui semblait qu'elle retrouvait sa vraie demeure, celle qu'elle n'aurait jamais dû quitter. Elle s'assit de nouveau, le regard maintenant perdu dans les vignes, se demandant si Paul existait vraiment. Et pourtant, elle avait un fils. Est-ce qu'il aimerait lui aussi le Solail avec cette folle passion ? Est-ce qu'elle la lui avait communiquée en lui donnant le jour ? Elle en fut persuadée, cet après-midi-là, et elle trouva la sérénité qu'elle était venue chercher en ces lieux inondés de lumière.

Pendant les jours qui suivirent, elle s'intéressa à l'état du domaine et questionna son père, qui en fut à la fois heureux et surpris. Il lui expliqua qu'ils étaient toujours aussi endettés, bien que le vin se vendît mieux. Il avait fallu greffer de nouveaux cépages pour remplacer les terrets et les morastels détruits par la maladie. Par ailleurs, les engrais et la main-d'œuvre coûtaient de plus en plus cher. Heureusement, les Espagnols, eux, demandaient seulement à être logés et nourris. Blanche inspecta les vignes, accompagnée par Séverin, qui, à soixante-huit ans, marchait avec de plus en plus de difficulté.

– Votre père et moi, nous ne sommes plus bons à grand-chose, dit-il d'un air accablé. Vivement que Jules et Jérôme reviennent, sans quoi le domaine partira à vau-l'eau.

– Je suis là, moi, dit-elle.

– Oui, dit Séverin, et vous ne repartirez pas ?

– Non, dit Blanche, étonnée par ses paroles, je crois que je ne repartirai plus jamais.

Quelques jours plus tard, elle se rendit à Narbonne, dans la famille de son oncle Joseph, dont l'aide lui avait été si précieuse du temps où elle était gouvernante. Elle les trouva, lui et sa femme, accablés : leur fils Marceau s'était engagé et ils n'avaient plus de nouvelles de lui. A quelques mots prononcés par son oncle, Blanche comprit qu'il n'était pas hostile à ce qui se passait en Allemagne et se sentit très mal. Même Aloyse, leur fille, tenait des propos qui l'offusquèrent par leur aveuglement. Elle repartit peinée, se demandant si elle les reverrait un jour.

Au Solail, il fallait maintenant s'occuper des olives : Blanche prit volontiers sa place dans le travail de cueillette, près de Mathilde qui l'interrogea aussitôt :

– Vous avez pu voir Marceau ?

– Il est parti, répondit Blanche, alors qu'elles se trouvaient seules, un peu à l'écart, en train de remplir d'olives une banaste d'osier.

Elle ajouta, lui prenant les mains :

– Il reviendra. Je le connais bien. Il reviendra, et vous serez heureux ensemble.

Mais elle ne put retenir Mathilde, qui s'en alla cacher sa peine dans les vignes embrasées par le soleil du soir dont les fastes sanglants se déployaient au fond de l'horizon.

8.

LA « drôle de guerre » avait duré neuf mois, puis, au début de mai 1940, on avait appris que les Allemands avaient attaqué dans les Ardennes. A peine avait-on eu le temps de s'en inquiéter que les nouvelles étaient devenues alarmantes : le front avait été enfoncé par les chars ennemis, précédés par des bombardements d'apocalypse. Des flots de réfugiés encombraient les routes, où se pressaient aussi des milliers de soldats qui faisaient retraite. A Dunkerque, une immense flottille avait tenté d'évacuer vers l'Angleterre plus de trois cent mille soldats français et anglais pris dans la nasse refermée par les troupes allemandes qui, après la trouée de Sedan, avaient foncé vers l'ouest. Le 16 juin, les ponts de la Loire avaient sauté, faisant perdre tout espoir de gagner le Sud à ceux qui n'avaient pu passer à temps. Plusieurs milliers de réfugiés, toutefois, avaient échappé au piège et gagné le Midi.

On annonçait partout l'arrivée des Allemands, même en Languedoc, qui se situait pourtant très loin des lignes de combat. La panique était transportée avec eux par les réfugiés qui parlaient de débâcle, de trahison, notamment de la part des communistes que l'on soupçonnait de renseigner l'ennemi. Ce fut dans ce climat d'abattement général que Justin et Nathalie, très inquiets sur le sort de Clément, entendirent le maréchal Pétain, le 17 juin, déclarer : « C'est d'un cœur serré que je vous dis aujourd'hui qu'il faut cesser le combat. » Ils en furent en partie rassurés, et davantage encore quand fut signé l'armistice à Rethondes, le 22 juin. Quelle ne fut pas leur stupeur quand ils apprirent, deux jours plus tard, que la ligne Maginot, bien qu'encerclée et malgré l'armistice, résistait toujours !

Juliette montrait un grand calme malgré la situation, et ses beaux-parents admiraient son sang-froid. Elle leur avait parlé d'un certain général De Gaulle que, seule dans son appartement, elle avait entendu à la T.S.F., le 18 juin, mais ils n'y accordaient guère d'importance, et ne voulaient songer qu'à cet armistice qui avait été signé et qui allait permettre le retour de Clément. Déjà, deux soldats du village étaient rentrés chez eux, portés par le flot des réfugiés. Cependant les jours passaient, et la T.S.F. ne donnait plus de nouvelles de la ligne Maginot.

Ils durent attendre dans l'angoisse le début de juillet pour recevoir un mot de Clément : il était vivant, certes, mais prisonnier des Allemands. Ce fut Juliette qui, un matin, porta la lettre tant espérée à Justin et Nathalie. Très pâle, mais bien droite sur sa chaise, elle attendit qu'ils aient lu les quelques lignes hâtivement tracées par Clément.

– Dieu soit loué ! Il est vivant, dit Nathalie.

Justin, lui, tremblait, non pas de peur rétrospective mais de colère : son fils, comme lui, allait connaître les humiliations des camps de prisonniers. Une nouvelle fois, l'idée que tout ce qu'il avait subi n'avait servi à rien l'assaillait, lui donnant envie de frapper. Il se leva brusquement et, devant les deux femmes impuissantes, il disparut. Elles restèrent un long moment immobiles, silencieuses, ne sachant que faire. Puis Juliette sortit pour surveiller sa fille qui jouait sur la promenade. Elle remonta ensuite chez Nathalie, car elle ne se sentait pas le courage de rester seule.

– Tu devrais venir habiter chez nous, dit Nathalie.

– Tu crois que ça risque de durer longtemps ?

– Comment le savoir ? Viens ici, il y a de la place. Je m'occuperai de la petite plus facilement et tu ne seras pas seule la nuit. On ne sait jamais ce qui peut se passer, avec tous ces réfugiés dans le village.

Juliette ne répondit pas. Elle semblait réfléchir.

– Tu l'as attendu combien de temps, Justin, toi ?

– Il est parti en août 1914 et il est revenu en décembre 1918.

– Il y a eu des permissions, tout de même !

– Je ne me souviens plus très bien. Deux ou trois, peut-être. Mais plus du tout, je crois, à partir du moment où il a été fait prisonnier.

Elles se turent. Nathalie regrettait d'avoir prononcé la dernière phrase. Dès lors, elle s'efforça de minimiser la durée de son attente, et, au contraire, raconta à Juliette la vie heureuse qu'ils avaient menée après leurs retrouvailles.

– Nous avions une maison, un enfant, du travail, et une grande envie de rattraper le temps perdu. Ce sera pareil pour vous, tu verras.

Elles discutèrent toute la matinée, Juliette ne se résignant pas à regagner l'école. A midi, Justin n'était pas revenu. A une heure, elles commencèrent à s'inquiéter. Juliette s'en fut à la mairie pendant que Nathalie donnait à manger à Camille, mais elle revint sans avoir trouvé Justin. Ce fut alors au tour de Nathalie de partir à sa recherche, et elle commença par la vigne de la colline où il se plaisait davantage que dans celle de la vallée. Il ne lui avait pas caché que, là-haut, Ludovic dormait dans le cabanon, et elle pensait que Justin était allé s'entretenir avec lui de la situation.

Il faisait très chaud, sur le sentier qui montait dans la garrigue déjà brûlée par le soleil. Nathalie respirait avec difficulté, pas vraiment inquiète, mais pressée d'arriver, car elle devinait ce que ressentait son mari, et elle savait qu'il avait besoin d'aide. Son cœur battit plus vite, pourtant, en approchant de la vigne, comme si elle s'était brusquement trouvée aux portes d'un malheur.

La porte du cabanon était ouverte. Elle entendit du bruit à l'intérieur, s'approcha, aperçut Justin, en fut aussitôt soulagée. Elle s'en voulut, même, d'avoir pensé au pire, tandis qu'il se redressait dans toute sa force, lui disant calmement :

– Il est parti à Carcassonne. Comme il n'était pas là, je suis descendu aux nouvelles chez Adèle. C'est elle qui me l'a dit.

Il se tut un instant, ajouta, comprenant qu'elle s'était inquiétée :

– Je suis remonté aussitôt pour faire disparaître les traces : on ne sait jamais. J'ai presque fini... j'allais redescendre.

Elle l'aida à nettoyer avec un balai de genêt, puis ils s'assirent un instant à l'ombre et elle demanda :

– Pourquoi est-il parti ?

– Parce que c'est devenu trop dangereux de rester toujours au même endroit. En ville, c'est plus facile de se cacher. Enfin, c'est ce qu'il a dit. Il y a trop de monde, ici, maintenant. Il se sentait exposé.

A l'ombre, il semblait qu'un peu d'air frais circulât par moments, grâce aux pins, qui, là-haut, tremblaient dans le bleu du ciel. Justin regardait droit devant lui, l'esprit ailleurs, déjà, et Nathalie comprit qu'il pensait à leur fils.

– Il reviendra, dit-elle. Tu es bien revenu, toi, et

pourtant la guerre n'était pas finie quand tu es parti en Allemagne. C'était plus dangereux qu'aujourd'hui.

Le regard noir de Justin rencontra celui de sa femme. Il semblait plus perçant, car les traits de son visage se contractaient chaque fois, pour mieux voir, à cause de son handicap.

– Je voudrais être à sa place, dit-il. Moi, au moins, j'ai la peau dure, pas lui.

– Il est plus fort que tu ne le crois.

– Je n'en suis pas sûr, dit Justin.

Il soupira, ajouta d'une voix où elle discerna une fêlure :

– J'aurais tellement voulu lui éviter ça.

Elle comprit que les seules blessures d'importance qu'on pouvait infliger à cet homme, c'étaient celles qui touchaient son fils. Sa seule faiblesse. La seule manière de l'abattre. Nathalie en avait souvent eu le soupçon, mais elle le vérifiait aujourd'hui, sans en concevoir la moindre amertume, car ce fils était aussi le sien.

– Tu préférerais qu'il soit mort sous les bombes ? demanda-t-elle.

– Je préférerais qu'il soit là pour vendanger.

– Bientôt, dit-elle, bientôt.

Elle lui sourit. Il hocha la tête gravement puis il se leva et s'engagea entre les ceps de vigne. Des grains étaient nés sous les feuilles. La terre sentait bon. Il entendit Nathalie s'approcher derrière lui. Elle lui prit le bras, se serra contre lui. Ils regardèrent un moment la vallée qui sommeillait dans la buée bleue de la chaleur. Un coq chanta, très loin, là-bas, près des platanes du canal.

– Et tout continue, dit-il d'une voix amère.

– Nous aussi, fit-elle doucement.

Puis :

– Viens ! Juliette doit s'inquiéter.

Ils prirent le sentier d'où ils apercevaient maintenant Sainte-Colombe qui avait fermé ses volets à l'heure de la sieste, comme pour se préserver du malheur qui coulait sur la terre tel un fleuve de boue.

A la Combelle, Jérôme était rentré à la fin de juin. Il s'était retrouvé dans le Midi, avec son régiment pris dans le flot des réfugiés. Jules, lui, ne rentrerait pas. Comme Clément, il avait été fait prisonnier, du côté d'Abbeville. La nouvelle était parvenue au Solail, consternant ses parents et surtout Hortense qui, ayant appris le retour de Jérôme, espérait chaque jour celui de son mari. Elle fit face, cependant, aidée en cela par Blanche qui n'avait pas de nouvelles de Paul. Celle-ci avait retrouvé au Solail un certain goût de vivre, et son fils Lionel y semblait en meilleure santé.

La mi-juillet passa, dans une chaleur toujours aussi accablante que les nuits dispersaient à peine, mais aucune nouvelle ne parvint au domaine. Blanche fit un rapide voyage à Toulouse, qui ne lui apprit rien au sujet de son mari. De retour au domaine, elle tenta de s'intéresser au travail des vignes, mais elle était trop préoccupée et, pour échapper à son angoisse croissante, elle faisait de nombreuses escapades dans les collines en compagnie d'Hortense dont la présence attentive lui était précieuse.

Un matin, vers midi, alors qu'elle revenait de Sainte-Colombe, le facteur apporta une enveloppe bleue, qu'elle s'en fut ouvrir, tremblante, dans sa chambre. Une écriture froide lui apprit en quelques brèves lignes que le lieutenant Paul Lefebvre avait été tué aux environs de Dunkerque dans un bombardement de la Luftwaffe, lors des opérations d'embarquement vers l'Angleterre au début du mois de juin. Elle s'étonna de sentir les larmes perler à ses paupières à l'idée de ne plus revoir cet homme qu'elle n'aimait pas, et qui, pourtant, lui avait donné un fils. Elle se dit que peut-être elle n'avait pas fait assez de chemin vers lui, puis elle pensa à Delphin et se demanda pourquoi les visages des deux hommes se superposaient aujourd'hui bizarrement. Était-ce parce qu'elle les avait perdus tous les deux ?

Des coups légers frappés à la porte de sa chambre la firent sursauter.

– Entrez ! dit-elle, pensant que c'était Hortense qui s'inquiétait.

C'était bien elle, en effet, toujours prévenante, qui vint s'asseoir sur le lit, à côté de Blanche. Celle-ci lui tendit la lettre en déclarant d'une voix froide :

– Il est mort.

Hortense prit la lettre, la parcourut rapidement, entoura du bras l'épaule de Blanche qui ne bougeait pas.

– Cela fait plus d'un mois, et je n'ai rien senti, dit-elle.

Ses larmes ne coulaient plus, déjà taries par le sentiment d'une délivrance.

– Viens, dit Hortense. Ne reste pas seule.

Blanche la suivit dans la salle à manger, où l'on s'apprêtait à déjeuner. Arthémon s'y trouvait en compagnie de Pascaline et des deux petits garçons : Lionel, le fils de Blanche, et Jean, le fils d'Hortense et de Jules. En apercevant son fils, Blanche eut une sorte de vertige. Fallait-il lui dire qu'il ne reverrait plus son père ou devait-elle attendre qu'il soit plus grand ? N'y ayant pas réfléchi, elle ne savait pas quel parti adopter. Arthémon et Pascaline vinrent lui dire quelques mots qu'elle ne comprit pas, absorbée qu'elle était par la décision à prendre au sujet de l'enfant qui courait autour de la table, poursuivi par son cousin. Alors elle

ressentit vraiment ce que signifiait la disparition de
Paul, et elle ne put demeurer plus longtemps dans la
salle à manger.

Elle sortit, erra dans le parc où les buis répandaient
leur odeur pénétrante d'église, dans l'ombre tiède des
pins parasols et des acacias. Il faisait moins chaud qu'à
l'intérieur du château. Blanche s'assit, submergée par
une grande lassitude, et avec la sensation douloureuse
qu'elle n'aurait plus jamais d'homme à ses côtés. Bientôt Hortense la rejoignit et prit place auprès d'elle,
sur le banc.

– Veux-tu que je reste avec toi ou que je te laisse ?
demanda-t-elle.

– Reste, répondit Blanche. J'ai besoin de toi.

Et elle ajouta, au bout d'un instant :

– Jamais je ne pourrai le dire à Lionel.

– Ce n'est pas pressé, fit Hortense, il faut choisir le
bon moment. Peut-être même qu'il comprendra tout
seul.

– Je l'espère, fit Blanche en soupirant.

Elles discutèrent encore un moment, puis Blanche
décida :

– Je dois aller à Toulouse. On me dira peut-être si
je peux le faire enterrer ici.

Sa voix se brisa sur les derniers mots.

– Je t'accompagnerai, si tu veux, dit Hortense.

Les deux femmes partirent dès le lendemain par le
train, tandis que Pascaline et Arthémon veillaient sur
les garçons. Elles se rendirent ensemble à la caserne
Caffarelli où les reçut un officier hors d'âge, qui boitait
bas. Aux questions de Blanche qui lui demandait si
elle pouvait récupérer le corps de son mari, il répondit
évasivement, puis, comme elle insistait, il daigna fouiller dans ses tiroirs et en sortit un dossier minuscule
en disant :

– Je ne sais pas si vous pouvez tout entendre, madame.

– Oui, dit Blanche, je le peux.

Le vieil officier s'éclaircit la voix, hésita, puis déclara :

– Corps déchiqueté, dit le rapport. Même sa plaque a fondu. Et puis vous savez, là-haut, maintenant, c'est la zone occupée.

Hortense avait pris le bras de Blanche, le serrait. Elles repartirent très vite, épouvantées, et se réfugièrent dans l'appartement qui parut à Blanche encore plus vide qu'il ne l'avait jamais été.

– Je ne peux pas rester là, dit-elle, même une nuit. Il y a un train ce soir. Prenons-le.

A minuit, elles étaient de retour au Solail, et Blanche ouvrait sa fenêtre sur le parc où crissaient les grillons. Les mots de l'officier ne cessaient de la hanter. « Déchiqueté », avait-il dit, et sa voix résonnait douloureusement dans la tête de Blanche. Elle se demanda vaguement si Paul avait jamais existé pour elle. Elle quitta sa chambre, descendit, se dirigea vers la remise où avait dormi Delphin, il y avait bien longtemps. Elle poussa la porte, reconnut l'odeur si particulière de vieux outils, de bois, d'engrais, de moisissure qui avait toujours régné là, et elle s'assit sur une chaise de paille, ne sachant ce qu'elle était venue faire. Au bout d'un moment, elle discerna une paillasse de fanes de maïs. Elle s'y allongea et s'endormit.

Le lendemain matin, un journalier la réveilla brusquement en ouvrant la porte. Un grand flot de lumière aveugla Blanche qui se leva, titubante, et sortit devant le domestique éberlué. L'aube du plein été déposa sur ses lèvres un goût de romarin. La clarté fragile du jour lui donna l'impression d'être lavée de tout, comme si elle venait de naître. Elle comprit qu'elle ne repartirait plus jamais de ces terres où l'air avait le goût, le parfum de tous les bonheurs possibles.

Le mois d'août ramena également Marceau au Solail, mais ce n'était plus le même : il avait perdu toutes les illusions de son ardente jeunesse, et s'en trouvait blessé. Les neuf mois qui venaient de s'écouler lui avaient fait découvrir ce qu'était réellement le monde en dehors du Languedoc : versé dans l'artillerie en octobre 1939, il avait été envoyé au camp de Mailly dans l'Aube où il avait passé son temps à lutter contre le froid et la faim. L'hiver avait été terrible : on découvrait les chevaux raides morts le matin, et les soldats coupaient du bois dans la forêt au lieu de s'initier au maniement des canons de soixante-quinze, dont était équipé le régiment. Marceau, au début, avait essayé de secouer ses compagnons, mais le froid engourdissait aussi bien les corps que les esprits.

A peine le printemps venu, avait-on enfin mis au point les équipes de cent servants nécessaires au fonctionnement d'un canon, que l'offensive allemande avait déclenché une panique indescriptible dans les unités cantonnées dans la région. Dès lors s'était amorcée une retraite pitoyable qui avait amené le régiment de Marceau dans la banlieue toulousaine où l'avait surpris l'armistice de juin. Pas un coup de canon, pas un coup de feu n'avait été tiré. Écœuré par cette farce, Marceau, dans un premier temps, avait cherché à déserter, mais il n'avait même pas eu le temps de mettre en œuvre son projet : il avait tout simplement été démobilisé en juillet, et il était rentré à Narbonne, non sans passer au Solail pour rassurer Mathilde, lui promettant par la même occasion de revenir en août, comme à son habitude.

Il était donc de retour, mais quelque chose s'était

brisé en lui, et il tentait de réapprendre à vivre comme avant, aidé par Mathilde qu'il rencontrait sans difficultés, car Hortense, tenant sa promesse et encouragée par Blanche, avait fait venir la jeune fille au château, sous le prétexte de s'occuper de Pascaline devenue impotente. En fait, Mathilde veillait surtout sur les garçons, Jean et Lionel, et se chargeait des travaux de couture durant l'après-midi. La nuit, elle restait dormir au Solail, et, libre de toute surveillance, elle ne se privait pas de rejoindre Marceau dans les vignes, pour vivre sa passion sans aucune contrainte.

Durant ces merveilleuses nuits du mois d'août, le ciel était parcouru d'innombrables étoiles filantes. L'air, épais comme du sirop, ne fraîchissait qu'avec l'aube, faisant éclore au-dessus des collines d'étranges volutes aux couleurs d'abricot. C'était l'heure où Marceau et Mathilde rentraient au château, presque sans se cacher, car tout le monde était au courant de leur liaison, et semblait même la protéger. Ce n'était pas le cas à la Combelle, où, excepté la mère de Mathilde, nul ne la soupçonnait. Celle-ci n'en avait rien dit aux hommes : après avoir menacé sa fille de l'enfermer dans un couvent, elle en était venue à souhaiter pour elle une vie différente de la sienne, et un tout autre destin. Elle se taisait, donc, après avoir seulement mis en garde Mathilde contre ce qui risquait d'arriver si elle faisait passer « Pâques avant les Rameaux ». Mathilde s'était bien gardée de lui avouer que les Rameaux et Pâques étaient passés depuis longtemps. Elle la rassura, au contraire, songeant seulement à profiter des nuits avec Marceau, couchés sur la terre tiède entre les ceps de vigne dont les feuilles frissonnaient dans le vent de la nuit.

Un matin, cependant, ils ne se réveillèrent pas, et ce fut Jérôme qui les trouva, dans les bras l'un de l'autre. Il n'eut pas un mot, pas un geste à l'égard de

Marceau qui tentait maladroitement de plaider sa cause et celle de Mathilde.

– Viens ! dit Jérôme à sa fille.

Elle crut qu'il allait la frapper, mais non. Il la ramena à la Combelle et déclara à sa femme que leur fille s'y installerait de nouveau dès le soir. Ensuite, il partit vers le château et eut une brève discussion avec Blanche et Hortense : Mathilde continuerait à travailler au Solail, mais elle dormirait désormais à la Combelle. Les deux femmes ne firent aucune difficulté pour lui remettre les affaires de Mathilde, car, prévenues par Marceau, elles s'attendaient au pire. Quand Jérôme repartit, Marceau l'accosta sur le perron, et lui dit :

– Dès que je serai majeur, j'épouserai votre fille. Je ne peux pas le faire avant : mes parents ne consentiraient pas à un tel mariage.

– C'est souvent ce que disent les maîtres, répondit Jérôme.

– Moi, je tiens toujours mes promesses, fit Marceau.

– C'est ce que nous verrons. En attendant, il serait bon que vous la voyiez moins.

Et il ajouta, un ton plus bas :

– Si ce n'est pas trop vous demander, monsieur Marceau.

Puis il s'en alla et rendit compte à Mathilde de ce qui avait été décidé. Celle-ci, qui avait craint de devoir rester enfermée à la Combelle et d'avoir perdu définitivement Marceau, en fut soulagée. Son père, en somme, préservait sa réputation mais ne s'opposait pas à un éventuel mariage. Elle résolut de ne pas provoquer ses parents et de se montrer patiente.

Une semaine après ces événements, alors qu'elle revenait de Sainte-Colombe où elle avait fait des courses pour Hortense, elle rencontra la Finette, qui, lui sembla-t-il, la guettait. Elle s'étonna de ne pas voir

Éléonore à ses côtés, mais la vieille caraque lui dit que sa fille souffrait d'une forte fièvre et voulait la voir.

– Elle est malade à cause de toi, précisa-t-elle. Il faut que tu viennes.

D'abord, Mathilde refusa, mais comme la Finette, contrairement à son habitude, se montrait suppliante et non pas menaçante, elle la suivit. Leur cabanon se trouvait au flanc de la colline, au départ de la route d'Argeliers. Mathilde s'arrêta plusieurs fois en chemin, se demandant si elle n'allait pas tomber dans un piège tendu par les deux caraques dont elle connaissait trop bien la réputation. Mais la Finette sut se montrer convaincante en répétant :

– S'il te plaît, ma belle, elle a besoin de toi. Elle a vu, tu comprends ? Elle a vu.

– Mais qu'a-t-elle vu ? demanda Mathilde.

– Elle te le dira et elle sera guérie.

Du linge séchait sur un fil entre deux cyprès. Toute une série d'objets hétéroclites entouraient le cabanon : vieux landaus sans roues, corbeilles crevées, cagettes à légumes, qui voisinaient avec un poulailler et un clapier couverts de fientes. Une odeur bizarre régnait alentour, mais également dans le cabanon où Mathilde entra après une ultime hésitation.

– N'aie pas peur, ce sont mes herbes, dit la Finette. Je la soigne depuis huit jours.

Éléonore se dressa sur son lit, le regard halluciné, couverte de sueur, tremblant de tous ses membres.

– Enfin, tu es là, gémit-elle. Il me faut ta promesse pour guérir. Donne-la-moi !

– Quelle promesse ? fit Mathilde.

– J'ai vu, dit Éléonore, il faut que tu le quittes !

Et, comme Mathilde ne comprenait pas :

– Ne te marie pas avec lui, sinon tu en mourras.

Mathilde songea à la malédiction dont elle avait entendu parler si souvent, et se sentit bizarrement rassurée car elle avait craint le pire. Ces deux folles, décidément, ne changeaient pas.

– Non, s'écria Éléonore, ce n'est pas ce que tu crois. Ça n'a rien à voir avec les familles, c'est plus terrible que ça. Promets-moi que tu ne le verras plus !

Et elle agrippa les mains de Mathilde qui voulut reculer mais ne le put. D'ailleurs, la Finette s'était approchée et, elle aussi, répétait :

– Délivre-la ! Sauve-la ! Promets !

– Mais promettre quoi ?

– De le quitter.

– Pourquoi ?

– J'ai vu le sang sur toi, dit Éléonore. Tu étais prisonnière, tu souffrais, et tu criais !

– Non, dit Mathilde, non ! Ce n'est pas vrai !

– Si ! Et tu n'étais pas seule, il y en avait tant ! Des milliers et des milliers.

– Des milliers de quoi ?

– De filles et de femmes comme toi !

Elle reprit, attirant Mathilde vers elle jusqu'à la faire tomber sur le lit crasseux :

– Quitte-le, sinon tu n'auras jamais trente ans !

Épouvantée, Mathilde réussit à se dégager dans un sursaut, mais Éléonore la griffa au bras.

– Vous êtes folles, dit-elle. Laissez-moi m'en aller.

A son tour, la Finette l'empoigna et enfonça ses ongles dans la chair de ses épaules.

– Donne ta promesse ou tu mourras ! cria-t-elle.

– Oui, c'est promis, dit Mathilde, maintenant prête à tout pour s'échapper.

– Tu le quitteras ?

– Oui, je le quitterai.

Les mains de la Finette se relâchèrent. Éléonore poussa comme un soupir de délivrance et se rejeta en arrière, les yeux clos.

– Merci, ma belle, dit la Finette, tu l'as guérie.

Mathilde hocha la tête, n'ayant maintenant qu'une seule idée : fuir, échapper à ces deux folles dont les mots résonnaient encore à ses oreilles. Elle sortit, titubant dans la lumière de la mi-journée, faillit tomber, mais se reprit et s'éloigna très vite vers la route. Elle tremblait. Les mots d'Éléonore dansaient dans sa tête. Le ciel au-dessus des collines lui paraissait noir. Il lui sembla qu'elle venait de perdre Marceau pour toujours.

Après les Espagnols, le village devait maintenant faire face à l'afflux des réfugiés qui fuyaient la zone occupée. Justin Barthès, aidé par Juliette, consacrait tout son temps à régler les problèmes de la commune et négligeait ses vignes. Cette situation le rendait de mauvaise humeur, mais comment faire autrement ? Depuis que le gouvernement s'était installé à Vichy, il ne cessait d'expédier des directives qui submergeaient le bureau de Justin et qui, toutes, commençaient par ces mots : « Nous, Philippe Pétain, maréchal de France, décrétons ce qui suit. »

Ainsi avait été créée la Légion, qui était chargée de promouvoir les idées de la « Révolution nationale » sous les triples auspices du travail, de la famille et de la patrie. Le président du Conseil et son vice-président Pierre Laval semblaient vouloir faire confiance aux paysans et aux artisans. « Seule la terre ne ment pas », proclamait l'un des slogans lancés par le nouveau régime, ce qui n'était pas pour déplaire à Justin et à l'ensemble des vignerons, étonnés d'une telle considération.

On avait également mis en place les Chantiers de jeunesse qui accueillaient tous les jeunes âgés de vingt ans, dans le cadre d'un service national de huit mois, où ils étaient censés apprendre la solidarité, la discipline et le patriotisme. Avec les décrets parus au mois d'août, Justin commença à douter de la sincérité d'un gouvernement qui voulait rendre la France aux Français mais restaurait le délit d'opinion, tout en purgeant l'administration des éléments suspects au nouveau régime. Il comprit que lui aussi était suspect le jour où le responsable de la Légion du village, le père Sylvestre, prétendit s'installer à la mairie. C'était un homme mince et droit comme un cyprès, aux fines lunettes de métal, qui se promenait dans le village, le béret sur la tête, en arborant ses médailles de la guerre de 14-18. Des médailles, lui, Justin n'en avait guère, au contraire : ses idées pacifistes le rendaient peu fiable pour le nouveau régime, et il le mesurait tous les jours. Néanmoins il faisait face, soutenu par Nathalie et Juliette, qui ne s'en laissaient pas conter par les nouveaux garants de l'ordre moral.

Suspects aussi étaient les Espagnols républicains, dont on savait de quel côté allaient les sympathies, et qu'il convenait de surveiller sérieusement. Justin, qui abritait toujours Miguel sous son toit – Ramon et Maria étaient partis travailler dans un village de la Montagne Noire –, dut faire face à l'offensive menée par le père Sylvestre qui crut bon de lui reprocher son hospitalité.

– Il travaille avec moi, se défendit Justin. La loi n'interdit pas d'avoir un ouvrier.

– Un ouvrier, non ; un bolchevique, oui. Si vous ne vous en débarrassez pas, vous aurez de ennuis.

– Ce sont mes affaires, répondit Justin, sans essayer de dissimuler le moins du monde son antipathie pour le responsable de la Légion.

– C'est ce que nous verrons.

Justin ne tint aucun compte de ces menaces et les oublia tout le temps que durèrent les vendanges. Il y eut peu d'hommes dans les vignes, car certains étaient prisonniers en Allemagne et les autres, en ces temps troublés, retrouvaient des réflexes de repli sur eux-mêmes. Les femmes, une fois de plus, firent face avec efficacité, y compris dans les caves pour fouler le raisin. Le soleil fut présent et l'on ne mit guère plus de temps que d'habitude, Juliette et Nathalie prenant leur part de travail avec la même application qu'elles montraient en toutes choses. Ensuite, elles allèrent prêter main-forte à Adèle, la femme de Ludovic, qui en avait bien besoin, car son mari vivait toujours dans la clandestinité à Carcassonne.

Justin pensait souvent à Clément, dont l'absence ne pouvait être compensée par les rares lettres qui arrivaient d'Allemagne. Il ne le sentait pas vraiment en danger, mais il était loin et il lui manquait. Aussi en parlait-il souvent avec Nathalie et Juliette, qui habitait maintenant chez eux. Les vendanges, toutefois, lui apportèrent un peu de sérénité dans le climat de menace qui s'était installé à Sainte-Colombe. Les gestes de la vie quotidienne, l'odeur des futailles et des moûts semblèrent rendre à la vallée la vie paisible que l'on avait connue avant la guerre, et Justin ne s'y refusa point, au contraire. Désertant la mairie, il passa le plus de temps possible dans sa cave à s'occuper de la grande cuve où bouillait le raisin. C'est là que le surprit Juliette un matin, une lettre à la main, des larmes dans les yeux. Il crut d'abord qu'il s'agissait de Clément, et tout son être se refusa à ce que la jeune femme allait inévitablement lui annoncer. Son visage se ferma, devint si dur qu'elle hésita à parler, comprenant ce qu'il redoutait.

– Non, dit-elle enfin, ce n'est pas Clément, c'est la préfecture.

Elle refoula un sanglot, ajouta :

– Ils m'ont mutée à Narbonne à la rentrée. Je dois quitter Sainte-Colombe.

– Qu'est-ce que c'est que cette histoire ? fit-il en tendant la main.

Elle lui donna la lettre qu'il parcourut hâtivement en sentant monter en lui une sourde colère, car il était persuadé que le père Sylvestre n'était pas pour rien dans cette mutation.

– Je vais lui faire voir, moi ! s'écria-t-il.

Et il se dirigea vers la porte où Nathalie, craignant le pire, l'attendait. En unissant leurs efforts, les deux femmes parvinrent à lui faire entendre raison : s'il y avait quelque chose à faire, ce n'était pas ici, mais à Narbonne. Il voulut bien le reconnaître. D'ailleurs, il valait mieux qu'il ne rencontre pas le responsable de la Légion, sans quoi il aurait été capable de le tuer.

Il partit avec Juliette au chef-lieu dès le début de l'après-midi, mais ils durent patienter longtemps avant d'être reçus par un fonctionnaire plein de morgue, devant qui Justin plaida vainement. Certes, Juliette Barthès faisait office de secrétaire de mairie, mais on en trouverait une autre. Quant à la mutation de la jeune femme à Narbonne, il s'agissait d'un avancement, alors de quoi se plaignait-elle ?

Ils comprirent qu'il ne servait à rien d'argumenter, et reprirent le chemin de Sainte-Colombe. La nuit tombait déjà, traînant derrière elle des ombres inquiétantes au-dessus des vignes. Le cheval allait au trot, tandis que Justin, assis aux côtés de Juliette sur la banquette, se sentait terriblement coupable : c'était à cause de lui, de son passé, mais aussi de son attitude vis-à-vis des nouvelles autorités, que sa belle-fille était sanctionnée, et il s'en voulait. Il avait même compris, cet après-midi-là, que plus il essayait de la défendre et plus il l'enfonçait. Il valait peut-être mieux qu'elle parte, en effet.

– Tu nous laisseras Camille, proposa-t-il, ça sera plus

facile pour toi. En ville, tu sais, les choses sont plus compliquées.

– Non, fit Juliette, je ne pourrais pas rester seule : elle m'aidera à supporter.

– Comme tu voudras.

Un peu plus loin, alors qu'ils approchaient de Mirepeisset, il dit encore, d'une voix où perçait la colère :

– C'est à cause de moi, tout ça, petite, et je m'en veux, tu sais.

Elle laissa passer quelques secondes, murmura :

– J'ai toujours été d'accord avec ce que vous avez fait.

Il se tourna brusquement vers elle, la vit sourire dans la demi-obscurité, en fut touché. Il n'avait jamais senti, comme ce soir-là, à quel point ils étaient devenus proches au cours des longues soirées passées côte à côte à la mairie.

– Il faudra prendre garde à toi, petite, dit-il en entrant dans Sainte-Colombe, et venir nous voir souvent.

– Tous les jeudis et tous les samedis, répondit-elle. Il faut à peine une heure, avec le train.

Une fois sur la promenade, il arrêta le cheval, la prit par les épaules et, plantant son regard de loup dans ses yeux, il ajouta :

– Nous allons vers des temps difficiles. Il faudra que tu sois bien prudente.

– Vous aussi, dit-elle.

Et elle l'embrassa sur les deux joues.

Octobre vit donc le départ de Juliette, et Justin et Nathalie se retrouvèrent plus seuls qu'ils ne l'avaient jamais été. La chaleur ne diminuait guère. Elle épaississait l'odeur des moûts que le vent de nuit ne dispersait qu'à peine. Les vignes changeaient de couleur, annonçant un bouleversement du temps que l'on devinait aussi dans les aubes blêmes, avant que le soleil n'apparaisse. Alors une sorte de fraîcheur marine passait sur la peau, qui avait le goût de l'automne.

Justin avait porté sa récolte à la coopérative et attendait avec impatience de vendre son vin. Elle avait été moyenne car les difficultés d'approvisionnement en engrais et produits de traitement nuisaient, déjà, aux rendements. On pouvait donc s'attendre à une stabilité des cours, sinon à une légère hausse. C'était plutôt une bonne nouvelle en une période où l'on mettait en place les premiers tickets de rationnement et où l'on voyait approcher le spectre de la pénurie. Mais là n'étaient pas les véritables soucis de Justin qui ne cessait de penser à son fils et qui, en outre, s'inquiétait de plus en plus des mesures prises par le gouvernement. S'il avait accueilli avec soulagement la signature de l'armistice et la nomination du maréchal Pétain comme président du Conseil, il n'avait pas tardé à comprendre qu'il ne faisait pas partie de cette famille-là. Il sentait bien qu'on le poussait à la démission. Il avait décidé de se battre, comme il l'avait toujours fait, mais c'était chaque jour plus difficile, malgré la présence de Nathalie. Le préfet lui avait recommandé l'engagement d'une madame L., une cousine du père Sylvestre, comme secrétaire de mairie. Il avait refusé. Comme il ne pouvait pourtant assurer seul le travail, Nathalie l'aidait autant qu'elle le pouvait.

La loi du 4 octobre venait d'établir un statut des Juifs français qui entre autres excluait ces derniers de la fonction publique. Quant aux étrangers de race juive, elle autorisait les préfets à les assigner à résidence ou à les interner dans des camps spéciaux. Il y en avait une famille au village : les Mérowitz, dont l'homme était tailleur, la femme couturière, et qui avaient deux enfants. Violaine leur avait loué le logement situé au-dessous du sien et les aidait comme elle avait aidé les autres réfugiés, d'abord espagnols, puis tous ceux que l'exode avait amenés dans ce coin du Languedoc.

C'était elle qui avait dit à Justin que les Mérowitz étaient Juifs. Il n'avait pas compris pourquoi elle lui faisait un tel aveu : pour lui, les Juifs étaient des gens comme les autres. D'ailleurs, dans les campagnes, on avait aussi bien accueilli les Italiens que les Espagnols, et on n'avait aucune raison de ne pas accueillir des Juifs qui parlaient français et qui travaillaient de leurs mains, de la même manière que la plupart des habitants de ce pays. Justin, en fait, pensait simplement que tous les hommes, sur cette terre, se valaient, et il ne lui était jamais venu à l'idée que l'on pût faire une différence entre les uns et les autres.

Aussi, quelle ne fut pas sa stupeur, ce matin-là, quand Violaine surgit, affolée, pour lui annoncer que des gendarmes étaient en train d'arrêter les Mérowitz.

– Et pourquoi ? fit-il, incrédule.

– A cause de la nouvelle loi. Ils sont polonais.

– Et alors ?

– Alors le préfet a décidé de les interner.

– Où ça ?

– Je ne sais pas. A Carcassonne, je crois. Viens vite !

Il lâcha ses outils, la suivit jusque chez elle. Le père Sylvestre se trouvait là, discutant avec deux gendarmes qui dispersaient l'attroupement en train de se former.

– Qu'est-ce qu'ils ont fait ? demandait quelqu'un.

– Ils ne sont pas français, dit une voix que Justin ne reconnut pas.

Il s'approcha, mais les gendarmes l'empêchèrent de passer.

– Ne vous mêlez pas de ça, Barthès ! fit le père Sylvestre qui venait d'écarter les badauds.

– Je suis le maire, répondit Justin, et je veux savoir ce qui se passe dans ma commune.

– Dans votre commune on applique la loi, c'est tout, dit le brigadier, désirant couper court à la discussion.

– Qu'ont fait ces gens pour qu'on les arrête ? insista néanmoins Justin sans reculer d'un pas.

– Ils sont Juifs et étrangers, fit le brigadier.

– Et alors ?

– Alors, aux termes de la loi, le préfet a décidé de les interner à Carcassonne.

– Pourquoi ?

– Ne discutez pas, allez, fit l'un des gendarmes. Ça vous évitera des ennuis.

Les Mérowitz étaient apparus sur le seuil. L'homme était grand et maigre, avec de grosses lunettes qui tombaient sur son nez ; la femme, de taille moyenne, avec de longs cheveux bouclés. Chacun d'eux tenait une valise à la main. Mais ce qui toucha davantage Justin, ce furent les enfants, et surtout la fille, qui devait avoir à peine dix ans, et qui serrait contre elle une poupée de chiffon. Violaine se tenait auprès d'eux, appelant du regard Justin au secours.

– Qu'ont-ils fait pour qu'on les traite comme ça ? fit Nathalie, dont Justin découvrit brusquement la présence à ses côtés.

– Ne vous mêlez pas de ça, vous ! fit le brigadier en essayant d'entrer dans le logement.

Mérowitz, profitant d'un instant de flottement, s'approcha de Justin et lui dit :

– Monsieur le Maire, voyez comme on nous traite. Est-ce que vous allez les laisser agir de la sorte ?

– Non, fit Justin. Soyez tranquille.

Il s'interposa entre lui et les gendarmes et ordonna :

– Laissez ces gens rentrer chez eux.

– Ne vous mêlez pas de ça, Barthès ! glapit le père Sylvestre.

256

– Écartez-vous ! fit le brigadier, sortant son revolver de son étui.

– Rentrez chez vous, répéta Justin en prenant le bras de Mérowitz. N'ayez pas peur.

– Halte ! rugit le brigadier. Ne bougez plus.

– Allez-y, entrez, répéta Justin d'une voix égale, tournant volontairement le dos aux gendarmes.

Les Mérowitz hésitèrent un instant, puis ils disparurent dans la maison de Violaine. Justin fit alors volte-face et aperçut le canon du revolver brandi par le brigadier.

– Entrave à l'exercice de la force publique ! Je vous arrête ! fit celui-ci, hors de lui.

– Justin ! cria Nathalie.

– Laisse, dit-il, il vaut mieux que ce soit moi qu'on emmène plutôt que ces gens.

– Pour les autres, nous reviendrons, soyez tranquille ! lança le brigadier.

A cet instant, Justin croisa le regard du père Sylvestre et comprit à la lueur satisfaite qu'il y décela qu'il venait de tomber dans un piège : non seulement les Mérowitz devraient quitter leur logement, mais lui-même allait devoir payer ce qui venait de se passer ce matin-là.

Effectivement, il fut emmené à Narbonne où, trois jours plus tard, un tribunal le condamnait à un mois de prison et à la déchéance de ses fonctions officielles. Quand il rentra à Sainte-Colombe, à la fin du mois de décembre, Nathalie, venue l'attendre sur le quai de la gare de Bressan, lui montra un journal sur lequel on voyait le maréchal Pétain serrer la main d'Hitler à Montoire.

– Au moins, maintenant, nous savons ce que nous devons faire, dit-il à sa femme.

Ils partirent lentement dans la charrette, serrés l'un contre l'autre, regardant les lourds nuages noirs que le marin roulait au-dessus des collines.

Troisième partie

LES ANNÉES DE FER

9.

LE terrible hiver 41-42 parut ne devoir jamais finir.
Le cers soufflait sur la plaine languedocienne en
rafales rageuses, qui incitaient plutôt à travailler dans
les caves qu'à affronter un froid très vif et très inha-
bituel. Les hommes avaient donc déserté les vignes,
en guettant les signes d'un temps plus clément qui
permettrait de commencer les travaux de taille.

Au Solail, Arthémon Barthélémie ne sortait plus du
tout : il lisait ses journaux dans le bureau où il réclamait sans cesse du feu. Sa femme Pascaline était morte
en novembre dernier d'une mauvaise grippe. Son fils
Jules n'écrivait plus depuis quelque temps, et le maître
du Solail s'en montrait inquiet. Heureusement, le
maréchal Pétain, qui négociait pour faire libérer les
prisonniers français, avait réussi à obtenir des échan-
ges avec les volontaires pour travailler en Allemagne.
Une affiche immense, de couleur rouge, où il était
écrit : « Ils donnent leur sang, donnez votre travail
pour sauver l'Europe du bolchevisme », avait été appo-
sée sur le mur de la mairie de Sainte-Colombe. On
disait qu'un premier train de prisonniers était arrivé
à Toulouse et l'espoir était grand de voir revenir ceux
qui étaient partis depuis presque deux ans.

Arthémon avait d'ailleurs toujours eu confiance

dans le maréchal Pétain et son gouvernement. Le vainqueur de Verdun était à son avis le seul à pouvoir relever le pays, et à mettre en œuvre la révolution nationale indispensable pour rebâtir la France après la défaite honteuse de juin 40. Blanche et Hortense étaient plus circonspectes à ce sujet, mais elles avaient d'autres soucis en tête que de s'occuper de politique. Malgré les tickets de rationnement, en effet, la pénurie faisait rage dans cette région de monoculture. On manquait de tout : de sucre, de savon, de farine, de café pur – il était désormais mélangé avec de l'orge grillée –, d'engrais et de semences. Le redressement des cours dû à la baisse de production du vin ne permettait pas de trouver ce dont on manquait et qui se vendait à prix d'or. Les vignes souffraient donc autant que les hommes et les femmes de cette pénurie contre laquelle on ne savait comment s'organiser.

Blanche et Hortense, sur qui reposait maintenant la marche du Solail, allaient chercher du ravitaillement à Narbonne et dans les alentours, mais revenaient souvent bredouilles. Heureusement, à la Combelle, Séverin et Jérôme s'étaient mis à cultiver des légumes. Toutefois, on n'en tirerait pas de bénéfices avant le printemps qui tardait, cette année, à chasser le mauvais temps. Outre ces problèmes domestiques, l'inquiétude au sujet de Jules pesait aussi sur les deux femmes qui guettaient le facteur chaque matin, bien que les lettres devinssent rares.

– Pourquoi n'écrit-il pas ? tonnait Arthémon lors des repas, miné par la pensée qu'il n'y avait plus d'homme à la tête du domaine, et que les vignes périclitaient.

Il était si aigri, si violent qu'il effrayait les enfants, Lionel et Jean, dont il réclamait pourtant la présence auprès de lui, comme s'ils avaient le pouvoir de le rassurer. Ce qui le rendait furieux, c'étaient, par exemple, les attentats perpétrés à Paris ou ailleurs contre les soldats allemands, attentats qui provoquaient de terribles représailles sur la population. Il n'était pas un membre officiel de la Légion, mais il entretenait des relations privilégiées avec le père Sylvestre et le recevait régulièrement pour discuter avec lui des affaires du village. Cette position lui valait quelques faveurs en tickets de rationnement, notamment en tabac, dont il faisait une grande consommation.

Un matin, peu avant midi, alors qu'on ne l'attendait plus, le facteur apporta une lettre du ministère des Armées. Blanche reçut le préposé sur le perron, et, comme à l'ordinaire, lui proposa d'entrer pour se rafraîchir. Mais il savait, le brave homme, ce que contenait ce genre d'enveloppe, et il s'enfuit après avoir déclaré qu'il était très en retard dans sa tournée. Blanche resta un moment sur le perron à regarder cette enveloppe qui lui rappelait de bien mauvais souvenirs : la mort de son mari, certes, mais aussi les difficultés qui avaient suivi et au terme desquelles elle avait touché sa part d'héritage et celle de son fils Lionel. Elle avait dû, pour cela, se battre contre sa belle-famille, après avoir beaucoup hésité. Elle s'y était résolue pour Lionel, mais, si elle avait été seule, elle ne se serait jamais engagée dans un combat aussi sordide. Car rien ne lui avait été épargné, et elle avait découvert un monde, des mœurs, des pratiques dont elle n'avait jamais soupçonné l'existence. Au point qu'elle avait dû prendre un avocat, ce à quoi jusqu'alors elle s'était toujours refusée.

Son enveloppe bleue dans les mains, elle ne se décidait pas à entrer. Elle se demandait si elle devait la remettre à Hortense, à qui elle était destinée, ou bien à Arthémon, mais elle n'eut pas le temps de s'interroger davantage, car sa belle-sœur surgit brusquement sur le perron. Surprise, Blanche cacha instinctivement la lettre dans son dos.

– Qu'est-ce qu'il y a ? demanda Hortense en s'approchant. Tu ne te sens pas bien ?

Blanche n'eut pas la force de dissimuler plus longtemps l'enveloppe, et d'ailleurs Hortense ne lui en donna pas la possibilité. Elle s'empara de la lettre, l'ouvrit hâtivement en se mettant à trembler. Elle la lut en quelques instants et, les yeux sans une larme, la laissa tomber à ses pieds. Blanche comprit que son pressentiment ne l'avait pas trompée : elle parcourut rapidement les quelques lignes qui annonçaient la mort de Jules, du typhus, dans son stalag lointain, puis elle prit Hortense par le bras et l'entraîna à l'intérieur.

– Je le savais, répétait celle-ci, je le savais.

Hortense accepta d'aller dans sa chambre et de boire le cordial que Blanche lui apporta. Elle demeurait anéantie, regardant fixement devant elle, tremblant de tous ses membres.

– Et Arthémon ? fit-elle. Comment va-t-il le prendre ?

Blanche la reconnut bien dans ces quelques mots : oubliant sa propre douleur, Hortense pensait à son beau-père, et s'alarmait par avance de sa réaction, le sachant de santé fragile.

– Je n'aurai pas le courage de le lui dire, fit-elle. Non, je ne pourrai pas.

– Je le ferai, moi, dit Blanche.

Hortense se tourna vers elle, eut un pauvre sourire :

– Qu'est-ce que je deviendrais, sans toi ?

Elle se laissa aller contre Blanche qui referma ses bras sur elle et murmura :

– Moi aussi j'ai perdu mon mari. Je t'aiderai comme tu m'as aidée, ne t'inquiète pas, je suis là.

Elles demeurèrent un long moment dans la chambre, Hortense regardant de temps en temps la lettre maudite posée sur la table de toilette en marbre blanc, Blanche caressant ses cheveux en lui parlant doucement.

Le repas de midi approchait, et il fallut bien se décider à annoncer la terrible nouvelle à Arthémon. Blanche, qui l'avait promis à Hortense, s'en chargea. Il se trouvait dans son bureau, occupé à des comptes dont il ne venait jamais à bout. Quand il eut parcouru les quelques lignes écrites dans un style militaire très sec, il poussa une sorte de cri, puis il s'affaissa brusquement et son front heurta le cuir vert avec un bruit sourd. Blanche se précipita, essaya de le redresser, mais il était lourd et elle n'y parvint pas. Elle dut aller chercher de l'aide, y compris celle d'Hortense. Au bout de quelques minutes, Arthémon revint à lui, aidé par quelques gouttes de vieux marc que l'on fit couler entre ses lèvres.

Durant la journée, il parut se reprendre, évoqua la possibilité d'aller chercher le corps de son fils en Allemagne, et les deux femmes, sachant qu'il n'en avait pas la force, durent lui promettre de s'occuper, après la guerre, de faire transporter Jules au Solail. Arthémon en parut réconforté pendant quelques jours, puis le chagrin le submergea. Il ferma ses livres de comptes et renonça à s'occuper du domaine. Ce fut le moment que choisit Blanche pour dévoiler les projets qu'elle nourrissait en secret depuis quelque temps : investir les sommes qu'elle avait héritées de son mari dans le Solail. Espérant que cela les aiderait à surmonter l'épreuve, elle l'annonça à Hortense et à Arthémon à la fin de la semaine qui suivit la nouvelle de la mort de Jules.

– Ainsi, dit Arthémon, songeant à Charlotte, le Solail est destiné à n'être gouverné que par des femmes.

Et il ajouta, se souvenant de ce que Charlotte, justement, avait apporté à ce domaine qui, de nouveau, était en péril :

– C'est peut-être mieux ainsi.

Il ne gelait plus. Des nuages mous, poussés par le vent de la mer, roulaient leurs épaules sombres au-dessus des vignes où les hommes avaient commencé les travaux de taille. Ce terrible hiver s'achevait dans une débâcle du ciel qui faisait chaque jour redouter un déluge, mais non : on eût dit que quelque chose le retenait prisonnier dans la haute atmosphère. Au contraire, au bout d'une semaine de cette grande sara-bande du vent, le soleil apparut, d'abord timide, puis de plus en plus chaud, à mesure que s'enfuyaient, comme apeurés, les derniers nuages. Justin Barthès y réchauffait ses mains, en cette fin de matinée du mois de février, des mains qui tenaient les cisailles depuis l'aube, taillant machinalement, et laissant vagabonder son esprit vers cet hiver qui venait de passer et ce fils qui lui manquait tant.

Il avait appris, comme tout le village, la mort de Jules Barthélémie, et, depuis, il ne vivait plus. Il son-geait amèrement qu'il ne pourrait pas survivre à une telle épreuve, et la révolte brûlait en lui, chaque jour, contre la guerre et les souffrances qu'elle provoquait. Il évitait d'en parler avec Nathalie, sachant qu'elle redoutait autant que lui la disparition de leur fils uni-que. Ils s'étaient mis à guetter le facteur tous les matins, en se cachant. Aussi Justin n'avait-il pas été mécontent, le beau temps revenu, de retrouver le che-min des vignes où, au moins, il ne craignait pas de croiser le regard de sa femme.

Il était près de onze heures, ce matin-là, quand il vint à bout de la dernière rangée. Il s'arrêta, se redressa en portant les mains à ses reins, et leva la tête vers le ciel. A cet instant, le soleil surgit brusquement des nuages et embrasa les collines qui se mirent à crépiter comme au début du printemps. Justin demeura un instant immobile, les yeux clos, goûtant cette tiédeur oubliée qui réchauffait ses mains engourdies par le froid des cisailles, puis il se retourna. En bas, dans le chemin, il aperçut une silhouette, qui, aussitôt, disparut derrière un rocher. Son cœur battit plus fort. Il se déplaça pour mieux voir et, dès que la silhouette réapparut, il comprit qu'il ne s'était pas trompé : son fils. C'était son fils. Il eut comme un gémissement, se mit à courir, sortit de la vigne en même temps que Clément débouchait du chemin. Face à face, ils s'arrêtèrent.

– C'est toi, petit ? demanda Justin. C'est bien toi ?

Tout à coup, en observant le visage de Clément, il ne le reconnaissait plus : il était très amaigri, de grands cernes ourlaient ses yeux, et il semblait nager dans ses vêtements. Mais, plus que le corps de Clément, c'était son regard qui épouvantait Justin : une lueur étrange y flottait, où Justin décelait quelque chose d'inconsolable. Il sentit une poigne d'acier lui serrer le cœur et, pour ne rien laisser paraître, il fit un pas en avant et prit son fils dans ses bras.

– Tu es là, petit, murmura-t-il.

Clément, au lieu de se laisser aller, se raidit et demanda :

– J'ai donc tellement changé ?

Justin ne répondit pas, et le serra davantage contre lui, ayant compris que c'était un colosse qui était parti à la guerre et un homme brisé qui en revenait. Il se sentait coupable, une nouvelle fois, de n'avoir pas pu lui épargner une telle blessure. Il fallait bien, pourtant, se détacher de lui et affronter ce regard terrible qui, semblait-il à Justin, appartenait à un inconnu. Il fit un effort sur lui-même, grimaça un sourire.

– Qui ne change pas à la guerre ? dit-il.

Et il ajouta aussitôt, pour cacher de nouveau son émotion :

– Viens te reposer. Tu dois être fatigué.

Ils s'assirent côte à côte sur le banc qui prenait appui contre le mur du cabanon, sur lequel grimpait un buisson de salsepareille. Justin fut soulagé de ne pas avoir à faire face à Clément. Mais ils ne savaient que dire, soudain. Ou, plutôt, ils n'osaient pas parler. Justin prononça alors les premiers mots qui lui vinrent à l'esprit :

– Tu sais que le fils Barthélémie est mort ?

– Oui, répondit Clément, Juliette me l'a dit.

Justin soupira, puis demanda :

– Tu as beaucoup enduré ?

Il regretta aussitôt d'avoir posé cette question, mais elle était sortie de sa bouche malgré lui.

– Oui, fit Clément.

– Mais tu es là, petit, et nous allons en faire, tous les deux, des muids et des barriques, quand tu auras repris des forces.

– Oui, je l'espère.

Justin perçut dans la voix de Clément une sorte d'accablement qui, une nouvelle fois, le transperça.

– N'avons-nous pas déjà fait beaucoup ensemble ? demanda-t-il.

Et, sans laisser le temps à Clément de répondre :

– Et ta petite ? Tu l'as vue, ta petite ? Elle est belle, n'est-ce pas ?

– Elle a eu peur de moi, dit Clément, elle n'a pas voulu m'embrasser.

– Ah ! fit Justin, c'est un peu normal, tu sais. Il faut lui laisser le temps de s'habituer.

Clément hocha la tête mais ne répondit pas.

– Tu es arrivé quand ? reprit Justin, qui cherchait désespérément à arracher un sourire à son fils.

– Ce matin, à Narbonne, au train de six heures.

– Si tu avais prévenu, je serais venu te chercher.

– Je ne savais pas à quel moment ils me laisseraient partir.

Justin serra les dents, ne dit plus rien.

Ils demeurèrent un moment silencieux, face à la vallée où les fruitiers en fleurs dessinaient des îlots blancs au milieu des vignes.

– Tout ça est fini, murmura enfin Justin. Je t'aiderai, petit, parce que je sais, moi, ce que tu as vécu.

– Merci, fit Clément d'une voix basse.

– Mais tu dois avoir faim, il est presque midi.

– J'ai mangé un morceau avant de monter.

– J'ai fini de tailler. Viens voir.

Ils se levèrent, entrèrent dans les vignes aux allées encombrées de sarments coupés.

– Il va en falloir, des tonneaux, cette année, dit Justin. Tu vas en avoir, de la belle ouvrage !

Clément hocha la tête, caressa de la main la taille d'un sarment, demanda :

– Le vin s'est bien vendu ?

– Mieux qu'avant la guerre, répondit Justin qui le regretta aussitôt, comme se sentant coupable d'une sorte de trahison.

Et il ajouta, changeant de conversation :

– Les femmes doivent nous attendre.

– Oui, fit Clément.

Mais il ne bougea pas. Il observait les ceps et les sarments, à la manière de quelqu'un qui cherche à reconnaître un objet retrouvé au fond d'un grenier.

– Il faudra un peu de temps pour te réhabituer, dit Justin, mais ça s'arrangera, tu verras.

Puis il ajouta, prenant son fils par le bras :

– Allez, viens !

Ils s'engagèrent dans le chemin qui descendait en pente douce vers la plaine où les oliviers jetaient des

269

éclats de miroir dans les rayons pâles du soleil. De chaque côté, les amandiers étaient couverts de feuilles encore tendres mais que l'on devinait pleines de vie.

– Regarde ! dit Justin.

Les vignes couraient jusqu'à l'horizon, carrelant la terre entre les routes escortées de platanes. Loin, très loin au-dessus de Narbonne, le ciel étirait de longues écharpes couleur de dragée. L'air semblait semer dans les terres les dernières pointes de l'hiver.

– Quand on a ça pour vivre et deux mains pour travailler, dit Justin, on se relève de tout.

Et comme Clément ne répondait pas :

– Je vais t'aider, petit, tu sais, je vais t'aider, répéta-t-il sans pouvoir dissimuler le tremblement de sa voix.

Ils descendirent lentement vers le village en prenant soin de ne plus prononcer le moindre mot, certains qu'ils ne feraient qu'aviver leurs blessures.

Au bout de quinze jours, la lueur égarée qui flottait dans les yeux de Clément s'estompa un peu. Après avoir beaucoup dormi, il avait retrouvé l'appétit. Avec Justin, ils ne parlaient plus ni de la guerre ni du camp de prisonniers dans lequel Clément avait passé deux ans. Celui-ci y avait fait allusion le lendemain de son arrivée, puis il avait compris qu'il valait mieux essayer d'oublier. D'un accord tacite, les deux hommes parlaient désormais d'avenir.

Ce qui manquait le plus à Clément, c'était la présence de Juliette, sa femme, qui était toujours institutrice à Narbonne. Il avait passé la première semaine de son retour avec elle, mais il fallait bien reprendre le travail en attendant des jours meilleurs et, si possible, une nouvelle affectation à Bressan ou à Ginestas, puisque Juliette, malgré l'insistance de Clément, avait refusé d'abandonner son poste.

Justin et Nathalie comprirent pourquoi un samedi après-midi du mois d'avril quand, de retour de Narbonne, elle sortit de son cartable des tracts qui appelaient les populations viticoles à la résistance contre Hitler et le régime de Vichy. « La France de Pétain n'est pas la France, disait le tract, unissons-nous pour retrouver notre liberté. »

– Qu'est-ce que c'est que ça ? demanda Justin en examinant les feuilles de mauvais papier imprimées à l'encre bleue, presque illisibles, tant cette encre bavait dans les interlignes.

– Vous le voyez bien, fit Juliette d'une voix sans la moindre émotion.

– Tu te rends compte de ce que tu risques ? demanda Nathalie, épouvantée.

Clément ne disait rien : depuis qu'il avait passé une semaine avec elle, il savait ce que cachait le refus de sa femme d'abandonner son travail. Justin, lui, n'était pas vraiment surpris. Il avait récemment reçu une visite de Ludovic, une nuit, qui lui avait remis un exemplaire d'un journal clandestin, et ils avaient parlé jusqu'au matin des mouvements de résistance qui commençaient à s'organiser dans l'ombre. La politique de collaboration devenait de plus en plus évidente, et nombreux étaient ceux qui, en Languedoc, songeaient à défendre par eux-mêmes leur terre et leur liberté.

– Bon, dit Justin ce soir-là, je vois bien où tout ça risque de nous mener, et il faut que nous soyons tous d'accord ici.

Il interrogea du regard Nathalie et Clément, qui acquiescèrent de la tête.

– Tu sais, petite, dit-il en se tournant vers Juliette, tu n'as fait que me devancer un peu, mais as-tu pensé à ce qui arriverait si tu te faisais prendre ?

– J'ai pensé à tout, répondit Juliette, et Clément est d'accord.

– Que ça ne t'empêche pas d'être prudente, fit Nathalie.

Il y eut un court silence, puis Justin demanda :

– Tu ne peux pas nous dire qui fabrique ces tracts ?

– Non. Pour notre sécurité à tous, il vaut mieux que vous ne le sachiez pas.

Justin fut frappé par la fermeté qui émanait du visage énergique de sa belle-fille, de ses yeux verts, de cette pâleur qui lui était naturelle et qui étonnait sous ses longs cheveux bruns bouclés.

– C'est la règle, ajouta Juliette, je ne sais même pas où ils sont imprimés.

– Tu vas au moins nous dire ce qu'il faut en faire.

– Les distribuer de nuit à Sainte-Colombe et dans les alentours. Surtout chez les vignerons.

– Pourquoi eux ?

– Vous le savez bien : ce sont eux qui sont le plus attachés à la terre. Ils sont comme vous : ils ont soutenu Pétain, au début, mais ils n'aiment pas ce qui se passe aujourd'hui.

Il se faisait tard, ce samedi-là. Ils s'en furent se coucher, mais ils dormirent plus mal que d'habitude, Justin en particulier : il savait qu'ils avaient mis la main dans un engrenage qui pouvait les briser et il se demandait s'il avait eu raison d'accepter. Non qu'il eût peur pour lui-même, mais il craignait que l'un des siens eût un jour à payer de sa vie la décision prise en commun en cette soirée d'avril.

Le lendemain soir, pourtant, alors que Juliette était repartie à Narbonne par le train de six heures, Justin et Clément sortirent un peu avant minuit, les poches pleines de tracts, sur la promenade baignée par la lueur de la lune. La nuit claire de ce début de printemps faisait encore craindre des gelées tardives, car

272

les saints de glace n'étaient pas passés et le cers s'était remis à souffler, apportant avec lui le froid de la Montagne Noire encore couverte de neige.

Les deux hommes frissonnèrent en traversant la place où chantait la fontaine, et plus encore à l'instant de glisser le premier tract de la résistance de Sainte-Colombe sous la porte cochère du charron. Ensuite, ce premier geste exécuté, ce fut plus facile. La marche les réchauffait, et une certaine euphorie les poussait en avant. Le père et le fils, épaule contre épaule, avaient l'impression de reconquérir quelque chose : leur dignité, sans doute, mais aussi celle de tous les vignerons contraints d'accepter une domination étrangère. Ils jetèrent même un tract dans la cour du père Sylvestre, qui habitait dans le haut de Sainte-Colombe, une bâtisse à tourelle ronde ornée d'une treille. Puis, une fois qu'ils eurent visité toutes les maisons, ils prirent le chemin du Solail en coupant à travers les vignes sur lesquelles veillait la lune comme pour leur montrer le chemin.

Des chiens, alertés par leurs pas, aboyaient de temps en temps et les contraignaient à s'arrêter. Justin entendait alors Clément respirer tout près de lui, et, même s'il ne parlait pas, il se sentait plus proche de lui qu'il ne l'avait jamais été. Lorsqu'ils approchèrent des lourdes grilles de l'entrée, ils firent le moins de bruit possible, mais les deux chiens qui dormaient sous les buis les entendirent et se précipitèrent vers le portail. Les deux hommes eurent à peine le temps de jeter une poignée de tracts dans l'allée et de refluer vers la route. Ils ne virent pas la main qui ramassait leurs tracts et n'entendirent pas la voix qui calmait les chiens : celle de Blanche, qui, elle aussi, cette nuit-là, ne dormait pas, et, un manteau sur les épaules, se promenait en rêvant entre les oliviers.

A la Combelle, ce soir-là, Jérôme avait ramené un des tracts qu'il avait trouvés dans les vignes, le laissant volontairement sur la table de la cuisine, après que les femmes l'avaient lu. Clarisse avait bien essayé de le faire disparaître avant l'arrivée de son mari Séverin, mais Jérôme avait posé la main dessus, faisant comprendre à sa mère qu'il tenait à ce que son père le voie.

– Tu tiens vraiment à provoquer un drame, dit-elle en appelant Agathe, sa belle-fille, à son secours.

– Il faut qu'il comprenne que tout le monde ne pense pas comme lui, fit Jérôme durement.

– Allons ! fit Agathe, ça va encore mal se terminer. Cache cette feuille de papier, s'il te plaît.

– A quarante-quatre ans, je suis assez grand pour savoir ce que j'ai à faire.

Agathe n'insista pas. Depuis qu'il était revenu de la guerre, elle ne reconnaissait plus son mari. Les heurts devenaient de plus en plus fréquents avec Séverin qui était un fervent pétainiste, comme Arthémon, le maître du Solail. A plusieurs reprises, déjà, Jérôme avait menacé de quitter la Combelle et de s'en aller en ville. Agathe l'avait retenu, mais aussi Mathilde, sa fille, qui, ce soir-là, le considérait d'un air suppliant, comme si elle lui demandait elle aussi de se montrer raisonnable. Car les disputes entre les deux hommes étaient de plus en plus violentes et les femmes de la Combelle redoutaient le pire. Aussi sursautèrent-elles quand la porte s'ouvrit, poussée par Séverin que l'âge et la fatigue courbaient de plus en plus.

– Qu'est-ce que c'est que ça ? grogna-t-il en apercevant le tract.

– Vous le savez bien, fit Jérôme d'une voix volontairement agressive. Vous en avez trouvé dans les vignes.

– Les vignes ne sont pas à moi, mais ici c'est chez moi, fit Séverin d'une voix sourde.

– Non, ici, c'est chez les Barthélémie, fit Jérôme. Vous n'avez jamais rien eu à vous. Alors de quoi avez-vous peur ?

– Jérôme ! gémit Clarisse en se précipitant vers lui.

– Quoi ? fit Jérôme en se levant. Ce n'est pas vrai ? Ils nous ont exploités toute notre vie et aujourd'hui il faudrait encore penser comme eux ?

Et, criant d'une voix qui fit trembler la lampe au-dessus de la table :

– Je m'en fous, moi, d'Arthémon Barthélémie ! De son Pétain et de sa Légion ! Et même de ses vignes, je me fous ! J'en ai assez de trimer pour des prunes et qu'on me dise ce que je dois penser. Je les connais, les Allemands, moi, j'ai payé pour apprendre qui ils sont ! Et tout ce que j'ai enduré ? Qui le sait ? Vous croyez que je vais encore me laisser faire aujourd'hui ?

– Tais-toi, petit, fit Séverin, très pâle, voûté, et dont tout le corps tremblait.

– Non ! Je ne me tairai pas ! cria Jérôme, hors de lui. Qui est-ce qui me fera taire, ici ?

Il s'était levé, face à son père, le défiant ouvertement, comme s'il était prêt à le frapper.

– Jérôme ! gémit Agathe en essayant de se glisser entre son mari et son beau-père.

Mais Jérôme la repoussa violemment, comme s'il avait été pris de folie. Clarisse et Mathilde se précipitèrent aussi, retenant les deux hommes sur le point d'en venir aux mains. Puis, brusquement, Séverin baissa la tête, soupira, et, sans un mot, sortit. Jérôme demeura un instant immobile, surpris d'être si vite resté maître des lieux. Les trois femmes le dévisageaient bizarrement, comme si elles ne le reconnaissaient pas.

– Quoi ? fit-il. Qu'est-ce que vous avez à me regarder comme ça ?

– Tu as oublié qu'il n'a qu'un bras, ton père ? fit Clarisse. Tu n'as pas honte ? Et tu sais quel âge il a ?

Jérôme ne répondit pas. Il vibrait encore de cette folle colère qui l'avait embrasé et dont il était de plus en plus souvent la proie.

– Soixante et onze ans, fit Clarisse. Tu voulais frapper un infirme de soixante et onze ans ?

Jérôme s'assit brusquement. Son regard croisa celui de sa fille, dans lequel il lut une hostilité qui l'étonna. Un long moment passa dans un silence que nul n'osait troubler.

– Mangez ! dit enfin Jérôme. C'est presque froid.

Mathilde demeurait debout, dévisageant son père avec, maintenant, une sorte de pitié dans le regard.

– Je t'ai dit de t'asseoir ! rugit Jérôme.

Mathilde n'obéit pas. Au contraire, elle se dirigea vers la porte et s'apprêtait à sortir quand la voix de son père tonna :

– Où vas-tu ?

– Le chercher.

– Si tu franchis cette porte, tu ne remettras jamais les pieds dans cette maison !

Mathilde, très pâle, se retourna, fixa son père un instant, puis, malgré le bras d'Agathe qui tentait de l'en empêcher, elle sortit et claqua la porte derrière elle.

La nuit, fraîche et claire, où circulait un vent venu des collines, chargé d'odeurs de garrigue, lui fit du bien. Elle s'attarda un moment devant l'étable, levant la tête vers les étoiles qui semblaient toutes proches. Elle se sentait étrangement bien, tout à coup, et comme libérée des chaînes qui l'avaient toujours retenue prisonnière. Elle s'enfonça dans les vignes et prit machinalement la direction du Solail, empruntant le sentier que, depuis son enfance, chaque matin, elle suivait pour aller au travail.

Tout en marchant, elle revoyait devant elle le visage défiguré par la colère de son père, et elle comprenait qu'elle avait franchi le pas qui faisait d'elle une femme libre. Il y avait trop longtemps qu'elle attendait, soumise, de pouvoir épouser Marceau. Ses parents s'opposant toujours à un tel mariage, il avait proposé à Mathilde d'aller vivre à Paris avec lui. Un ami, là-bas, lui avait trouvé du travail. Elle avait refusé, bien qu'elle fût majeure depuis peu, pour ne pas faire de peine à sa famille. Ce soir, après ce qui venait de se passer, plus rien ne pouvait l'arrêter.

Elle écouta la nuit, respira le parfum des collines qui coulait vers la plaine dormante et qui souleva en elle comme un sanglot. Pourtant elle se remit en route, marchant plus vite, vers le château dont elle apercevait au loin la masse sombre sous la lune. Il lui sembla qu'on l'appelait, et elle pensa à sa mère. Elle s'arrêta, puis, l'instant d'après, comme si elle avait peur d'être rattrapée, elle se mit à courir.

Deux jours plus tard, à cinq heures du matin, en gare de Narbonne, Marceau et Mathilde, enfin réunis, montaient dans le train pour Paris. Elle avait d'autant moins hésité à le suivre dans cette aventure qu'il lui avait promis de l'épouser dès leur arrivée dans la capitale. Et, dans ce train qui roulait vers le nord à travers une campagne de plus en plus vallonnée où paissaient des troupeaux de vaches brunes, Mathilde n'avait pas le moindre regret, au contraire.

« J'ai tout prévu, avait dit Marceau. On m'a donné l'adresse d'un passeur qui nous fera franchir la ligne de démarcation. »

Elle n'avait jamais été aussi heureuse, ayant passé

une nuit entière dans les bras de Marceau avant leur départ. Et voilà qu'aujourd'hui le rêve de sa vie se réalisait : elle quittait la terre sur laquelle elle vivait penchée depuis son plus jeune âge, en compagnie de l'homme qu'elle aimait. Marceau, en effet, continuait de l'éblouir. Il parlait de lieux inconnus, de pays étrangers, de grandes tâches à accomplir, d'un univers dont elle n'avait jamais soupçonné l'existence et qui, soudain, devenait accessible grâce à lui.

– Regarde ! dit Marceau en désignant, sur sa gauche, à travers la vitre du compartiment où ils étaient seuls, une immense forêt qui s'étendait jusqu'à l'horizon.

A part les vignes, elle ne connaissait que la masse ronde et lointaine du Canigou, et se sentit toute petite par rapport à ces bois, ces vallées, ces rivières qui se succédaient depuis qu'ils avaient dépassé Limoges. Elle se blottit contre le jeune homme qui murmura, entourant ses épaules du bras :

– Nous allons arriver.

Elle le regarda, le trouva plus beau que jamais, avec ses cheveux blonds frisés, son front haut, ses yeux clairs, et son costume de drap à martingale, tel qu'en portaient les messieurs de la ville.

– Oh, Marceau ! dit-elle.

Il lui posa l'index sur la bouche, l'embrassa sur le front, et elle ne tarda pas à s'assoupir, bercée par les cahots des roues sur les rails.

Ils descendirent, comme prévu, à Issoudun. Là, il fallut marcher un long moment pour trouver la rue où habitait l'homme qui devait les conduire chez le passeur. La maison se trouvait à l'autre extrémité de la ville, au fond d'un jardin qui venait d'être bêché et dégageait une odeur de terre charruée. C'était un marchand de bois aussi sombre et aussi noir que son camion à gazogène. Il faisait souvent le trajet entre la ligne de démarcation et la gare, mais le plus souvent en sens inverse, depuis que beaucoup d'hommes et de femmes – juifs surtout – fuyaient la zone occupée. Il arrondissait ses fins de mois en travaillant pour une filière grâce à laquelle il gagnait pas mal d'argent. Mais son regard n'était pas franc, et il déplut à Marceau qui dut marchander pour obtenir un départ rapide.

Ils partirent enfin, sur une route étroite qui traversait des champs déjà verts, Marceau et Mathilde serrés l'un contre l'autre dans la cabine étroite. Marceau espérait arriver avant la nuit, mais c'était sans compter avec l'incapacité du véhicule à avancer à plus de trente à l'heure et sa tendance à surchauffer, qui contraignait le chauffeur, au demeurant de plus en plus hostile, à s'arrêter sur le bas-côté de la route.

Après bien des haltes et bien des discussions animées entre Marceau et le passeur, on arriva dans un hameau blotti à la lisière d'un grand bois à la nuit tombante.

– Vous allez là-bas, dit l'ours mal léché à l'entrée d'un village. Moi, je m'arrête ici.

Et il désigna, à trois cents mètres du village, entre deux grands chênes, une maison très basse qu'on distinguait à peine dans l'obscurité. L'homme remonta dans son camion sans ajouter un mot, manœuvra et s'en alla dans un nuage de fumée. Il faisait froid, à présent, et Mathilde resserra frileusement son tricot de laine sur sa robe. Puis, accompagnés par un chien menaçant, ils empruntèrent un sentier, qui, contournant le village, s'en allait vers la maison du passeur.

La porte ne s'ouvrit qu'après de longues secondes d'attente, durant lesquelles Marceau comprit qu'on les observait de l'intérieur. Ce ne fut pas un visage qui apparut tout d'abord, mais un fusil. L'homme ne semblait guère plus engageant que le conducteur du camion. Il s'effaça pour les laisser entrer, quand Marceau eut présenté l'argent nécessaire au voyage.

Ils pénétrèrent alors dans une pièce très sombre au fond de laquelle ils devinèrent la silhouette d'une femme qui s'activait près d'un fourneau.

– Asseyez-vous, dit l'homme qui parut, sous la lampe, aussi noir et aussi sinistre que celui du camion.

Il était cependant moins grand et plus maigre, avec de gros sourcils qui se rejoignaient au-dessus de son nez, et un visage strié de rides profondes.

– Vous allez manger la soupe et dormir, dit-il. Je vous réveillerai dans la nuit, vers quatre heures. Quand le soleil se lèvera, vous serez de l'autre côté.

– Et après ? demanda Marceau.

– Je vous expliquerai.

La femme, forte et coiffée d'un béret, comme son mari, apporta sans un mot une soupière fumante dont le contenu, de gros pain et de lard maigre, réchauffa Marceau et Mathilde. Marceau posa quelques questions auxquelles l'homme répondit à peine, puis ils allèrent se coucher dans une chambre sans fenêtre et plongèrent aussitôt dans le sommeil, brisés par la fatigue d'une longue journée.

Quand on frappa à la porte, ils eurent l'impression de s'être endormis depuis dix minutes. Comme ils ne s'étaient pas déshabillés, ils furent prêts tout de suite. Dans la cuisine, ils burent une tasse de café devant l'homme qui les dévisageait bizarrement en hochant la tête. Il passa dans la chambre, ressortit avec deux couvertures qu'il leur donna en disant :

– Mettez ça sur les épaules. Il fait encore froid, en cette saison.

Ils partirent, l'homme devant, sur un sentier sablonneux bordé de fougères qui pénétrait tout droit dans la forêt. La nuit était claire, sous une lune d'opaline dont la lueur semblait couler en torrents sur les grands arbres. Marceau précédait Mathilde, la tenant par la main, essayant de suivre le passeur qui se retournait de temps en temps mais ne s'arrêtait pas plus de quelques secondes. Au fur et à mesure qu'ils avançaient, leur couverture jetée sur les épaules, ils sentaient moins le froid qui les avait étreints dès la sortie de la maison.

Ils marchèrent pendant près d'une heure, sans un mot. Mathilde ne se plaignait pas. Elle serrait très fort la main de Marceau, confiante, habituée à souffrir physiquement grâce au travail de la terre, se reposant seulement lorsque le passeur en donnait l'ordre et cherchait à s'orienter. Enfin ils arrivèrent à la lisière de la forêt derrière laquelle Marceau distingua l'éclair vif d'une rivière. Le passeur les arrêta de la main, puis il alla inspecter la rive et revint vers eux.

– On y va, dit-il.

La barque se trouvait dans un bosquet de saules. Ils embarquèrent, et l'homme se mit à manœuvrer habilement, maniant la rame sans bruit, coupant le courant légèrement en travers. Seul le murmure de l'eau troublait le silence de la nuit. Il ne leur fallut pas plus de cinq minutes pour traverser et accoster de l'autre côté, toujours à l'abri des arbres qui paraissaient moins touffus sur cette rive.

– Voilà, fit l'homme. Vous en avez pour deux heures de route, droit devant.

Marceau et Mathilde le remercièrent et lui serrèrent la main. Le passeur fit demi-tour après avoir récupéré ses couvertures, remonta dans sa barque qui s'éloigna doucement. Au-dessus de la forêt, le ciel pâlissait étrangement.

– Il fera beau, dit Marceau. En route.

Mathilde ne dit rien. Elle pensa qu'avec lui, de toute façon, il ferait toujours beau dans sa vie.

10.

DEPUIS l'invasion de la zone sud, en novembre 1942, les blindés de la septième Panzerdivision étaient arrivés dans l'Aude, vite remplacés par le détachement d'armée Felber qui avait pris ses quartiers dans la caserne Laperrine de Carcassonne. L'une de ses compagnies avait réquisitionné le Solail où les officiers avaient été bien accueillis par Arthémon qui n'était pas peu fier de leur présence sur ses terres. Ce n'était le cas ni de Blanche ni d'Hortense, même si elles bénéficiaient de quelques faveurs de la part des officiers qui se succédaient au rez-de-chaussée, et se montraient très respectueux à leur égard. Dans l'allée, entre les oliviers, c'était un va-et-vient ininterrompu de motos et de voitures à croix gammée, et, dans le château même, bruits de bottes et claquements de talons qui mettaient les deux femmes mal à l'aise. Blanche, surtout, était révoltée par le comportement servile de son père vis-à-vis des Allemands, et elle s'inquiétait beaucoup des fréquentes visites que leur rendait Joseph, son oncle de Narbonne, qui, manifestement, travaillait pour les nouvelles autorités. Elle avait un moment songé à se réfugier avec son fils au village, mais elle avait jugé qu'elle ne pouvait pas abandonner les domestiques et les journaliers, pas davantage les vignes à l'approche des vendanges.

En ce mois de septembre plutôt doux et humide, les raisins n'étaient pas beaux. Et ce n'était pas uniquement la faute du temps. Dans le département, par manque d'engrais, la production avait chuté de plus de moitié. Les vignerons faisaient pousser des légumes pour se nourrir, car on manquait de tout et ce n'étaient pas les tickets de rationnement – A pour les adultes, V pour les personnes âgées, C pour les travailleurs agricoles – qui suffisaient à assurer l'alimentation d'une maison, *a fortiori* d'un domaine comme le Solail. On avait du mal à trouver des pommes de terre, du café, mais aussi du pain, que le boulanger de Sainte-Colombe cuisait avec un mauvais son et qui, de ce fait, devenait rapidement noir, à peine mangeable.

Si Blanche s'occupait davantage des vignes, Hortense veillait, elle, sur le ravitaillement, avec l'aide de Séverin et de Jérôme. Ce dernier faisait l'objet de la plus grande suspicion de la part d'Arthémon, car les Allemands étaient venus l'accuser de renseigner les opposants au régime en place. Leur service de renseignements prétendait même qu'il se rendait chaque soir au village chez Justin Barthès, le tonnelier, pour écouter la radio de Londres. Si bien qu'Arthémon, un matin, fit venir Séverin dans son bureau et lui reprocha amèrement la conduite de son fils :

– Il faut qu'il parte ! tonna le maître du Solail.

– Et les vendanges ? On va avoir besoin de lui, objecta timidement le ramonet, qui n'osait pas prendre son maître de front.

– Alors, après les vendanges. En attendant, dis-lui de se tenir tranquille. Si je n'étais pas là, il y a longtemps qu'il aurait été arrêté.

Le vieux serviteur promit, mais il ne dit rien à Jérôme, craignant de raviver sa haine contre les Barthélémie, et, ainsi, de le pousser à commettre une folie. Il s'en ouvrit cependant à Hortense, qui en parla à Blanche, et ce fut elle qui provoqua l'affrontement avec son père qu'elle recherchait depuis pas mal de temps.

– Vous ne chasserez pas Jérôme ! s'emporta-t-elle un soir, après être entrée dans le bureau d'Arthémon d'où sortait l'officier allemand qui lui rendait de fréquentes visites.

– Et pourquoi je ne chasserai pas ce chien fou qui conspire sur mes propres terres contre son pays ?

– Ils sont nombreux à conspirer, comme vous dites, fit Blanche, bien décidée à ne pas céder un pouce de terrain.

– Justement ! Il ne sera pas dit que j'aurai toléré ça chez moi. Ne serait-ce que par respect pour ceux que j'abrite sous mon toit.

– Et au sujet desquels on pourrait bien vous demander des comptes un jour.

– Qu'est-ce que ça veut dire ? demanda Arthémon en se levant brusquement.

– Simplement que vous auriez pu me consulter avant d'accueillir des Allemands.

– On ne m'a pas demandé mon avis.

– Mais vous n'avez pas protesté bien fort.

– J'ai fait ce que j'ai voulu, et je n'ai de comptes à rendre à personne.

– Si, assena Blanche, livide, vous devez m'en rendre, à moi, depuis que je suis propriétaire de la moitié du Solail.

– Je n'ai jamais rendu de comptes à personne ! cria Arthémon.

– Eh bien, il va vous falloir commencer ! fit Blanche, qui, à présent, poussée par l'indignation et la colère, soldait tout le contentieux qui l'opposait à son père depuis des années.

– Comment oses-tu me parler de la sorte ? s'étrangla Arthémon qui croyait revoir sa sœur Charlotte dans ses colères les plus mémorables – c'était le même éclat de feu dans les yeux de lavande, le même port de tête, la même sévérité dans la manière de peigner les cheveux noirs en chignon, la même matité de la peau, la même volonté, enfin, qui ne pliait devant personne.

– Sans moi, vous ne vivriez plus au Solail, dit Blanche, vous auriez été obligé de tout vendre.

– Tu me dois le respect, fit Arthémon, c'est de moi que tu tiens ce domaine.

– Non. Je ne le tiens que de la fortune de mon mari dont j'ai hérité.

– Prends garde à toi ! fit Arthémon qui respirait avec difficulté et dont les yeux étaient exorbités. Tu ne sais pas ce dont je suis capable.

– Oh, si ! dit Blanche, je ne le sais que trop. J'ai payé pour apprendre.

– Alors pourquoi es-tu revenue ici ?

– Je suis revenue parce que j'aime le Solail autant que vous !

– Eh bien, protège-le !

– Je le protège à ma manière, qui n'est pas la vôtre, apparemment.

Ils étaient face à face, seulement séparés par le bureau où, en se levant, Arthémon avait renversé le pot de faïence qui contenait ses porte-plumes.

– Et je ne veux pas que Jérôme s'en aille, reprit Blanche. C'est Séverin qui lui a appris à travailler les vignes, et nous lui avons toujours promis la place de ramonet quand son père ne pourrait plus la tenir.

Arthémon parut se ramasser sur lui-même, son visage déjà bien amaigri parut se creuser davantage lorsqu'il lança :

– S'il reste ici, je ne réponds plus de sa sécurité.

– J'en répondrai, moi, fit Blanche, et personnelle-
ment.

Puis elle tourna les talons et s'en alla, persuadée
que Jérôme, désormais, était réellement en danger.

Elle ne prit aucune initiative avant les vendanges,
qui durèrent moins longtemps qu'à l'accoutumée et
donnèrent une faible récolte. La main-d'œuvre était
rare, car les gens de la montagne Noire avaient refusé
d'y participer en raison de la présence des Allemands,
tout comme les Espagnols, dont la plupart avaient
quitté les plaines pour se réfugier dans l'arrière-pays
où ils se sentaient davantage en sécurité.

Quand tout fut terminé, dans les vignes comme dans
la cave, Blanche prit Jérôme à part et lui demanda de
s'éloigner quelque temps.

– Je veillerai sur la Combelle, dit-elle, ne vous inquiétez pas.

– De toute façon, j'allais partir, fit-il.

Ils se trouvaient dans une allée, au milieu des ceps
délivrés de leurs raisins, mais où les feuilles semblaient
encore gonflées de leur opulence. Ils étaient seuls,
face à face, et Blanche était troublée, soudain, par cet
homme mûr, aux cheveux blonds et aux yeux verts,
qui ne détournait pas le regard mais la dévisageait
maintenant, comme s'il avait deviné ce trouble et, tout
en s'en étonnant, se sentait touché.

– Où irez-vous ? demanda-t-elle.

– Vous le savez bien, répondit Jérôme.

Il avait confiance dans cette femme qui ressemblait
si peu à son père, et que la quarantaine épanouissait.
Il fit un pas en avant, se retrouva tout près d'elle, et
ses mains se posèrent sur ses épaules.

– Non, fit-elle en se dégageant vivement. Qu'est-ce
qui vous prend, Jérôme ?

Il ne répondit pas mais continua de la dévisager
gravement, sans sourire. Elle songea alors qu'il lui rap-

287

pelait un peu Delphin avec ses longs cheveux blonds, cette petite lumière fragile dans les yeux, et une onde très douce la submergea, faisant renaître des sensations qu'elle avait crues perdues à jamais. Elle ferma les yeux, sentit des lèvres se poser sur son cou, des mains se refermer sur ses épaules.

– Non, dit-elle encore, mais elle ne sut plus soudain quels étaient ces bras qui la serraient, ni ces secondes qui coulaient, abolissant le temps, lui restituant les moments les plus précieux de sa vie.

Un éclair de lucidité lui fit penser à la Combelle et à la famille qui y vivait. Elle se dégagea brusquement, le regard dur, remettant de l'ordre dans ses cheveux de jais.

– Depuis que vous êtes revenue, murmura Jérôme.

Elle se demanda si elle avait posé une question, mais il ajouta, sans lui laisser le temps de réagir :

– Qu'est-ce que nous allons faire ?

Tout allait beaucoup trop vite pour elle, qui n'était pas préparée à ce qui se passait.

– Partez, dit-elle.

Mais elle ajouta, avant de faire demi-tour, en évitant le bras qui tentait de la retenir :

– Prenez soin de vous, Jérôme.

Et elle s'enfuit, furieuse contre elle-même mais encore ivre de ce miracle du temps aboli, du contact de ces lèvres au goût de raisins, de la caresse de ces mains qui sentaient la terre comme d'autres, il y avait des années, mais c'était hier et c'était ce matin.

Pour Justin Barthès, aussi, la vie devenait difficile : certes, le père Sylvestre était mort l'hiver précédent, mais depuis le début de l'année 1943 on avait vu apparaître des miliciens autrement plus redoutables – jeunes pour la plupart, déterminés et armés – que les vieux de la Légion. A Vichy, plus que Pétain, c'était Laval qui détenait maintenant le vrai pouvoir, et il était contraint de donner de plus en plus de gages aux Allemands. L'étau se refermait jour après jour sur les villes et les villages du Languedoc, surtout depuis l'invasion de la zone sud qui avait suivi le débarquement allié en Afrique du Nord.

A Sainte-Colombe même, il fallait se montrer de plus en plus prudent pour écouter la radio de Londres, car la présence d'un état-major allemand au Solail faisait peser une menace constante sur les alentours. Cet état-major exigeait la réquisition de sa subsistance, mais aussi des logements, des champs de manœuvre, organisait des rassemblements sur les places, contrôlait l'affichage nécessaire à l'endoctrinement et cherchait à obtenir des renseignements auprès de la population en échange de quelques faveurs.

Les vendanges, heureusement, avaient fait diversion en occupant les hommes et les femmes pendant la première quinzaine de septembre. Justin, avec l'aide de Clément, de Nathalie et de Juliette, s'y était consacré avec plaisir, en dépit du temps maussade et des raisins qui n'étaient pas aussi beaux qu'on l'aurait souhaité. La teneur en degrés d'alcool serait moyenne, ainsi que la quantité récoltée. Bref, ce ne serait pas une bonne année, même si l'odeur de moût et de futaille demeurait la même dans toute la vallée, ravivant la mémoire de vendanges paisibles et heureuses.

Le dernier soir, après avoir rentré l'ultime panier, la famille Barthès fêta la fin des vendanges par un repas un peu plus conséquent que ceux des derniers jours. Nathalie et Juliette s'étaient mises en cuisine dès le milieu de l'après-midi, et l'on avait invité ceux qui étaient venus aider : Adèle, la femme de Ludovic (dont elle n'avait aucune nouvelle depuis que, ayant quitté Carcassonne, il se trouvait dans les Corbières), et quelques journaliers. La nuit était humide et chaude, saturée de l'odeur puissante qui s'échappait des caves ouvertes. Les derniers grillons de l'été comptaient les étoiles lointaines. Dans les maisons de Sainte-Colombe, on semblait avoir tout mis en œuvre pour oublier ces temps difficiles et qui devenaient si dangereux.

Un peu avant minuit, une voiture s'arrêta dans un crissement de freins sur la promenade, et des portières claquèrent.

– Qu'est-ce que c'est ? demanda Nathalie.

– Je vais voir, fit Justin.

Mais il s'engageait à peine dans l'escalier que des pas retentissaient en bas, venant à sa rencontre dans un vacarme de bottes et de souliers à clous. Il n'eut que le temps de se rejeter en arrière, laissant apparaître quatre miliciens, le béret sur la tête, en uniforme à épaulettes et ceinture de cuir, armés de mitraillettes. L'un d'eux, grand, maigre, blond, au regard métallique, brandissait un revolver.

– Fouillez la maison, ordonna-t-il à ses hommes.

– De quel droit ? fit Justin.

L'homme ne répondit pas, le cloua sur place du regard. Justin le connaissait. Ou plutôt il en avait déjà entendu parler, depuis qu'il avait commencé à faire régner la terreur dans la région : c'était le chef de la Milice du nord du département.

– Que cherchez-vous ici ? demanda Justin.

Clément était venu se placer à ses côtés, faisant face lui aussi, tandis que les femmes et les invités de ce dîner qui aurait dû être un repas de fête demeuraient de l'autre côté de la table, contre le mur.

– Je connais bien la famille Barthès, fit le milicien avec un sourire qui n'avait rien d'engageant.

Justin crut que c'était Juliette qui était menacée. Heureusement, depuis les vacances, pour ne pas attirer l'attention par des voyages injustifiés à Narbonne, elle ne s'y rendait plus et il n'y avait aucun papier compromettant dans la maison. Les miliciens sortirent des chambres sans avoir rien trouvé.

– Il n'y a personne, fit l'un d'eux, rassurant du même coup Justin qui pensa qu'ils cherchaient peut-être Jérôme, son neveu de la Combelle.

Le chef de la Milice s'approcha de Justin et de Clément, les observa un long moment sans un mot, puis il murmura :

– Alors comme ça, ici, on écoute les bandits de Londres.

Justin ne répondit pas. Le milicien contourna la table et vint se planter devant les femmes qui détournèrent leur regard. Il s'attarda devant Juliette, demanda :

– Vous n'écoutez pas Londres, vous, au moins ?

Elle ne répondit pas davantage, mais, comme il levait la main vers son visage, elle le repoussa vivement. Dans le même temps, Justin et Clément avaient bondi vers lui.

– Et on est fière avec ça ! fit le blond d'une voix grinçante. Il va falloir pourtant venir avec moi, ma petite dame.

Justin saisit le milicien par le bras, et, malgré l'arme que celui-ci brandissait devant lui, lança :

– S'il y a quelqu'un, ici, qui doit venir avec vous, c'est moi. Rien ne se fait dans cette maison sans que j'en sois d'accord.

Les miliciens le bousculèrent et le forcèrent à reculer. Il dut lâcher le bras du grand blond qui se dégagea en le frappant du canon.

– Eh bien, puisque vous y tenez, fit-il, vous allez venir avec nous et nous allons pouvoir discuter un peu. Quant à vous, mesdames, messieurs, nous sommes appelés à nous revoir.

Ils entraînèrent Justin dans l'escalier et il ne chercha pas à résister, au contraire : son seul souci était d'éloigner le danger de sa famille. Ils le conduisirent jusqu'à la voiture, qui démarra aussitôt dans un grondement de moteur et des crissements de pneus destinés à attirer l'attention des gens du village, qui observaient ce qui se passait derrière les volets.

Justin se retrouva coincé entre deux miliciens dans la traction qui roulait vers Lézignan. Cette nuit sentait bon les cuves pleines et le parfum des collines – un mélange à nul autre pareil qui donnait à la vie une épaisseur à la fois heureuse et tragique – et Justin, malgré le danger, les respirait avec plaisir. Il essayait de réfléchir à ce qui l'attendait, mais il n'en eut guère le temps. Passé Canet-d'Aude, la voiture prit la direction d'Olonzac et, très vite, tourna à droite dans un chemin qui conduisait à un château sans doute réquisitionné par la milice. C'était le cas. Justin le comprit quand il vit des lumières allumées au rez-de-chaussée, et il se prépara à affronter l'interrogatoire qui ne tarderait pas.

Il eut lieu à l'étage, dans une pièce sombre, où se trouvaient un bureau couvert de feuilles de papier, trois chaises, et des bouteilles vides éparses sur le plancher.

– Même si je n'ai qu'un œil, dit-il au chef des miliciens, tandis qu'on lui attachait les mains, il me permet d'y voir assez clair pour ne jamais vous oublier.

Et il ajouta, le défiant de toute sa force :

– L'autre, je l'ai perdu dans les tranchées alors que vous n'étiez peut-être pas né.

Il sentit qu'il avait touché juste quand le grand blond arrêta le coup de crosse d'un de ses acolytes qui partait vers sa tempe. Ensuite, au cours de l'interrogatoire – qui dura plus d'une heure –, il fut soulagé de comprendre que c'était bien lui qui était en cause, et non pas Juliette. Il était soupçonné, en somme, d'être l'une des chevilles ouvrières de ceux qui intriguaient dans l'ombre contre le pouvoir en place. Il répondit seulement qu'il venait de finir les vendanges, qu'il travaillait comme tout le monde, et qu'il n'avait pas le temps de s'occuper d'autre chose.

– Et la radio de Londres ?

– Il m'est arrivé de l'écouter, en effet.

– Vous savez que c'est interdit ?

– Oui.

– Nous allons saisir votre poste.

– Faites ce que vous voulez.

Ils le laissèrent dormir, le raccompagnèrent dans la matinée après l'avoir menacé des pires représailles, et s'emparèrent du poste qu'il avait acheté, avant la guerre, au prix de grands sacrifices.

Le soir même, après avoir beaucoup réfléchi, Justin annonça à sa famille réunie qu'il allait partir pour ne pas les exposer davantage.

– Ils reviendront nous demander où tu es, dit Nathalie, ce sera pire encore.

– Non, dit-il. Voilà ce que je vais faire : j'irai voir Bousquet, le charron : il m'a proposé une coupe de bois au col de Cabarétou, au-dessus de Saint-Pons. Du chêne et du châtaignier. Tout le monde sait qu'on ne trouve plus de bois à acheter, même les miliciens. Nous n'en avons presque plus pour travailler. Je reviendrai de temps en temps porter le bois. Bousquet confirmera que j'ai bien acheté la coupe et personne ne sera plus inquiété.

Et il ajouta d'une voix déterminée :

– Quant à moi, une fois là-haut, je ferai ce que je voudrai.

Il savait que, depuis l'instauration du S.T.O., des groupes armés se constituaient un peu partout dans les collines de l'arrière-pays. Il fallait agir vite, pour ne pas provoquer d'autres interventions de la Milice. Il partit donc le surlendemain, après s'être montré sur la place en compagnie du charron, et ce fut pour lui comme pour beaucoup d'autres, en cette fin d'année 1943, le départ vers un nouveau combat dont nul ne pouvait prédire l'issue.

Mathilde avait découvert la grande ville avec à la fois de l'émerveillement et de l'angoisse, une angoisse qui la saisissait encore, malgré le temps passé, quand elle s'aventurait sur les grands boulevards, parmi la foule et les voitures qui la frôlaient. Souvent des uniformes surgissaient au coin d'une rue, et elle redoutait de se faire arrêter. Elle ne songeait plus dès lors qu'à rentrer dans son petit logement de deux pièces que Marceau avait loué dans la rue Notre-Dame-des-Champs, au-dessus de l'imprimerie où il travaillait, au fond d'une cour intérieure.

C'était un ami de Marceau qui lui avait procuré ce travail, un ami prénommé Jacques, qui, avec sa femme, les avait abrités pendant quinze jours lorsqu'ils étaient arrivés à Paris. Depuis, Marceau, qui tombait sous le coup du Service du travail obligatoire, vivait dans une semi-clandestinité, mais le petit deux pièces était devenu leur royaume, et, pour Mathilde, c'était plus qu'elle n'en avait jamais espéré. Car ils étaient mariés, désormais, et elle pouvait même l'apercevoir de sa fenêtre quand il travaillait, tout en écoutant les bruits de la rue.

Elle s'était peu à peu aventurée dans l'atelier, où le patron, un vieil homme aux grands yeux clairs perpétuellement étonnés, lui avait laissé libre accès. Il s'appelait Germain Cancès, était lui-même originaire de Carcassonne, et il portait tous les jours de l'année la même blouse tachée d'encre. Il se disait content de pouvoir parler du pays avec des jeunes, et de les aider comme il aurait voulu être aidé, lui, disait-il, quand il était arrivé dans la capitale. C'est pourquoi, si la menace du S.T.O. n'avait pesé sur eux, Mathilde et Marceau eussent coulé en ces lieux les jours les plus heureux de leur vie.

– Tu es bien ici ? demandait Marceau chaque soir.

– Avec toi, je serais bien n'importe où, répondait-elle.

Pourtant ils vivaient chichement et ne mangeaient pas toujours à leur faim. Aussi Marceau s'inquiétait-il de ce changement de vie, et guettait-il avec appréhension chez sa femme les signes d'une nostalgie du pays qui l'eût assailli de remords. Mais non : Mathilde épousait naturellement sa nouvelle vie comme elle l'avait épousé lui, avec beaucoup de confiance et d'espoir.

Un soir, alors que la nuit de septembre tombait en pluie sombre sur les toits, il y eut un grand vacarme dans la cour intérieure, et bientôt des cris.

– Cache-toi ! dit Mathilde, pensant que Marceau avait été dénoncé comme réfractaire.

– Non, dit-il, je ne sors jamais, ça ne peut pas être pour moi.

Il hésitait, cependant, et finit par se dissimuler dans le seul placard de l'appartement en se disant que c'était tout à fait inutile : si les Allemands fouillaient la maison, ils le découvriraient sans peine. Pendant ce temps, Mathilde, pétrifiée, entendait les soldats monter l'escalier, des poings cogner sur des portes et des ordres jetés en allemand. Elle pria follement pour que nul ne frappe à sa porte, et, quand les coups retentirent, elle eut l'impression que tout s'écroulait autour d'elle. Paralysée par une peur atroce, elle attendit quelques secondes avant d'ouvrir, puis elle tourna la clef avec la conviction que sa vie avec Marceau allait s'arrêter là. « Si peu de temps », songea-t-elle vaguement en voyant apparaître deux soldats allemands, dont l'un, le plus jeune, brandissait une mitraillette.

– *Papieren !* fit le plus grand, dont les yeux bleus, à l'éclat métallique, lui semblèrent la transpercer.

Elle sortit de sa veste la carte d'identité qu'elle avait fait établir sur les instances et les conseils de l'imprimeur.

– Mariée ? fit l'Allemand. Lui est où ?

Elle luttait contre le vertige qui l'assaillait et, pour ne pas tomber, recula jusqu'à la table en murmurant :

– Munich... S.T.O.

C'était le seul nom de ville allemande qu'elle connaissait, Marceau lui ayant parlé, quelques jours auparavant, d'un de ses amis qui avait été obligé d'y partir.

– Ja. Munich, dit l'Allemand qui ne paraissait pas du tout convaincu.

Et, d'un signe de tête, il demanda à l'autre de fouiller l'appartement.

A cet instant, il y eut des cris de femme à l'étage du dessus, puis des coups sourds, et encore des cris. Des appels fusèrent, et les deux soldats quittèrent précipitamment la pièce, non sans jeter à Mathilde un ultime regard qui, de nouveau, la transperça.

Comme ils n'avaient pas refermé la porte, et qu'elle n'avait pas la force de le faire elle-même, elle vit passer, poussés par les soldats, des femmes et des enfants qu'elle n'avait jamais vus dans l'immeuble. Ce n'étaient que lamentations, appels angoissés et pleurs, des pleurs qui, par leur désespoir, lui fauchèrent les jambes et la contraignirent à s'asseoir, toujours face à la porte, incapable de faire le moindre geste.

Quand tout fut terminé, que les portières des voitures eurent claqué dans la cour, ce fut Marceau qui referma, et qui s'agenouilla devant Mathilde en lui embrassant les mains.

– C'est fini, dit-il, c'est fini.

Elle ne pouvait s'arrêter de trembler.

– Ils cherchaient des Juifs, reprit-il, je ne risquais rien, moi.

– Des Juifs, fit-elle, il y en avait ici ?

Il hocha la tête.

– Tu le savais ?

– Oui. Deux familles étaient cachées en haut, chez leurs amis.

– Ils ne sortaient jamais ?

– Non. Jamais.

– Oh, Marceau, fit-elle, tu as entendu crier ces enfants ?

– Oui, j'ai entendu, dit-il. C'était terrible.

Il la prit par un bras, l'aida à se lever.

– Viens, allons nous coucher, dit-il.

Elle le suivit, se déshabilla sans un mot, et, une fois dans le lit, blottie contre lui, en tremblant encore, elle demanda :

– Ils ont été dénoncés ?

– Oui, souffla-t-il, sans doute.

Elle eut tout à coup la conviction qu'elle avait pris pied dans un monde où elle ne serait jamais à l'abri du malheur.

Le mois d'octobre de cette rentrée scolaire était ensoleillé, avec de grands après-midi lumineux où passaient parfois des souffles brûlants, comme au milieu de l'été. Malgré son éloignement de Sainte-Colombe, Juliette avait repris l'école avec plaisir, mais, les jours diminuant, elle ne pouvait plus rejoindre Clément et Camille à bicyclette et prenait le train, le mercredi et le samedi soir, en gare de Narbonne. Trois quarts d'heure plus tard, elle arrivait à Bressan où Clément l'attendait avec la charrette. Ils rentraient alors à

Sainte-Colombe dans la nuit tombante, serrés l'un contre l'autre, attentifs aux vignes dont les feuilles pourpres flamboyaient dans les feux du couchant, et aux arbres des collines qui se fondaient peu à peu dans l'ombre et n'existaient plus que par leur parfum.

– C'est si bon, soupirait Juliette en levant la tête vers les étoiles qui s'allumaient une à une dans le ciel sans le moindre nuage.

– Alors pourquoi ne restes-tu pas avec nous ? demandait chaque fois Clément. Nous avons assez pour vivre. Tu n'as pas besoin de travailler.

– Il le faut, répondait-elle.

Il regardait sa valise posée à ses pieds, devinait qu'elle contenait de mystérieux messages que lui, Clément, porterait, de nuit, près de Félines-Minervois, à un homme dont il ne connaissait même pas le nom, et il soupirait :

– C'est de la folie. Nous pourrions être tellement heureux.

– Nous le serons, disait-elle. Bientôt.

– Si nous sommes encore en vie.

Elle ne répondait pas. Sa force de caractère étonnait toujours Clément, qui renonçait à la convaincre de ne pas prendre ces risques. Elle avait choisi de se battre à sa manière et il savait que rien ne pourrait l'en dissuader. Aussi se contentait-il maintenant de l'aider, non sans retenir longuement entre ses mains, au moment de se séparer, ce visage aimé où les yeux verts fonçaient dans une farouche détermination, et dont le front haut, sous les cheveux bruns rejetés en arrière, s'ombrait de rides récentes.

Un soir de la fin octobre, comme elle arrivait à la gare avec des papiers compromettants dissimulés dans sa valise, elle aperçut trop tard les miliciens qui filtraient les voyageurs à l'entrée du quai. Elle eut un instant d'hésitation et voulut faire marche arrière, mais elle était trop engagée et ne pouvait pas s'arrêter sans attirer l'attention. Elle s'avança donc courageusement pour franchir l'obstacle, mais ne put s'empêcher de tressaillir en découvrant le milicien qui était venu le soir des vendanges et avait voulu l'emmener.

– Tiens ! Tiens ! fit celui-ci en la reconnaissant, car elle n'était pas de ces femmes qu'on oublie.

Elle ne répondit pas et s'efforça de ne pas montrer une once de la panique qui montait en elle à l'idée de ce que contenait sa valise.

– Mais oui, je me souviens, reprit le milicien aux cheveux blonds, au regard si clair qu'il en était transparent. Le repas des vendanges. Mme Barthès, de Sainte-Colombe. La belle-fille de Justin Barthès, ancien maire mais fervent conspirateur. Où donc allez-vous aujourd'hui ?

– Nous sommes samedi. L'école est terminée, je rentre chez moi, fit-elle d'une voix qu'elle voulut détachée mais qui se brisa sur la fin, trahissant son émotion.

– Avec une valise ?

– Évidemment.

– Pleine de cahiers, bien sûr.

– De cahiers et d'effets personnels.

– Eh bien, vous allez me faire voir ça, fit-il en la prenant par le bras.

Juliette eut la tentation de se débattre, mais quelque chose lui disait que tout n'était pas perdu si elle demeurait calme. Elle se laissa emmener dans un bureau sans fenêtre où elle eut tout de suite l'impression d'être prisonnière, elle garda cependant suffisamment d'empire sur elle-même pour ne pas tenter de s'enfuir et ainsi se trahir. Les deux autres miliciens avaient rejoint leur chef, la surveillant tandis que celui-ci ouvrait la valise. Elle ne bougeait pas, mais elle ne pouvait s'empêcher de trembler un peu, tandis que le milicien disposait un à un les objets sur la table en bois brut.

Quand ce fut terminé et qu'il n'eut rien trouvé, elle respira un peu. Mais c'était mal le connaître. En levant de temps en temps la tête vers elle, il ouvrit les cahiers un à un, puis les serviettes, les corsages, le chandail, tous les vêtements que contenait la valise. Quand il posa la main sur la paire de bas qui contenait les messages, le cœur de Juliette devint fou. Comme dans un rêve, elle vit tomber sur la table les deux feuilles de papier soigneusement pliées de manière à ne former qu'une mince épaisseur. Les messages étaient codés, mais ils ne pouvaient pas tromper le milicien qui releva la tête avec un sourire diabolique.

– Voilà bien ce que je cherchais, dit-il. Il va falloir nous dire à qui tout ça est destiné, ma petite dame.

Puis, d'une voix dont le ton la remplit de terreur :

– Et nous faire voir si ces bas que vous portez sur vous et qui vous vont si bien ne cachent rien d'autre.

Elle se précipita vers la porte, mais elle ne put la franchir. Des mains l'en empêchèrent, la ramenèrent vers la table où elle se retrouva maintenue sur le dos par des bras qui lui faisaient très mal. Dès lors, elle sut que, si elle en réchappait, la vie ne serait jamais la même, et elle s'efforça de s'exclure de la réalité, de se réfugier dans le monde de ceux qui l'aimaient et pour lesquels elle avait engagé ce périlleux combat.

Plus tard, on l'emmena dans une voiture qui roula longtemps à travers la campagne, sur la route de Lézignan, du moins le pensa-t-elle, car la nuit était tombée depuis longtemps. Elle savait, malgré ce qu'elle avait déjà vécu dans le bureau, que le pire était encore à venir et elle ne se trompait pas. Ce qui se déroula ensuite dans la cave du château où ils l'avaient conduite fut de ces épreuves auxquelles peu d'hommes et de femmes survivent. Certes, elle ne parla pas, car elle ne connaissait pas le nom de celui à qui étaient destinés les messages, mais elle se demanda longtemps ce qui se serait passé si elle l'avait su. Aurait-elle résisté ? Il lui sembla qu'elle n'en aurait pas eu la force, pendant cette longue semaine où elle ne fut que souffrance et douleur. Douleur de tout le corps, de chaque infirme partie de son être, une douleur atroce qui la mena aux portes de la folie.

Un jour, tout cessa. Comme elle était plongée dans l'obscurité, elle ne savait combien de temps s'était écoulé depuis qu'elle avait été arrêtée. Elle était en état de survie. Pour sa fille, pour son mari qui lui paraissaient si lointains qu'elle se demandait, par moments, s'ils existaient vraiment.

Un matin, on la fit enfin sortir de la cave et elle leva les yeux vers le ciel avec un gémissement de plaisir et de douleur : de grands oiseaux parcouraient d'un vol ample et majestueux l'étendue d'un bleu très clair, si clair que cette vision lui remplit les yeux de larmes amères. Le parfum des collines coula dans ses poumons et elle le respira avec un plaisir tout neuf, jamais éprouvé. Il lui sembla qu'elle n'était sans doute pas très loin de Sainte-Colombe et son cœur se serra, mais elle ne put s'attarder plus longtemps à savourer ces parfums et ces couleurs qui avaient été ceux du bonheur, car on la poussa sans ménagement dans une traction qui attendait devant le château.

Quand la voiture partit, elle pleurait toujours, en silence, en elle-même, pour tout ce qui était perdu et qu'elle ne retrouverait jamais. Il lui sembla que la traction roulait vers Carcassonne. Elle demeurait tournée vers la vitre derrière laquelle la liberté paraissait si lointaine et cependant si proche. Elle ne réalisa même pas ce qui arrivait quand elle aperçut l'arbre couché au milieu de la route et que la traction freina brusquement, avant de se mettre en travers. Elle eut

seulement le réflexe de glisser vers le fond de la voiture quand les premiers coups de feu retentirent.

Justin Barthès avait passé un mois dans les collines,
au-delà de Saint-Pons, sur les pentes du col du Cabarétou, et il avait été très heureux parmi les arbres :
d'immenses châtaigniers, d'énormes chênes qu'il avait
coupés, ébranchés, avant de les confier à un scieur
chargé de transformer les troncs en planches de tonnellerie. Les forêts de là-haut, très sombres, très belles,
charriaient des effluves épais, plus sauvages et plus
forts que ceux des basses collines. Les sous-bois étaient
couverts de mousse et de fougères, les clairières fleuries d'asphodèles. Des ruisseaux creusaient leur sillon
dans la roche à vif avant d'aller se perdre dans les
plaines du bas pays. Justin s'y trouvait bien. Il y avait
sur ces hauteurs, dans chaque coupe, des cabanes de
rondins au toit de branchages où il était facile de
passer les nuits, du moins avant l'hiver. Elles abritaient
des hommes qui n'étaient pas tous des bûcherons.
Beaucoup de jeunes vivaient là, en effet, ayant fui le
S.T.O., mais aussi de véritables résistants qui les recru-
taient pour les maquis « Armée secrète » ou F.T.P. qui
commençaient à s'organiser.
Justin n'avait pas hésité très longtemps à quitter ses
coupes, l'hiver approchant, pour prendre les responsabilités qu'on lui proposait plus à l'ouest, vers Citou,
sur les hauteurs situées entre Narbonne et Carcassonne. Il avait auparavant fait un voyage à Sainte-
Colombe pour y livrer ses planches, puis il était reparti
sans donner ni à Clément ni à Nathalie le lieu exact
de sa destination.
A Citou, le groupe « Edmond », auquel appartenait
désormais Justin, avait aménagé des caches dans les
grottes sombres isolées, un peu plus loin que le village,

en lisière des bois. C'étaient déjà les pentes de la Montagne Noire, qui, plus haut, culminait au pic de Nore, au milieu des vagues très sombres de magnifiques sapins, dont les pointes aiguës semblaient grignoter le ciel d'une clarté superbe. Justin avait remarqué que la lumière du jour en ces lieux était étrange : on passait en un instant de la pénombre à l'éclat le plus insoutenable, de la douceur à la violence, et, sans doute, songea-t-il dès son arrivée sur ces pentes, du bonheur le plus pur au malheur le plus implacable.

Les hommes avaient été armés de vieux fusils conservés comme des reliques par d'anciens combattants, de fusils de chasse et de quelques revolvers. En se consacrant surtout au ravitaillement et au renseignement, ils attendaient le jour où ils pourraient en découdre avec l'occupant. Justin était le second d'Edmond, un enseignant de Carcassonne qui l'avait recruté au sommet du col de Cabarétou. C'était un homme au visage énergique, aux cheveux tirant sur le roux bouclés vers l'arrière, aux yeux de châtaigne, très calme, avec des bras puissants et des mains qui n'étaient pas celles d'un professeur. « Mes parents étaient paysans à côté de Mazamet », avait-il dit un jour à Justin qui l'interrogeait. Dès leur première rencontre, une grande confiance était née entre eux, et elle ne faisait que se fortifier au fil des jours.

Tous deux, en raison de leur âge, en imposaient naturellement aux jeunes qui se trouvaient là. En leur présence, Justin pensait à Clément, mais il préférait savoir son fils à Sainte-Colombe, veillant sur Nathalie et la petite Camille, plutôt que dans la montagne où, un jour ou l'autre, il devrait mettre sa vie en danger.

On était au début de novembre quand le groupe « Edmond » apprit que des résistants prisonniers allaient être transférés à Carcassonne. Le temps commençait à changer : le matin, dès qu'on sortait des grottes, de la rosée blanche feutrait les lisières, et le vent soufflait de plus en plus du nord, donnant aux hommes une idée de ce qui les attendait dès que le véritable hiver s'installerait.

Edmond revint un soir de Caunes-Minervois avec la mission d'intercepter la voiture qui transférait les résistants à Carcassonne (trois au maximum, avait dit le commandant du secteur, plus probablement deux).

– C'est pour demain matin, annonça-t-il dès qu'il arriva à Citou. Il faut partir tout de suite.

Justin l'écoutait avec attention à la lumière de la bougie. Ils désignèrent dix hommes, puis ils empruntèrent le gazogène qu'ils avaient réquisitionné, non sans mal, au village, et qui était garé tout en bas, à plus d'un kilomètre des grottes.

Pendant le trajet, Justin, son fusil dans les mains, espéra de toutes ses forces que Juliette se trouvait dans le convoi qu'ils allaient attaquer. Il savait par Clément, qui avait vainement attendu sa femme en gare de Bressan, qu'elle avait été arrêtée. Depuis, il n'avait cessé de se démener pour retrouver sa trace, mais en vain.

Les maquisards arrivèrent sur les lieux au milieu de la nuit. C'était la pleine lune. Quelques nuages venaient par instants la voiler, portés par le marin qui annonçait la pluie. Edmond choisit avec soin le virage de l'interception, donna ses instructions, puis les hommes se cachèrent dans les taillis au-dessus de la route. Il faudrait abattre au dernier moment l'arbre préalablement scié aux trois quarts. Un guetteur avait été posté un kilomètre en amont, et devait envoyer l'une de ces fusées qui, en été, servent à éloigner les orages de grêle.

On attendait. Les étoiles paraissaient très proches à Justin, qui, renversé sur le dos, gardait les yeux grands ouverts, et pensait à sa vie. Il avait cinquante-huit ans et parfois des périodes d'intense lassitude fondaient sur lui : il avait tant enduré depuis l'âge de dix-huit ans, tant travaillé, tant œuvré pour les idées auxquelles il croyait, et aujourd'hui, pourtant, il devait encore se battre, mais c'était pour sauver Juliette, du moins l'espérait-il.

Le jour se leva paresseusement, puis, d'un coup, se répandit sur la vallée, qui se mit à frissonner. Le vent sentait la mer. On entendait des abois de chiens dans les fermes. Une voiture passa sur la route, en direction de Narbonne. Les hommes sortaient de leur poche des morceaux de pain quand la fusée monta brusquement sur leur gauche. Ceux qui étaient chargés d'abattre l'arbre se précipitèrent. Trente secondes leur suffirent pour remplir leur mission et remonter dans les taillis.

Dès que la voiture apparut, les maquisards se mirent à tirer dans les pneus. Elle fit une embardée, se tourna en travers, et les miliciens qui l'occupaient sortirent en tiraillant de tous les côtés, sans toutefois distinguer leurs agresseurs. Ceux du maquis en vinrent facilement à bout, en évitant soigneusement l'automobile, où l'on ne distinguait plus la moindre silhouette. Déjà des hommes avaient sauté sur la route et ouvraient une portière. Ils firent sortir, en la soutenant, une femme brune que Justin reconnut aussitôt.

– Juliette ! cria-t-il.

Elle l'avait entendu, avait reconnu sa voix, mais c'est à peine si elle eut la force de lever les yeux sur lui quand il la reçut dans ses bras.

– Petite, souffla-t-il, petite, parle-moi.

Il vit les larmes sur ses joues, sa robe tachée par le sang, mais aussi ses lèvres, ses jambes et, soudain, ce fut comme s'il devenait fou : il la laissa glisser sur l'herbe, et se mit à tirer sur la voiture fumante, rechargeant aussitôt et tirant encore en hurlant, jusqu'à ce qu'Edmond lui enlève le fusil des mains.

– Vite, le camion !

Avant de monter, il s'aperçut que les hommes le regardaient bizarrement, mais il ne s'en émut guère. La seule chose qui comptait, c'était de s'occuper de Juliette que les maquisards hissaient à présent sur le camion. Quand ce fut fait, Justin l'allongea et prit sa tête sur ses genoux. Tandis que le camion démarrait, il la revit soudain dans la salle de la mairie, juste après son mariage avec Clément, mais aussi le jour où elle était venue lui annoncer la mort d'un enfant espagnol, et enfin le soir où elle avait apporté les premiers tracts dans la maison de Sainte-Colombe. Une telle souffrance était inscrite sur le visage dévasté de sa belle-fille, une telle horreur de la vie alors qu'elle était justement si vivante, si belle, si faite pour le bonheur, qu'il se sentit coupable de n'avoir pas su l'empêcher de s'engager dans un combat qui la dépassait.

– Justin, gémissait Juliette, Justin, c'est bien vous ?

Il n'avait jamais vécu des moments si terribles, même au fond des tranchées, car les hommes souffrent toujours plus de la douleur de leurs enfants que de leur propre douleur. Or Juliette était devenue sa fille, et il l'aimait comme il aimait Clément, avec cette hantise de les voir souffrir un jour. Lui, il aurait été prêt à tout pour qu'ils soient épargnés. Et il n'avait pas su les protéger. Ni Clément. Ni Juliette. Il tremblait, maintenant, dans ce camion qui repartait vers les montagnes, parlant à Juliette comme on parle à une enfant malade que l'on est impuissant à guérir.

Il ne la quitta pas de la journée, l'aida de toutes ses forces jusqu'à ce qu'un médecin venu de Citou, à la tombée de la nuit, déclare qu'elle devait être soignée dans un lit, ses blessures étant trop graves pour guérir dans un lieu insalubre.

Justin n'hésita pas. Il partit pour Sainte-Colombe, où il arriva au lever du jour, et il attendit un long moment avant de trouver la force d'annoncer à Clément et à Nathalie que Juliette avait été atrocement torturée. Même si son fils et sa femme avaient toujours pensé que le pire pouvait se produire, l'épreuve, comme pour Justin, fut terrible pour eux : Clément s'enferma dans l'atelier où il cogna comme un fou sur les tonneaux toute la matinée ; quant à Nathalie, d'ordinaire si forte et si gaie, elle demeura prostrée un long moment avant de se reprendre.

Il fallait pourtant faire face rapidement à la situation : ils ne pouvaient garder Juliette dans leur maison, car c'était le premier endroit que les miliciens et les Allemands viendraient inspecter. Ils en discutèrent jusqu'au repas de midi, durant lequel Nathalie eut l'idée de demander à Violaine, qui habitait de l'autre côté de la promenade, de cacher Juliette quelques jours. Ainsi, elle demeurerait proche d'eux, et Clément pourrait la rejoindre la nuit.

Dès qu'ils eurent fini de manger, Nathalie s'en fut trouver Violaine qui accepta sans la moindre hésitation d'accueillir Juliette. Justin, soulagé, alla la remercier puis se prépara à repartir : ce qui comptait maintenant, c'était de ramener la blessée à Sainte-Colombe le plus vite possible. Clément voulut le suivre et, malgré le danger, Justin n'eut pas la force de s'y opposer. Les deux hommes s'en allèrent vers quatre heures de l'après-midi, évitant la grand-route, silencieux, murés dans leur mutisme afin de retenir prisonnier leur chagrin. Justin était épuisé : il n'avait pas dormi depuis deux nuits. Clément, accablé, serrait ses poings énormes, plié sur lui-même comme pour comprimer sa douleur.

La route leur parut longue jusqu'au moment où ils abordèrent les collines du Minervois, où la végétation devenait plus dense, quelques chênes et quelques hêtres se mêlant aux pins et aux kermès. Ils se sentirent alors davantage en sécurité, mais ils ne ralentirent par pour autant. Ils arrivèrent à la nuit tombée, essuyant un coup de feu d'une sentinelle trop nerveuse. Clément rejoignit aussitôt Juliette à qui on avait aménagé une couche dans la paille au fond d'une bergerie, et Justin put prendre enfin un peu de repos.

Dès la nuit suivante, après un périlleux voyage dans le gazogène au fond duquel se tenaient cachés des maquisards en armes, Juliette était à l'abri chez Violaine, et proche des siens. Justin, Nathalie et Clément, eux, affrontèrent les miliciens de Carcassonne qui surgirent dès le lendemain. Ils fouillèrent toute la maison ainsi que l'atelier, repartirent après bien des menaces, au point que Justin décida de rester à Sainte-Colombe pendant l'hiver. D'ailleurs, son absence n'avait plus de prétexte, puisqu'on ne coupait pas de bois en cette saison dans la montagne. Il regagna provisoirement ses vignes, décidé à reprendre les armes au printemps, afin de venger celle qui, au fond de son lit, tentait éperdument de retrouver le goût de la vie.

11.

En ce mois de juin 1944, le Solail était écrasé par la chaleur. Blanche n'en pouvait plus du combat qui l'opposait à Arthémon, de la présence incessante des Allemands dans sa propre maison, mais aussi de la difficulté qu'il y avait à travailler les vignes à cause du manque de bras : la main-d'œuvre la plus jeune avait disparu, en Allemagne ou dans les maquis, et les Espagnols hésitaient toujours à se montrer, de même que les paysans de la montagne Noire.

Par ailleurs, elle devait faire face à la cour empressée du capitaine Derlinger, qui, depuis quelques mois, la poursuivait de ses assiduités. C'était un homme grand, blond, raide, distingué, entouré de nombreux officiers qui le craignaient et lui obéissaient au doigt et à l'œil. Il avait invité Blanche à plusieurs reprises dans son bureau, le soir, quand il était seul, et il lui avait montré qu'il n'était pas insensible à sa beauté. Elle n'avait rien fait, bien au contraire, pour l'encourager en quoi que ce soit, mais il n'était pas homme à renoncer si facilement. Un soir, comme il la serrait de près, elle avait esquissé le geste de le gifler pour se dégager. Il lui avait alors saisi le bras à la volée, et lui avait dit, une lueur d'une dureté extrême dans les yeux :

— Un jour, c'est vous qui me supplierez.

309

Puis il l'avait lâchée et elle s'était enfuie, en se demandant comment elle allait vivre sous cette menace quotidienne. C'était aussi le cas pour Hortense, à laquelle les soldats faisaient une cour empressée, et qui évitait le plus possible de sortir du château. Elles se soutenaient dans l'épreuve comme elles s'étaient toujours soutenues, et elles rageaient de ne pouvoir écouter la radio de Londres, mesurant seulement à l'attitude d'Arthémon − confiante ou préoccupée − l'évolution de la situation politique.

Blanche n'ignorait pas, cependant, que des événements se préparaient dans l'ombre. Les journaliers qui travaillaient dans les vignes lui donnaient des nouvelles quand elle les questionnait. C'était d'ailleurs là qu'elle se sentait le mieux, malgré la chaleur de ce mois de juin et la difficulté à soufrer les raisins comme il aurait fallu. Séverin avait embauché deux jeunes hommes originaires de Sainte-Colombe, dont l'un avait plusieurs fois tenté de lui parler. Vers midi, quand Séverin eut regagné la Combelle, il s'approcha d'elle et lui donna un billet en disant furtivement :

− On m'a confié ça pour vous.

Et il s'éloigna aussitôt, la laissant seule et un peu étonnée de cette feuille de papier qu'elle tenait dans sa main comme si elle la brûlait. Elle l'enfouit dans sa poche et regagna le château où régnait une confusion bizarre : l'allée était envahie par des voitures et des motocyclistes aux lunettes sur le front, portant le revolver dans un étui fixé sur la hanche, et chaussés de bottes courtes. Des soldats, qui paraissaient affolés, ne cessaient de monter et de descendre les marches du perron. Blanche gagna la salle à manger, à l'étage, où Hortense l'accueillit avec un grand sourire en disant :

− Les Alliés ont débarqué ce matin en Normandie.

« Enfin, se dit-elle, c'est peut-être le début de la délivrance. » Il fallut répondre aux questions de Lio-

nel et de Jean qui s'étonnaient de cette activité inhabituelle. Arthémon, lui, heureusement, ne se montra
pas. Depuis qu'il avait appris la nouvelle, il s'était
enfermé dans son bureau avec sa mine des mauvais
jours, fumant sans désemparer ces cigares malodo-
rants dont il ne pouvait pas se passer.

Tout en mangeant, Blanche pensait au message
enfoui dans sa poche et le palpait, de temps en temps,
pour vérifier qu'il était toujours là. Il lui tardait de se
lever, mais les garçons se chamaillaient et elle ne pouvait pas quitter la table avant qu'ils aient terminé. A
la fin, Arthémon monta boire le café. Il était sombre,
le teint bilieux, le regard fixe, et il n'ouvrit pas la
bouche, sinon pour houspiller les enfants qui ne parvenaient pas à achever leur assiette de petits pois.

— Je suis fatiguée, dit Blanche à Hortense, une fois
qu'ils eurent quitté la salle à manger. Je vais dans ma
chambre.

— Est-ce raisonnable de se lever comme tu le fais à
cinq heures du matin !

— Il le faut bien, soupira Blanche. Séverin ne peut
pas faire face à tout, à son âge.

Et elle se réfugia dans sa chambre, où, les mains
tremblantes, elle déplia la feuille de papier sur
laquelle une main maladroite avait écrit :

« Vous allez être en grand danger. Il faut que je vous
parle. Ce soir, près du cabanon des vignes du canal.
Brûlez ce message. Jérôme. »

Ainsi, c'était lui : elle en avait été sûre dès que le
journalier lui avait remis le message, au matin, dans
la vigne. D'abord, elle ne fut que refus, songeant à
Agathe, cette jeune femme blonde et fine, qui s'était
toujours montrée d'un grand courage au travail et
d'une grande fidélité. Elle, Blanche, n'avait pas le

311

droit de mettre en péril l'équilibre d'une famille que le départ de Mathilde, leur fille, avait tellement ébranlée. Puis elle se dit qu'elle se faisait des idées, que Jérôme voulait seulement venir en aide à ceux du Solail, et qu'il avait oublié ce qui s'était passé à l'automne précédent. Elle hésitait, ne savait que décider, et elle ne parvenait pas à trouver le sommeil de la mi-journée qui l'eût apaisée. Elle demeura une heure à réfléchir, sans savoir quel parti prendre, et elle finit par se lever, encore plus fatiguée qu'à midi, pour rejoindre les vignes où les journaliers, malgré la canicule, s'étaient déjà remis au travail.

Ils étaient couverts de soufre et leurs yeux pleuraient, tandis qu'ils manœuvraient non plus les petites poudreuses à main, mais un système à bât qu'on installait désormais sur un cheval, et qui faisait gagner du temps. Blanche l'avait acheté deux ans auparavant, quand elle avait compris que la main-d'œuvre devenait rare et qu'il suffisait de deux hommes pour soufrer une vigne en moins d'une journée. Ils la regardèrent s'approcher avec étonnement, surtout le jeune homme plus maigre qu'un piquet de vigne qui lui avait remis le message, et dont les yeux cillaient sans cesse, comme apeurés.

– Viens ici ! fit-elle en l'appelant du doigt.

Il abandonna la bride du cheval qui s'arrêta aussitôt. Les deux vieux les observèrent un instant, puis se remirent au travail. Blanche entraîna le garçon jusque sous un amandier, et demanda :

– Quand t'a-t-on donné ce papier ?

Affolé, le garçon jeta à droite et à gauche des coups d'œil coupables mais ne répondit pas.

– Comment t'appelles-tu ?

– Jacques, souffla le garçon, de plus en plus inquiet.

– Ton nom ?

– Séguier.

– Tu es d'où ?

– Du village.

– Et tes parents, que font-ils ?

– Ma mère est veuve. On est six à l'oustal.

Blanche hocha la tête d'un air apitoyé, ce qui parut rassurer le garçon. C'est vrai qu'il était maigre à faire peur, et, à son air de redouter sans cesse quelque chose, Blanche comprit qu'il avait dû être battu par son père. Il n'allait pas être facile de le faire parler.

– Alors, dit-elle, c'était hier ou ce matin ?

– Je peux pas le dire, madame, j'ai promis.

– Dis-moi au moins où c'était ?

– Je peux pas, madame, je peux pas.

Il semblait porter tous les péchés de la terre sur ses épaules. Blanche n'eut pas le cœur à insister, et elle le laissa repartir vers le cheval qui attendait placidement son retour. Sur ces entrefaites, Séverin arriva et, s'étonnant que le garçon eût quitté son travail, demanda à Blanche ce qui se passait :

– Je voulais savoir qui il était, fit Blanche.

– Un brave petit, dit Séverin, et qui en a vu, avec son père. Il est mort en juin 40. Avec sa femme, ils avaient six enfants. Lui, c'est l'aîné, c'est pour ça que je l'ai pris.

– Vous avez bien fait, dit Blanche.

Puis elle s'éloigna, renonçant à savoir comment le message était arrivé entre les mains du garçon, toujours aussi hésitante sur la conduite à tenir. Elle s'interrogea jusqu'au repas du soir, finit par renoncer, mais il faisait trop chaud pour espérer dormir. Elle sortit un instant sur l'arrière, vers la cave, et non pas sur le devant du château où les Allemands, malgré l'approche de la nuit, paraissaient encore plus agités qu'au matin.

C'était l'une de ces nuits de juin qui bouleversent le cœur des vivants, auréolées d'étoiles filantes, de

parfums lourds, de soupirs d'arbres enfin soustraits à
la brûlure du soleil, l'une de ces nuits où tout peut
arriver, même la concrétisation des rêves les plus fous,
une nuit dont on pressent qu'il y en aura une dernière, bientôt, plus tard, et cette pensée vous fait soudain respirer plus vite et vous serre le cœur.

Blanche sortit par la porte des journaliers, contourna
le château où nul ne dormait encore, s'enfonça dans
les vignes dont les feuilles bruissaient doucement,
l'accompagnant vers ce lieu où, depuis le matin, malgré ses réticences, malgré ses dérobades, malgré sa
peur, elle savait intimement qu'elle irait. Elle entendait encore des voix et des bruits de moteurs dans
l'allée du Solail, mais elle ne s'en souciait plus. Elle
courait maintenant, à la rencontre de ce qui était
devenu indispensable à sa vie, et la hantait, de jour
comme de nuit. Elle distingua bientôt les platanes du
canal et elle se remit à marcher, très vite, si bien qu'elle
fut surprise quand l'ombre du cabanon surgit devant
elle. Ce fut une autre ombre qui se détacha alors des
murs pâles contre lesquels semblait buter la lumière
de la lune.

– N'ayez pas peur, c'est moi, dit une voix qu'elle
reconnut sans peine.

Il s'arrêta à un mètre d'elle, qui respirait plus vite
et demandait, d'une voix incertaine :

– Pourquoi m'avoir fait venir ici ?

– Parce que vous êtes en danger, je vous l'ai écrit.

Et il ajouta, s'approchant encore :

– Les Alliés ont débarqué en Normandie.

– Oui, je sais, fit Blanche.

– Dans les jours qui viennent, les maquis vont attaquer les Allemands. A commencer par ceux du Solail.
Il ne faut pas rester ici.

– Et où voulez-vous que j'aille ?

– Je ne sais pas, fit Jérôme, mais il ne faut pas rester ici.

Et, comme elle ne répondait pas, cherchant désespérément une solution à ce qu'elle venait d'apprendre, il reprit :

– Je ne voudrais pas qu'il vous arrive quelque chose, Blanche.

– Pourquoi ? fit-elle.

Elle songea que ce qu'elle disait n'avait aucun sens, mais elle répéta :

– Pourquoi ? Pourquoi moi ?

– Comme si vous ne le saviez pas, dit-il, et, en même temps, ses mains se refermaient sur les épaules de Blanche et l'attiraient contre lui.

Elle résista à peine : il y avait trop longtemps qu'un homme ne l'avait pas tenue dans ses bras. Quand elle rouvrit les yeux sur les étoiles, plus rien n'avait d'importance, sinon ce nom qu'elle murmurait interminablement en caressant les cheveux blonds :

– Delphin... Delphin...

Depuis que Marceau lui avait expliqué que le père Cancès avait décidé d'imprimer un journal clandestin, Mathilde ne cessait de trembler. Elle ne pouvait pas oublier ce qui était arrivé l'année d'avant, et elle suppliait Marceau d'être prudent, surtout lorsqu'il sortait la nuit pour livrer le journal à l'autre bout de Paris et qu'elle demeurait seule, guettant le moindre bruit dans la cour, où, l'an passé, avaient surgi les Allemands.

– Quand tout cela cessera-t-il ? demandait-elle lorsqu'ils se retrouvaient, le soir, dans l'appartement où ils auraient pu être si heureux sans cette maudite guerre.

– Bientôt, disait-il, bientôt. Mais tu sais qu'il faut

s'occuper de ce journal. C'est important pour moi, pour nous.

Elle ne comprenait guère pourquoi il s'était lancé dans ce combat qui ne les concernait pas directement, comme si la clandestinité dans laquelle il vivait ne suffisait pas à le mettre en danger. Elle ne sortait plus guère, s'imaginant, sur les grands boulevards, qu'elle était épiée, poursuivie même, n'apercevant plus rien des lumières de la ville dont elle avait été éblouie au début, regrettant parfois les vignes du Solail où jamais elle ne s'était sentie menacée.

– Repartons, Marceau, disait-elle, la nuit, en s'éveillant brusquement. Je sens qu'il va nous arriver malheur.

Il riait, lui prenait les mains.

– Qu'est-ce que tu vas chercher ? Quand la guerre sera achevée, nous serons très heureux ici.

Elle finissait par se résigner, mais quelquefois elle rêvait à la Finette et à Éléonore, criait, s'asseyait sur le lit et, de nouveau, suppliait Marceau de l'emmener loin de Paris.

– Si ce n'est pas terminé dans six mois, nous repartirons, je te le promets, finit-il par concéder un soir.

Elle regrettait maintenant d'avoir quitté ses parents sans s'être réconciliée avec son père, et elle leur écrivait chaque semaine, implorant une réponse qui ne venait toujours pas et qui pourtant, lui semblait-il, l'aurait délivrée de la peur dans laquelle elle vivait chaque jour.

Un matin de juin, Marceau ne rentra pas. Le jour était levé depuis longtemps et Mathilde, incapable de dormir, guettait à la fenêtre, espérant à chaque instant le voir surgir dans la cour. Déjà, un homme à béret et au pantalon retenu par des épingles à linge était parti au travail à bicyclette. Mathilde n'osait même plus regarder l'heure, comme si elle avait voulu arrêter le temps et permettre à Marceau de rentrer sain et sauf. Mais, bientôt, ce fut le père Cancès qui arriva et ouvrit, en sifflotant, la porte de l'atelier. Il devait être sept heures. Mathilde s'habilla hâtivement, descendit, traversa la cour et frappa au carreau. Le père Cancès apparut, encore ensommeillé, et s'exclama :

– Ah, c'est toi, petite ! Où est donc Marceau ?

– Il n'est pas rentré, gémit-elle. Il a été arrêté, j'en suis sûre.

– Mais non, voyons, fit-il en la faisant entrer et en refermant la porte derrière lui.

– Il est toujours là avant six heures, dit-elle.

– Ne t'inquiète pas. Il ne va pas tarder.

Les grands yeux clairs, d'où émanaient la bonté et la confiance, la rassurèrent un peu.

– Il est allé plus loin, jusqu'à Aubervilliers, cette nuit. Il ne te l'a pas dit ?

– Non. Il ne m'a rien dit.

– Tiens ! Aide-moi un peu, ça va le faire arriver.

Elle l'aida à porter des rouleaux de papier sur la table du massicot, puis il lui demanda si elle voulait bien classer les plombs dans le casier.

– Mets son tablier, dit-il, sinon tu vas te salir.

Elle passa le tablier bleu de Marceau qui lui atteignait les chevilles. Comme le vieux riait et se moquait d'elle, elle rattacha la ceinture après avoir remonté le tablier sur ses hanches.

– On dirait un kangourou, fit le vieux, riant toujours.

Et, en entendant marcher dans la cour :

– Tiens, ouvre-lui, il va être content de te trouver comme ça.

Elle n'en eut pas le temps, car la porte battit violemment, poussée par des soldats vêtus de noir, portant la croix gammée en brassard. Mathilde n'eut pas un cri, pas un gémissement : c'était comme si elle s'était attendue depuis toujours à ce qui arrivait – depuis le jour, en fait, où la Finette et Éléonore avaient vu le sang sur elle, et lui avaient prédit le malheur. Elle avait tout fait pour oublier leurs paroles violentes, leur folie, mais elle n'avait pu y parvenir. Et ce matin, elle revoyait les yeux fiévreux d'Éléonore, elle sentait la main griffue de la Finette sur son bras, et elle devinait que, pour elle, tout était fini.

Elle pensa subitement à Marceau et cria son nom.

– Tais-toi, petite, souffla le vieux. Ne parle pas.

Les soldats les avaient poussés jusqu'au fond de l'atelier où deux d'entre eux, mitraillette à la main, les surveillaient, tandis que les autres fouillaient les tiroirs, la poubelle, cassaient les outils, frappaient sur les machines. Le vieux ne semblait pas trop inquiet, car la composition du journal clandestin avait été détruite, mais la moitié d'une page, avec le titre, avait été oubliée sous le massicot. L'un des soldats la brandit bientôt sous le nez du père Cancès qui bredouilla, désignant Mathilde :

– Elle n'y est pour rien. Elle ne travaille pas ici. Elle est là par hasard.

Un violent coup de crosse sur la tempe le fit taire. Mathilde voulut se précipiter, mais elle n'y parvint pas ; déjà, ils l'entraînaient dehors où elle aperçut des silhouettes derrière les fenêtres. Une seule idée l'obsédait maintenant : que Marceau n'apparaisse pas. C'était assez bizarre, car elle ne le sentait pas loin, et elle avait raison. Il se trouvait à cinquante mètres de là, dans un café de la rue Notre-Dame-des-Champs. Il était arrivé trop tard pour prévenir le père Cancès du fait qu'ils avaient été localisés. Quand il vit apparaître Mathilde, que la Gestapo poussait vers l'une des tractions noires garées devant l'entrée de la cour, il cria et voulut s'élancer. Deux des résistants qui se tenaient avec lui eurent toutes les peines du monde à le retenir.

Les deux tractions s'éloignèrent. Il ne resta plus dans la rue qu'un chien qui reniflait les poubelles renversées au bord du trottoir.

Justin Barthès avait de nouveau quitté Sainte-Colombe au printemps, sous le prétexte de couper du bois dans l'arrière-pays. Il ne se faisait pas faute de revenir une fois par mois, avec une charrette pleine de planches qu'il entreposait bien en vue devant l'atelier. Clément avait manifesté le désir de le suivre, mais il avait fini par se ranger à l'avis de Nathalie et de Justin : il devait veiller sur la maison et surtout sur Juliette qui demeurait brisée, anéantie par ce qu'elle avait vécu, et qui se cachait toujours dans la maison de Violaine où son mari la rejoignait chaque nuit. Nathalie s'y rendait la journée, sous couvert de travaux de couture, et, de la sorte, Juliette ne restait jamais seule, même si elle s'ennuyait beaucoup, car son école lui manquait.

– Prends patience, lui disait Clément. Bientôt tout sera fini. Tu retrouveras tes élèves.

Elle le regardait sans le voir, et il lui semblait qu'une lueur s'était éteinte au fond de ses yeux. Il s'en ouvrait parfois à Justin qui tentait de le rassurer, mais Justin était inquiet lui aussi, et il préférait se trouver loin de Sainte-Colombe, engagé dans le combat contre ceux qui humiliaient, torturaient et fusillaient, y compris ces Français qui défendaient un régime dont la fragilité devenait de plus en plus évidente.

Des armes avaient été parachutées dans les différents maquis avant le Débarquement. Dans l'Aude, il en existait d'un bout à l'autre du département : Armée secrète de Trassanel, Citou, Durfort, Picausel, Mas Saintes-Puelles, Francs-tireurs et partisans de Gaja-la-Selve, Faïta, Salvezines, Lairière, groupes espagnols de

Roulens, Rivel, Joucou, et d'autres encore, qui vivaient dans la clandestinité la plus complète. Depuis le mois d'avril, les Allemands n'osaient plus s'aventurer sur la route de Carcassonne à Mazamet, qui traversait la montagne Noire.

A la fin du mois de juin, une réunion pour tenter de coordonner les actions des Forces françaises de l'intérieur fut fixée au Mas Cabardès où Justin se rendit en compagnie d'Edmond. Ils y arrivèrent de nuit, après avoir roulé sur une route de plus en plus cernée par la forêt de chênes verts, pour déboucher enfin dans un site moyenâgeux, aux rues étroites – un vrai coupe-gorge, jugea Edmond qui hésita longtemps avant de s'engager dans le chemin vicinal qui leur avait été indiqué sur une carte.

Le rendez-vous était fixé à deux heures du matin dans une vieille grange à l'écart du village, à l'extrémité d'un sentier qui semblait ne mener nulle part, mais qui s'ouvrit sur une clairière d'où l'on apercevait un ruisseau, tout en bas. Des sentinelles leur demandèrent le mot de passe, et ils purent accéder à la grange éclairée par des bougies, dans laquelle Justin reconnut, sans en être surpris, Ludovic, qui représentait le maquis F.T.P. de Gaja-la-Selve. Heureux de se retrouver – ils ne s'étaient pas vus depuis plus de deux ans –, ils parlèrent de Sainte-Colombe et se donnèrent des nouvelles de leur famille.

Ludovic, cette nuit-là, lui parut hostile et cassant. Il pronostiqua une victoire rapide, évoqua aussi le régime que les communistes allaient instaurer après la guerre, ne doutant pas une seconde que les siens allaient sortir grands vainqueurs de l'ultime combat qui s'engageait aujourd'hui. Justin constata que les groupes F.T.P. se posaient déjà en principaux acteurs d'une libération entamée le 6 juin, et ne songeaient qu'à prendre la tête du mouvement de la résistance audoise, ce qui provoqua une ardente discussion. On ne put se mettre d'accord sur la désignation d'un directoire commun, d'autant que les différents groupes se reprochèrent un mauvais partage des armes parachutées, certains même des vols de ces armes stockées dans des endroits déserts.

Ainsi, cette réunion si périlleuse ne servit à rien, et Ludovic, en quittant Justin, lui dit d'une voix pleine de fiel :

– Quand je serai maire de Sainte-Colombe, la première chose que je ferai, ce sera de régler mes comptes avec les Barthélémie. J'espère bien rentrer au Solail avec le drapeau rouge sur ma voiture.

Et il ajouta dans un éclat de rire grinçant :

– Je ferai du château la mairie de Sainte-Colombe !

Ils se séparèrent au petit matin, sans savoir, ce jour-là, qu'ils ne se reverraient plus. Mais Justin garda de cette nuit l'impression que la victoire, le jour où elle se produirait, conduirait aussi à un déchirement de ceux qui l'auraient obtenue. Il en garda une amertume et la sensation d'un péril encore plus grand, en une période où les Allemands, sérieusement menacés, se défendaient avec l'énergie d'une bête traquée. Pour les maquis, l'heure du véritable combat allait sonner.

Il y avait près d'un mois que Mathilde avait été arrêtée, et Marceau, aidé par le réseau pour lequel il travaillait, avait vainement tenté un coup de force pour la délivrer. Depuis Drancy, Mathilde était partie vers l'Allemagne, dans l'un de ces convois dont on ne connaissait guère la destination finale, mais qui laissaient craindre le pire pour ceux qui en faisaient partie.

Désespéré, Marceau avait erré un moment dans Paris, logeant chez des amis pour trouver un peu de réconfort, mais rien n'avait pu apaiser son angoisse et son sentiment de culpabilité envers celle qu'il avait perdue. Il avait un instant songé à écrire à sa famille, à Sainte-Colombe, puis il avait renoncé en se disant que la nouvelle leur parviendrait bien assez tôt. Il avait appris que son vieux patron avait été fusillé sans autre forme de procès, avec une dizaine de jeunes résistants qui avaient été pris ce matin-là. Une sorte de rage impuissante animait Marceau jour et nuit, et il cherchait le moyen de se lancer à la poursuite de Mathilde quand la solution lui apparut, un soir, alors qu'il rentrait vers la rue Férou où il se cachait désormais : pour la retrouver, il suffisait de suivre le même chemin qu'elle : se faire arrêter pour être transféré en Allemagne.

A partir de ce jour, il se porta volontaire pour les missions les plus risquées, mais elles ne lui permirent pas d'atteindre son but ; sa témérité, au contraire, le fit échapper à ses poursuivants. Alors il accepta celle, encore plus suicidaire, d'éliminer un officier allemand en représailles à des arrestations de résistants intervenues dans le sixième arrondissement. L'officier en question, l'un des hauts responsables de la Gestapo, devait sortir du Lutétia pour gagner sa voiture qui l'attendait un peu plus loin, dans la rue d'Assas. Il avait l'habitude, chaque soir vers onze heures, de faire ainsi quelques pas à pied, malgré les risques qu'il courait.

Marceau le guetta au coin de la rue Coëtlogon, mais il n'eut pas la force de tirer sur cet homme qui lui tournait le dos, et il rentra chez lui lentement, encore plus désespéré que d'habitude. Ce fut au cours de cette nuit-là qu'il décida tout simplement de se livrer : c'est-à-dire de se porter volontaire au titre du S.T.O., quel que soit le jugement de ses camarades. Ceux-ci firent tout ce qui était en leur pouvoir pour l'en dissuader, assurant qu'ils allaient avoir besoin de lui dans le combat de libération qui commençait, mais Marceau ne pouvait plus les entendre. Il se rendit un matin à la mairie du sixième, rue Bonaparte, et, devant des miliciens stupéfaits, se déclara volontaire pour le Service du travail obligatoire.

C'était tellement inattendu qu'il subit, pendant vingt-quatre heures, un interrogatoire très serré, au cours duquel il dut justifier sa présence à Paris et expliquer ce qu'il avait fait depuis janvier 1943. Il répondit qu'il s'était caché au Solail, près de Sainte-Colombe. Ensuite, il était venu à Paris où un ami lui avait trouvé du travail. La police française et la police allemande avaient d'autres chats à fouetter que de vérifier les dires de Marceau. Par ailleurs, les volontaires pour participer à l'effort de guerre allemand n'étaient pas si nombreux qu'elles pussent faire la fine bouche, en cette période où se profilait l'ombre de la défaite.

C'est ainsi que Marceau se trouva en partance pour Stuttgart où il devait travailler dans une usine d'armement. Il savait sa démarche insensée, mais tout lui paraissait préférable que de ne rien tenter pour retrouver Mathilde. Et dans ce train qui roulait vers ce pays qui représentait pour lui le mal absolu, Marceau était en quelque sorte en paix avec lui-même. Il ne songeait qu'à une seule chose : trouver Mathilde et la ramener en Languedoc, le seul endroit au monde où ils pourraient un jour être heureux.

Jérôme, depuis les Corbières où il se cachait chez un camarade de captivité, revenait souvent, de nuit, à la Combelle. Il y rejoignait son père, sa mère et sa femme qui lui montrait les lettres de Mathilde, mais il refusait de les lire. Car il n'avait jamais accepté la fuite de sa fille avec Marceau, loin de l'oustal où elle était née, loin des vignes où elle avait l'air heureuse, pourtant, à travailler parmi les siens.

– Elle est toujours à Paris, disait Agathe, elle va bien.

Jérôme ne répondait pas. Bien qu'il l'eût chassée, il avait ressenti cette fuite comme un affront personnel et ne lui pardonnait pas d'avoir quitté la Combelle.

– Lis-en au moins une, suppliait Agathe. Tu verras comme elle parle de toi.

– Je t'ai déjà dit que pour moi elle était morte, répliquait Jérôme.

Agathe n'était pas la seule à tenter de le faire revenir à de meilleurs sentiments vis-à-vis de leur fille : Clarisse s'y efforçait également, avec la douceur et la patience des femmes qui ont élevé des enfants et, d'avance, leur ont tout pardonné.

– Elle reviendra, disait Clarisse, je suis sûre qu'elle reviendra.

– En tout cas elle ne reviendra pas ici, disait Jérôme, ou alors c'est moi qui partirai.

Même Séverin, son père, essayait de le ramener à plus de raison.

– A quoi ça ressemble, tout ça ? Quand on n'a qu'un enfant, on ne lui ferme pas sa porte.

– Elle a toujours su les fermer ou les ouvrir toute seule, les portes.

Et l'on évitait désormais le sujet, d'autant que Jérôme, lors de sa dernière visite, s'était embrasé, dans l'une de ces colères devenues coutumières. Agathe en avait peur. Elle devinait que son mari, sous cette violence qui ne trouvait à s'exercer sur personne, cachait quelque chose de plus grave, sans doute même d'inavouable. « Quoi donc ? » se demandait-elle, la nuit, quand Jérôme sortait, prétextant qu'il ne pouvait dormir, qu'il avait besoin de marcher dans les vignes.

– Avec tous ces Allemands au Solail, reprochait Agathe, tu veux donc te faire prendre ?

– Les Allemands, ils ont autre chose à faire que de s'occuper de moi, répondait-il.

Et il s'en allait, sans qu'elle ose lui proposer de le suivre, tellement elle le craignait depuis qu'il n'était plus l'homme qu'elle avait épousé, et avec lequel elle avait été heureuse jusqu'à cette maudite guerre.

Dès qu'il sortait de la Combelle, il se dirigeait vers celle qui l'attendait dans les vignes, près du canal, sans souci des Allemands qui, depuis le Débarquement, patrouillaient aussi autour du château. Mais rien ni personne n'aurait pu l'arrêter : pas même le risque qu'il courait, ni la perspective d'être fusillé s'il était découvert en train d'errer si près du quartier général allemand.

– Nous sommes fous, disait Blanche. Ils pourraient nous tuer.

– Ça m'est égal, disait Jérôme. La seule chose qui compte, c'est que nous puissions nous voir.

Une nuit du début du mois d'août, pourtant, alors qu'il se hâtait vers le canal, une torche l'aveugla brusquement. Il voulut faire demi-tour, mais deux silhouettes bondirent sur lui, et il eut beau ruer, se débattre, il fut très vite maîtrisé puis conduit vers le château où des lumières brillaient encore aux fenêtres. Là, interrogé par la Gestapo, il prétendit qu'il allait soufrer les vignes, comme il n'y avait pas de vent, mais nul ne le crut, évidemment. Cette même nuit, il fut conduit à la prison de Carcassonne, tandis que Blanche l'attendait vainement dans la vigne où ils avaient l'habitude de se retrouver. Elle rentra vers trois heures du matin, et, désespérée, se coucha, espérant follement qu'il ait pu regagner la Combelle.

Très vite, le lendemain, elle dut se rendre à l'évidence : il lui était arrivé malheur. Arthémon, qui sortait du bureau du capitaine Derlinger, se montra tout réjoui : une patrouille avait arrêté ce terroriste de

Jérôme Barthès à proximité du château : à coup sûr, il préparait un attentat. Blanche protesta en vain. Mais elle ne pouvait aller trop loin sans éveiller des soupçons sur sa liaison avec Jérôme.

Sur ces entrefaites, Séverin arriva en compagnie d'Agathe, car ils avaient appris ce qui s'était passé. Tandis que Séverin plaidait chez Arthémon afin qu'il intervienne auprès des Allemands, Agathe suppliait Blanche d'agir en faveur de son mari. Le visage dévasté d'Agathe donna à Blanche bien du remords et du tourment. C'était à cause d'elle que Jérôme avait été pris et que sa femme, ce matin, tremblait de peur et de chagrin. Blanche s'en voulut, se sentit terriblement coupable, faillit se trahir, mais, finalement, trouva suffisamment de force pour donner le change. Et, comme elle promettait à Agathe d'intervenir, ce fut pis encore, car Agathe lui prit les mains et la remercia longuement, avec une sincérité qui bouleversa la maîtresse du Solail.

Arthémon, bien sûr, avait refusé d'intercéder en faveur d'un homme qu'il considérait comme un terroriste. Blanche n'essaya même pas de le fléchir. Elle savait ce qu'elle avait à faire. Le soir même, alors que la nuit commençait à tomber, elle demanda à être reçue par le capitaine Derlinger. Il la fit attendre un long moment, puis son aide de camp vint la chercher. Elle pénétra dans le bureau qu'elle redoutait tellement et qui était devenu méconnaissable, depuis que le capitaine l'occupait : des cartes sur les murs dissimulaient les anciennes tapisseries, des armes, des dossiers et des étuis de cuir étaient posés çà et là sur les tables.

Le capitaine vint lui baiser la main, la conduisit devant son bureau, le contourna et s'assit en disant :

– Je vous écoute, madame. Mais faites vite, car j'ai une longue nuit de travail devant moi.

Il s'était remis à écrire, et Blanche, maintenant, hésitait, sachant que les Allemands, menacés de toutes parts, étaient devenus très méfiants.

— Eh bien ? fit-il. C'est donc si difficile ?

Les yeux, froids comme une lame d'acier, s'étaient levés sur elle, et semblaient à ce point sans faille qu'elle souhaita s'en aller. Puis elle pensa à Agathe, au mal qu'elle avait fait à cette femme si humble, sans la moindre défense, et elle dit très vite, baissant la tête :

— C'est au sujet de l'homme que vous avez arrêté la nuit dernière.

— Oui, le terroriste, fit le capitaine Derlinger qui s'était remis à écrire.

— Ce n'est pas un terroriste, fit Blanche, et il ne voulait tuer personne.

Le capitaine attendit un instant avant de poser son porte-plume. Il se leva brusquement, vint tout près d'elle, à la toucher, et demanda violemment :

— Comment le savez-vous ?

— C'est moi qu'il venait voir, souffla-t-elle, en ayant l'impression que ses jambes allaient s'affaisser.

Il parut stupéfait, et son regard devint plus dur encore. Il recula de quelques pas, fit mine de s'absorber dans l'étude d'une carte, revint brusquement vers elle et demanda :

— Et vous pensez que je vais vous croire ?

— Nous nous voyons dans les vignes du canal depuis plusieurs mois, dit Blanche, très vite, sachant qu'au-delà de ces mots elle ne pourrait plus reculer.

Le capitaine demeura silencieux, avant de demander sur un ton d'ironie mordante :

— Cet homme était votre employé, n'est-ce pas ?

— Oui, dit Blanche, n'osant pas affronter le regard qui la transperçait.

— Comme c'est étrange, murmura le capitaine.

Et il ajouta, dans un sourire glacé :

– Comme les Françaises sont bizarres.

Il revint une nouvelle fois derrière son bureau, s'assit et, croisant les mains sur sa ceinture, il repoussa son fauteuil vers l'arrière en la dévisageant durement, comme s'il cherchait à comprendre quelque chose.

– Et à supposer que je vous croie, dit-il, je ne vois pas pourquoi vous êtes venue me voir.

Elle trouva la force de croiser furtivement son regard, puis elle s'efforça de ne regarder que la carte murale en face d'elle :

– Je suis venue vous demander de le faire relâcher.

Et elle ajouta, comme il ne répondait pas :

– S'il vous plaît.

Il cessa de se balancer, se leva de nouveau, revint vers elle, demanda :

– Et à supposer que j'en aie le pouvoir, vous comptez payer comment ?

– Je ne sais pas, répondit Blanche.

– Moi non plus, dit-il. Expliquez-moi.

Elle songea vaguement qu'elle était entrée dans le bureau du diable en personne et elle le regretta amèrement. Il reprit, sans la moindre aménité dans la voix :

– Dépêchez-vous, madame, parce que j'ai d'autres obligations en ce moment.

Il se rendit compte qu'elle avait des larmes dans les yeux, mais il ne parut pas s'en soucier, et, au contraire, demanda :

– Vous avez une minute. Pas une seconde de plus.

Blanche faillit s'en aller. Cependant, encore une fois, le visage d'Agathe en larmes apparut devant elle. Elle avala sa salive, murmura :

– Vous pouvez faire de moi ce que vous voulez.

– Pardon ? fit le capitaine.

Et comme elle n'osait plus rien dire, dévastée par la honte :

– Je n'ai pas bien entendu, fit-il. Voulez-vous répéter ?

– Faites de moi ce que vous voulez, souffla-t-elle, les yeux clos.

– Bien, bien, dit-il. Nous sommes d'accord pour une fois.

Il y eut un long moment de silence, durant lequel Blanche crut que le pire était passé, mais c'était mal connaître le capitaine qui lança d'une voix terrible :

– Eh bien, j'attends !

Et comme elle n'esquissait pas le moindre geste, il cria :

– J'attends !

– S'il vous plaît, dit Blanche d'une voix brisée.

Le capitaine se leva encore, et, de nouveau, s'approcha d'elle :

– Vous voyez, dit-il, je vous l'avais dit que vous me supplieriez un jour.

Il sembla à Blanche que la lueur de cruauté qu'elle apercevait dans les yeux du capitaine s'estompait, mais le ton de sa voix la détrompa aussitôt.

– J'attends, répéta-t-il.

Blanche détourna une nouvelle fois le regard et, les yeux pleins de larmes, submergée par la honte, déboutonna le premier bouton de son corsage, puis, comme il ne se passait rien, le deuxième. Elle sentit une main se refermer sur son bras, gémit, rouvrit les yeux.

– Ce ne sera pas nécessaire, dit le capitaine. Voyez-vous, madame, autant j'aurais eu plaisir à aimer une vraie dame de ce magnifique pays qu'est la France, autant j'aurais bien du mal à honorer une femme qui va se coucher dans une vigne avec son employé. Je me faisais une autre idée des vertus de ce que je croyais être une noblesse terrienne, et que pour moi vous personnifiez.

Il la lâcha, ajouta :

– Me suis-je fait bien comprendre ?

Blanche ne s'était jamais sentie si humiliée. Elle aurait voulu disparaître sous terre, n'avoir jamais connu Jérôme, n'être jamais rentrée au Solail.

– Aussi, nous en resterons là, dit le capitaine. Vous pouvez donc disposer.

Elle ne sut pas comment elle s'était retrouvée dehors, cachée au milieu des buis, fondue dans l'ombre, incapable d'affronter la moindre lumière, de se regarder dans un miroir, se demandant si elle allait pouvoir vivre désormais, avec, au plus profond d'elle, une telle blessure.

Ce ne fut pas sans stupeur qu'un soir, à Citou, de retour d'une mission à Narbonne, Justin découvrit Violaine en compagnie des jeunes maquisards tout réjouis de la présence d'une femme parmi eux. D'abord, Justin crut qu'il était arrivé quelque chose à Juliette et il s'empressa de questionner Violaine. Mais non, elle était venue d'elle-même, assurant que Juliette n'avait plus besoin d'elle et ne risquait rien.

– Tu es folle, dit Justin, tu n'as rien à faire ici ! Et d'abord, comment es-tu arrivée jusque-là ?

Violaine refusa de répondre. Les sentinelles, questionnées par Edmond, répondirent qu'elle avait donné le mot de passe. Elle avait tout simplement gagné la confiance de l'homme qui, à Sainte-Colombe, servait de boîte à lettres au maquis de Citou.

– Va-t'en ! dit Justin. Je ne veux pas que tu restes ici.

– Et pourquoi ?

– Parce que ce n'est pas la place d'une femme.

– Ce n'était pas la place de Juliette que de se trouver dans une cellule pour y être torturée.

Elle l'avait touché. Il la dévisagea et, face à ce visage à peine marqué par les années, quelque chose en lui se brisa.

– A l'âge que nous avons, dit-elle, nous ne trahirons plus personne. Laisse-moi au moins partager ce combat avec toi.

Et elle ajouta, d'une voix qui le transperça :

– Si les choses tournent mal, ce que nous n'avons pas pu partager dans la vie, au moins, nous le partagerons dans la mort.

Ces cheveux blonds, ces yeux verts, soudain, étaient les mêmes qu'à l'époque où il les caressait dans les vignes, il y avait, lui semblait-il, une éternité.

– J'ai cinquante-sept ans, dit Violaine comme si elle avait deviné ses pensées. Deux ans de moins que toi. Tu ne crois pas que nous avons attendu assez longtemps ?

Et elle ajouta, un sourire douloureux sur ses lèvres :

– Après ce que j'ai fait pour Juliette, tu ne peux pas me refuser de vivre ici, près de toi, le temps que ça durera. Après, je rentrerai, et tu n'entendras plus parler de moi.

Justin réfléchit un instant, puis :

– Tu ne te rends pas compte, dit-il, que c'est devenu très dangereux. Il y a quelques jours, les maquis des Corbières ont été cernés par les Allemands. Nous, nous avons ordre d'attaquer les convois sur toutes les routes.

– Ça m'est égal, dit Violaine. Tout ce que je veux, c'est vivre quelques jours, peut-être quelques semaines près de toi.

Il ne répondit pas, s'en alla consulter Edmond qui avait envoyé un émissaire vers la « boîte à lettres » de

Sainte-Colombe pour vérifier si cette surprenante recrue disait vrai.

– Nous verrons, dit-il. Attendons ce soir.

L'émissaire remonta à la nuit et confirma les dires de Violaine. Nul, dès lors, ne songea à la renvoyer, d'autant qu'elle voulut bien s'occuper de la cuisine, à condition de participer aussi aux opérations.

Justin finit par accepter sa présence, même si elle n'était pas sans poser des problèmes. Car il le vérifiait chaque jour : Violaine n'avait rien perdu de son charme inné qui poussait les hommes – les plus vieux comme les plus jeunes – à rechercher sa compagnie durant la journée. Le soir, elle avait pris l'habitude de venir retrouver Justin qui, un peu à l'écart sur la pente boisée, regardait tomber la nuit sur la vallée. On était au début du mois d'août. Le ciel était parcouru de multiples étoiles filantes et le parfum des collines, plus lourd, plus profond, que celui de Sainte-Colombe, ajoutait de la gravité à ces heures lentes, dont on savait qu'elles étaient menacées.

– Tu vois, je suis heureuse, disait Violaine. Il ne m'en fallait pas plus.

Elle évoquait souvent les souvenirs de leur jeunesse, et, émue malgré elle, elle demandait dans un chuchotement :

– Tu te souviens ? Dis-moi que tu te souviens.

C'était presque une prière. Justin se rappelait leurs folles nuits, leur fuite à Narbonne, le piano, aussi, et demandait si elle jouait toujours.

– Toute ma vie je n'ai fait que jouer du piano, disait-elle.

Les maquisards avaient compris qu'il existait entre eux des liens tissés depuis longtemps et se tenaient à l'écart. S'ils se voyaient peu la journée, chaque soir ils se retrouvaient sous le même arbre, dans une faille de la forêt, prenant un tour de garde côte à côte.

– Il aura fallu cette guerre pour que je puisse vivre une heure ou deux à côté de toi, disait-elle. Tu vois, ça me suffit. Était-ce trop demander ?

Il ne répondait pas car il savait qu'ils risquaient de basculer dans une situation qu'ils regretteraient l'un et l'autre. Il se tenait sur ses gardes, évitait de l'accompagner dans ces souvenirs qui affluaient en vagues douces et qui les submergeaient. Mais la chaleur de ce mois d'août où l'on sentait rôder le danger, la fraîcheur parfumée de ces nuits les inclinaient irrémédiablement vers ce que Justin redoutait.

– C'est l'heure, disait-il alors en se levant brusquement. Allons dormir.

Ils rentraient, se trouvaient de nouveau séparés et tentaient d'oublier dans le sommeil qu'ils auraient pu dormir dans les bras l'un de l'autre.

Les événements, en se précipitant dangereusement, les obligèrent à penser à autre chose qu'à eux-mêmes : le 19 août, les Allemands, contraints d'évacuer Carcassonne, avaient exécuté quinze détenus de la prison et fait sauter le dépôt de munitions. Le 20, au cours de leur retraite, ils avaient tiré sur la population, faisant vingt-six morts, puis ils avaient incendié les maisons qui bordaient le quai Riquet. Pour les maquis, le mot d'ordre était simple : empêcher par tous les moyens les colonnes ennemies de se replier en bon ordre et de remonter vers la Normandie.

C'est ainsi que, le 24 août, les F.F.I. furent chargées de barrer la route à une colonne allemande à Rieux-Minervois, un bourg de la vallée situé entre Carcassonne et Narbonne, au nord de la nationale. Justin était intervenu auprès d'Edmond afin qu'il interdise à Violaine de participer aux opérations, mais celui-ci n'y était pas parvenu.

– Elle m'a promis de rester en arrière, dit-il en montant dans le camion.

Ils étaient partis au milieu de la nuit pour arriver sur les lieux bien avant le jour. Le village était tout en longueur, et ses tuiles canal, semblables à des écailles, le faisaient ressembler à un serpent endormi dans la chaleur.

Les hommes établirent des barrages sur la grand-route et dans les ruelles environnantes, puis ils prirent position derrière les murs des maisons proches. Justin ne savait pas où se trouvait Violaine. Assis sur les marches d'un escalier, il s'en voulait de n'avoir pas été capable de la faire renvoyer à Sainte-Colombe. Il s'en voulait aussi de s'être laissé entraîner dans un combat qu'il détestait. Il n'avait pas peur, car il connaissait l'odeur de la poudre depuis très longtemps, mais il ne se pardonnait pas d'avoir insensiblement glissé vers la guerre, d'avoir de nouveau plongé dans la violence. Mais comment aurait-il pu faire autrement ? Il défendait les siens. Il défendait sa terre et il avait cinquante-neuf ans. Toute sa vie n'aurait-elle donc été qu'un combat ? Et cela, malgré lui ?

Appuyé contre le mur de l'escalier, il ferma les yeux, soupira.

– Ils arrivent, murmura Edmond près de lui.

Effectivement, on entendait dans le matin très clair monter un grondement de voitures et de camions. La grand-rue était totalement déserte, les habitants ayant été prévenus de l'embuscade. Un premier véhicule apparut, hésita, s'arrêta, repartit lentement. Les F.F.I. laissèrent s'engager le convoi dans sa totalité avant d'ouvrir le feu, le barrage ayant été établi à l'autre extrémité du village. Aussitôt ce fut l'enfer, un véritable combat qui dura toute la matinée et une grande partie de l'après-midi. Les Allemands, en surnombre, finirent par se frayer un passage en force, non sans tuer des habitants et emmener des otages.

Les maquisards durent se replier avec deux blessés

et laissèrent six morts sur le terrain. Dans la précipitation, Justin Barthès eut à peine le temps de monter dans le camion qui l'emporta vers les collines, et il se demanda si Violaine avait pu en faire autant.

– Elle est dans l'autre camion, lui dit un homme dont le bras était couvert de sang.

– Tu es sûr ?

– Oui, je l'ai vue.

Après le vacarme des coups de feu et des rafales de mitraillettes, c'est à peine si Justin entendait maintenant le bruit du moteur. Hébété, il regardait les collines bleues du Minervois, et, plus loin, les pentes sombres de la Montagne Noire qui semblait dormir dans la brume de chaleur. Son cœur battait encore très vite, mais il savait qu'il ne se calmerait que beaucoup plus tard. Il était épuisé. Les hommes, autour de lui, étaient silencieux, hagards, et songeaient sans doute qu'ils auraient pu mourir en ce jour d'été. Eux aussi regardaient la route et les collines paisibles, pensaient sans doute à leurs parents, à leurs amis, à leur femme ou à leur fiancée. Certains tremblaient d'une peur rétrospective, fuyant le regard de leurs camarades, étonnés d'être encore en vie.

Le soir, Violaine rejoignit Justin comme elle en avait l'habitude. Il l'accueillit froidement, lui reprocha d'avoir mis sa vie en danger.

– Je ne suis heureuse qu'à l'endroit où tu te trouves, répondit-elle. C'est comme ça depuis toujours. Je n'y peux rien.

– Et si tu avais été tuée ?

– Et toi ? Tu te crois indestructible ?

– Moi, je suis à ma place, ici. Pas toi.

– A ma place, j'y suis restée toute ma vie, répliqua-t-elle. Aujourd'hui, je n'en ai plus envie.

Il y avait une telle fêlure dans sa voix que Justin en fut bouleversé. Mais il ne put rester près d'elle, ce soir-là, car Edmond vint le chercher pour lui annoncer la mort de Ludovic, son neveu, tué la veille dans les environs de Quillan. Justin demanda à rester seul, songea un moment à leur dernière entrevue, au Mas Cabardès, à tout ce qu'ils avaient fait ensemble : la vigne plantée sur la colline, le cheval prêté chaque jour, le travail côte à côte durant de longs mois, et puis cet éloignement à cause de la politique, de la guerre qui approchait. Justin savait pourtant que Ludovic lui ressemblait : comme lui il avait quitté le Solail, et comme lui il avait décidé de combattre. Comme lui, également, il avait choisi de ne pas subir et de construire sa vie. Et aujourd'hui il était mort. La guerre, toujours la guerre, mais quand donc cesserait-elle ?

Le lendemain, il fallut s'occuper des blessés et des munitions avant de repartir. Ordre était venu de prendre position sur la route de Saint-Pons, au-delà de Rieussec, car les dernières colonnes allemandes ne trouvaient de salut que sur les petites routes. La chaleur était toujours aussi intense, même sous les pins dont l'écorce semblait éclater au soleil, répandant des odeurs fortes de résine. Comme l'on manquait d'eau, les hommes buvaient beaucoup de vin, et les préparatifs du lendemain s'effectuèrent dans une fièvre qui ne se calma que le soir, à l'heure où le soleil disparut enfin derrière les collines. La nuit commença à descendre en lourdes vagues dont le contact faisait délicieusement frissonner la peau.

Justin reprit son poste de guet, comme à son habitude, et Violaine ne tarda pas à le rejoindre. Ils demeurèrent un long moment sans parler, regardant s'éteindre une à une les lumières sur les pentes, puis la pleine lune vint à son tour éclairer les collines. Il sentit que Violaine l'observait, et il se tourna brusquement vers elle. Alors elle eut ce geste plein d'affection de lever la main vers son œil mort et de le caresser un instant. Qui avait déjà fait ce même geste, un jour ? Il se souvint : Charlotte, dans les vignes du Solail, et il se demanda pourquoi les femmes avaient besoin de caresser ainsi cette blessure. En même temps, une flèche au poison amer le transperça, quand il songea à tout ce qui aurait pu être dans sa vie et qui n'avait pas eu lieu, de par sa volonté. Il eut la sensation d'avoir irrémédiablement perdu quelque chose qu'il ne retrouverait jamais, et il attira contre lui Violaine qui se laissa aller et ne bougea plus.

Ils respiraient maintenant au même rythme que la nuit, sous les étoiles scintillantes. Il n'y avait plus un seul bruit. Le monde semblait enfin avoir accueilli la paix.

– Dormons ensemble cette nuit, chuchota Violaine.

Il ne répondit pas et elle crut qu'il n'avait pas entendu.

– S'il te plaît, ajouta-t-elle tout bas. Ce sera la dernière fois.

Il sentait les cheveux blonds sous la paume de sa main et il respirait leur parfum. Il la serra plus fort. A cet instant, un homme cria dans son sommeil, plus haut, dans la grange qui leur servait d'abri. Et ce cri, aussitôt, en lui suggérant les cris des suppliciés, lui fit penser à Juliette et à Nathalie qui veillait sur elle. Il se détacha brusquement de Violaine, se leva et s'éloigna sans un mot. Elle demeura un long moment immobile, les yeux noyés, puis la relève la contraignit à rentrer. Elle s'en alla tristement, se coucha, persuadée qu'elle ne dormirait plus jamais dans ses bras.

Le lendemain, dès l'aube, l'alerte fut brusquement donnée par des sentinelles postées sur la route, en bas : une colonne allemande approchait. Les hommes, réveillés en sursaut, descendirent à toute vitesse pour se mettre en position derrière les rochers et ils ouvrirent le feu dès que le premier véhicule apparut. La riposte ne se fit pas attendre. Une mitrailleuse lourde entra en action, ainsi qu'un bazooka dont le tir déchiqueta les pins et les chênes verts sur le coteau. Un premier tank apparut, le canon pointé vers le versant. L'explosion fut d'une violence extrême. On entendit des hommes crier, puis les mitraillettes, dérisoires mais nerveuses, crépiter.

– Remontez ! Remontez ! hurla Edmond.

Justin, qui se trouvait près de lui, s'apprêtait à décrocher quand il aperçut une silhouette qui courait sur la route en tirant, face à la mitrailleuse lourde allemande. L'instant de stupeur passé, elle ouvrit le feu, et la silhouette parut s'envoler, lâchant sa mitraillette avant de rouler sur le bas-côté où elle tomba lourdement. Dans sa chute, la casquette s'envola et de longs cheveux blonds apparurent, glaçant le sang de Justin qui venait enfin de comprendre pourquoi Violaine l'avait rejoint sur ces hauteurs où rôdaient le danger et la mort.

12.

Elle n'en croyait pas ses yeux, Mathilde, à l'instant où elle aperçut une fleur blanche au revers du fossé. « Cet hiver est donc fini ? se demanda-t-elle. Je ne vais plus avoir froid ? La chaleur va revenir dans mes os ? » Il lui semblait qu'elle ne savait plus ce que c'était que d'avoir chaud. En effet, elle avait souvent rêvé d'édredons de plumes, elle s'était imaginée au plus fort de l'été dans les vignes du Solail, mais le froid était entré en elle définitivement dès le mois d'octobre précédent, quand les premières gelées s'étaient abattues sur le camp, alors qu'elle n'était vêtue que de son costume rayé, sans avoir pu conserver l'un des vêtements qu'elle portait le jour de son arrestation.

C'était si loin, tout cela : la rue Notre-Dame-des-Champs, Marceau, l'appartement où il faisait si bon se retrouver le soir. Avaient-ils jamais existé ? Elle n'en était plus vraiment sûre depuis le temps où elle avait changé de monde, où plus rien n'avait de sens, sinon essayer de survivre. Mais pour quoi ? Pour qui ? Pour retrouver un jour le Solail avec Marceau ?

Depuis le début du cauchemar, elle essayait de penser à ce qu'avait été sa vie avant, car elle savait que, si elle rompait ce lien, elle n'aurait plus de force pour se battre. Mais elle perdait le souvenir de tout, précisément, et seul son chemin de croix demeurait dans sa mémoire, comme si c'était uniquement lui qui avait un sens aujourd'hui : la voiture noire, la cellule, la torture sous laquelle elle n'avait pas parlé puisqu'elle ne savait rien. Les interrogatoires à n'en plus finir. De nouveau la torture, puis le silence, la douleur. Longtemps. Longtemps. Combien de jours ? Elle n'aurait su le dire, au juste. Elle se souvenait surtout de Drancy. Là, enfin, elle n'avait plus été seule, et elle s'était sentie un peu plus forte. Puis il y avait eu le wagon. Interminablement. Les soldats casqués. Les chiens. Les barbelés. La faim, le froid, la peur. Une peur atroce qui vous faisait redouter l'arrivée des matins, puisqu'il faudrait une nouvelle fois affronter ce que l'on pouvait, parfois, oublier une heure ou deux pendant le sommeil.

Il fallait aussi affronter le travail épuisant sur la route qui paraissait ne mener nulle part. Pour qui construisait-on cette route ? On apercevait une grande forêt au loin, mais nul ne savait exactement où l'on se trouvait. Et nul ne s'en souciait, d'ailleurs. Les femmes, ses voisines, songeaient uniquement à leurs enfants qui étaient enfermés à l'extrémité du camp, dans un autre bâtiment. Elles étaient prêtes à tout pour les voir un instant, et se vendaient aux kapos, du moins les plus jeunes, pour quelques minutes dont elles revenaient encore plus désespérées qu'à leur départ.

Mathilde, elle, parmi toutes ces horreurs quotidiennes, n'avait songé qu'à Marceau. Surtout sur la route, quand la brouette était trop lourde et qu'elle se serait volontiers assise ou couchée, tellement la fatigue taraudait ses muscles et lui semblait rompre ses os. Mais elle savait ce qui arrivait à celles qui ne pouvaient plus travailler : elles étaient exécutées sur place ou emmenées vers l'un de ces bâtiments du camp, qui fumait souvent, et on ne les revoyait jamais. Alors

Mathilde pensait à Marceau, au Solail, serrait les dents et soulevait les pierres malgré ses larmes, surveillait la course du soleil en espérant que le soir viendrait vite.

Et tout cela depuis combien de temps ? Elle ne le savait pas, mais aujourd'hui, il y avait cette fleur blanche au revers du fossé et elle lâcha les bras de sa brouette pour la ramasser. Elle la cueillit, la respira. Personne ne l'avait vue. C'était une pâquerette. Elle l'enfouit dans son corsage en se promettant de la respirer, le soir, sur son châlit, et il lui sembla que tant qu'elle porterait cette fleur sur elle, il ne pourrait rien lui arriver.

Ce soir-là, quand les prisonnières rentrèrent au camp, il y avait des camions partout, sur lesquels montaient des soldats, ivres pour la plupart. Il n'y eut pas de distribution de soupe. Des kapos vinrent leur jeter du pain qu'elles se partagèrent sans pouvoir éviter les disputes. Plus tard, il y eut une rafle dans le bâtiment d'à côté et l'on entendit des cris dans la nuit. Mathilde savait ce que cela signifiait pour en avoir été la victime à plusieurs reprises. Elle trembla longtemps avant de parvenir à s'endormir. Des coups de feu, dans la cour, la réveillèrent en sursaut.

– *Aufstehen ! Schnell !*

Les femmes affolées se retrouvèrent devant une demi-douzaine de S.S., l'arme à la bretelle.

– *Alles raus !* cria une voix.

Tout le monde dehors. Elles crurent qu'ils allaient leur tirer dans le dos et elles hésitèrent. Une rafale de mitraillette partit. Certaines, pourtant, refusèrent de bouger, demandant où étaient les enfants.

– Ils sont partis, dit une voix, je les ai vus. Ils sont devant.

Elles se mirent en mouvement juste avant que ne parte une deuxième rafale. Mathilde avait eu le réflexe d'enfiler ses chaussures, mais beaucoup de femmes

341

étaient pieds nus. Il faisait très froid dans le matin blême que des nappes de brouillard baignaient jusqu'à l'horizon. Les déportées ne prirent pas la direction de la forêt. Dès la sortie du camp, elles furent dirigées dans la direction opposée, c'est-à-dire vers des collines noires, où l'on apercevait, quand le temps était clair, des fermes tapies entre des bouquets d'arbres.

Mathilde avançait, les bras repliés sur sa poitrine pour se protéger du froid. Que se passait-il, ce matin ? Où les emmenait-on ? Elle tentait de trouver sur le visage de ses voisines l'espoir qui, maintenant, montait en elle : si on ne les avait pas tuées sur place, c'est qu'il y avait un but. Or, n'importe quelle destination lui semblait préférable à ce camp dans lequel elle vivait depuis de longs mois. Au fur et à mesure qu'elle marchait, d'ailleurs, elle avait moins froid. Bientôt, un pâle soleil émergea de la brume et les prisonnières tournèrent la tête vers lui comme vers un sauveur. Sans s'arrêter de marcher, Mathilde regarda derrière elle la plaine encore sous la brume, qui étincelait comme un lac.

Le cortège de fantômes épuisés dépassa les fermes, et, dès qu'il eut atteint le sommet de la colline, entra dans un village que l'on ne pouvait apercevoir d'en bas. Pas un homme dans les rues, seulement quelques femmes sur le seuil des maisons couleur sable. Des enfants qui jouaient jetèrent des pierres aux prisonnières. Les S.S. les regardèrent en riant, mais ils les repoussèrent lorsqu'ils manifestèrent l'intention de suivre le cortège.

La petite route redescendait maintenant vers une autre vallée que les brumes avaient enfin délivrée. Au milieu coulait un ruisseau dont les rives étaient plantées de grands arbres sur lesquels on devinait quelques plumets de feuilles. Alors Mathilde songea de nouveau au printemps. Machinalement, elle chercha la fleur dans son corsage, eut un instant de frayeur en ne la trouvant pas, puis sa main la rencontra et se referma sur elle. Elle la garda un moment, souriant en elle-même, comme si, désormais, le cours de sa vie allait être changé.

Maintenant, avec la fatigue, certaines femmes ne pouvaient plus suivre. Elles s'asseyaient sur la route et l'on entendait une brève rafale, pas même un cri. Mathilde, elle, suivait de son mieux. En bas, le ruisseau paraissait s'élargir au fur et à mesure que l'on descendait vers lui. De lourds oiseaux tournaient au-dessus, et Mathilde pensa que ce devait être des canards sauvages. De l'autre côté, de grands bois, entrecoupés de pâtures, assombrissaient l'horizon.

Il fallut plus d'une heure aux prisonnières pour atteindre le ruisseau, puis le traverser sur un pont de bois branlant qui menaçait de s'écrouler. Mathilde regarda l'eau claire et elle eut la sensation que toute cette eau ne parviendrait pas à la débarrasser de la crasse qu'elle portait collée sur son corps ni de la douleur enfouie en elle. Le soleil montait droit au-dessus des collines. Il ne devait pas être loin de midi. Elle se demanda si on allait leur donner à manger, mais elle comprit très vite que ce ne serait pas nécessaire. Peu avant le premier bois, une sorte de carrière s'ouvrit brusquement devant le cortège. Comme les femmes s'arrêtaient, les premières rafales assassines partirent. Mathilde eut juste le temps de se glisser sous des buissons et de se mettre à courir, giflée par les branches et griffée par les ronces. Il lui sembla qu'une pointe de fer lui traversait la poitrine, mais elle continua de courir jusqu'à ce que les armes se taisent. Alors elle s'allongea et constata que sa robe, sur le devant, était pleine de sang. Elle se rappela la Finette et Éléonore. Elle se tourna sur le côté, se mit à respirer doucement, étonnée par le silence. Songeant à la fleur de la veille, elle chercha dans son corsage, en retira des pétales rouges qu'elle lâcha aussitôt, comme s'ils la brûlaient. Elle avait faim, très faim, mais elle n'avait pas mal. Elle ferma les yeux et s'endormit.

Quand elle se réveilla, la nuit tombait dans des brumes épaisses. « Marceau, murmura-t-elle, viens me chercher. » Elle se revit au Solail, au milieu des vignes, courant vers lui, qui lui tendait les bras. Elle courait, elle courait, mais elle n'avançait pas. Alors elle se laissa tomber et elle ne le vit plus. « Je vais me reposer », se dit-elle. Elle ferma les yeux, sans se douter que c'était pour la dernière fois.

Si le Languedoc était délivré de l'occupant depuis le mois d'août 1944, la guerre n'était toujours pas terminée, et les règlements de comptes consécutifs à cette période trouble avaient commencé, y compris au Solail, où Blanche se retrouvait seule avec Hortense pour faire face à cette situation. Arthémon, lui, était en prison depuis le 29 août, jour où des résistants étaient venus l'arrêter. Trois mois plus tard, en novembre, des cours de justice avaient été chargées de réprimer toutes « les infractions légales commises pour favoriser les entreprises de l'ennemi ».

Blanche, qui n'ignorait rien de cela, avait compris qu'Arthémon était en danger de mort. Malgré ce qui l'avait opposée à lui durant la guerre, elle l'avait défendu quand on était venu l'arrêter, puis elle s'était résignée lorsqu'elle avait compris qu'aux yeux des nouvelles autorités, c'était le Solail tout entier qui était suspecté de collaboration, et donc menacé.

Elle avait appris que le capitaine Derlinger avait été tué sur la route de Rieussec, mais cette nouvelle n'avait pas adouci sa blessure, au contraire. Entre elle et lui s'était établie une étrange complicité, elle le devinait aujourd'hui, mais trop tard. Elle avait rencontré un homme qui ne ressemblait à personne, et elle ne parvenait pas à l'oublier. Elle s'en voulait, croyait devenir folle, mais revenait souvent dans le bureau qui avait été celui du capitaine, comme pour y retrouver quelque chose. Mais quoi ? Cela faisait presque un an que les Allemands avaient quitté le Solail. Alors ? Que venait-elle chercher dans ce lieu qui ne ressemblait plus du tout à ce qu'il avait été ? Elle s'interrogeait chaque jour sans trouver de réponse. Mais la blessure était toujours là, et l'humiliation éprouvée demeurait la même, si cruelle, certains jours, qu'elle maudissait Jérôme Barthès – à ses yeux, le vrai responsable de cette humiliation – comme elle n'avait jamais maudit aucun homme.

Car il était revenu, Jérôme, dès le mois de septembre, et il avait expliqué qu'il avait été libéré de la prison de Carcassonne, deux jours après son arrestation, sans la moindre explication. Il avait alors rejoint les maquis qui avaient rendu leur liberté aux villes et aux villages du Languedoc, puis il était rentré au Solail et avait tenté de renouer avec Blanche. Celle-ci avait d'abord voulu le chasser, mais, comme elle ne tenait pas à se créer un ennemi supplémentaire, elle y avait renoncé. Cependant, elle lui avait clairement fait savoir que ce qui avait existé entre eux devait être oublié. Jérôme avait insisté quelque temps, puis il s'était résigné, du moins en apparence. Il travaillait, depuis, comme une bête de somme, cherchant à s'abrutir, incapable de se faire à l'idée qu'il ne tiendrait plus jamais cette femme superbe dans ses bras, une femme qui ne levait même plus les yeux sur lui et, au contraire, semblait le mépriser.

Blanche, dix mois plus tard, se demandait toujours pourquoi l'officier qui l'avait humiliée avait en même temps exaucé sa requête : avait-il été si amoureux d'elle, ce capitaine dont elle n'avait pas su percer la carapace ? Elle ne songeait jamais à lui sans un trouble dont elle était furieuse, et elle s'évertuait, mais sans y parvenir, à chasser ce passé de sa mémoire.

Les soucis qui l'accablaient, en cette fin du mois d'avril, la distrayaient – heureusement, songeait-elle – de ses amères pensées. On ne trouvait plus rien : ni soufre ni sulfate de cuivre, et les vignes pâtissaient beaucoup de cette situation. Elle avait bien vendu le vin de l'année précédente, mais la récolte en avait été faible et le profit limité. Jean et Lionel, en grandissant, étaient devenus turbulents, et il n'était pas facile de les faire obéir. L'autorité d'un père leur manquait. Ils passaient le plus clair de leur temps dans les vignes et rentraient le soir sales et dépenaillés, sans avoir pour autant aidé au travail des journaliers. Seul Arthémon, avant d'aller en prison, parvenait à les gouverner, mais, aujourd'hui, Blanche et Hortense, trop seules et trop occupées, mesuraient combien la présence d'un homme au Solail leur aurait été précieuse.

Autant pour cette raison que parce qu'il était son père, Blanche, qui savait que le procès d'Arthémon approchait, se résolut à aller voir le seul homme qui, grâce à sa conduite irréprochable pendant la guerre, pouvait lui venir en aide : Justin Barthès. Elle l'apercevait de temps en temps dans la vigne voisine de celles du Solail, qu'il avait achetée à Charlotte. Elle hésita plusieurs jours, car Justin lui faisait peur. On le disait dur, inflexible, redoutable, et l'héroïsme dont il avait fait preuve lui donnait aujourd'hui une autorité que nul ne contestait.

Un matin de la fin avril, l'apercevant une fois de plus à moins de trente mètres d'elle, alors qu'elle feignait d'inspecter le labour de sa vigne, elle se résolut, non sans appréhension, à franchir la limite des propriétés. Il se redressa en l'entendant approcher, la salua d'un signe de tête tandis qu'elle murmurait :

– Bonjour, monsieur Barthès.

– Bonjour.

Il la regardait calmement, sans impatience et sans la moindre agressivité, et cependant ses traits creusés, son visage sévère, son œil unique la mettaient mal à l'aise. Elle ne trouvait plus les mots, soudain, se troubla et ne sut que balbutier :

– Je voudrais vous parler.

Il ne répondit pas, n'eut pas le moindre signe d'encouragement, ce qui pétrifia Blanche, qui crut à de l'hostilité. Comment aurait-elle deviné que cette apparition matinale le transportait dans le temps vers une autre rencontre, celle de Charlotte, à laquelle Blanche ressemblait tellement ? Mais aucune émotion ne passait plus dans le regard de cet homme qui avait tout vécu, tout connu, et qui observait la peau mate et les cheveux noirs de la jeune femme arrêtée devant lui, comme s'il la connaissait depuis longtemps. C'est ce que ressentit curieusement Blanche, et ce qui brisa la distance entre elle et lui. Il lui sembla, dès cet instant, qu'elle n'avait rien à craindre.

– C'est au sujet de mon père, commença-t-elle. Vous savez qu'il est en prison.

Elle eut la sensation qu'il ne l'écoutait pas, qu'il pensait à autre chose et, brusquement, elle s'arrêta. Alors l'œil noir se posa de nouveau sur elle, et il demanda, d'une voix qui la transperça :

– Quel âge as-tu, petite ?

Elle se troubla de nouveau, hésita, répondit enfin :

– Trente-cinq ans.

– Ah oui ! dit-il. Trente-cinq ans.

Puis il se tut. Blanche, qui n'ignorait rien de la vie de cet homme qui avait été journalier avant de devenir l'un des hommes les plus respectés de la vallée, faillit renoncer, mais quelque chose la retint, dont elle ressentit la gravité sans pouvoir se l'expliquer. Il la regardait toujours fixement, et elle crut deviner qu'il la jugeait.

– Excusez-moi, dit-elle, je n'aurais pas dû.

Comme il ne répondait pas, elle fit un pas en arrière, mais il l'arrêta de la main.

– Approche, dit-il.

Elle obéit, car on ne pouvait que lui obéir à cet homme. Il leva lentement une main, et, d'un doigt, lui caressa la joue droite, puis la gauche. Il ferma son œil, le rouvrit au bout de quelques secondes, et parut reprendre pied dans la réalité.

– Qu'est-ce que tu me disais au sujet de ton père ?

Blanche ne savait plus ce qu'elle devait dire, ou faire. Parler ? S'en aller ?

– On peut tout craindre pour lui, reprit Justin Barthès. Surtout quand la haine est portée par la victoire.

Il ajouta d'une voix lasse :

– C'est comme ça.

Il réfléchit un instant, reprit :

– Mais tous ces Allemands au château !

– Le Solail a été réquisitionné, vous le savez bien.

– Et ce maquis vendu aux Allemands.

– Ce n'est pas lui, j'en suis sûre.

– Qui est-ce, alors ?

– Je ne peux pas vous le dire.

– Mais tu le sais ?

– Oui, je le sais.

Elle le regarda sans ciller, répéta :
– Ce n'est pas lui, il faut me croire.
L'œil noir la fouilla, la transperçant une nouvelle fois sans la moindre aménité.
– Et pourtant, c'est bien d'un Barthélémie qu'il s'agit, reprit-il, en ayant conscience de lui infliger une épreuve.
Blanche hésita à peine, répondit :
– Oui.
– Lequel ?
– Il n'y en avait que deux, dans la région, à cette époque-là, fit Blanche.
Justin réfléchit un instant, comprit qu'elle n'en dirait pas plus, mais il savait désormais quel était le coupable de la forfaiture ayant abouti à l'élimination du maquis Alaric qui dépendait du groupe « Edmond-Armée Secrète » : il s'appelait non pas Arthémon, mais Joseph Barthélémie.
– Je verrai ce que je peux faire, dit-il brusquement.
– Merci, fit Blanche. Merci beaucoup.
Elle tenta d'ajouter quelque chose, mais les mots se refusaient soudain, tandis que, de nouveau, il semblait très loin, absent de cette vigne baignée par le premier vrai soleil.
– Au revoir, monsieur Barthès, dit-elle doucement.
– Au revoir, Charlotte, dit-il.
Elle voulut le reprendre, lui dire qu'elle était Blanche et non Charlotte, mais le sourire qui éclairait le visage de Justin Barthès l'en dissuada. Elle sentit qu'elle s'était approchée d'un foyer qui brûlait jusqu'aux os les hommes et les femmes de ce monde, en eut peur, et s'en alla. Il la regarda s'éloigner, avec, dans le regard, la lueur de ceux qui savent que le bonheur perdu est le plus délicieux poison des vies qui déclinent.

Depuis le mois de mars 1945, les Alliés étaient entrés en Allemagne, et les troupes françaises avaient obtenu des Américains l'autorisation de participer aux opérations de la Forêt-Noire et du Wurtemberg. Le général de Lattre, sur les instructions de De Gaulle, avait élargi la zone d'occupation française et provoqué de nombreux rappels à l'ordre des Américains, lesquels, exaspérés, obligèrent les troupes françaises à évacuer Stuttgart.

Marceau, qui avait vu arriver les Français avec soulagement, avait réussi à s'engager dans la Ire armée, après avoir satisfait à l'interrogatoire de la sécurité militaire, au cours duquel il n'avait eu aucun mal à faire valoir et à prouver son passé de résistant. Depuis le début du mois d'avril, il occupait une place de tankiste dans un Sherman armé d'un canon de soixante-quinze et de deux mitrailleuses qui avançait sur les routes voisines du Danube, entre des bocages et des collines, avec le peloton de reconnaissance chargé d'ouvrir la route.

L'armée française ne rencontrait guère d'opposition et traversait des villages déserts, où quelques vieux paysans la regardaient passer sur des seuils sinistres, essayant de faire taire des chiens galeux, avec une grande lassitude dans le regard. Marceau se réjouissait de cette progression facile, qui, pensait-il, le rapprochait chaque jour de Mathilde. Il ne savait pas où, mais il était persuadé de la retrouver, car il pensait que tous les prisonniers seraient rassemblés pour être soignés avant d'être rapatriés en France. C'est du moins ce que lui avait dit le lieutenant Daubel qui commandait l'escadron. Et Marceau, chaque jour, lui demandait s'il avait des nouvelles, si l'on avait trouvé trace des déportés.

– Le deuxième peloton en a trouvé quelques-uns que les S.S. avaient semés en route en les évacuant.

– Où donc ? avait demandé Marceau.

– Un peu plus haut.

– Savez-vous où ils les ont emmenés ?

– Comment voulez-vous le savoir ? C'est trop tôt.

Marceau était poussé par un fol espoir, qu'il ne maîtrisait pas. Il était toujours le premier à embarquer, chaque matin, dans l'odeur entêtante d'essence et d'huile, et s'impatientait pendant que le tank hoquetait, fumait, avant de daigner se mettre en marche sur des routes où il se désespérait de ne rien apercevoir, si ce n'étaient les véhicules de l'armée française. Il y avait longtemps que les sapins sombres de la Forêt-Noire avaient disparu pour laisser place à des vallées carrelées de champs immenses, où des fermes trapues semblaient monter une garde distraite et vaguement hostile. On redoutait à tout moment de se heurter à une arrière-garde allemande, mais les jours passaient et les unités de reconnaissance sentaient le pays s'ouvrir devant elles comme un fruit mûr.

La vallée du Danube commençait à prendre les couleurs du printemps, et les grands arbres des rives se teintaient d'un vert tendre. Marceau, debout sur la place d'un village dont on ne connaissait pas le nom car les panneaux indicateurs avaient été détruits, attendait l'arrivée de l'escadron. Les tanks approchaient dans un énorme grondement d'acier, de craquement de pierres écrasées par les chenilles, un tintamarre assourdissant de monstres de trente tonnes lancés sur la rive gauche du Danube qui étincelait dans le matin sous les premiers rayons du soleil.

Deux mitrailleuses et des serveurs de bazookas avaient été mis en position dans le P.C. provisoire, et les cavaliers discutaient entre eux quand l'obus éclata sur le mur situé à l'arrière de la petite place, à dix

351

mètres de Marceau. Aussitôt, les hommes s'abritèrent derrière le Sherman puis, réalisant qu'il formait une cible parfaite, s'égaillèrent le long des maisons. Les mitrailleuses avaient ouvert le feu en direction des plus hautes bâtisses où étaient probablement postés les tireurs. Dès qu'elles se turent, un deuxième obus partit du mortier allemand et, cette fois, atteignit sa cible : le Sherman fit un saut sur lui-même et explosa dans une gerbe de feu qui embrasa la place entière.

Marceau fut projeté dans la ruelle et demeura un instant assommé. Il porta sa main vers son front et la retira rouge de sang. Il s'appuya contre un mur, entendit cracher le canon de soixante-quinze, puis le silence retomba, étrange et lourd, jusqu'à ce que l'assaut soit ordonné par le lieutenant. Ce fut très rapide, car les serveurs du mortier n'étaient que deux : deux jeunes de vingt ans qui avaient volontairement sacrifié leur vie pour une mission inutile, en une sorte de fanatisme qui donnait une idée de ce qu'avait été réellement l'embrigadement de la jeunesse dans ce pays.

Après avoir été soigné de sa blessure superficielle au cuir chevelu, Marceau aperçut les deux cadavres allongés sur la place et s'approcha : il n'y avait aucune frayeur inscrite sur les visages, plutôt une farouche détermination que la mort semblait avoir encore accentuée. A voir ces deux soldats dont on n'avait pas fermé les yeux et qui avaient donné leur vie pour leur pays vaincu, Marceau eut peur. Il venait de comprendre que, malgré la défaite, les derniers hommes en armes devaient se venger sur les déportés. Et Mathilde, tout à coup, lui parut terriblement menacée. A midi, il demanda au lieutenant Daubel la permission de partir en reconnaissance vers le nord, et celui-ci, bien que persuadé que Marceau cherchait une aiguille dans une botte de foin, n'eut pas le cœur à la lui refuser, d'autant qu'il avait reçu l'ordre de ne pas aller plus loin et d'attendre la relève.

Ce fut pour Marceau un périple étrange et angoissant que de parcourir à pied une Allemagne dévastée en évitant les colonnes de la Ire armée, un périple qui ne dura d'ailleurs que quarante-huit heures car il fut arrêté par la sécurité militaire. Mais il avait eu le temps de trouver ce qu'il cherchait, dans une bourgade qui devait compter un millier d'habitants, au poste de secours : deux femmes squelettiques, aux yeux agrandis par la terreur, qui ne pouvaient même plus se tenir debout. Elles portaient un F dans un triangle rouge cousu sur leur costume rayé, et elles avaient à peine la force de répondre aux questions que deux infirmiers leur posaient. Quand Marceau leur demanda si elles connaissaient une jeune femme appelée Mathilde Barthès, elles le dévisagèrent avec stupeur, firent un signe négatif de la tête. Il s'inquiéta alors de savoir d'où elles venaient, et elles montrèrent la direction du sud-ouest sans réussir à prononcer le nom du lieu, qui, à seulement l'évoquer, les faisait trembler.

La sécurité militaire ramena de force Marceau dans son unité, et l'escadron de reconnaissance auquel il appartenait fut envoyé au repos à l'arrière pendant huit jours, si bien qu'il ne put poursuivre ses recherches. Il eut la tentation de déserter, mais l'un de ses camarades, heureusement, l'en empêcha en lui révélant qu'il avait entendu une conversation au quartier général : la Ire armée était autorisée à poursuivre sa route jusqu'en Bavière. Son départ ne tarderait pas. Marceau patienta comme il le put, puis il se porta volontaire pour monter dans le premier tank qui prendrait la route. Il ne savait pas pourquoi, mais il s'imaginait qu'il allait rencontrer Mathilde sur cette route où le printemps, maintenant, allumait çà et là des îlots de verdure.

Des jours et des jours passèrent, sans que les tankistes ne se heurtent à la moindre résistance. La Ire armée investit plusieurs bourgades closes sur elles-mêmes, avant de s'élancer vers Munich. Des champs et des collines aux formes douces reverdissaient, comme si la nature demeurait insensible à la guerre. Le Danube avait disparu, mais l'escadron franchit une rivière, peu après Augsbourg, sur un pont de fortune monté pendant la nuit par le génie.

Huit jours plus tard, parvenu aux portes de Munich, Marceau apprit qu'à une vingtaine de kilomètres vers le nord, se trouvait le camp de Dachau où l'on avait retrouvé des centaines de déportés. Il parvint à s'y faire conduire sous le couvert d'une mission sanitaire, et il chercha pendant quarante-huit heures celle qu'il avait perdue. Ce qu'il vit, ce qu'il apprit des bouches décharnées, des yeux hagards, des membres grêles dont les genoux et les coudes saillaient lui fit perdre le peu d'espoir qui lui restait.

Grâce au lieutenant Daubel, pourtant, il parvint à se faire muter dans les services sanitaires, ce qui lui permit de chercher Mathilde jusqu'au bout de ses forces. Il n'en trouva nulle trace. Comment aurait-il imaginé qu'à plus de cinq cents kilomètres vers le nord, près d'un village nommé Ravensbrück, une jeune Languedocienne dormait dans l'herbe verte, sous des aulnes cendrés qui se couvraient d'un duvet si doux que les oiseaux venaient le picorer pour en faire leur nid ?

La lumière paraissait encore plus claire, ce matin, à Justin Barthès qui sulfatait sa vigne des collines, celle qu'avait plantée Ludovic avant de la lui céder. Ludovic, aujourd'hui, était mort, mais la vigne était toujours là, et ses premières feuilles resplendissaient sous le « mouillé » de la nuit qu'un soleil précoce caressait. Il était neuf heures du matin, ce 8 mai 1945, et Justin Barthès, appuyé au mur de son cabanon, regardait, tout en bas, la grande plaine qui lui semblait sous verre. Pendant les derniers mois, sur les pentes sombres de la Montagne Noire, il avait oublié cet éclat des premières heures du jour au printemps, cette luminosité de l'air que l'on avait envie de serrer entre ses doigts, cette lumière à nulle autre pareille qui venait sans doute des côtes voisines, portée par le vent vierge de la mer. Ou alors c'était la réverbération d'une lueur domptée par les premières collines, retenue par les pins, renvoyée vers les vignes qui semblaient s'accrocher à elle par les ceps et les sarments pour mieux en gorger les raisins.

Justin travaillait lentement, fermant de temps en temps son œil et pensant aux huit mois qui venaient de passer depuis que les villes du Languedoc avaient été libérées. Beaucoup de ses compagnons s'étaient engagés dans la Ire armée de De Lattre qui était partie vers l'Allemagne, mais lui, il était rentré au village. C'était fini. Plus jamais il ne reprendrait les armes. Il se l'était juré. Il n'avait pas voulu davantage se mêler de l'épuration qui avait abouti à la condamnation de nombreux miliciens, y compris celui qui l'avait arrêté, lui, Justin Barthès, et qui avait torturé Juliette. Il devait être bientôt jugé à Carcassonne.

Juliette, en octobre, avait pu reprendre son travail, non pas à Narbonne, mais à Sainte-Colombe où elle avait tout naturellement retrouvé son poste. Ainsi, la vie avait repris le cours qu'elle n'aurait jamais dû quitter, et Justin avait regagné ses vignes, pas tout à fait rassuré encore, tant que la guerre n'était pas officiellement terminée.

Cependant, après un hiver très rude, marqué par une contre-offensive allemande dans les Ardennes, les troupes françaises avaient reconquis l'Alsace et, en mars, franchi la frontière sur le Rhin. Depuis, les événements s'étaient précipités. Ce qui était la plus forte armée du monde huit mois auparavant s'était écroulé, assailli de toutes parts. La fin de la guerre était proche, aujourd'hui, et Justin pensait à tous ceux et toutes celles qui en avaient souffert : Clément, d'abord, au tout début, puis Juliette, qui avait failli sombrer corps et âme, Violaine, qui y avait laissé sa vie. Justin ne pouvait oublier l'air étonné, mais pas douloureux, qui baignait son visage quand le maquis avait pu récupérer son corps. On eût dit qu'elle était heureuse enfin, comme à l'époque où elle jouait du piano, la première fois qu'il l'avait vue, dans la grande salle à manger du Solail.

Cette image ne le quittait pas, même la nuit. Il la voyait assise de dos, entendait distinctement la musique, ne pouvait pas dormir. Alors il se levait et gagnait la cuisine où il allumait la lumière. Nathalie ne tardait pas à apparaître et disait tristement :

– Tu penses encore à elle, n'est-ce pas ? Je sais bien qu'on n'oublie jamais son premier amour.

Il comprenait qu'elle n'avait jamais été dupe, qu'elle avait souffert en silence et choisi de se battre à sa manière et qu'aujourd'hui, par sa douceur, sa compréhension, elle le réconciliait avec cette part de lui-même contre laquelle il luttait vainement. Puis ils parlaient d'autre chose : de Clément, de Camille qui grandissait, des commandes de tonnellerie, de la santé de Juliette qui parvenait à sourire parfois, mais aussi de leur âge : il avait soixante ans et elle cinquante-neuf.

– Je n'en ai pas l'impression, disait-elle. Il me semble que c'était hier que nous marchions sur le promenade des Barques de Narbonne. Tu te souviens ?

Il se souvenait de tout, très précisément, et il regrettait souvent de posséder une mémoire capable de lui restituer dans toute leur saveur les instants du passé. Les évoquer le meurtrissait terriblement sans qu'il sût pourquoi. « Sans doute parce qu'ils ne reviendront plus », pensait-il, mais la raison en était tout autre, beaucoup plus grave, et il ne s'en approchait jamais suffisamment pour bien la comprendre. Ces nuits-là, il se recouchait en sachant qu'il ne dormirait pas avant le matin, et repartait par la pensée, résigné, dans le maquis de la Montagne Noire.

Ce matin du 8 mai, c'était une autre pensée qui l'obsédait, tandis qu'il rechargeait sa cuve de sulfatage : il songeait à Blanche Barthélémie qui était venue le supplier d'intervenir en faveur d'Arthémon et du Solail. Quelle revanche ! Il était tenté, parfois, d'accepter, puis il renonçait au dernier moment. Mais le visage de Blanche demeurait devant lui étrangement présent. Il ne se passait pas un seul jour sans que les yeux aux reflets violets ne vinssent le supplier. C'est pourquoi il se réfugiait volontiers dans ses vignes, le seul endroit où, comme ce matin, il retrouvait un peu de sérénité dans la clarté superbe des premières heures du jour et l'odeur du romarin qui montait de la garrigue proche.

Il avait prévenu Nathalie qu'il ne rentrerait pas avant le soir, car il voulait terminer son travail avant de sulfater les vignes de la vallée. Les épaules sciées par les courroies de la cuve Vermorel, il avançait sans hâte entre les ceps, redressant de temps à autre la tête pour jeter un coup d'œil vers la plaine qui scintillait comme une immense plaque de gel. L'air sentait la résine et le chèvrefeuille. Justin prenait le temps de le respirer à l'extrémité de chaque rangée, puis il repartait dans la suivante comme régénéré, attentif seulement à ce travail qu'il avait appris dès son plus jeune âge.

Un peu avant midi, il s'arrêta à l'ombre du cabanon

pour boire. Il replaçait la bouteille dans sa musette quand il entendit des pierres rouler sur le chemin, un peu plus bas. Il releva la tête, aperçut Clément, puis Nathalie qui venaient vers lui, un panier sous le bras. Il s'inquiéta un instant de cette visite imprévue, mais fut très vite rassuré : sa femme et son fils souriaient.

– Qu'est-ce qui se passe ? demanda-t-il dès qu'ils l'eurent rejoint.

– C'est fini, dit Clément. L'armistice a été signé.

Il ne répondit pas. Il les regardait l'un et l'autre, qui souriaient toujours, et n'osait croire à ce qu'il entendait.

– L'Allemagne a capitulé sans condition, dit Nathalie.

Elle ajouta, tandis qu'il demeurait sans réaction, comme frappé par la foudre :

– Nous avons pensé qu'il fallait fêter ça.

Elle montra son panier, souleva la serviette qui protégeait les victuailles et la bouteille de vin.

– Oui, dit-il enfin, vous avez bien fait.

Mais il ne bougeait toujours pas, ne souriait pas, car il luttait contre l'émotion qu'il cherchait à cacher, comme toujours, en présence des autres. C'était une énorme vague de douleur qui roulait au fond de lui et renversait tout sur son passage. Il aurait dû être heureux et il souffrait, au contraire, au souvenir de ce qu'il avait vécu durant les derniers mois.

– C'est fini, répétait Clément, c'est fini.

Justin hochait la tête, serrait les dents, regardait droit devant lui, la vallée, les collines inondées de lumière, une lumière, songea-t-il brusquement, qui avait dû être celle du premier jour du monde. Enfin, un sourire apparut sur ses lèvres. Il venait de comprendre que cette lumière des collines, ce matin, c'était avant tout celle de la paix retrouvée et du bonheur possible.

Le mois de juin s'alanguissait en longues soirées criblées d'hirondelles qui tournaient follement dans le ciel. Au Solail, incapables de trouver le sommeil, Blanche et Hortense attendaient la venue de la nuit assises sur le perron, dans l'odeur des lauriers et des pins parasols, songeant davantage au procès d'Arthémon prévu pour le mois de juillet qu'au travail qui s'achevait dans les vignes, ramenant vers le château des charrettes dont les essieux grinçaient dans l'air épais.

Blanche avait rencontré une fois Arthémon dans la prison de Carcassonne, après lui avoir à grand-peine trouvé un avocat. L'homme qu'elle avait revu était méconnaissable : muet, plongé dans une hébétude assez effrayante, Arthémon se laissait aller sans le moindre sursaut. Blanche en avait été touchée plus qu'elle ne l'aurait cru, d'autant que l'avocat se montrait très pessimiste sur l'issue du procès. Elle était décidée à revoir Justin Barthès, à le convaincre de l'aider vraiment, mais elle n'osait pas. « Je verrai ce que je peux faire », avait-il dit. N'était-ce pas suffisant ? Ne devait-elle pas lui faire confiance ? Elle ne se sentait pas le courage de le rencontrer une deuxième fois, car elle se doutait bien que ce devait être un cas de conscience pour lui, mais elle était loin de se douter à quel point.

Quand Justin avait évoqué, auprès de Nathalie, l'éventualité d'intervenir en faveur d'Arthémon, celle-ci, stupéfaite, lui avait demandé s'il avait oublié tout ce qu'ils avaient subi. « Et Clément ? Et Juliette ? Et ce long combat contre le Solail et les Barthélémie ? » s'était-elle récriée. Il avait répondu qu'on ne pouvait pas faire la guerre toute sa vie et qu'il était fatigué de se battre, mais il avait senti qu'elle ne le comprenait pas, et il s'interrogeait toujours.

Juin s'épuisa en journées de grandes chaleurs que les nuits adoucissaient à peine. Blanche voyait approcher le procès de son père avec beaucoup d'appréhension, car des condamnations à mort avaient déjà été prononcées. Un soir, dans une vigne, Jérôme Barthès demanda à lui parler au sujet de sa fille Mathilde, dont il n'avait plus de nouvelles. Elle lui donna rendez-vous au château le lendemain en fin de matinée, ne voulant pas se compromettre dans une discussion avec lui devant les journaliers.

Elle le reçut dans le salon qui lui servait de bureau, à l'étage, car elle n'avait pas cru bon de s'approprier celui de son père. Elle laissa la porte ouverte derrière eux, ayant fait entrer Jérôme qui tenait son chapeau à la main. Cela faisait plus d'un an qu'ils ne s'étaient pas entretenus d'autre chose que de travail, et jamais Jérôme n'avait cherché à renouer des liens qu'elle avait coupés si énergiquement. Elle lui proposa de s'asseoir, mais il préféra rester debout, le regard fiévreux, ému de se retrouver face à elle, et persuadé, en même temps, qu'il devait en être de même pour elle. Comme il la dévisageait, étrangement silencieux, elle comprit qu'elle n'aurait pas dû lui accorder cette entrevue.

– Alors, fit-elle, vous vouliez me parler de Mathilde.

Elle avait repris depuis un an le vouvoiement qui seul était admissible entre un propriétaire et son ramonet.

– Oui, dit-il en paraissant se réveiller d'un songe, nous n'avons plus de nouvelles depuis longtemps et la guerre est finie.

– Elle n'est plus à Paris ?

– Nous ne savons pas. Agathe a écrit à l'adresse de

son dernier courrier, mais la lettre est revenue. C'est pas normal.

Blanche savait pertinemment que Jérôme s'était toujours opposé à ce que sa femme écrive après le départ de Mathilde, et elle s'étonnait de le voir s'inquiéter aujourd'hui pour une fille, indigne à ses yeux, à qui il avait fermé sa porte. En revanche, elle comprenait très bien qu'en raison de l'attitude de Jérôme, Marceau n'ait envoyé aucune nouvelle à la Combelle.

– On voudrait aller voir, Agathe et moi.

– A Paris ?

– Oui.

Blanche réfléchit un instant :

– Les parents de Marceau, à Narbonne, n'ont pas de nouvelles ?

– Aucune.

– Et vous partiriez quand ? demanda Blanche, qui était très étonnée par ce projet.

– Au mois d'août. Avant les vendanges.

– Entendu, dit-elle, je m'arrangerai.

Jérôme parut surpris d'avoir si facilement obtenu son accord. Il ne pouvait pas savoir qu'elle n'avait qu'une hâte : mettre fin à cette rencontre. Aussi demeura-t-il immobile, ne se décidant pas à partir, continuant de la dévisager avec une intensité qui ne laissait aucun doute sur ses intentions.

– Au revoir, dit-elle, on m'attend.

Elle fit un pas vers la porte mais il s'interposa et, lui saisissant le bras, murmura avec fougue :

– Blanche, je n'en peux plus, j'ai besoin de toi, je crève sans toi.

Elle tenta de se dégager, mais il la tenait bien.

– Laissez-moi, dit-elle d'un air dur, avec un regard qui exprimait tout le mépris qu'il lui inspirait aujourd'hui.

Il parut pourtant ne pas le remarquer, et, au contraire, reprit :

– Je peux témoigner en faveur de ton père. Je me cachais au Solail, tu le sais bien. Le tribunal me croira si je lui dis qu'il me donnait des renseignements pour les maquis.

Elle ne s'attendait pas du tout à cette proposition et en fut ébranlée.

– Lâche-moi, Jérôme, dit-elle doucement.

Il s'exécuta, mais ne s'éloigna pas d'elle, qui réfléchissait.

– Et pourquoi ferais-tu cela ?

– Tu le sais bien, pourquoi. Parce que j'ai besoin de toi.

– Ce n'est pas possible, Jérôme, dit-elle.

– Si, c'est possible, il suffit que tu me le demandes.

C'étaient là les seuls mots qu'il ne fallait pas prononcer, car Blanche se revit tout à coup devant le capitaine allemand et il lui sembla être soumise à un même chantage. Puis elle pensa à Justin Barthès, à cette force qui se dégageait de lui, et à cette complicité qui les avait unis un instant, le jour où elle lui avait parlé dans les vignes.

– Je te remercie, Jérôme, dit-elle, mais je ne peux pas accepter.

– Pourquoi ?

Il avait crié, et Blanche regrettait amèrement de l'avoir laissé entrer au château.

– Ne crie pas, dit-elle, ne fais pas de scandale, ou alors je te chasserai du domaine.

Cette menace parut le dégriser. Il s'apaisa d'un coup, murmura :

– Je témoignerai quand même, et tu auras une dette envers moi toute ta vie.

– On ne te croira pas, fit-elle.

– Pourquoi ne me croirait-on pas ?

– A cause de ta libération de la prison de Carcassonne.

– Tu le sais, toi, que je n'ai trahi personne, s'emporta-t-il.

– Je suis bien placée pour le savoir.

Elle comprit qu'elle avait trop parlé, mais elle était trop excédée pour faire marche arrière.

– Ça m'a coûté assez cher, ajouta-t-elle d'une voix dure.

Il la regarda stupidement, le temps que ses paroles fassent leur chemin dans son esprit, puis il murmura :

– Je ne te crois pas.

– Tu crois ce que tu veux, mais tu t'en vas.

Et elle le poussa vers la porte, alors qu'il était trop désarmé, maintenant, pour l'importuner davantage. Il eut cependant un dernier sursaut dans le couloir, mais elle s'éloigna sans se retourner. Il s'en alla, pensif, en comprenant qu'il avait perdu définitivement cette femme superbe, dont il n'avait jamais été digne.

A la fin du mois de juillet, un soir, une voiture noire s'engagea entre les oliviers, dans l'allée du Solail, et s'arrêta devant le perron. Un homme en costume sombre en descendit, soutenu par deux femmes. Arthémon Barthélémie, libre, aidé par sa fille et sa belle-fille, rentrait chez lui. C'était un homme brisé qui revenait au Solail ; il ne mangeait presque plus et avait perdu la parole. Dès le premier soir, il s'assit sur le perron, face aux vignes, et il pleura en silence. Le lendemain, il s'installa à la même place. Hortense tenta de le faire rentrer mais il refusa farouchement. Blanche essaya de lui parler, de l'intéresser aux préparatifs des vendanges qui approchaient, mais c'était comme si, désormais coupé du monde extérieur, il se retirait doucement de la vie.

Quelques jours plus tard, on vit arriver un visiteur que les deux femmes ne reconnurent pas tout de suite : Marceau avait coupé très court ses cheveux, il était coiffé d'un chapeau de feutre et vêtu de vêtements gris qu'on n'était pas habitué à lui voir porter. Il eut beaucoup de mal à annoncer à Hortense et à Blanche que Mathilde avait été arrêtée par les Allemands, puis envoyée en déportation, et qu'on n'en avait nulle trace. Il leur expliqua que lui-même était allé en Allemagne, qu'il l'avait cherchée sans résultat et qu'elle avait dû mourir dans l'un de ces camps dont on découvrait aujourd'hui l'horreur dans les journaux. Il semblait complètement désespéré et il ne savait comment annoncer la nouvelle à la famille Barthès.

— Je ne peux pas, dit-il. Je ne peux pas. Tout est de ma faute : si je ne l'avais pas emmenée loin d'ici, elle ne serait pas morte aujourd'hui.

— Elle n'est peut-être pas morte, dit Blanche.

Il soupira, ferma les yeux.

— Si tu avais vu ce que j'ai vu, tu n'espérerais plus rien.

Il était méconnaissable. Son visage n'exprimait plus qu'une immense douleur.

— C'est de ma faute, répétait-il, c'est de ma faute. Et aujourd'hui, je n'ai même pas le courage d'aller voir ses parents.

— Tu n'as pas à aller les voir tant que tu n'as pas en main la preuve officielle de sa mort. Il suffit de leur écrire.

Pendant les deux jours où il resta au Solail, il parut reprendre un peu d'espoir, mais il ne s'attarda pas et repartit pour Paris, décidé à écrire à la famille Barthès de la Combelle. A partir de ce moment, Blanche se sentit mal à l'aise devant Séverin, Agathe et Jérôme. Elle comprit une semaine plus tard que la lettre de

Marceau était arrivée, quand le vieux ramonet vint la trouver, sa casquette à la main.

– La petite a été déportée, dit-il. On ne sait pas ce qu'elle est devenue.

Il y avait dans ses grands yeux fatigués toute la détresse du monde.

– Il ne faut pas vous désoler, dit Blanche. Elle va rentrer un jour ou l'autre.

– Vous croyez ? demanda Séverin.

– Je crois, dit Blanche en faisant un terrible effort sur elle-même pour ne pas se trahir.

Il s'en alla un peu réconforté. Mais, l'après-midi, ce fut le tour d'Agathe de venir trouver Blanche. Elle lui dit que Jérôme devenait fou, parlait d'emporter avec lui son fusil à Paris, afin de tuer Marceau.

– Ce n'est pas la peine d'y aller maintenant, fit Blanche. Vous n'en apprendrez pas plus. Il faut espérer son retour, c'est tout.

Blanche, une fois de plus, dut rencontrer Jérôme pour le raisonner, et elle parvint à le dissuader de se rendre dans la capitale. Dès lors, il se mit à rôder la nuit dans les vignes, comme un fou, son fusil à la main, cherchant celui qui lui avait volé sa fille. Clarisse et Agathe, désespérées, partaient à sa poursuite, et la Combelle glissait vers une sorte de folie dont nul ne savait où elle allait la conduire.

Un matin, peu avant les vendanges, Blanche aperçut Justin Barthès qui taillait sa vigne en vert. Elle marcha vers lui, certaine qu'il l'avait vue.

– Bonjour, dit-elle en s'approchant.

– Bonjour.

Il ne paraissait pas surpris. Elle le trouva tel qu'elle l'avait découvert la première fois : droit, les traits aigus, une lueur de force vive dans le regard. Elle ne savait pourquoi, elle se sentait bouleversée en présence de cet homme qui lui faisait toujours aussi peur.

– Je suis venue vous dire merci, dit-elle.
– De quoi ?
– Vous le savez bien.

Le juge du tribunal avait fait état d'une lettre d'un homme digne de foi qui avait disculpé Arthémon Barthélémie de tous les soupçons qui pesaient sur lui. Cet homme avait voulu garder l'anonymat.

– Non, dit Justin, je ne sais rien.

Devant la dureté du regard, elle baissa les yeux et se sentit stupide, soudain. Il comprit qu'il devait se porter à son secours et il demanda d'une voix étrange :

– Tu as connu ta tante Charlotte ?
– Bien sûr, dit Blanche.
– On ne t'a jamais dit que tu lui ressemblais ?
– Si.

Il se tut, la dévisagea sans le moindre sourire.

– Je me suis laissé dire que ça n'a jamais été facile entre elle et vous, fit Blanche après une hésitation.

– Non, dit-il, ça n'a jamais été facile.

– Alors, fit-elle, je peux savoir ?

– Non.

Il y eut un long moment de silence, presque hostile, puis Justin Barthès sembla se raviser. Il montra de la main la plaine ondulante sous les vignes, les collines où les pins soulignaient le bleu du ciel, et le vaste horizon qui, à plus de vingt kilomètres de là, s'ouvrait sur la mer.

– Vois-tu, petite, dit-il d'une voix étrangement calme, après m'être beaucoup battu et souvent à mon corps défendant, j'ai voulu vivre les jours qui me restent en paix avec le monde et avec les hommes.

Il semblait ému, mais il se reprit très vite et ajouta :

– Tu peux comprendre ça ?

– Oui, dit Blanche, je crois que je comprends.

Déjà il se fermait de nouveau, retrouvant son masque dur et sans la moindre faille.

– Au revoir, monsieur Barthès, dit-elle.

– Au revoir, petite.

Elle s'en alla, sans se rendre compte qu'il levait la tête vers le ciel pour ne plus voir danser la robe bleue que Blanche avait trouvée dans l'armoire de sa tante Charlotte, et qu'elle ne quittait pas.

Quatrième partie

UN MONDE NOUVEAU

13.

ELLE était si heureuse, Blanche, ce 21 juillet 1954 !
La radio avait annoncé que les accords de
Genève, signés au cours de la nuit précédente, avaient
mis fin à la guerre d'Indochine, et, du même coup, à
son appréhension de voir partir son fils Lionel qui ne
rêvait que de s'engager dans l'armée, comme son
père. Blanche avait fait tout ce qui était en son pouvoir
pour l'en dissuader, mais on eût dit que c'était dans
le sang, que Lionel, comme Paul, jadis, ne nourrissait
qu'une seule passion : celle des armes. Heureusement,
il n'avait pas l'âge encore, et Blanche, jusqu'à ce jour,
avait réussi à l'intéresser aux vignes du Solail qui
avaient bien besoin de tous les bras disponibles.

Arthémon, en effet, n'avait pas survécu à l'hiver
45-46, miné qu'il était par la ruine de toutes les valeurs
qu'il avait défendues. On l'avait retrouvé mort un
matin de janvier dans son lit, et il avait été porté en
terre dans le parc du Solail, où il reposait au pied d'un
grand cyprès. Jean, le fils d'Hortense, était étudiant
en agronomie à Montpellier, et il rêvait d'aller exercer
ses connaissances en Afrique, au terme de ses études.
Blanche entrevoyait le moment où, de nouveau, elle
se retrouverait seule avec Hortense pour faire marcher
le domaine. La présence souriante de sa belle-sœur

lui était précieuse, mais Hortense s'occupait surtout du train de la maison, laissant à Blanche l'entière responsabilité des vignes et des hommes qui y travaillaient. Si Hortense avait toujours adopté une position effacée, c'était par tempérament mais surtout parce que, n'étant pas une Barthélémie, elle ne s'était jamais reconnu le droit de se mêler des affaires du domaine.

Or, une nouvelle fois, la viticulture était en crise : à la suite de la guerre, après une légère hausse due à l'amélioration du niveau de vie, le prix de l'hectolitre avait flambé en 1947, et la hausse avait duré jusqu'en 1950. Depuis, les récoltes ayant progressé grâce aux engrais nouveaux mais la consommation ayant tendance à stagner, les prix ne faisaient que chuter. Et Blanche, une fois de plus, trouvait le fardeau bien lourd à porter. Heureusement, Jean, de temps en temps, apportait à sa tante des idées en matière d'arrosage ou de choix de cépages.

Ils étaient tous les quatre, ce soir-là – Blanche, Hortense, Lionel et Jean –, assis sur le perron du château, où ils achevaient de dîner. Au-dessus des collines, le soleil couchant semblait avoir enflammé et les pins et la garrigue. Heureuse de la paix retrouvée, Blanche observait les deux garçons – des hommes, déjà, songeait-elle –, qui étaient très différents. Lionel était le portrait de son père : grand, brun, les traits durs, sans jamais un sourire, et d'une raideur toute militaire. Jean, plus petit, les traits moins aigus, plus souriant, souvent gai, mais brun également, avait des yeux noisette, alors que ceux de Lionel étaient noirs. Hortense, elle, bien qu'elle approchât la cinquantaine, ne changeait pas : toujours les mêmes taches de son sur le visage, des cheveux tirant sur le roux, et une inaltérable gaieté dont elle illuminait chaque jour le château.

Ce n'était pas par hasard que Blanche avait tenu à

ce repas sur le perron et veillé à ce que les deux hommes fussent présents, au lieu de dîner Dieu sait où, avec leurs connaissances du voisinage. Ils en étaient au café, quand elle aborda le sujet qu'elle désirait évoquer devant eux : la situation de la viticulture.

— Voilà, dit-elle, j'ai voulu que vous sachiez où nous en étions, afin que nous puissions prendre des décisions qui nous engagent tous.

Ils la regardèrent, surpris, car ils avaient l'habitude de la voir gouverner le domaine sans demander l'avis de personne.

— Vous savez, reprit-elle, que j'ai fait des efforts après la guerre pour acheter un tracteur, du matériel, et un système d'arrosage qui permettent une meilleure récolte. Malheureusement, les prix ont recommencé à baisser, et il y a bien longtemps que l'appellation « Vin de Qualité Supérieure » ne sert plus à grand-chose. Mais il y a cette loi de l'automne dernier qui a créé un Institut des vins de consommation courante chargé de recenser les vignobles, de verser des primes pour les arrachages volontaires, et de financer le stockage de manière à mieux organiser le marché. Si je ne crois pas beaucoup à l'amélioration du marché, je me demande s'il ne vaudrait pas mieux arracher quelques vignes pour produire autre chose que du vin.

— Quoi, par exemple ? demanda Jean, que la solennité du ton employé par sa tante étonnait.

— Par exemple, dit Blanche, des arbres fruitiers : des abricotiers et des pêchers.

Elle ajouta, tandis que Lionel et Hortense la considéraient avec surprise, n'ayant jamais songé que l'on pût s'occuper d'autre chose que de vignes au Solail :

— Le prix du vin ne remontera plus jamais, j'en suis sûre. Tout le monde s'est équipé, la consommation a atteint son niveau maximum, et il faudrait arracher tous nos vieux cépages pour produire d'autres vins, de meilleure qualité. On pourrait peut-être ainsi obtenir le label « Appellation d'Origine Contrôlée », vendre plus facilement et à de meilleures conditions. Mais cela supposerait plus de cinq ans d'efforts. Avec les fruitiers, nous pourrons échapper à la concurrence et peut-être vendre plus rapidement.

Tous les trois semblaient déjà convaincus par ses propos, mais ils se demandaient où Blanche voulait en venir.

– Et alors ? fit Hortense. Si c'est la seule solution...

– Alors, reprit Blanche, il va falloir arracher des ceps et on ne s'y décide jamais de gaieté de cœur.

Elle soupira, ajouta :

– Et peut-être vendre une vigne, pour acheter le matériel nécessaire et des arbres assez forts pour produire le plus vite possible.

– Personne ne tient à acheter de la vigne, en ce moment, observa Jean. Ça ne va pas être facile.

– Non, dit Blanche. Ce qui prouve bien qu'il faut essayer de faire autre chose.

– Mais pourquoi nous parles-tu de ça aujourd'hui ? fit Hortense, puisque c'est toi qui es propriétaire des trois quarts du domaine.

– Je vous en parle parce que si je me trompe, c'est le Solail tout entier qui sera menacé. Or, Jean fait des études, et Lionel...

– Je vais m'engager dès que j'aurai dix-huit ans, dit Lionel, tu le sais bien, je te l'ai déjà dit...

Blanche, qui espérait toujours le faire changer d'idée, accusa le coup, mais elle ajouta :

– De toute façon, où que tu sois, quand je ne serai plus là, c'est toi qui hériteras de mes parts. D'ailleurs, la plupart sont déjà à ton nom, puisque je les ai rachetées avec l'argent de ton père.

– Ça ne change rien, dit Lionel, il n'y a que l'armée qui m'intéresse.

Un lourd silence s'installa sur le perron qu'envahissaient les premières ombres de la nuit. Le parfum des lauriers-roses et des pins parasols fusa sur les ailes d'une brise tiède, fit vaciller la lumière des lampes.

– Fais comme tu l'entends, dit Hortense, nous savons tous que ce n'est pas facile. Personne ne te reprochera jamais rien.

– Bien sûr, renchérit Jean. Si tu n'avais pas été là, il y a longtemps que nous n'habiterions plus le Solail.

Blanche se sentit soulagée, sourit.

– Nous allons fêter ça, dit-elle. Si les grandes décisions ne se prennent pas dans le plaisir, elles n'ont aucune chance de réussir.

Elle s'en alla chercher une bouteille de trois ans d'âge et qu'elle gardait précieusement pour une occasion spéciale.

– Vous essayerez de deviner, dit-elle en servant, quels cépages peuvent donner un vin comme celui-là.

Ils le goûtèrent avec précaution, hésitèrent avant de se prononcer.

– Carignan, cinsault, grenache, dit Jean, mais il y a un autre cépage.

– Il est beaucoup plus aromatisé que le nôtre et il vieillit très bien, ajouta Hortense.

– Voilà ce qu'il faudrait faire, dit Lionel, un bon vin comme celui-là qu'on ne serait pas obligé de consommer dans l'année.

– Oui, soupira Blanche, je sais. Malheureusement ce n'est pas possible.

Elle reprit, donnant enfin l'explication qu'ils attendaient :

– L'arôme, c'est le mourvèdre qui le lui donne, or il est trop sensible à l'oïdium et à la pourriture.

– C'est dommage, fit Jean, on aurait pu essayer.

– Oui, reconnut Blanche, mais c'est là tout le drame de nos vignobles. Comme nous avons toujours été en difficulté, nous n'avons pas pu prendre le temps de constituer de nouveaux cépages, faire du vin de grande qualité et qui puisse vieillir.

Ils se turent. La nuit, maintenant, était tout à fait tombée. Des lucioles affolées venaient cogner contre le verre des lampes. Une chouette hululait dans un pin parasol.

– L'essentiel n'est-il pas d'être ensemble, ici, aujourd'hui ? murmura Hortense.

– Bien sûr que si, soupira Blanche, mais pour combien de temps ?

Puis, se souvenant qu'une guerre venait de finir :

– Tu as raison, dit-elle à Hortense, tant que nous pourrons vivre au Solail, il ne nous arrivera rien de grave. Allons nous coucher, car demain nous avons du travail.

Ils quittèrent le perron. La chaleur du jour était toujours oppressante, mais le vent de la nuit commençait à chanter dans les grands arbres qui se balançaient doucement.

Il y avait seulement quelques années, jamais un Barthélémie ne serait allé à la fête de Sainte-Colombe qui se tenait au début du mois d'août. Mais les temps avaient bien changé, et Jean, ce soir-là, marchait vers le village d'où montait une musique de bal, celui qu'animait un orchestre de cinq musiciens, sur la place envahie par une foule joyeuse. Toute la journée, déjà, des mâts de cocagne et des jeux pour les enfants avaient attiré la population sur la promenade occupée par les manèges et les stands de tir des forains. Le bal avait commencé en fin d'après-midi sous des lampions de toutes les couleurs, sur un plancher de bois entouré par les tables de bistrot recouvertes de nappes blanches qui avaient beaucoup souffert des apéritifs consommés depuis la mi-journée. La fête s'était arrêtée vers sept heures, pour le repas du soir, et venait de reprendre avec la nuit, attirant les hommes et les femmes du village mais aussi des alentours, pour une soirée que l'on espérait heureuse, si l'orage qui tournait au-dessus des collines et dont on entendait les grondements depuis plusieurs heures ne venait pas interrompre les réjouissances.

Il y avait beaucoup de monde déjà, sur la piste de danse, au moment où Jean Barthélémie surgit dans la lumière des lampions. Il s'appuya contre un platane et regarda les tables où étaient assises les filles du village, la plupart chaperonnées par un membre de leur famille. Les autres discutaient debout, par petits groupes, ayant revêtu leur plus belle robe, que la plupart d'entre elles avaient confectionnée avec soin, car peu nombreuses étaient celles qui avaient les moyens d'en acheter. Mais toutes étaient belles sous les lueurs rouges, jaunes et bleues des lampions qui donnaient à leur peau hâlée un éclat chaud, rehaussé par des cheveux qui tombaient sur leurs épaules nues. Les robes des danseuses virevoltaient autour des chevilles, sur lesquelles étaient nouées des brides d'espadrilles qui glissaient avec légèreté sur le plancher de bois.

Jean demeura un long moment immobile, heureux sans savoir pourquoi, peut-être simplement de ces sourires posés sur les lèvres, ou seulement de la musique accordée à ce bonheur paisible des hommes et des femmes rassemblés au cœur de leur village, pour partager un peu de leur vie. Son regard s'arrêta brusquement sur une jeune fille qui était assise en bout de table, à l'extrémité opposée à la piste de danse. Elle discutait avec une femme qui paraissait être sa mère, car elles se ressemblaient. Elle était brune, avec de longs cheveux bouclés recouvrant les épaules et vêtue d'une robe rouge qui lui donnait un air de gitane. Elle ne regardait pas les danseurs. Jean ne pouvait apercevoir son visage. Il fit quelques pas pour aller se placer face à elle, y parvint, à moitié dissimulé derrière un platane. C'est alors qu'elle leva brusquement les yeux vers lui, des yeux graves mais chaleureux, dont il capta le regard un bref instant, avant qu'il ne reparte, comme si rien ne s'était passé.

L'orchestre s'arrêta, puis, presque aussitôt, se mit à jouer une valse. Jean, qui ne pouvait se détacher de la silhouette toujours absorbée dans une conversation mystérieuse, s'approcha, se frayant difficilement un chemin entre ceux qui quittaient la piste de danse et ceux qui la rejoignaient.

– Puis-je vous inviter à danser ? demanda-t-il en s'inclinant légèrement, s'attendant à un refus qui le foudroierait debout.

Les yeux noirs se posèrent sur lui, avec une lueur de surprise. Le visage se ferma, l'espace d'un instant, puis parut se détendre. Il sembla à Jean qu'une sorte de pitié l'animait, sans doute le désir de ne pas humilier un garçon qui s'exposait ainsi, sous le regard des villageois, à inviter une fille qui ne songeait pas à danser. Elle se leva, le suivit, puis, une fois sur le plancher de bois, dit, d'une voix qui le transperça :

– Je ne sais pas danser.

– Moi, je danse très mal, dit-il. Essayons tout de même.

La musique les emporta, comme les autres, dans une ronde folle qui fit naître sur les lèvres de la jeune fille un sourire amusé. Il se demanda si elle avait été sincère en lui disant qu'elle ne savait pas danser : elle le suivait sans la moindre difficulté, le précédant même, quelquefois, avec une facilité surprenante. Ils s'arrêtèrent, étonnés, quand la musique se tut, mais comme ils tardaient à quitter la piste, immobilisés par le mur humain, elle reprit sous forme d'un tango.

– On continue ? demanda Jean.

– Si vous voulez, fit-elle.

Et de nouveau la musique les emporta, leur faisant oublier ceux qui virevoltaient autour d'eux, attentifs seulement à ne pas se désunir et à suivre le rythme. Quand l'orchestre se tut, ils se trouvèrent cette fois au bord de la piste de danse et purent la quitter.

– Je m'appelle Jean, dit-il.

– Mais encore ? fit-elle avec toujours le même sourire amusé.

– Jean Barthélémie. J'habite au Solail. Et je suis étudiant à Montpellier. Et vous ?

– Je n'habite pas au Solail, dit-elle.

Et il lui sembla qu'une barrière s'était dressée entre eux.

– Mais je suis étudiante à Toulouse.

Il se demanda pourquoi il ne l'avait jamais vue, songea qu'il n'avait jamais beaucoup fréquenté le village.

– Vous ne voulez pas me dire comment vous vous appelez ? demanda-t-il.

– Camille Barthès, répondit-elle.

– Ah ! fit-il, ça ne va pas être simple.

– Non, ça ne va pas être simple, fit-elle. Au revoir, monsieur.

Elle s'éloigna, le laissant seul et désemparé, encore ébloui par ces quelques minutes passées en sa compagnie, mais persuadé, déjà, de l'avoir perdue. Il ne put s'empêcher de regarder vers la table où elle s'était assise et rencontra le regard de la mère de Camille. Il y avait beaucoup de froideur dans ce regard et, lui sembla-t-il, un peu de mépris. Il en fut mortifié, s'éloigna dans l'ombre.

Il marcha un long moment entre les stands de tir et les jeux d'adresse, incapable d'oublier ces minutes durant lesquelles il avait tenu cette fille dans ses bras, et il eut la certitude qu'il ne le pourrait jamais. Puis il se rappela qu'elle avait accepté de danser alors qu'elle ne savait pas, et il en déduisit qu'il ne lui avait pas été indifférent. Il avait entendu parler, au château, de Justin Barthès et de sa famille. Il savait que le combat avait été long et âpre entre eux et le Solail. Mais Blanche, aujourd'hui, pas plus qu'Hortense, d'ailleurs, ne semblait nourrir la moindre haine à l'égard des Barthès. Alors, pourquoi ces regards ? Pourquoi cette hostilité ?

Il retourna vers le bal et, brusquement, sans qu'il s'y attende le moins du monde, il se trouva face à face avec Camille, qui paraissait le chercher.

– Pouvez-vous continuer à m'apprendre à danser ? demanda-t-elle.

– Même sous les yeux de votre mère ? dit-il.

– Ah ! Vous avez remarqué.

– Comment n'aurais-je pas remarqué un tel regard ?

Camille le considéra un moment, déclara :

– C'est pour ça que je suis là.

Il ne comprit pas ce qu'elle voulait dire, mais il n'avait qu'une envie : la faire danser de nouveau, et la tenir dans ses bras. Ils regagnèrent rapidement le bal où la musique leur parut plus belle encore. Tout en dansant, il nota vaguement que la mère avait disparu et qu'à sa place se tenaient deux personnes plus âgées : un homme et une femme. Sans doute ses grands-parents, songea-t-il, mais il les oublia aussitôt. Ils dansèrent longtemps, longtemps, à en perdre haleine, prononçant quelques mots à peine audibles qui les obligeaient à rapprocher leurs visages.

Bientôt l'orage éclata, un orage terrible qui déversa en quelques secondes des trombes d'eau sur la promenade, mettant fin à la fête. Ils se réfugièrent sous un balcon, où ils se retrouvèrent coincés entre des hommes et des femmes qui riaient chaque fois que le tonnerre ébranlait le ciel. Jean sentait tout contre lui le corps chaud qui frissonnait et, comme si cela allait de soi, il lui prit la main, certain que personne ne pouvait s'en apercevoir. Elle ne la retira pas, ni ne chercha à s'écarter. Il se tourna vers elle, vit son regard où brillait toujours la même lueur amusée.

– Qu'est-ce qui vous fait rire ? demanda-t-il.

– Vous.

– Ah bon !

Il ne sut si elle lui disait la vérité, mais il jugea préférable ne pas s'en formaliser.

– Je peux savoir pourquoi ?

– Oui.

Mais elle demeura muette, se contentant de le regarder en rajustant les mèches de ses cheveux mouillés qui glissaient sur le devant de son visage.

– Alors ? fit-il.

– Je vous le dirai si vous lâchez ma main, répondit-elle.

Cette manière qu'elle avait de faire souffler le chaud et le froid le déconcertait. Il la lâcha, soupira :

– C'était trop beau.

– Rien n'est jamais trop beau, dit-elle.

– Vous savez ça, vous ?

– Moi, je sais tout, dit-elle.

Mais elle rit pour qu'il ne s'y trompe pas.

– Alors, demanda-t-il une nouvelle fois, qu'est-ce qui vous amuse tant ?

– C'est de voir un Barthélémie du Solail danser dans un bal populaire.

De nouveau elle l'avait touché. Il ne sut que dire, sourit, puis il demanda :

– Cela vous étonne ?

– Pas seulement, dit-elle, je trouve cela très émouvant.

Qui était réellement cette fille ? Il ne parvenait pas à la cerner, ne savait comment s'y prendre avec elle, et pourtant il n'avait qu'une envie : que cet orage ne s'arrête jamais. Il dura encore de longues minutes, au terme desquelles une femme apparut, qui venait chercher Camille avec un grand parapluie noir.

– Voilà ma grand-mère, dit-elle, merci pour la leçon.

Il voulut lui demander s'il pouvait la revoir, mais il n'en eut pas le temps. Elle s'en allait déjà, sans se retourner, tandis qu'il restait à l'abri du balcon, plus seul, lui sembla-t-il, qu'il ne l'avait jamais été. Quand les éclairs cessèrent, la pluie continua de tomber en longs traits tièdes, que Jean décida brusquement d'affronter. Il se mit en route vers le Solail, levant de temps en temps la tête vers le ciel, et criant :

– Camille ! Camille !

Dans sa vigne, ce matin-là, assis sous le gros figuier qui ombrageait son cabanon, Justin Barthès tentait de renouer les fils de sa vie, qu'il avait tendance à laisser échapper, depuis quelque temps, à cause d'une grande lassitude. Il sentait qu'il n'avait plus les mêmes forces qu'avant, en tout cas pas la même énergie, et s'en désolait, au souvenir de tout ce qu'il avait réalisé. Soixante-neuf ans ! Et ces jours qui passaient de plus en plus vite, sans qu'il puisse les retenir ! Il avait l'impression que la fin de la guerre datait de deux ou trois ans, alors que cela faisait neuf ans que l'armistice avait été signé.

Comme pour combler ce gouffre qui paraissait ouvert dans sa vie, Justin tenta de récapituler ce qui avait bien pu se passer depuis lors. Les femmes votaient désormais, grâce à De Gaulle, qui avait quitté le pouvoir très vite, en 1946, lui semblait-il. Les socialistes et le M.R.P. possédaient depuis 1951 plus de quatre cents voix à l'Assemblée nationale. Mais cette majorité était divisée, et la droite traditionnelle, avec les radicaux et les indépendants, grâce au jeu des alliances, était revenue aux affaires avec Pinay en 1952. Pourtant les gouvernements tombaient tous les trois mois. Des foyers d'insurrection s'allumaient partout dans les colonies, mais, heureusement, la guerre d'Indochine venait de se terminer, grâce surtout à Mendès France qui était aujourd'hui président du Conseil.

Les conditions de vie des ouvriers et des paysans avaient mis longtemps à s'améliorer, malgré le plan Marshall, d'autant que le pain avait été rationné jusqu'en 1949. De grandes grèves avaient ébranlé Paris et les principales villes de province. Aujourd'hui, on apercevait le bout du tunnel, même si nombreux étaient les Français qui quittaient les campagnes pour aller travailler dans les villes, surtout en région parisienne. C'était d'ailleurs ce qui inquiétait le plus Justin Barthès : cet exode commencé à la fin du siècle précédent et qui prenait aujourd'hui des proportions inquiétantes. Le vin, de nouveau, se vendait mal depuis trois ans, et la tonnellerie en souffrait également. Clément ne se plaignait pas, d'autant que le salaire de Juliette leur permettait de vivre décemment, mais les commandes se faisaient rares.

Les deux seuls vrais bonheurs de Justin étaient sa femme Nathalie qui vieillissait près de lui avec une complicité et une gaieté qui ensoleillaient leur vie, et sa petite-fille Camille, étudiante à Toulouse, qui était sa grande fierté. Elle se destinait à être professeur de français. Lui, qui avait eu bien du mal à apprendre à écrire, voyait dans cette perspective un aboutissement, une justification à tous ses efforts : il ne se serait pas battu pour rien.

S'il ne s'était heurté, chaque jour, à l'impossibilité de travailler comme avant, avec la même efficacité, la même rapidité, il eût été parfaitement heureux. Mais l'âge était là. Les forces lui manquaient parfois, et il était obligé de se reposer pour laisser son cœur se calmer, posant la cuve de sulfate sur une murette ou s'asseyant souvent, afin de chasser la douleur de ses bras, de ses jambes et de ses reins.

Ce matin-là, absorbé par ses pensées, il n'entendit pas arriver Blanche qui, depuis sa vigne voisine, lui rendait parfois visite. Relevant brusquement la tête, il l'aperçut devant lui, toujours aussi belle, avec ses cheveux noirs, coiffés en chignon, sa robe bleue que faisait miroiter le soleil surgi au-dessus des collines.

– Ça ne va pas ? demanda-t-elle.

Furieux contre lui-même, il se leva vivement, lui serra la main avec chaleur, car il appréciait la compagnie de cette femme qui se battait pour son domaine avec l'énergie d'un homme. Quant à elle, elle aimait écouter ses conseils, et se sentait ainsi un peu moins seule dans le combat qu'elle menait. Dès leur première rencontre, ils avaient tacitement renoncé à évoquer le passé, jugeant l'un et l'autre que le temps était venu d'oublier les vieilles querelles.

Ils parlèrent un moment de la sécheresse qui sévissait si fort, en cet été 1954, et des vignes qui en souffraient terriblement, leurs jeunes feuilles inclinées vers la terre comme pour une vaine prière. Puis Blanche lui annonça qu'elle avait décidé de planter des arbres fruitiers, ajoutant qu'elle avait besoin de vendre une vigne. Il n'en fut pas surpris. Il savait que le Solail connaissait de grosses difficultés, comme tous les grand domaines, depuis que la mévente était réapparue.

– Vous ne connaissez pas quelqu'un qui achèterait ? demanda-t-elle.

– Vous savez, répondit-il, ce n'est vraiment pas le moment d'acheter des vignes.

– Je céderais la vigne de la Croix, reprit-elle, sans se douter un instant de ce que ces mots éveillaient en lui.

Soudain, un écho venu de très loin le fit se souvenir du matin où Charlotte, très âgée, lui avait annoncé qu'elle allait mourir, et d'une promesse qu'il lui avait faite, alors qu'elle s'apprêtait à le quitter : « Un jour j'achèterai les vignes de la Croix. » Il la revit devant lui exactement comme elle était ce jour-là, fragile et défaite, sans aucune défense, pour la première et la dernière fois de sa vie. Il lui sembla qu'il avait encore quelque chose à accomplir, qu'il devait boucler la boucle et, en même temps, s'approprier quelque chose d'essentiel au bonheur de ses vieux jours. Il remarqua une nouvelle fois à quel point Blanche ressemblait à sa tante Charlotte et, comme toujours, il en fut bouleversé.

– Je vais réfléchir, dit-il.

– Ça vous intéresse ? demanda Blanche, surprise.

Comment aurait-il pu expliquer le cheminement de son esprit qui le conduisait en cet instant à envisager d'acheter une vigne dont il n'aurait pas l'utilité, ne parvenant pas, malgré l'aide de Clément, à s'occuper convenablement des siennes ? C'était ridicule. Nul ne songeait à acquérir des terres en cette période si difficile. C'est d'ailleurs ce que lui dit Nathalie lorsqu'il eut regagné le village, et qu'il évoqua ce projet devant elle. Mais c'était la première fois de leur vie qu'ils avaient un peu d'argent devant eux. Aussi en reparla-t-il à sa femme, le lendemain soir, alors qu'ils dînaient face à face, toutes fenêtres ouvertes pour laisser entrer un peu d'air à cause de la canicule. Elle le dévisagea avec un sourire qu'il connaissait bien : il exprimait à la fois de la tendresse et de l'indulgence.

– Une vigne de plus, murmura-t-elle, alors que tu n'arrives pas à travailler les autres.

– Oui, c'est vrai, fit-il.

– Qu'est-ce qu'elle a, cette vigne ? ajouta-t-elle doucement.

– Je ne sais pas, dit-il.

Puis il ajouta aussitôt :

– C'est le cœur du Solail.

Elle sourit.

– Nous n'avons jamais eu d'économies, dit-elle, je ne vois pas pourquoi ça commencerait aujourd'hui. C'est quand on met de l'argent de côté qu'on commence à se mettre du côté de l'argent. Et s'il y a quelque chose que nous ne savons pas faire, nous, c'est bien ça.

Il la reconnut là : tourner à la plaisanterie même les sujets les plus graves. Mais c'est ainsi qu'elle était et c'est ainsi qu'elle l'avait aidé à traverser les épreuves de la vie. Il n'eut pas besoin de la remercier : ils savaient qu'ils essayaient de se donner ce qu'ils avaient en eux de meilleur.

Pourtant, malgré l'accord de sa femme, Justin hésita plusieurs jours avant de se décider. Quelque chose l'arrêtait encore, mais quoi ? Il demanda à Blanche à voir la vigne en question, s'y rendit avec elle. Ils s'arrêtèrent un instant à l'endroit exact où Charlotte l'avait retrouvé une nuit, il y avait si longtemps. Que cherchait-il ? Il ne le savait pas. Tout cela n'avait pas de sens. Le passé était mort, comme Charlotte, comme Violaine, qui se confondaient de plus en plus souvent dans sa tête sans qu'il sache pourquoi. L'endroit était désert. Les jours et les années avaient consumé les ombres qui avaient hanté ces lieux. Elles ne continuaient à vivre qu'en lui. Il pouvait acheter cette vigne sans trahir personne, et surtout pas Nathalie. Restait seulement à accomplir une promesse faite à une femme qui allait mourir. Ce fut fait avant les vendanges, et l'on convint que la récolte de l'année serait partagée. Le premier jour où il entra dans la vigne de la Croix en propriétaire, il sembla à Justin Barthès qu'il allait pouvoir trouver le repos.

A la Combelle, Séverin était mort au mois de décembre 1948. Sa femme Clarisse ne lui avait survécu que deux ans. Tous deux reposaient dans le petit cimetière de Sainte-Colombe, dans le caveau de famille, tout près de Cyprien et de Mélanie, les premiers Barthès à avoir occupé la Combelle. Ainsi, Jérôme et Agathe se retrouvaient seuls, Mathilde ayant disparu en Allemagne. Agathe, cependant, refusait de croire à sa mort. Elle partait sur la route, le soir, et regardait au loin, comme si sa fille allait apparaître alors que cela faisait neuf ans qu'on n'en avait plus de nouvelles. Jérôme venait la chercher, la prenait par la main, et il la ramenait à la Combelle, dans la nuit qui tombait avec de longs soupirs sur les vignes accablées de chaleur.

Heureusement, ils travaillaient beaucoup et s'abrutissaient dans les tâches les plus ingrates, depuis l'aube jusqu'à la dernière heure du jour. Il y avait longtemps que Jérôme avait raccroché son fusil et oublié Marceau. Le chagrin l'avait écrasé. Ainsi, Agathe et Jérôme survivaient dans le souvenir d'une enfant qui avait illuminé leur vie, et dont la disparition les avait blessés à jamais.

Un soir où ils rentraient un peu plus tôt que d'habitude, la taille en vert venant de s'achever, ils aperçurent un homme devant la porte de la Combelle, assis sur le banc de pierre. Cette silhouette ne leur parut pas inconnue, mais ils ne purent l'identifier tout de suite. Ce fut seulement en arrivant à quelques pas d'elle qu'ils reconnurent Marceau dans cet homme un peu voûté, aux cheveux blonds, aux fines lunettes, qui était vêtu d'un costume de ville. Il avait retiré sa veste qu'il tenait sur l'épaule, et roulé sur les bras ses manches de chemise. Agathe étouffa un gémissement qui fit croire à Jérôme qu'elle refusait cette présence. Il s'avançait déjà pour chasser Marceau, quand elle le retint par le bras en disant :

– Non, laisse.

Curieusement, Jérôme, en reconnaissant Marceau, avait ressenti la même impression, le même besoin de s'en approcher.

– Bonsoir, dit Marceau en se levant avec circonspection. Il m'a semblé que je devais venir, après tout ce temps.

Il ajouta, plus bas, comme Jérôme et Agathe ne répondaient pas :

– J'ai pensé que peut-être vous aviez besoin de parler d'elle autant que moi.

Agathe vint vers lui et murmura :

– Entrez.

Pour la première fois de sa vie, Marceau pénétra dans la maison où avait vécu Mathilde et il se sentit bouleversé, comme si sa présence en ces lieux était encore perceptible. Il est vrai que ses parents n'avaient rien modifié depuis son départ, et que sa veste de laine était toujours suspendue au portemanteau accroché à la porte.

Il s'assit sur la chaise paillée que lui désigna Agathe, laquelle prit place face à lui. Jérôme s'installa à l'autre extrémité de la table, après avoir servi un verre de vin au visiteur. Un lourd silence tomba, troublé seulement par le bourdonnement des mouches et le tic-tac de la pendule comtoise à la caisse fleurie. La chaleur, à sept heures du soir, était si oppressante qu'on avait du mal à respirer. Marceau, au bout d'un moment, comprit qu'il devait parler pour dissiper le malaise qui s'installait.

– Je suis retourné en Allemagne, commença-t-il, je sais ce qui s'est passé.

Il hésita, comme si ce qu'il avait à raconter était devenu soudain indicible, mais il lui sembla deviner un encouragement dans le regard de la mère de Mathilde.

– Tout vaut mieux que de ne rien savoir, murmura-t-elle.

Marceau laissa passer encore quelques instants, soupira, puis :

– Elle était à Revensbrück, dans le Nord. C'est à côté de Potsdam, pas très loin de Berlin. Quand les Alliés se sont approchés du camp, les S.S. ont décidé d'évacuer les déportées. Mais ils se sont rapidement rendu compte qu'ils ne pourraient pas aller bien loin. Alors ils les ont exterminées dans une carrière.

La voix de Marceau se brisa, mais il parvint à ajouter :

– Elle n'a pas dû souffrir, ce jour-là. Tout est allé très vite. J'ai enquêté longtemps là-bas, pour mon journal. J'ai retrouvé son nom sur un registre.

Il se tut, n'osant lever les yeux vers la mère de Mathilde qu'il entendait respirer plus vite. Jérôme, lui, avait le regard fixe, et paraissait lointain, comme s'il ne comprenait pas tout à fait ce qu'il entendait.

– Si vous voulez, je vous y emmènerai, reprit Marceau.

Il releva lentement la tête, aperçut les yeux noyés d'Agathe et regretta amèrement d'avoir parlé.

– Je n'aurais pas dû, dit-il.

Et il fit le geste de se lever, mais Agathe le retint de la main en demandant :

– Et avant ? Racontez-nous, avant.

Il parut surpris, mais il se mit à parler d'une voix monocorde, comme si c'était pour lui aussi un besoin de parcourir une nouvelle fois le chemin qu'ils avaient suivi à deux, il y avait plus de dix ans : Paris, la rue Notre-Dame-des-Champs, l'imprimerie, le père Cancès, le journal clandestin, l'arrestation. Il parla aussi de Stuttgart, de la Forêt-Noire, du Wurtemberg, du Danube : tout ce qu'il avait vécu après que Mathilde eut disparu, et les recherches qu'il avait entamées depuis. Ce n'avait pas été facile, car c'étaient les Russes qui étaient arrivés les premiers dans la région, et l'on ne se rendait pas si facilement à Berlin aujourd'hui.

– Elle n'a pas de tombe, alors ? demanda Agathe dans un sanglot.

– Non, fit Marceau, mais je sais où se trouve la fosse commune.

– Ah ! fit Agathe.

Malgré l'horreur de cette révélation, il sembla à Marceau qu'elle était soulagée.

Jérôme, lui, ne disait toujours rien. Marceau jeta un coup d'œil dans sa direction, mais le père de Mathilde semblait frappé de stupeur. Son regard n'était ni hostile, ni agressif, mais simplement vide de toute expression.

– Encore ! dit Agathe. Parlez-nous d'elle, s'il vous plaît.

Marceau expliqua la manière dont ils vivaient à Paris et combien Mathilde se plaisait dans leur petit appartement.

– Elle était heureuse, fit brusquement Agathe. Elle était heureuse, n'est-ce pas ?

Marceau hocha la tête, regardant cette femme si fragile, si blonde, si fine, et dont les yeux suppliants cherchaient désespérément une justification à la mort de sa seule enfant.

– Elle se promenait sur les boulevards, dit Marceau, omettant de dire combien Mathilde avait peur des Allemands, et le dimanche nous allions visiter Paris, le Grand-Palais, le Jardin des Plantes, le Luxembourg.

– Le Grand-Palais ? fit Agathe. Un vrai palais ?

Il vint à Marceau de la pitié pour cette femme qui s'appropriait chacun de ses mots. Il mentit, inventa un palais véritable, celui où avaient vécu les rois de France. Il s'aperçut qu'Agathe souriait. Alors il prolongea ses mensonges, même en évoquant leur immeuble et la rue Notre-Dame-des-Champs qu'il décrivit comme un lieu protégé, à l'écart des dangers, où ils côtoyaient des gens chaleureux, bienveillants, qui étaient devenus très vite leurs amis.

Quand il s'arrêta de parler, Agathe comme Jérôme paraissaient soulagés.

– Elle ne travaillait pas ? demanda ce dernier, prononçant ses premiers mots depuis que Marceau était entré dans sa maison.

– Si. Elle venait à l'atelier, répondit Marceau. Le père Cancès l'aimait beaucoup.

– Ça ne m'étonne pas, dit Agathe en hochant la tête. Elle a toujours été vaillante et dévouée.

Le silence revint, se fit lourd. Jérôme se leva pour verser un peu de vin dans le verre de Marceau, mais celui-ci refusa de la main.

– Il faut que je m'en aille, dit-il, on m'attend au Solail pour dîner.

Il hésita pourtant à quitter la table, comme s'il n'osait pas abandonner à leur solitude cet homme et cette femme devenus si fragiles. Cette impression se confirma, quand, une fois sur le seuil, Agathe, lui prenant les mains, supplia :

– Vous reviendrez ? Dites, vous reviendrez ?

– Oui, promit Marceau, je reviendrai.

– Quand ?

– Bientôt. Très vite.

Ils le regardèrent s'éloigner comme un fils prodigue qu'on a attendu trop longtemps, et qui repart avant d'avoir eu le temps de dévoiler tous ses secrets.

Un soir, à son retour des vignes, Blanche fut étonnée d'apercevoir une voiture inconnue garée devant le perron. Elle fut encore plus étonnée en reconnaissant Aloyse, sa cousine de Narbonne, en compagnie d'Hortense.

– Cette dame vient juste d'arriver, dit Hortense, et c'est à toi qu'elle désire parler. A toi seule.

Blanche embrassa Aloyse tout en lui demandant pourquoi elle n'avait pas prévenu de sa visite, puis elle la fit entrer et la conduisit dans son bureau, cherchant à évoquer des souvenirs de l'époque où elles s'étaient fréquentées, au temps où Blanche travaillait à Narbonne. Mais Aloyse ne paraissait pas décidée à participer à une telle évocation, et, à peine fut-elle assise en face de sa cousine qu'elle l'interrompit en disant :

– Je ne suis pas venue pour m'apitoyer sur le temps passé, et je tiens tout de suite à te dire ce qui m'amène ici. Ça nous évitera des malentendus.

Blanche, assaillie par un mauvais pressentiment, ne répondit pas.

– Voilà, reprit Aloyse : j'ai fait faire des recherches par mon notaire et je considère que mon grand-père, Étienne, a été spolié lors de l'arrangement qu'il a signé avec sa sœur Charlotte. Autrement dit, pour moi, il n'a pas été dédommagé suffisamment, si bien qu'à travers mon père je pense avoir encore des droits sur le Solail.

Abasourdie, Blanche observa un instant cette femme aux yeux gris, au visage anguleux, à la coiffure sévère, et qui était si différente de la jeune fille qu'elle avait côtoyée à Narbonne. Elle se souvenait parfaitement d'avoir connu Aloyse soumise vis-à-vis de ses parents, n'osant lever les yeux sur eux et buvant leurs paroles, et aujourd'hui elle ressemblait à son père Joseph jusque dans les intonations de sa voix.

– Veux-tu boire quelque chose ? demanda-t-elle, avec l'impression que la foudre venait de s'abattre sur le château.

– Non, ce ne sera pas nécessaire car je suis pressée. Tu ne le sais peut-être pas, mais j'ai repris la tuilerie avec mon mari.

– Oui, dit Blanche, je le savais.

– Et nous avons quarante ouvriers.

– C'est bien, dit Blanche, je te félicite, mais ce n'est pas du tout le cas ici : j'ai beaucoup de mal à payer des journaliers.

– Ce n'est pas mon affaire, l'arrêta Aloyse... du moins pour le moment.

Puis elle demanda, toujours aussi sèchement :

– Je voudrais connaître ta position par rapport à ces arrangements de famille qui, manifestement, n'ont pas été effectués en conformité avec la loi.

Blanche soupira, répondit :

– Que veux-tu que je te dise ? Il m'étonnerait fort que Charlotte n'ait pas réglé ses affaires avant de mourir.

– Alors tu refuses de me croire !

– Ce que je sais, dit Blanche, c'est que j'ai moi-même racheté une partie du Solail avec l'argent dont j'ai hérité de mon mari et avec l'argent de mon fils.

– C'est ton dernier mot ?

– Écoute, dit Blanche, très pâle, je ne comprends pas ce que tu es venue faire ici, après tout ce temps.

– Pendant tout ce temps, comme tu dis, j'étais occupée à remonter la tuilerie qui avait périclité à la suite de la guerre. Ensuite, j'ai consulté des hommes de loi. Aujourd'hui, je suis sûre de mon bon droit.

– Vraiment ?

– Oui, vraiment.

– Mais c'est la première fois que tu viens ici, dit Blanche, qui sentait des larmes lui monter aux yeux.

– Là n'est pas le problème. Je veux ma part, et je l'aurai, d'une manière ou d'une autre.

Aloyse se leva, dit encore, tandis que Blanche, l'ayant imitée, sentait ses jambes trembler sous elle :

– Un jour, que tu le veuilles ou non, c'est moi qui habiterai ce château.

Puis elle quitta le bureau, se heurta à Hortense qui passait dans le couloir, et sortit. Blanche eut à peine le temps d'arriver sur le perron que la voiture démarrait déjà et s'engageait dans l'allée, entre les oliviers.

– Qui c'était ? demanda Hortense à Blanche qui regagnait l'intérieur, toujours aussi pâle, les traits défaits.

– Le diable, répondit-elle.

Mais elle n'eut pas le cœur d'en dire plus. C'était à elle, et à elle seule, comme l'avait fait Charlotte, de trouver les forces et les moyens de défendre le Solail.

Les vendanges battaient leur plein sous le même soleil implacable de cet été de feu. Si les vignes avaient souffert du manque d'eau, on s'attendait néanmoins à un fort degré d'alcool en raison de cet ensoleillement exceptionnel. Des familles entières d'Espagnols avaient envahi Sainte-Colombe, qui dormaient la nuit dans les granges et travaillaient le jour comme des bêtes de somme. Les colles n'étaient pas aussi nombreuses qu'avant la guerre, mais il régnait une animation joyeuse dans les vignes du Solail, où Jean, qui n'avait pas encore regagné Montpellier, prenait sa part de travail avec plaisir.

Il n'attendait qu'une chose, en fait : le jour où l'on vendangerait la vigne de la Croix, car il avait été convenu entre Blanche Barthélémie et Justin Barthès

que le travail se ferait de conserve, puisque la vendange devait être partagée. Alors il pourrait retrouver
Camille qu'il n'avait pas revue depuis la fête de Sainte-
Colombe, sinon de loin, quand les vendanges avaient
commencé, précisément, dans la grande plaine écra-
sée de chaleur. Car il ne se passait pas une journée
sans qu'il se remémore cette soirée de bal, cette main
qu'il avait tenue dans la sienne, tandis que l'orage
grondait, et il s'était juré de ne pas repartir à Montpellier sans l'avoir revue. S'il en avait cherché l'occasion, il ne l'avait pas trouvée, cependant, et il comptait
beaucoup sur cette journée de vendange pour approcher celle qui mobilisait toutes ses pensées.

Ce jour arriva enfin, aussi ensoleillé que les précédents, même si de gros nuages s'accumulaient au-
dessus des Pyrénées, et l'atmosphère fut tout de suite
à la fête. Les équipes se mêlèrent naturellement, sous
l'œil agacé de Jérôme Barthès, le ramonet, qui avait
été chargé de les organiser. Jean s'était baptisé porteur
pour pouvoir aller et venir à sa guise dans les rangs et
croiser Camille le plus souvent possible. Ce fut fait dès
la première heure, à l'instant où elle versa son panier
dans la hotte. Il se redressa, lui fit face, sourit.

– Vous ici ? dit-elle, en feignant la surprise.

– Ça vous étonne ?

– Pas vraiment.

Il retrouvait avec émotion l'éclat joyeux de ses yeux,
les boucles noires sur les épaules et cette fierté qui lui
semblait naturelle.

– Vous savez que, sur ce territoire, la mascare est
toujours en vigueur, dit-il.

– Et pourtant, fit-elle, c'est une coutume venue d'un
autre temps. Mais vous devez savoir qu'aujourd'hui les
filles courent plus vite qu'avant.

Il ne sut s'il y avait dans ces mots une invite ou
uniquement de la malice.

– Vous croyez ?

– J'en suis sûre, dit-elle. De toute façon, je n'ai jamais oublié une grappe de ma vie. Donc, votre mascare ne me concerne en rien.

– On ne peut jamais savoir, dit-il.

– Moi, si.

Elle le regardait fixement. Ses yeux ne cillaient pas. Des voix s'élevèrent dans les rangées voisines : « Porteur ! Porteur ! » Il s'éloigna pour vider sa hotte vers la charrette qui attendait à l'extrémité de la vigne.

Tout en marchant, il dénombrait les vendangeurs. Du côté de la famille Barthès, il y avait Justin, bien sûr, mais aussi Juliette, la mère de Camille, sa grand-mère, Nathalie, et des gens du village, dont les plus jeunes portaient la hotte, comme Jean. Du côté des Barthélémie, le ramonet et sa femme, les journaliers et les Espagnols. La matinée avançait dans un formidable éclat du ciel qui déversait sur les vignes des flots brûlants, sans le moindre répit. Il n'était pourtant que dix heures. Jean se demanda s'il n'avait pas été présomptueux de se déclarer porteur, tellement les courroies de la hotte mordaient dans les chairs de son dos, tandis qu'il avançait, le souffle court, légèrement incliné vers l'avant.

– Alors, dit une voix qu'il reconnut très bien, on a voulu faire le fier-à-bras et on est sur le point de capituler ?

Il se redressa, mais ne put retenir un gémissement.

– Et ça voudrait mascarer les filles !

Le regard de Camille était toujours le même, plein d'ironie mais aussi d'une sorte de complicité qui, chaque fois, tout en l'étonnant, le bouleversait. Il ne répondit pas, et il repartit en s'efforçant de se tenir ferme sur ses pieds.

Un peu avant midi, des cris s'élevèrent sur le flanc gauche de la vigne et l'un des porteurs se mit à courir derrière une fille qu'il renversa pour la mascarer. Aussitôt un attroupement se forma autour d'eux, des rires et des acclamations jaillirent, vite dissipés par Jérôme Barthès, qui remit avec autorité les colles au travail. Jean se sentit tout à coup terriblement inquiet en imaginant que Camille aurait pu être cette fille-là, serrée dans d'autres bras que les siens. Mais elle ne semblait pas du tout inquiète, elle, au contraire : elle rejoignit un groupe de jeunes gens qui, dès midi, s'installèrent à l'ombre d'un amandier pour dévorer le contenu de paniers de provisions. Comme elle n'était pas la seule fille à figurer dans ce groupe, Jean estima qu'il pouvait les rejoindre sans compromettre Camille. Elle se poussa pour lui faire une place à côté d'elle, puis elle ne lui accorda pas davantage d'attention qu'aux autres jeunes rassemblés là. Il en fut mortifié, mais il s'efforça de ne pas le montrer.

Les plaisanteries fusèrent et Camille y prit largement sa part. Jean, lui, mangeait en silence, et souffrait de se sentir étranger à cette gaieté qui semblait naturelle aux uns et aux autres. Il comprit que, si on ne lui adressait pas la parole, c'est parce qu'il était un Barthélémie et qu'à ce titre il n'aurait pas dû se trouver là. Il lui sembla alors qu'une distance s'était creusée entre Camille et lui. Il ne partit pas, cependant, car c'eût été reconnaître qu'il avait commis une faute, et il s'y refusait. A la fin, quand on eut dévoré les salades, la charcuterie, les sardines et le fromage, Camille, paraissant prendre conscience de l'isolement dans lequel il se trouvait, lui tendit une timbale en demandant :

– Vous n'avez pas soif ?

– Si, dit-il.

Elle versa du vin, releva les yeux, rencontra les siens un bref instant, mais cet échange lui suffit pour savoir combien elle était proche de lui par la pensée. Quand il eut bu, il lui rendit la timbale, et, comme si cela allait de soi, elle but dans cette même timbale sans l'avoir essuyée, croisant une nouvelle fois son regard.

Jérôme Barthès accorda aux vendangeurs une demi-heure de repos à l'ombre, puis il fallut se remettre au travail. Dans l'air épais qui chauffait les vignes comme à l'intérieur d'un gigantesque four, personne n'eut le courage de lancer une nouvelle mascare. Jean, lui, ne sentait plus ni ses épaules ni ses bras, et il regrettait amèrement de s'être lancé dans cette aventure, qui, heureusement, lui permettait de croiser Camille dont les yeux avaient retrouvé leur malice.

– Quelle idée, aussi ! fit-elle, vers le soir, tandis qu'il ne parvenait plus à se relever.

– Le bonheur, ça se mérite, dit-il.

Elle ne répondit pas et le regarda s'éloigner pensivement.

Vers sept heures, les plus âgés des vendangeurs regagnèrent les maisons, laissant les jeunes gens terminer le travail. Il faisait toujours aussi chaud, mais le soleil avait basculé au-delà des collines et sa morsure était moins cruelle. Il ne restait que quelques rangées à vendanger, et Jean avait pu enfin quitter la hotte pour venir couper les derniers raisins. Il se trouva seul avec Camille dans une allée et il pensa qu'elle avait manœuvré adroitement pour qu'il en soit ainsi. Il sourit, s'approcha, et découvrit une grappe oubliée deux mètres derrière elle.

– Alors, mademoiselle, fit-il avec satisfaction, on se croit infaillible, mais on oublie des grappes.

Elle se retourna, amusée.

– Ma voisine, sans doute.

– Vous êtes seule, à ce qu'il me semble.

– Elle vient juste de partir.

– Je ne vous crois pas.

Il s'approcha d'elle qui était à genoux mais souriait toujours.

– Je parie que vous n'avez jamais été mascarée, dit-il.

– Et vous auriez la prétention de m'écraser cette grappe sur le visage ?

– Oui, dit-il.

– Moi, je suis sûre que vous n'oserez pas.

Il s'agenouilla devant elle, commença à passer doucement la grappe sur ses joues, sans appuyer. Comme elle fermait les yeux, il la renversa lentement, ses mains serrant les épaules chaudes, et elle ne se défendit pas. Alors il posa la grappe sur les lèvres de Camille et l'écrasa avec ses propres lèvres. A dix mètres d'eux, la Croix réfléchissait vers la terre brûlante les derniers rayons du soleil.

Quinze jours plus tard, l'odeur des moûts pesait encore sur la plaine sans que nulle brise ne la dissipât. « Quand donc cessera cette canicule ? » se demandait Justin Barthès, assis sur le balcon, peu avant le dîner. A l'intérieur, Nathalie, Juliette et Clément s'impatientaient, car on attendait Camille pour un dernier repas de famille avant son départ pour Toulouse.

– Tous les soirs c'est pareil ! s'insurgea Juliette. Si encore on savait ce qu'elle fait.

Elle s'adressait à Clément qui, comme à son habitude, baissait la tête, pour ne pas avoir à affronter les problèmes. Il s'y était toujours refusé, en effet, son naturel débonnaire l'inclinant à fuir tout ce qui risquait de troubler sa tranquillité. Juliette, d'ailleurs, les réglait très bien toute seule. Son autorité naturelle, qui s'était développée au contact de ses élèves, lui permettait de faire face à tout, y compris à ce qui pouvait arriver de pire. Elle semblait avoir oublié la guerre, ou, du moins, n'en laissait rien paraître.

Justin admirait cette force qui émanait d'elle, autant qu'il se désolait de la faiblesse de Clément. Mais c'était ainsi. On ne changeait pas les êtres. Il fallait s'en accommoder. Ce qu'il avait fait, lui, Justin, tout comme Nathalie qui, souvent, servait de médiatrice entre Juliette, Clément et Camille dont le caractère était semblable à celui de sa mère. Justin, lui, ne parlait guère. Plus le temps s'écoulait, et plus il avait besoin de s'isoler, comme si ce qui se passait aujourd'hui, après tout ce qu'il avait vécu, n'avait plus guère d'importance. Seule Camille, sa petite-fille, parvenait quelquefois à lui arracher des confidences sur sa vie.

– Tu sais où elle est, toi ? demanda Juliette à Clément qui feignait de s'absorber dans la lecture de *La Dépêche*.

Il soupira, haussa discrètement les épaules. Bien sûr qu'il savait où était sa fille. Tout le monde le savait, ici, dans cette pièce, mais nul n'osait en parler ouvertement. L'attente se prolongea dans un silence de plus en plus pesant, puis on entendit courir sur la promenade et des pas retentirent dans l'escalier. Camille apparut, à bout de souffle, échevelée, si belle, si pleine de vie que personne, sur le moment, n'eut le cœur à lui reprocher quoi que ce soit.

– Excusez-moi, dit-elle en s'asseyant, j'ai oublié ma montre dans ma chambre.

Et elle se mit à manger la soupe, que venait de lui servir Nathalie, sans plus accorder d'attention à quiconque, comme si elle était seule avec ses rêves et son bonheur de vivre. Lorsqu'elle eut terminé, elle releva brusquement la tête et elle se rendit compte que tous l'observaient, les uns avec amusement, les autres avec contrariété.

– Qu'y a-t-il ? fit-elle, étonnée, un sourire désarmant posé sur ses lèvres.

– Il y a que tu oublies ta montre tous les jours, fit

sa mère, que tu rentres à des heures impossibles et que je voudrais bien savoir ce que tu fais, et avec qui.

– Je vais voir Jean Barthélémie, répondit-elle dans un sourire, comme si cela allait de soi.

– Où cela ?

– Dans les collines.

– Tu te rends compte de ce que tu dis ? fit Juliette, tout en appelant, mais sans succès, Clément à intervenir.

– Oui, dit Camille, je me promène avec Jean Barthélémie dans les collines, parce que nous ne pouvons aller nulle part ailleurs, et surtout pas ici, je suppose ?

– Tu sais qui il est ? fit Juliette, excédée par le calme de sa fille qui la défiait du regard.

– Le fils de ses parents, sans doute.

– C'est ça : les Barthélémie du Solail.

– Et alors ? fit doucement Camille, en évitant la moindre provocation, au moins dans le ton.

– Dis-lui, toi, Clément, fit Juliette en s'adressant à son mari qui semblait vouloir disparaître sous terre.

Clément appela du regard Justin et Nathalie à son secours, mais ni l'un ni l'autre n'était disposé à intervenir.

– Écoute, ma fille, dit Clément, il faut être un peu raisonnable.

– Mais je suis raisonnable, dit Camille.

Et, comme sa mère la fixait avec le même regard excédé, elle ajouta, haussant le ton sans s'en rendre compte :

– Écoutez : les combats de classes, les histoires de famille, les malédictions du Moyen Âge, les vieilles luttes d'avant-guerre, c'est fini, tout ça. Le monde a changé. Les femmes votent. Elles s'intéressent à autre chose qu'à la terre et aux vignes.

Elle comprit qu'elle en avait trop dit, s'arrêta brusquement. Le regard de Justin, son grand-père, avait changé. Il était devenu aussi dur que celui de Juliette. Il posa sa fourchette et dit d'une voix calme, mais d'une froideur terrible :

– Si le monde a changé, c'est parce qu'il y en a qui se sont battus pour ça. Ne l'oublie pas, petite.

Camille pensa alors à ce qu'il avait vécu, lui, mais aussi à sa mère qui avait souffert dans sa chair de la dernière guerre. Ses yeux se remplirent de larmes et elle quitta la table. Le repas continua en silence, mais il fut écourté car chacun se demandait où elle était partie. Ce fut Justin qui la trouva dans l'atelier, assise sur une comporte, désemparée. Il s'approcha, chassa de la main les copeaux de bois accumulés sur un tabouret, s'assit en face d'elle et lui releva la tête en lui prenant le menton.

– Ne pleure pas, petite, fit-il, je ne veux pas que tu abîmes tes yeux. Et puis tu n'as pas l'âge de pleurer.

Elle savait tout de sa vie, car Nathalie la lui avait racontée. Elle l'admirait ; elle souffrait chaque jour de voir décliner avec l'âge cet homme qui avait été si fort et que son œil unique rendait encore plus fragile d'aspect aujourd'hui.

– J'ai tort, n'est-ce pas ? dit-elle.

– Ne parle pas de la guerre, dit-il, ça vaut mieux.

– Et les Barthélémie ? Le Solail ?

– Qu'est-ce qu'il fait, ce garçon ?

– Il est étudiant en agronomie à Montpellier. On marche dans les collines et on parle. Je suis bien avec lui.

Justin parut réfléchir, demanda :

– Tu le retrouves où ?

– Dans la vigne de la Croix.

Une énorme vague se leva dans le cœur de Justin Barthès, qui eut bien du mal à cacher son émotion à sa petite-fille.

– Celle que j'ai achetée ?

Camille hocha la tête.

– C'est de ton âge, dit-il.

Et, aussitôt, comme elle le dévisageait avec étonnement :

– Mais il faut écouter tes parents. Ne va pas trop vite en besogne et reprends ta montre. Ce n'est pas bien de faire attendre ceux qui travaillent pendant que tu t'amuses.

– Oui, dit-elle, je comprends.

– Et maintenant remonte vite ; ils doivent s'inquiéter.

Camille se pencha pour l'embrasser.

– Merci, grand-père, dit-elle.

Elle s'en alla, le laissant seul avec la chaleur de ses lèvres sur sa joue : celle de la jeunesse triomphante. Il tendit l'oreille quand le carillon sonna au clocher de Sainte-Colombe, puis le vent fit claquer le vasistas au-dessus de l'établi, entraînant les copeaux qui s'éparpillèrent comme les années perdues. Il demeura un long moment immobile, regardant ses mains ouvertes devant lui, des mains qui tremblaient et qu'il referma lentement, serrant les poings, enfin, comme pour mesurer, en vérifiant les forces qui lui restaient, la distance qui le séparait de sa jeunesse lointaine.

14.

CE fut le silence qui réveilla Blanche, ce matin de février 1956. Un silence glacial qui était venu la chercher au fin fond du sommeil, alors que la veille il avait fait un temps ensoleillé, d'une étrange douceur. Quelle heure pouvait-il bien être ? Cinq heures ? Six heures ? Elle se tourna légèrement sur le côté pour regarder le réveil posé sur sa table de nuit : cinq heures trente. Intriguée par cette absence de bruit si inhabituelle – les pins parasols avaient coutume de chanter, le vent d'hiver de gémir dans les solives du château, les nuits de retentir des appels des rapaces nocturnes branchés dans les arbres ou des aboiements des chiens dans les collines –, elle se leva, posa les pieds sur le parquet de chêne qui était glacé, frissonna, puis elle ouvrit les volets : l'éclat du gel sur les arbres et le perron la surprit, et la gifle d'un froid très pur la fit reculer brusquement, le souffle coupé. « Mon Dieu ! murmura-t-elle. Les fruitiers. »

Depuis qu'ils avaient été plantés, c'était là sa hantise : les perdre sur un coup de gelée, alors qu'ils portaient tout son espoir. Elle s'habilla rapidement, claquant des dents, et descendit. Le même silence glacial qu'au-dehors avait envahi le château. Blanche passa un manteau et s'en fut réveiller le valet qui dormait dans la grange.

– Va prévenir le ramonet, dit-elle, et dis-lui de venir le plus vite possible.

L'homme, un vieux journalier fidèle au Solail que Blanche abritait en hiver, partit sur une bicyclette, tremblant de froid, dans la lueur étrange du gel qui semblait faire miroiter les ombres de la nuit et répercutait les sons comme dans une grotte.

Pendant ce temps, Blanche réveilla tous ceux qui vivaient au Solail, y compris Hortense, mais ils étaient aujourd'hui beaucoup moins nombreux qu'avant la guerre, puisque Jean se trouvait à Montpellier et Lionel à l'armée à Pau. Elle avait tout fait pour l'empêcher de partir, pourtant, elle s'était même battue jusqu'au dernier jour en espérant le faire renoncer, mais son fils unique ne voulait pas entendre parler d'autre chose que du métier qu'avait exercé son père, et elle avait dû s'incliner. Blanche se souvenait très bien du matin où il était monté dans la voiture qui l'emmenait à la gare, et c'était comme une blessure qui demeurait ouverte en elle, dont elle souffrait en silence.

Quand Jérôme Barthès arriva au château, il ne s'était pas écoulé plus d'un quart d'heure depuis que le valet était parti. Il s'entretint quelques minutes avec Blanche qu'il n'avait jamais vue dans un tel état d'anxiété. La seule solution pour protéger les arbres était d'allumer des feux dans les vergers, au moins pendant la nuit. Tous les ouvriers disponibles à cette heure-là furent mobilisés pour véhiculer du bois dans les allées. On irait chercher du pétrole plus tard, dans la journée.

Ainsi, quand le jour se leva, ce matin-là, des foyers épars brûlaient au cœur du Solail, comme ceux des bivouacs allumés jadis dans ces plaines par les légions romaines. Malgré le jour, cependant, il semblait à Blanche que la température était encore descendue. Suivie par Jérôme et Agathe, elle entra dans le verger des abricotiers, et elle inspecta les arbres qui, heureusement, paraissaient intacts. On pouvait encore espérer que, grâce aux feux, on parviendrait à les sauver.

Un peu rassurée, Blanche regagna le château, tandis que Jérôme veillait avec les journaliers qui venaient d'arriver. Elle déjeuna en compagnie d'Hortense devant un grand feu qui brillait dans la cheminée. Elle eut beau se remémorer l'hiver de 1929 qui avait fait éclater des oliviers plus que centenaires, elle ne gardait pas le souvenir d'un tel éclat du ciel et d'une telle morsure du froid.

Le pire était à venir, pourtant. Elle le comprit quand elle sortit de nouveau, vers dix heures, en sentant sur sa peau le cers qui venait de se lever. Une main dure et glacée se posa sur sa bouche, l'empêchant de respirer. Le ciel, au-dessus de la plaine, semblait pris dans une banquise qui étincelait. Il fallut désactiver les feux entre les arbres, car le vent soufflait trop fort. Il faisait moins dix sous abri. Blanche comprit que le combat allait être rude, que l'issue en était incertaine, mais elle ne se découragea pas. Elle demeura dans les vergers toute la journée, se reposant seulement une demi-heure à midi. Cette présence ne servait pas à grand-chose, mais elle avait besoin de se rassurer en vérifiant régulièrement l'état de ses arbres.

Dans l'après-midi, elle envoya chercher du pétrole qu'on brûlerait dans des bidons pendant la nuit. Elle espéra un changement de direction du vent avec le soir, mais le cers continua de souffler, avant de tomber un peu, vers une heure du matin. Blanche, qui n'arrivait pas à dormir, se leva, s'habilla chaudement et sortit sur le perron. Les feux brûlaient toujours dans les vergers où elle distingua distinctement les silhouettes des hommes qui les entretenaient. Elle se recoucha, retrouvant au plus profond d'elle-même des prières qu'elle croyait avoir oubliées, puis elle s'endormit vers le matin, épuisée.

Une fois debout, elle veilla au remplacement des équipes, examina quelques troncs d'abricotiers et de pêchers : ils semblaient avoir résisté. Certes, l'écorce s'était resserrée sur la pulpe, mais elle ne s'était pas ouverte, et la couleur, pour le moment, demeurait la même, d'un gris qui n'avait pas foncé, ou à peine, sans doute à cause de la fumée. Elle rentra de nouveau, se faisant maintenant du souci pour les vignes qu'on avait commencé à tailler, et son inquiétude dura jusqu'à la fin de l'après-midi. Sortant alors sur le perron, elle eut l'impression que le vent s'adoucissait, et elle crut que le temps cassait.

Elle fit venir Jérôme Barthès pour qu'il lui donne son avis, mais il se montra moins optimiste qu'elle. C'était souvent le cas en fin de journée, mais l'arrivée de la nuit le faisait fraîchir de nouveau. Il avait raison, hélas : le cers se remit à souffler de plus belle. Le lendemain, le thermomètre chuta jusqu'à moins treize, et le froid continua pendant trois semaines, atteignant même les moins quinze la veille du mercredi des Cendres.

Ce matin-là, en ouvrant ses volets, Blanche trouva une mésange morte, pattes gelées, sur le rebord de sa fenêtre. Elle comprit que, malgré ses efforts, tout était perdu. Non seulement les fruitiers avaient gelé, mais les ceps de vigne avaient énormément souffert et la plupart des oliviers de la grande allée avaient éclaté.

Par acquit de conscience et pour tenter de se prouver qu'il restait encore un peu d'espoir, elle donna l'ordre de continuer à alimenter les foyers, mais elle s'aperçut que les hommes la regardaient bizarrement, comme si elle était devenue folle. Le soir, comme ils étaient épuisés par des nuits et des nuits de veille, elle les envoya se coucher. La nuit descendit sur le Solail comme un suaire de fer-blanc.

Quand le marin remplaça enfin le cers, il traînait avec lui de lourds nuages qui parurent à Blanche aussi sombres que l'avenir. Le temps cassa brusquement et l'on retrouva des températures de saison. Trop tard, les dégâts étaient considérables : pas un arbre fruitier ne pourrait être sauvé et l'on ne récolterait pas d'olives pendant plusieurs années, même si on coupait les oliviers à la base pour les faire recéper. Blanche le savait : un adage disait qu'on ne plantait pas les oliviers pour soi, mais pour ses descendants. Quant aux vignes, il faudrait regreffer ou arracher les ceps qui avaient le plus souffert, et il était probable qu'il n'y aurait pas de vendanges en septembre.

Qu'avait-elle fait pour mériter un tel châtiment ? Heureusement, Hortense était là et l'aidait de son mieux. Jean, qui était venu un week-end, n'avait pu que constater les dégâts. Lionel, lui, était loin de ces préoccupations, et d'ailleurs il n'écrivait guère.

– C'est de ma faute, se lamentait Blanche qui refusait de sortir pour ne pas voir ses arbres morts. Je n'aurais jamais dû planter des fruitiers.

– Mais non, disait Hortense, on n'a jamais connu un tel froid depuis des dizaines d'années. C'est la fatalité. Tu n'y pouvais rien.

– Si tu n'étais pas là, répétait Blanche, si tu n'étais pas là...

Car elle ne disait pas tout, Blanche, et une lettre d'Aloyse, reçue en janvier, qui menaçait d'intenter une action en justice, l'avait déjà fortement ébranlée. Elle eut un malaise, dut se coucher, toutes fenêtres closes, comme si son combat pour ses arbres avait consumé ses dernières forces.

Hortense comprit qu'elle devait agir, afin de sauver

ce qui pouvait encore l'être. Heureusement, les vacances de Pâques approchaient, et Jean allait revenir. Il était le seul homme, désormais, à pouvoir diriger un domaine en si grande difficulté. Mais avait-elle le droit de demander cela à son fils ? N'était-ce pas lui rendre un mauvais service que de lui faire arrêter ses études pour prendre la succession d'un vignoble en péril ? A qui demander conseil ? Que faire ? Il fallait emprunter, c'était la seule solution, même si, au Solail, on s'y était toujours refusé.

C'est donc de ce projet qu'Hortense, prenant pour la première fois le relais de Blanche qui n'était pas en état d'envisager quoi que ce soit, entretint son fils dès qu'il arriva pour les vacances. Emprunter ne parut pas du tout inconcevable à Jean, même s'il fallait hypothéquer une partie du domaine. Les possibilités d'obtenir des crédits ne manquaient pas en une époque où l'ensemble de l'agriculture et de l'industrie du pays se modernisait. On allait pouvoir reconstituer les cépages, car il n'était plus question de planter une nouvelle fois des arbres fruitiers : une catastrophe suffisait. L'avenir étant préservé, restaient les dettes.

Hortense eut alors l'idée de faire appel à Marceau, qui revenait passer ses congés chaque année au domaine, et qui s'y plaisait. Jean lui écrivit une lettre, à laquelle Marceau répondit par retour du courrier, promettant de venir le plus vite possible, mais ce ne serait pas avant le 1er mai. Blanche, mise au courant par Jean et Hortense de l'évolution de la situation, parut reprendre vie, mais elle n'oubliait pas la menace qu'Aloyse faisait peser sur le domaine. Elle ne put remettre les pieds dans les vergers détruits. Elle se contenta de reprendre progressivement les affaires en main, donnant ses instructions depuis son bureau ou dans la cour du Solail qui tentait courageusement de renaître à la vie.

Ses cisailles à la main, Justin Barthès taillait les bourgeons des vignes dont les ceps n'avaient pas éclaté. Ils étaient peu nombreux sur les collines, car rien ne les protégeait du cers et du gel. En bas, dans la plaine, les dégâts étaient un peu moins graves, les vignes étant davantage abritées. Jamais il n'avait connu ça, Justin Barthès, et il n'avait pas soupçonné un instant, pendant les trois semaines où avait sévi ce froid polaire, quelles en seraient les conséquences sur le vignoble.

Ce matin-là, Nathalie l'avait accompagné comme elle le faisait le plus souvent possible, désormais, pour l'aider, lui disait-elle, en réalité pour le surveiller. Car il avait été très fatigué pendant l'hiver et elle avait dû faire venir le médecin de Ginestas. L'homme avait recommandé à Justin de se ménager : il était usé par le travail. Et Nathalie regrettait de ne pas l'avoir dissuadé d'acheter la vigne de la Croix deux ans auparavant. C'était trop pour un seul homme, même si Clément, de plus en plus, lui prêtait main-forte, car la tonnellerie souffrait elle aussi de la crise. Ce n'était pas la catastrophe récente qui allait d'ailleurs susciter de nouvelles commandes, et Nathalie ne s'en désolait pas, au contraire : ainsi, Clément pourrait aider davantage son père, surtout s'il fallait regreffer ou planter de nouveaux ceps à l'automne.

Elle avait suggéré qu'il n'était peut-être pas utile de replanter en totalité, mais elle s'était attiré les foudres de Justin qui avait répondu :

– Il manquerait plus que ça ! J'aurais trop de honte si mes vignes n'étaient pas tenues comme il faut !

Elle l'avait bien reconnu là, n'avait pas insisté, mais elle ne cessait de s'inquiéter de le voir s'atteler à une tâche d'une telle ampleur, alors qu'il aurait dû mesurer ses efforts. Et voilà qu'aujourd'hui il avait éprouvé le besoin de se mettre déjà à l'ouvrage, alors que rien ne pressait.

— Arracher les ceps au printemps, quand on aura tout le temps à l'automne, puisqu'on ne vendangera même pas ! s'était-elle indignée.

— Justement ! avait-il répliqué. En septembre tout sera prêt, et on n'aura plus qu'à planter.

— Attends au moins Clément, dit Nathalie. Il pourra t'aider dès demain.

— Je n'ai besoin de personne.

— Alors je viendrai, moi.

— Si tu veux.

Mais le regard que lui avait lancé Justin lui avait fait comprendre qu'il n'était pas dupe, et qu'il lui en voulait de douter de lui, de sa force, de ses capacités à entreprendre un tel travail.

C'est ainsi qu'ils se trouvaient tous les deux dans la vigne des collines, ce matin du début avril que le soleil illuminait, faisant étinceler les toiles d'araignées fleuries de rosée entre les sarments. A dix heures le temps était un peu froid mais le vent avait perdu ses griffes dans les grandes étendues de ciel bleu dont l'éclat s'atténuait de jour en jour.

Justin, ayant fait le tour de la vigne, accrochait les chaînes au premier cep qu'il avait décidé d'arracher. Nathalie était allée chercher le cheval qui attendait à l'abri du cabanon. Elle le fit reculer jusqu'à ce que le bât vienne au contact des chaînes, auxquelles Justin le fixa.

— Tu le feras avancer quand je te le dirai, fit-il. Prends le fouet, s'il le faut.

Lui-même avait auparavant creusé la terre autour du cep éclaté, et il s'apprêtait à passer le pic en dessous pour faire levier.

— Vas-y ! dit-il.

Nathalie tenta de lancer le cheval, mais il se bloqua soudain à l'instant où les chaînes se tendirent.

– Hue ! cria Nathalie. Allez ! Hue !

Le cheval raidit ses pattes et creusa les reins, mais le cep bougea à peine. Justin, pourtant, faisait pression de tout son corps sur le pic, mais sans résultat. Il savait que les racines pouvaient descendre jusqu'à cinq ou six mètres de profondeur et que la seule solution était de les rompre.

– Encore ! dit-il.

Nathalie relança le cheval, et cette fois il y eut un craquement sinistre mais qui était synonyme de victoire. Le cep fut arraché d'un seul coup et jaillit brusquement, manquant au passage de blesser Nathalie. Justin se mit en devoir de détacher les chaînes, puis il les renoua aussitôt sur le cep voisin.

– Attends un peu, dit Nathalie, qui l'entendait respirer avec difficulté et s'inquiétait de cette hâte qui l'animait, comme si le temps lui était mesuré.

– Ça va, répondit-il, sans parvenir à dissimuler une pointe d'agacement.

Le travail reprit, de plus en plus difficile à mesure que le soleil montait dans le ciel, achevant de boire la rosée de la nuit.

Un peu avant midi, Nathalie fit remarquer à Justin qu'ils en avaient beaucoup fait pour la matinée, mais il voulut finir d'arracher la rangée, montrant qu'il ne restait que trois ceps. A l'instant où le dernier céda enfin, Justin, portant une main sur sa poitrine, s'affaissa lentement, sans un mot. Nathalie poussa un cri, se précipita, demanda :

– Qu'y a-t-il ? Où as-tu mal ?

Elle ne le savait que trop bien. C'était son angine de poitrine qui se réveillait, lui donnant l'impression d'étouffer, provoquant une douleur qui n'avait jamais été si violente. Elle lui versa à boire, tenta de dénouer les chaînes, mais elle n'y arriva pas et s'affola. Il l'observait sans pouvoir lui donner le moindre conseil, appliqué seulement à reprendre son souffle, et à laisser s'éteindre la douleur.

Nathalie y parvint au bout de longues minutes, puis elle attela le cheval et elle aida Justin à monter sur la charrette. Elle était furieuse contre lui mais n'avait pas le cœur à exprimer sa colère. Elle tenait les rênes du mieux qu'elle pouvait sur le mauvais sentier qui dévalait vers la route d'Argeliers, jetant de temps en temps un regard vers Justin, qui regardait fixement le chemin, sans une plainte, sans un soupir.

Il leur fallut près d'une demi-heure pour atteindre le village, gagner la promenade où Clément achevait de cercler un fût. Quand il aperçut la charrette, il comprit tout de suite ce qui s'était passé. Il aida son père à monter l'escalier, et à se coucher. Là, à la surprise de Justin et de Nathalie, il eut la plus grande colère de sa vie. Lui qui n'élevait jamais la voix et qui fuyait le moindre problème, il s'emporta avec une telle violence que ses parents, stupéfaits, n'en crurent pas leurs oreilles :

– Quelle idée ! Aller arracher des ceps sans le moindre treuil, à mains nues, avec un pic, quand il suffisait d'attendre demain ! Je suis allé ce matin même demander ce qu'il fallait à Ferral : tout est dans l'atelier, en bas, prêt à servir. Qu'est-ce qui vous a pris ? Vous êtes devenus fous ?

Il s'adressait aussi bien à son père qu'à sa mère, les regardant l'un après l'autre avec des yeux furibonds, ses mains qui tremblaient, et sa voix de colosse brusquement sorti de sa placidité.

– Je le lui ai dit, fit Nathalie, mais il n'a rien voulu savoir.

– Tu veux mourir avant l'heure ? reprit Clément, tourné maintenant vers Justin. Qu'est-ce qui pressait ?

Tu crois que l'on n'a pas assez de soucis comme ça ? Tu ne te rappelles pas ce que t'a dit le médecin en décembre dernier ?

– Arrête, petit ! dit Justin. Va le chercher !

Ces quelques mots dégrisèrent Clément. Il comprit qu'il fallait faire vite, et, haussant les épaules, il s'en alla. On entendit ses pas dans l'escalier, puis la charrette qui s'éloignait sur la promenade.

Nathalie soupira, vint s'asseoir auprès de Justin qui haletait.

– Tu veux quelque chose ? demanda-t-elle.

Il fit un signe négatif de la tête, l'air dur, et elle comprit qu'il souffrait.

– Tu ne me quitterais pas comme ça, dis ?

Et, comme il ne répondait pas :

– Quelle idée, aussi, tu n'as plus vingt ans, tu sais.

Le regard qu'il lui jeta la fit taire sur-le-champ. Elle se sentit transpercée, mais elle trouva la force de sourire et murmura :

– Moi aussi je n'ai plus vingt ans. Tu n'es pas tout seul.

Il ferma les yeux un instant, parut se détendre. Elle eut peur, lui prit la main, et il ouvrit de nouveau les yeux.

– Ça va un peu mieux, dit-il.

Elle resta près de lui jusqu'à ce que le médecin arrive. Il était jeune, ce médecin d'Argeliers, avec de fines lunettes qui ne dissimulaient rien de ses yeux bleus très clairs, beaucoup d'entrain et de faconde. Il morigéna Justin, lui fit une piqûre et dit avant de repartir :

– La prochaine crise sera la bonne, monsieur Barthès. Je vous ai dit de vous ménager. Or, non seulement vous ne prenez pas les médicaments que je vous ai donnés, mais vous prétendez arracher des ceps de

415

vigne ! C'est votre vie, après tout ! Vous faites comme vous voulez !

Justin se reposa pendant deux jours, puis il reprit le chemin des vignes avec Clément en promettant de ne s'occuper que du cheval. Nathalie le regarda s'éloigner tristement, avec, en elle, précise et douloureuse, l'impression qu'un jour il ne reviendrait pas.

Camille avait attendu ces vacances de Pâques avec beaucoup d'impatience. Certes, Jean lui écrivait à Toulouse, mais que représentaient des mots sur une feuille de papier, par rapport à des mains sur sa peau ou des baisers sous le soleil, au cœur de la garrigue ? Ce soleil qui, maintenant, était au rendez-vous, comme Jean, chaque après-midi, dans les collines. Et elle courait, Camille, comme avaient couru avant elles les femmes de la Combelle ou du Solail, vers celui qui les attendait là-haut, parmi les dorines et les romarins. Elle ignorait cela, étant persuadée, comme toute la jeunesse du monde, d'inventer la vie et l'amour. Personne n'avait pu vivre ni ressentir ce qu'elle vivait aujourd'hui. Une telle passion était-elle imaginable pour les autres ? Certainement pas. Nul ne pouvait la comprendre et surtout pas sa mère, qui lui reprochait sans cesse ces rendez-vous, alors qu'elle aurait dû se réjouir pour elle. C'était ainsi, mais comment lui en aurait-elle voulu ? Les générations d'avant la guerre ne pouvaient pas accepter que les filles passent des heures entières seules avec leur amoureux, à l'abri des regards. Les reproches se multipliaient, mais Camille n'en avait cure : elle travaillait tous les matins et tous les soirs, ses notes à la faculté étaient les meilleures de sa promotion. Alors ? Que pouvait-on lui reprocher ?

Elle s'efforça de chasser de ses pensées tout ce qui était étranger à celui qui devait s'impatienter là-haut, se remit à courir, commença à monter, une fois qu'elle fut sortie des vignes, vers le puits qui se trouvait dans un îlot de roseaux et d'arbousiers aux feuilles luisantes. A l'instant même où elle l'atteignait, une femme vêtue de noir surgit devant elle, écartant les bras pour l'empêcher de passer. Camille ne connaissait pas Éléonore, sinon pour en avoir entendu parler, mais elle n'en eut pas peur. Certes, elle n'ignorait rien de la réputation de ces caraques qui jetaient des sorts, mais elle n'y croyait pas. Sa mère, la Finette, était morte l'hiver précédent, mais Éléonore continuait de propager les vieilles malédictions sur les familles, comme si c'était la seule mission des gitanes depuis la nuit des temps.

– Il est là-haut, dit-elle de sa voix éraillée et grinçante.

– Qui êtes-vous ? demanda Camille, pas du tout impressionnée.

– Tu ne me connais pas, mais moi je te connais bien, ma belle, dit Éléonore. Ton grand-père est de la Combelle et celui qui t'attend là-haut est du Solail.

– Et alors ? fit Camille, sans la moindre émotion.

– Alors le malheur est sur vous. Vos enfants mourront avant de naître. Tu n'y peux rien, ma belle, c'est comme ça. Tu es marquée.

– Laissez-moi passer, dit Camille en haussant les épaules et en avançant d'un pas.

Comme la caraque ne bougeait pas, elle la bouscula et s'en alla, poursuivie par les imprécations de la folle, dont les bras s'agitaient en tous sens, ses mains et ses doigts dessinant des signes cabalistiques à la signification connue d'elle seule. Camille ne se retourna pas, au contraire : elle escalada le sentier le plus vite possible pour retrouver Jean, tout en se demandant comment la caraque avait pu deviner sa présence. Il était debout et l'attendait, ayant entendu les cris.

– Alors toi aussi, dit-il, tu l'as vue, constata-t-il.

– Oui. Elle a même voulu m'empêcher de passer.

Et Camille ajouta, le serrant dans ses bras :

– Mais qui pourrait m'interdire le passage quand je cours vers toi ?

Il la serra à son tour, l'embrassa, l'invita à s'asseoir à l'endroit où ils en avaient l'habitude, leurs pieds ayant formé des traces qui ne s'effaçaient pas. Elle se laissa aller contre son épaule, demanda :

– A toi aussi, elle a lancé un sort ?

– Pas un sort, non, dit-il sans la moindre inquiétude dans la voix, mais elle m'a parlé de la malédiction. Tu sais ? celle de la Combelle et du Solail.

– C'est drôle, tout de même, fit Camille.

– Qu'est-ce qui est drôle ? demanda-t-il.

– Qu'on puisse encore croire à des choses pareilles en 1956.

– Que veux-tu, dit-il, ces femmes vivent de ça. Nombreux sont ceux qui leur portent des présents pour qu'elles lèvent les sorts.

– Quand même, fit Camille, je croyais bien que tout ça avait disparu depuis longtemps.

– Rien ne disparaît jamais tout à fait, dit Jean tout à coup, pensif.

– Tu as raison, dit Camille, surtout pas les vieilles haines entre les familles.

Il savait à quoi elle faisait allusion. Les parents de Camille s'opposaient toujours à ce qu'ils se rencontrent, surtout sa mère, pour qui les gens du Solail avaient tous plus ou moins collaboré avec les Allemands pendant la guerre. C'était là une tache indélébile qui rendait les Barthélémie infréquentables. Aussi les discussions devenaient-elles de plus en plus violentes entre Camille et sa mère. Même Clément manifestait sa désapprobation, maintenant, quand il entendait prononcer le mot « Allemand », et Camille ne pouvait trouver de secours qu'auprès de ses grands-parents.

– Sois patiente, lui disait Nathalie, laisse-leur au moins le temps de s'habituer.

Justin, lui, gardait le silence, mais Camille savait qu'il pouvait tout comprendre à condition qu'elle ne fasse aucune allusion négative à la guerre. Elle veillait à ne jamais se servir de cet argument des vieilles guerres, des vieilles luttes, et combattait sur le terrain de la raison : elle-même et Jean étaient étudiants, ils avaient donc reçu la même éducation, ils iraient probablement vivre en ville ; ils se ressemblaient, faisaient partie du nouveau monde, celui de l'après-guerre, justement, celui du progrès, des barrières abolies grâce à la liberté retrouvée.

– Retrouvée grâce à qui ? demandait Juliette.

– Oui, je sais, répondait Camille.

– Alors, tiens compte de notre avis.

C'était un combat sans fin, qui commençait à excéder Camille. Elle s'en ouvrait à Jean qui ne rencontrait pas de son côté les mêmes difficultés. Blanche et Hortense n'en étaient plus là : elles avaient d'autres soucis en tête, dont le premier était de continuer à payer ses études à Montpellier.

– Il faudra du temps, dit-il. Ne t'inquiète pas, tout s'arrangera.

– J'espère, murmura Camille.

Ils se turent. La lumière des collines, en cet après-midi d'avril, pétillait comme une eau vive sous le soleil. Toutes les plantes embaumaient : les salsepareilles, le thym, les bourraches, les cistes, les térébinthes, et surtout la tige de fenouil que Camille avait prise entre ses lèvres, comme tant d'autres avant elle. En bas, pourtant, les vignes demeuraient noires, après le terrible gel de l'hiver, à part dans quelques rares îlots protégés du vent ; mais le vert des feuilles, là, n'était pas le même : on le devinait tendre et fragile comme les feuilles elles-mêmes.

– Pas de vendanges, cette année, soupira Jean, ou alors un tonneau ou deux. J'ai vraiment honte d'étudier à Montpellier alors que ma tante et ma mère sont dans les dettes jusqu'au cou.

– Ça prouve seulement qu'il faut continuer, dit Camille. C'est tellement difficile, la vigne. Ils ont tant souffert, tant travaillé, et, aujourd'hui, trois semaines d'hiver suffisent à détruire le travail de dizaines d'années.

– Justement, dit Jean, quand je pense à eux, à tous ceux qui m'ont précédé, je m'en veux, parfois.

Camille se tourna vers lui, le dévisagea un moment, mais ne dit mot. Il lui arrivait à elle aussi, en songeant au travail de Justin Barthès, son grand-père, de se demander s'il ne souffrait pas de la savoir destinée à quitter la terre, première d'une génération qui avait pu entreprendre des études et qui ne passerait pas sa vie dans la lumière des collines. Cette pensée l'émouvait chaque fois qu'elle lui venait à l'esprit, bien qu'elle s'en défendît.

– Moi aussi je m'interroge, dit-elle à Jean, mais ne devons-nous pas penser aux enfants que nous aurons un jour ? Faut-il obligatoirement qu'ils vivent ce que d'autres, dans leur famille, ont vécu avant eux ?

– Sans doute pas, dit Jean après un soupir. Je me demande comment ça va se terminer, tout ça.

– Ça se terminera comme nous le voudrons, dit-elle.

– Je l'espère, murmura-t-il.

Et il répéta, songeur :

– Je l'espère, je l'espère.

Ils s'allongèrent face à face, les yeux dans les yeux. Camille n'avait pas eu à refuser ce que Jean ne lui avait jamais demandé. Il y avait comme une sorte d'accord tacite entre eux pour ne pas outrepasser l'ultime barrière qui les eût fait devenir amants, ce qui permettait à Camille d'affronter sans baisser les yeux le regard de ses proches. Ils discutèrent un long moment et finirent par s'endormir, blottis l'un contre l'autre. Le vent de la mer, en se levant à l'approche de la nuit, qui tombait tôt en cette saison, les réveilla en même temps.

– Vite ! dit Camille. Il va faire nuit.

Ils se redressèrent, s'époussetèrent mutuellement pour faire disparaître les brindilles et les feuilles accrochées à leurs vêtements, puis ils se mirent à courir vers la vallée. Une fois en bas, Camille embrassa Jean longuement, comme pour se forger de nouvelles forces, car elle savait ce qui l'attendait chez elle.

Elle courut le plus vite possible vers le village où, déjà, les lumières étaient allumées, eut envie de s'arrêter dans l'atelier de tonnellerie afin de rentrer avec son père, mais y renonça : ce soir, elle se sentait capable d'affronter n'importe quelle tempête. Elle n'eut pas à attendre longtemps. À l'instant où elle pénétra dans leur petit logement de l'école, sa mère était occupée à corriger les cahiers de ses élèves. Juliette leva la tête de son travail, puis elle lança d'une voix qui meurtrit cruellement sa fille :

– Tu as encore des feuilles dans les cheveux. Est-ce que tu crois que je vais supporter longtemps que ma fille se couche dans les collines avec n'importe qui ?

– Il n'est pas n'importe qui, fit Camille, très pâle.

– Même s'il ne respecte pas une fille assez sotte pour croire à ses serments ?

– Il me respecte, contrairement à ce que tu crois.

– On ne le dirait pas.

– C'est pourtant la vérité.

Juliette se leva brusquement et, d'une voix qui vibrait de colère contenue, lança :

– Les Barthélémie n'ont jamais respecté personne.

421

– Oui, je sais cela, tu me l'as déjà dit.

– Et tant que je serai dans cette maison, il n'y mettra jamais les pieds.

– Eh bien, nous irons ailleurs, dit Camille qui, aussitôt, incapable de supporter plus longtemps ces reproches, passa dans sa chambre pour y faire sa valise.

Sa mère ne bougea pas. Elle avait très bien compris, pourtant, ce qui se préparait. A l'instant où Camille réapparut, elle ne leva pas la tête et n'esquissa pas le moindre geste. Camille hésita un peu avant de franchir la porte, et comme nulle voix ne s'élevait pour la rappeler, elle sortit.

La nuit était tombée tout à fait. On entendait dans le village des bruits de vaisselle et de feux qu'on attise. Camille prit la direction de la promenade, un peu honteuse de s'en aller ainsi, à une heure pareille, sa valise à la main. Elle savait où elle allait, mais elle ignorait si elle serait bien accueillie. Il y avait longtemps qu'elle avait envie de quitter la maison. Sa vie d'étudiante à Toulouse lui avait donné le goût de l'indépendance. Elle allait être majeure. Elle voulait vivre comme elle l'entendait.

Quand elle arriva chez ses grands-parents, ce fut Nathalie qui ouvrit la porte. Elle poussa un cri de surprise en apercevant la valise, puis elle s'effaça pour laisser entrer sa petite-fille. Ils étaient en train de dîner. Le regard de Justin courut du visage de Camille à sa valise, de la valise vers les yeux où il lut une sorte d'humilité qui lui fit ravaler les mots près de jaillir de sa bouche.

– Est-ce que je peux passer la nuit ici ? demanda Camille.

– Tu peux manger et passer une nuit, dit Justin. Une seule.

– Merci, dit Camille, demain je partirai à Toulouse.

Nathalie posa un couvert sur la table, servit sa petite-fille qui se mit à manger du bout des lèvres. Justin ne parlait pas. Nathalie essaya de lancer la conversation en évoquant le beau temps qui durait depuis une semaine, mais elle y renonça très vite.

– Toi aussi tu as quitté les tiens à vingt ans, dit doucement Camille au bout d'un instant, s'adressant à Justin.

Il releva la tête, la considéra un moment sans colère mais fermement :

– Je travaillais, dit-il ; toi, tu es étudiante.

– Je trouverai du travail.

– Non, dit Justin, tu as commencé des études, il faut les finir. Après, tu feras ce que tu voudras.

Et il ajouta, pour démentir le ton très froid de sa voix :

– Il n'y en a plus pour longtemps.

– Mais oui, fit Nathalie, plus qu'une année et tu seras professeur. Est-ce que cela compte, une année ?

Camille soupira, esquissa un sourire.

– Voilà ce qu'on va faire, dit Justin : demain tu repartiras à Toulouse, mais, aux prochaines vacances, tu rentreras chez tes parents. Je leur parlerai.

– Merci, murmura Camille.

– Rappelle-toi bien une chose, petite : dans la vie, il faut toujours finir ce qu'on a commencé. C'est le seul moyen de n'avoir ni regrets ni remords.

Il s'adressa ensuite à Nathalie et dit doucement :

– Tu devrais aller leur dire qu'elle est là. Ça les rassurera.

Nathalie passa une pèlerine et descendit l'escalier. On entendit ses pas décroître sur le sable de la promenade, puis le silence retomba.

– Dis-moi comment il est, fit Justin brusquement.

Camille comprit qu'il parlait de Jean et elle s'empressa de répondre :

– Il est tel que je l'ai rêvé.

– Ah ! fit Justin, moi je n'ai guère eu le temps de rêver.

Il lui prit la main par-dessus la table, murmura avec une émotion qu'il ne parvint pas à dissimuler :

– Nos vies auront au moins servi à ça : nos petits-enfants ont aujourd'hui le droit de rêver.

Et il ajouta dans un sourire :

– Je te souhaite de pouvoir rêver toute ta vie.

Comme promis, Marceau vint au Solail à l'occasion du 1er mai. Il arriva au début d'un après-midi, portant toujours ces mêmes lunettes, cette chemisette et ce pantalon de toile qui lui donnaient l'aspect d'un étudiant attardé. A peine se fut-il installé que Blanche et Hortense l'emmenèrent dans le domaine pour constater l'étendue des dégâts : on avait déjà arraché la plupart des arbres fruitiers, mais il en restait encore, qui donnaient un spectacle affligeant. Même les oliviers de la grande allée montraient leurs blessures béantes, et on ne savait s'il fallait les arracher ou les couper pour qu'ils pussent recéper. Les vignes, elles, portaient peu de feuilles, certains ceps aucune. Il fallait aussi les arracher, mais on ne savait plus où donner de la tête.

Quand les deux femmes eurent dressé à Marceau le tableau de la situation, Blanche déclara :

– Tu as toujours aimé le Solail, c'est pour cette raison que nous avons pensé à toi. Si tu peux nous aider, nous signerons des papiers chez le notaire, et tu deviendras propriétaire d'une partie des vignes.

Marceau réfléchit un long moment, puis il répondit :

– Je n'ai pas d'argent, mais je vais en trouver. Je ne veux pas que le Solail meure.

Il ajouta, en chuchotant :

– C'est là que je l'ai aimée, tout de suite, dès que je l'ai vue.

Mathilde ne sortait pas de sa mémoire, continuait de le hanter jour et nuit. Aussi, dès qu'il eut rassuré Blanche et Hortense, il partit vers la Combelle où il savait qu'il pourrait de nouveau parler d'elle. Agathe se trouvait seule quand il y arriva. Elle sourit en le reconnaissant, puis elle le fit entrer, et, comme lors de sa première visite, elle lui demanda de faire revivre sa fille. Il ne s'y refusa pas, car il en avait besoin autant qu'elle. Il parla jusqu'au soir, doucement, gravement, et recommença quand Jérôme arriva, vers les sept heures. Ils l'invitèrent alors à partager leur repas. « Elle s'asseyait là, se dit Marceau, elle s'est même peut-être servie de cette cuillère ou de cette fourchette. » Des larmes lui vinrent aux yeux, mais il parvint à les cacher à ses hôtes.

A la fin, ils ne voulurent pas le laisser partir. On l'attendait pourtant au Solail, et l'idée de dormir dans le lit où Mathilde avait dormi l'épouvantait. Il partit, promettant de revenir dès qu'il le pourrait. Agathe et Jérôme le regardèrent s'éloigner dans la nuit, puis Jérôme prit sa femme par le bras et l'entraîna lentement à l'intérieur.

Au château, Blanche et Hortense ne dormaient pas. Elles l'attendaient, assises sur le perron. Un lumignon posé sur la table éclairait leur visage. De lourds parfums montaient des massifs, parmi lesquels dominait celui des lauriers-roses. En les apercevant depuis l'allée, solitaires dans la nuit, comme écrasées par la grande bâtisse du Solail, Marceau sentit son cœur se serrer. Il s'avança malgré tout dans la lumière et, s'asseyant face aux deux femmes, il les rassura en disant :

– Je m'occupe de nos affaires dès demain. Ne vous inquiétez pas.

Il savait ce qu'il allait faire depuis qu'il avait reçu la lettre de Jean et d'Hortense en mars dernier. La solution se trouvait à Narbonne où sa sœur Aloyse, après la mort de leurs parents, avait repris la tuilerie. Marceau n'y était pas revenu depuis 1939, car il n'avait pas accepté les idées que l'on professait dans sa famille et qui avaient conduit son père Joseph à une collaboration dont il avait payé le prix fort en 1944. Il avait dû quitter le pays et n'avait pu le supporter : il était mort d'un cancer, à Vevey, en Suisse, en 1946. Sa femme, Solange, ne lui avait pas survécu plus d'un an. Ainsi, Aloyse tenait seule les rênes de l'entreprise. Elle s'était mariée avec le comptable de la tuilerie, de cinq ans plus âgé qu'elle, mais qu'elle menait à sa guise. Ils avaient un enfant de six ans, Pierre.

C'est ce que Marceau découvrit dès qu'il eut pénétré dans la maison de Narbonne qui avait été celle de son enfance, mais qu'il ne reconnaissait plus aujourd'hui, tant elle avant changé. Aloyse aussi avait changé : il avait quitté une jeune fille de seize ans et il retrouvait aujourd'hui une femme mûre de trente-trois ans qui dirigeait d'une main de fer une entreprise de quarante ouvriers.

Elle fit entrer Marceau dans un petit salon aux fauteuils recouverts d'un tissu beige, aux meubles des années trente. Sur une crédence, trônait une lampe vieillotte aux perles de jais, que Marceau reconnut pour être celle du bureau de son père. Subitement, il se revit, enfant, debout devant le père tout-puissant, qui le morigénait pour une broutille. Il se sentit très mal en réalisant qu'Aloyse avait le même regard. Chez elle, les traits aigus du visage, sous une chevelure blonde, très pâle, avivaient encore ces yeux gris de perle. Elle remplit deux verres de porto qu'elle posa entre eux avant de s'asseoir, lissant les plis de sa robe d'une main nerveuse.

– Je savais que tu reviendrais un jour ou l'autre, dit-elle en fixant Marceau d'un air faussement grave.

– Forcément, dit-il, il ne pouvait pas en être autrement.

– Je suppose que tu viens me réclamer ta part d'héritage.

– Pas exactement, dit Marceau.

– Eh bien tant mieux, parce que rien n'est à toi, ici.

– Ah bon ?

– Oui, expliqua Aloyse, voilà ce qui s'est passé, tu vas comprendre très vite.

Elle soupira, comme si ce qui allait suivre l'accablait déjà, puis elle reprit en le regardant droit dans les yeux :

– A la fin de la guerre, la maison et la tuilerie ont été mises sous scellés, puis vendues aux enchères. Nous avons dû quitter les lieux, et nos parents en sont morts de chagrin. Je me suis mariée en 1947 avec Lucien et nous avons tout racheté : l'usine et la maison.

– Et je suppose, dit Marceau, interloqué, que tu es en mesure de prouver ce que tu dis.

– Tout est dans ce dossier, fit Aloyse, en ouvrant le tiroir d'une commode. Il est à ta disposition.

Elle ajouta, d'une voix pénétrée de satisfaction :

– Il t'attendait. Il est à toi.

– Si j'ai bien compris, dit Marceau avec une ironie que sa sœur ne goûta guère, c'est la seule chose qui soit à moi.

– Exactement.

Les yeux ne cillaient pas. Le regard était d'une froideur extrême. Manifestement, Aloyse disait la vérité. Au prix de quelles manœuvres avait-elle réussi à racheter l'usine et la maison, ça, il ne le saurait jamais.

D'ailleurs, ça ne l'intéressait pas. S'il n'y avait eu le Solail de Blanche et d'Hortense à sauver, il ne serait jamais revenu à Narbonne.

– Tu peux me dire avec quoi tu as racheté l'usine ?

– Ce sont mes affaires.

– Peut-être aussi un peu les miennes.

– Il faudra que tu le prouves devant les tribunaux.

– Oh non, dit-il, je ne prouverai rien. Il n'est pas dans mon intention de me battre avec toi sur ce point.

Aloyse parut brusquement se détendre. Elle but une gorgée de porto, proposa :

– Si tu as besoin d'un peu d'argent, je peux t'en prêter.

Elle ajouta, avec un sourire indulgent :

– Sans intérêts.

– C'est trop aimable à toi.

– Tu es mon frère, tout de même.

– Tout de même, oui, fit Marceau.

– Alors ? fit-elle, manifestement pressée d'en terminer.

Marceau hésita, puis songea à Blanche et au Solail.

– J'ai besoin d'un million cinq cent mille francs, très vite.

– Ce n'est pas une petite somme, fit Aloyse, de nouveau sur la défensive. Je peux savoir pour quoi ?

– Non, tu ne peux pas.

Elle baissa les yeux pour la première fois, parut réfléchir, demanda d'une voix moins assurée :

– Et nous serons quittes ?

– Je n'ai jamais fréquenté les tribunaux, dit Marceau, écœuré, ce n'est pas aujourd'hui que je vais commencer.

Aloyse but une nouvelle gorgée de porto, décida :

– Tu l'auras demain. Les papiers seront prêts.

– Quels papiers ?

– Tu ne crois quand même pas que je vais te prêter

une pareille somme sans intérêts et ne pas te faire signer de papiers ?

– Non, dit Marceau qui n'avait plus qu'une hâte : s'en aller. Evidemment non.

– Alors à demain, dit Aloyse en se levant.

– C'est ça, à demain, fit Marceau.

Complètement désemparé, il erra dans Narbonne, de l'hôtel de ville jusqu'à la promenade des Barques, de la rue du Pont-des-Marchands jusqu'à la rue des Nobles où il allait à l'école lorsqu'il était enfant, sans parvenir à se réconcilier avec cette ville qu'il avait aimée, mais qu'Aloyse avait irrémédiablement enlaidie. Il finit par s'enfuir, reprenant la route des collines où l'attendait le Solail qui dormait là-bas, dans une buée bleue. Le Solail qu'il venait de sauver. Il ne voulait pas savoir à quel prix. Il savait seulement qu'il pourrait y revenir tant qu'il le souhaiterait, afin de mettre ses pas dans les traces de celle qu'il ne pouvait pas oublier.

Seuls les ceps qui avaient été épargnés par le froid portaient quelques grappes, mais si rares qu'on n'eut pas besoin de la moindre main-d'œuvre pour vendanger. Ce fut donc une pitié que ces vendanges de l'année 1956, une année qui resterait à jamais inscrite comme une véritable catastrophe dans la mémoire des vignerons.

Justin Barthès, ce matin de septembre, errait dans ses vignes désolées, toujours aussi furieux de ne pouvoir travailler comme il l'aurait voulu. Certes, avec Clément, ils avaient arraché tout ce qui devait l'être, mais le travail de replantation n'avançait pas assez vite à son goût. Il devait sans cesse attendre son fils, car s'il pouvait tracer les lignes, préparer les nouveaux plants, Justin ne pouvait pas se servir du pic pour creuser. Or Clément, aujourd'hui, avait une commande à honorer. Et Justin en était réduit à regretter d'avoir acheté des vignes qu'il ne pouvait pas travailler seul, car son cœur battait la chamade dès qu'il faisait un effort.

Il se revoyait à vingt ans, courbé vers la terre, mais plein d'une force qui lui avait permis de franchir tous les obstacles dressés devant lui. Et aujourd'hui il avait soixante et onze ans. « On n'est pas vieux, tout de même, à soixante et onze ans », se répétait-il, en prenant le manche d'un pic ou d'un bigos, et en frappant la terre qui, elle, ne changerait jamais. Mais la douleur naissait, toujours la même, et le souffle lui manquait. Alors il s'asseyait, posait l'outil, incapable d'admettre que le temps avait passé et qu'il ne serait plus jamais tel qu'il avait été.

Assis sur le banc de pierre qui était adossé contre le mur du cabanon, il aperçut un homme qui venait vers lui. Il ne lui était pas inconnu : Justin l'avait aperçu plusieurs fois dans la vigne voisine de celle de la Croix, mais il ne lui avait jamais adressé la parole.

– Je voudrais vous parler, dit le jeune homme brun avec un sourire timide sur les lèvres.

Et, comme Justin le dévisageait en cherchant dans sa mémoire :

– Je m'appelle Jean Barthélémie.

– Ah ! fit Justin, c'est vous. Il me semblait bien.

Il se leva, lui tendit la main.

– Restez assis, je vous en prie, dit Jean, intimidé par ce vieil homme dont Camille lui avait tellement parlé, et dont l'œil unique, étrangement fixe, témoignait d'une existence mouvementée.

Justin Barthès s'assit de nouveau, regardant ses vignes d'un air accablé, comme s'il avait oublié la présence de Jean.

– C'est au sujet de Camille, dit celui-ci.

– Oui, je m'en doute, fit Justin, mais sans inviter le jeune homme à poursuivre.

– Ce n'est pas facile, pour moi, reprit Jean, après tout ce qui s'est passé entre nos familles.

Il hésita un instant, ajouta :

– Et puis il y a eu la guerre, aussi.

Justin ne répondit pas. Jean, de plus en plus circonspect, s'éclaircit la voix, se demandant s'il s'adressait bien à l'homme que lui avait dépeint Camille.

– Pourtant nous voudrions nous marier, Camille et moi.

Justin tourna enfin la tête vers lui. Jean vacilla sous ce regard qui portait la mémoire de dizaines d'années de travail et de combat.

– Si cela ne vous paraît pas impossible à vous, ajouta-t-il, d'une voix mal assurée.

– Je ne suis pas son père, dit Justin.

– Oui, je sais, mais, pour Camille, c'est votre avis qui compte.

Justin soupira, son regard se perdit de nouveau dans les vignes où les rares feuilles commençaient à rouiller.

– Tout ce que j'ai toujours souhaité, dit-il, c'est que les miens soient heureux. Le reste, pour moi, ne compte pas. Pas plus les guerres que les vieilles querelles.

Il se tut un instant, puis reprit d'une voix étrange :

– Aujourd'hui, vois-tu, petit, de la terre, j'en ai trop. C'est mon châtiment. Et je sais que le bonheur n'est pas dans la possession des choses ou des gens. Quand on a ce qu'il faut pour vivre, qu'on est entouré de ceux qui vous aiment, on a tout pour être heureux. Je te souhaite, petit, d'être heureux avec Camille, et je crois que tu le seras, parce que cette enfant aime la vie comme je l'ai aimée, moi, quand j'avais son âge.

Justin, qui regardait toujours devant lui, s'arrêta brusquement. Sa tête se pencha vers ses mains ouvertes devant lui, comme si elles portaient trace de tout le travail qu'il avait accompli.

– Ma petite-fille s'appellera Barthélémie, reprit-il à mi-voix. Si on m'avait dit ça il y a cinquante ans, j'aurais décroché un fusil. Et aujourd'hui ça me paraît presque naturel.

Il soupira une nouvelle fois, murmura :

– C'est sans doute mieux ainsi.

Le silence se fit, que Jean rompit bientôt en disant :

– Merci, monsieur Barthès.

Et, comme Justin semblait ne plus vouloir parler, il fit un pas vers le Solail.

– Attends, petit, fit Justin, j'ai autre chose à te dire.

Il hésita, comme si les mots se refusaient à lui, puis :

– J'ai pensé qu'un jour, peut-être, les vignes du Solail et celles des Barthès seraient réunies.

Il eut un petit rire de dérision, ajouta :

– Mais c'est sans doute beaucoup demander.

– On ne sait jamais, dit Jean.

– C'est vrai, dit Justin, on ne sait jamais.

Jean demanda, comme saisi d'un doute :

– C'est une condition à notre mariage ?

– Non, répondit Justin, la seule condition, c'est que tu la rendes heureuse comme elle le mérite.

– Je vous le promets, dit Jean.

– Alors nous sommes d'accord, conclut Justin en lui tendant la main.

Jean serra cette main qui avait tenu tant d'outils qu'elle en était devenue dure comme du fer. Elle étreignait si fort la sienne qu'il ne parvenait pas à la retirer. Comprenant ce que le vieil homme tentait de faire passer entre eux en cet instant, il en fut bouleversé.

– Merci, dit-il, quand la main de Justin s'ouvrit enfin.

– Dis-moi encore une chose, petit : pourquoi ne m'a-t-elle pas parlé à moi, Camille ?

432

– Parce qu'elle a peur de vous.

– Elle a peur de moi, murmura Justin, alors que je mangerais dans sa main.

Puis il demanda avec un sourire :

– Et toi, tu n'as pas peur, alors ?

– Plus maintenant, dit Jean.

– A la bonne heure !

Ils souriaient tous les deux, à présent, dans ce matin de septembre où la lumière de l'été n'était déjà plus la même. Les pins se balançaient là-haut, sur les collines, soulignant le bleu plus profond du ciel, où naviguaient des nuages qui semblaient étonnés de se trouver là.

– Au revoir, monsieur Barthès, dit Jean.

– Au revoir, petit, fit Justin en se levant.

Il accompagna le jeune homme jusqu'à l'extrémité de la vigne, puis il revint vers le cabanon, s'assit, et regarda un long moment, hochant la tête, la silhouette de Jean Barthélémie se fondre dans la brume bleue de l'automne.

15.

CAMILLE avait obtenu un poste de professeur de lettres à Montpellier où Jean achevait ses études d'ingénieur agronome. Ils s'étaient mariés à Sainte-Colombe pendant les vacances de Pâques de cette année 1958, puis ils étaient repartis, heureux, comblés, quand les événements politiques s'étaient précipités : à la suite de la constitution d'un comité de salut public à Alger, le président de la République, René Coty, avait fait appel au général De Gaulle qui, le 2 juin, avait reçu les pleins pouvoirs de l'Assemblée nationale.

Ce fut dans une atmosphère de fièvre et d'angoisse que Jean passa son examen, car il savait qu'il allait devoir partir au service militaire, son sursis ne pouvant être renouvelé. Aussi le succès ne fut-il pas fêté comme il l'eût été en d'autres circonstances, et, de retour à Sainte-Colombe, Jean et Camille se mirent à redouter le passage du facteur qui devait apporter la lettre où se trouverait scellé le destin de Jean : la France ou l'Algérie ? Il se montrait moins inquiet que Camille, ou du moins faisait-il semblant, pour ne pas aggraver leur amertume d'être si tôt séparés.

Ils s'étaient installés au château, beaucoup plus spacieux que le petit appartement de l'école où vivaient les parents de Camille, d'autant que Juliette, contrainte d'accepter le mariage de sa fille devenue majeure, n'avait pas manifesté beaucoup d'enthousiasme à accueillir les nouveaux époux.

Ceux-ci habitaient donc le Solail, dans la compagnie chaleureuse de Blanche et d'Hortense, qui les soutenaient de leur mieux. Ils travaillaient dur dans les vignes, de manière à oublier la menace qui pesait sur Jean, car, aux informations du soir, à la radio, les nouvelles concernant l'Algérie n'étaient pas bonnes : la pacification menée par le général Massu ne parvenait pas à contenir les troubles, qui, au contraire, s'intensifiaient.

Depuis deux ans, la replantation et les nouveaux greffages avaient régénéré les vignes et la situation s'améliorait. Certes, on ne retrouverait pas cette année encore la production d'avant 1956, mais on espérait des vendanges moyennes, du moins capables de faire rentrer cet argent qui manquait cruellement, y compris au Solail où Blanche employait très peu de journaliers, le matériel acheté après la guerre ayant remplacé les bras de ceux qui étaient partis travailler dans les villes. Elle-même et Hortense s'entendaient bien avec Camille, qui n'était pas la dernière à proposer son aide dans les vignes ou au château. Il semblait à Blanche qu'une vie nouvelle était apparue au Solail, et qu'elle était moins seule pour faire face. Certes, elle n'oubliait pas Aloyse dont les menaces devenaient de plus en plus précises, mais elle ne pouvait s'empêcher de rêver qu'un jour, peut-être, Camille et Jean lui succéderaient.

Ils avaient d'autres soucis, les jeunes mariés, en cette fin du mois de juin. L'échéance tant redoutée approchait, et ils le savaient. La convocation arriva le 30, en fin de matinée, et confirma leurs craintes : Jean allait partir pour l'Algérie, à Saïda, précisément, où il devait être le 10 juillet. Ils se penchèrent sur une carte, constatèrent que la garnison française était située dans une ville de cinquante mille habitants sur la route du désert, crurent trouver une satisfaction dans le fait que Jean serait à l'abri des attentats qui frappaient régulièrement Oran ou Alger. Il fallut toutefois s'apprêter à partir, alors que tout, ici, au Solail, invitait à profiter de la vie, que les vendanges approchaient, que rien ne portait témoignage d'une guerre engagée ailleurs, sur une terre accablée de soleil, de l'autre côté de la Méditerranée.

Les dix jours qui passèrent jusqu'au départ furent des jours de chagrin pour Camille, de colère pour Jean. Ils évitaient d'en parler, mais l'Algérie était là, entre eux, tandis qu'ils goûtaient dans les collines un bonheur fragile, sous les pins et les kermès dont le parfum puissant les faisait respirer plus vite, au moindre souffle de vent.

– Ne t'inquiète pas, disait Jean quand il voyait Camille trop malheureuse, je reviendrai.

Et il ajoutait aussitôt, comme elle levait sur lui des yeux défaits :

– Tu sais bien que je reviendrai !

– Oui, répondait-elle, mais nous avons eu si peu de temps.

– Nous en aurons, disait-il, je te le promets.

Et, pour tenter de lui faire oublier ce départ tellement redouté, il formait à voix haute des projets d'avenir : il trouverait lui aussi un poste d'enseignant à Montpellier et ils reviendraient souvent au Solail, comme aujourd'hui.

– C'est vrai, disait Camille, j'ai l'impression qu'ici rien ne peut nous arriver.

Ils contemplaient longuement les pins parasols du château, l'allée où les oliviers avaient été coupés, mais dont la plupart repoussaient, les vignes à perte de vue, et, sur leur droite, les toits paisibles de Sainte-Colombe. Ils ne se doutaient pas que bien d'autres, avant eux, hommes et femmes, avaient aussi passé de longs moments dans une contemplation qui leur avait donné la sensation du bonheur et la conscience d'appartenir à cette terre, à ces vignes, depuis toujours et pour toujours.

– Qu'est-ce que ça deviendra, tout ça ? murmura Jean.

– Ce que nous en ferons, répondit-elle.

Il la regarda avec étonnement, se demandant s'il lui venait parfois le désir, comme à lui, de s'installer définitivement ici, de reprendre en main le domaine avec toutes les connaissances acquises au cours de ses études, mais il lui sembla que ce n'était pas raisonnable, que leur avenir était ailleurs.

– Oui, sans doute, dit-il. N'avons-nous pas obtenu tout ce que nous avons voulu ?

– Si, dit-elle.

Tous deux pensaient à leur mariage, si difficilement arraché au consentement de la famille Barthès, bien qu'ils fussent majeurs. Mais autant Camille avait fait preuve d'énergie dans cette bataille, autant aujourd'hui elle montrait de faiblesse dans un combat qui la dépassait. Elle ne pouvait lutter contre cette guerre qui lui prenait son mari, et l'Algérie, c'était loin. Pour la première fois de sa vie, elle n'était pas de taille à faire valoir sa volonté et elle en était blessée. Jean le devinait, en souffrait lui aussi, si bien qu'il avait hâte qu'arrive le jour du départ.

La veille au soir, il alla faire ses adieux aux parents de Camille, qui se montrèrent chaleureux, puis à Justin et à Nathalie Barthès, ses grands-parents. Justin, ce soir-là, se trouvait dans l'atelier. Camille monta à l'étage rejoindre sa grand-mère, mais Jean demeura en bas un moment, car, au fil des jours, s'était nouée entre les deux hommes, pourtant si différents, une sorte de complicité. Justin était en train de balayer des copeaux quand il aperçut Jean. Il posa son balai de genêts, vint vers lui, murmura :

– Alors, c'est pour demain.

– Oui, dit Jean. Je dois rejoindre Toulon et prendre le bateau à Marseille.

Ils étaient face à face et ne savaient que dire, soudain. Justin sentit monter en lui la même colère qui l'avait toujours embrasé lorsqu'il était question de la guerre, mais il se contint pour ne pas inquiéter Jean davantage sur ce qui l'attendait.

– Je ne crois pas que ça durera longtemps, dit-il simplement.

– Peut-être, dit Jean, mais il suffit d'un mauvais jour... le destin, comme on dit.

Et, comme Justin s'apprêtait à le rassurer avec des mots qui, Jean le devinait, ne traduiraient pas sa pensée profonde :

– Vous savez très bien ce que je veux dire. Vous, surtout.

Justin le regarda fixement et ne répondit pas.

– Alors voilà, reprit Jean, je voudrais vous demander de veiller sur le Solail. Ma mère et ma tante ne sont plus guère en état de le faire. Nos vignes et les vôtres se touchent. Qui sait si elles ne seront pas un jour réunies, comme vous me l'avez déjà dit ?

Il ajouta après une hésitation, comme Justin ne parlait toujours pas :

– Ce n'est pas à moi que je pense, c'est à Camille et à nos enfants. Vous me croyez, n'est-ce pas ?

– Oui, dit enfin Justin. Ne t'inquiète pas, petit.

De nouveau le silence tomba.

– Alors au revoir, monsieur Barthès, fit Jean, très ému.

– Au revoir, petit, dit Justin, prends garde à toi.

Ils se serrèrent la main gravement, puis ils montèrent rejoindre les femmes qui bavardaient en les attendant. Mais, dès que les hommes furent là, la conversation fut bien difficile à rétablir. Camille et Jean ne s'attardèrent pas. Ils reprirent à pied le chemin du Solail, et, dans la nuit qui tombait, chaude comme un pain sorti du four, ils s'allongèrent sur la terre entre deux rangs de vigne. Cette nuit-là leur resta inoubliable, comme toutes celles qui s'achèvent sur un jour dont on ne sait où il vous mènera.

Le lendemain, ce fut Camille qui conduisit son mari à Narbonne dans la petite 4 CV qu'ils avaient achetée à crédit. Hortense les accompagnait. Camille s'en félicita dès que le train s'éloigna et qu'elle se retrouva seule sur le quai. Hortense l'attendait, un peu en arrière. Elle vint lui prendre le bras et la força à retourner vers la cour de la gare. A l'instant où elles reprirent la route du Solail, Camille leva les yeux vers les collines qui émergeaient à l'horizon de la brume du matin : elles ne lui avaient jamais paru aussi lointaines.

Marceau avait découvert l'Algérie bien avant Jean. Dès qu'il était entré dans Alger, il avait été fasciné par cette ville blanche. Envoyé spécial de son journal pour couvrir les opérations du référendum dont les affiches tricolores tapissaient les murs des villes mais aussi des fermes et des plus misérables mechtas, il s'était en quelques jours imprégné de ce pays superbe, errant dans les rues de rendez-vous en rendez-vous, et aussi sur le port et sur les collines pour d'interminables promenades dont il ne se lassait pas.

Le soir, il aimait à contempler la ville d'en bas, sur les quais qui sentaient les épices et le goudron, assis à une terrasse. Il levait les yeux vers les cubes blancs de la Casbah, vers le ciel vert où criaient des martinets ivres de lumière, celle que réverbérait le blanc de la ville arabe, et il regardait tomber la nuit. Le silence, alors, l'envahissait, le parfum lourd des jardins glissait vers lui, mêlé à celui du café grillé, et il n'entendait plus que le murmure de la mer.

La journée, il montait dans la ville haute, place du Gouvernement, buvait du thé au jasmin servi par des Arabes somnolents, puis il s'aventurait dans les ruelles où les boutiques des coiffeurs sentaient la brillantine bon marché, derrière des rideaux de roseaux. Il lui arrivait même, malgré le danger, de pénétrer dans la Casbah, et de s'asseoir dans un café maure, prenant le pouls d'une population fuyante et mystérieuse, dont il aimait l'orgueilleuse nonchalance.

Où qu'il aille, il apercevait la mer, les bancs de mouettes sur les rochers, et il écoutait cet étrange murmure de la terre et de l'eau qui paraissait couvrir tous les autres bruits de la ville. Il aimait à s'asseoir en haut des collines qui dominaient la ville, parmi les cyprès noirs et les oliviers qui lui rappelaient ses collines du Solail, même si les parfums, ici, étaient plus épais, plus colorés aussi, exacerbés par un soleil de premier jour du monde qui montait très vite dans le ciel et le blanchissait étrangement.

A Alger, l'armée française était chargée de faire campagne pour le « oui » au référendum, dont le résultat, pour Marceau comme pour ses collègues journalistes, ne faisait pas de doute. Le « oui » à la Constitution allait devenir un « oui » à De Gaulle. C'était le sens des articles qu'expédiait chaque soir Marceau à Paris, et le sujet, pour lui, désormais, manquait d'intérêt.

Cependant, il avait mis le doigt sur un sujet autrement plus important qui avait retenu l'attention de son rédacteur en chef, lequel lui avait demandé de prolonger son séjour : on disait qu'il existait des contacts secrets entre certains membres du F.L.N., qui désiraient négocier, et les représentants locaux du gouvernement français. On parlait même d'un voyage possible en avion vers l'Élysée. Ces membres du F.L.N., qui n'étaient pas majoritaires, loin de là, se sentaient menacés. Aussi était-il très difficile, pour ne pas dire impossible, de les approcher. Marceau, pourtant, s'y employait, et, de jour en jour, au fil des rencontres, il sentait une sorte d'étau se refermer sur lui. Il ne s'en souciait guère, envoûté qu'il était par cette ville, ce pays qu'il découvrait jusque dans ses confins, à l'endroit où les dunes, la nuit, étaient blanches et l'eau de la mer d'une exquise tiédeur.

Il avait fait connaissance avec ces trésors de la vie quotidienne en Algérie à l'occasion de l'un de ses rendez-vous secrets, de nuit précisément, sur une plage de la périphérie, et, depuis, il lui arrivait d'y revenir sans motif. Il savait qu'il se mettait en danger, mais c'était peut-être ce danger-là qu'il recherchait, lorsqu'il sortait de l'eau et que des ombres mouvantes s'agitaient sur les dunes, entre les genêts, le faisant frissonner.

Son enquête avançait à grands pas. Il était sur le point de rencontrer un Algérien qui avait accepté de parler dans le but de faire échouer ces tractations souterraines. Son contact lui avait donné rendez-vous au départ de la rue Montensier à laquelle on accédait facilement en venant du quartier européen par la rue d'Isly. Il avait expliqué à Marceau qu'il était très facile d'y aller en voiture, et que, en cas de problème, de nombreuses issues permettaient de disparaître dans les ruelles de la Casbah.

Marceau s'y rendit à pied, alors que la nuit descendait sur les hauts quartiers, où s'éteignait le cri des enfants qui jouaient dans les rues, et que le silence, peu à peu, tombait sur la ville exténuée. Dans les jardins, des jasmins embaumaient l'air épais comme une pâte. Sur les trottoirs, des Arabes au teint de cuivre fumaient nonchalamment de longues cigarettes. Marceau, en marchant, se disait que c'était ce soir ou jamais. Il était allé très loin dans ses recherches et se savait suivi. Le nommé Gonzalès, avec qui il avait rendez-vous, prenait ce soir autant de risques que lui, mais chacun savait parfaitement à quoi il s'exposait.

Marceau pensa à Mathilde, comme il y pensait tous les jours, mais ce soir avec, lui sembla-t-il, plus de proximité. A quoi était-ce dû ? A ces parfums lourds qui lui rappelaient ceux des collines du Solail ? A la conscience du danger qu'elle avait connu chaque jour après avoir été déportée ? A ce sentiment d'atroce solitude qui le tenaillait depuis qu'il l'avait perdue, et qui, aujourd'hui, dans la ville étrangère et hostile, lui broyait le cœur ? Il ne savait pas, mais quelque chose l'oppressait, et le contraignait, en même temps, à marcher vers ce rendez-vous tellement périlleux.

Il arriva dans la rue Montensier par un boulevard bordé de palmiers. Sur la droite, au fond d'un jardin, des Mauresques discutaient à voix très basse sur une terrasse fleurie de jasmins. A gauche, des Européens jouaient aux dominos autour d'une table en buvant des anisettes. Le « contact » de Marceau était déjà là, à l'angle des deux rues, en chemise blanche et pantalon bleu, tenant un journal dans la main gauche. Il était petit, brun, avec des lèvres épaisses et des yeux fureteurs, très noirs sous d'épais sourcils. Il paraissait agité.

– Venez par là, dit-il à Marceau dès qu'il lui eut donné leur mot de reconnaissance.

Il l'entraîna vers la Casbah, afin de ne pas s'exposer davantage au danger qui pouvait surgir des rares voitures venues des quartiers européens. Ils prirent une ruelle qui montait en pente douce entre des murs

décrépits et des balcons reposant sur des poutres bran-
lantes. Des échoppes éclairées se succédaient à droite
et à gauche. Marceau ne se sentait pas du tout en
sécurité.

– C'est au bout, sous le porche, dit l'homme. Nous
serons tranquilles.

La rue tournait à gauche à angle droit, au niveau
de ce qui semblait un bazar. Ils s'en approchaient
quand deux silhouettes apparurent brusquement. Ni
Gonzalès ni Marceau n'eurent le temps d'esquisser le
moindre geste quand les tueurs ouvrirent le feu. Marceau tomba en arrière, garda un instant les yeux
ouverts vers le ciel où pétillaient des étoiles qui lui
semblèrent identiques à celles qu'il contemplait avec
Mathilde dans les vignes du Solail. Il crut qu'elle était
là, contre lui, qu'elle lui tenait la main. Il eut l'impression qu'il ne serait plus jamais seul et il mourut sans
souffrir, apaisé, soudain, délivré de tous les remords
de sa vie.

La nouvelle de sa mort parvint au Solail par l'inter-
médiaire d'Aloyse, sa sœur, que le journal de Marceau,
après bien des efforts, avait réussi à retrouver à Narbonne. Marceau avait laissé un testament dans son
appartement parisien : il souhaitait être enterré dans
le cimetière de Sainte-Colombe qui était perché dans
les collines où il se promenait avec Mathilde, et d'où
l'on apercevait les vignes du Solail.

Une fois le corps rapatrié, les obsèques eurent lieu
un matin de la fin septembre, dans l'odeur épaisse des
moûts et de la futaille. Au sortir de l'église, le cortège
se dirigea lentement vers le petit cimetière dont les
cyprès demeuraient immobiles. Marceau, comme il
l'avait souhaité, fut mis en terre à l'endroit le plus

haut, contre le mur, d'où l'on apercevait la vallée, et, sur la gauche, les plus grands pins des collines.

Près de Blanche et d'Hortense (Jean n'avait pu obtenir de permission, et Lionel, en opérations, n'avait pu être prévenu), marchaient Jérôme et Agathe, les parents de Mathilde, qui avaient l'impression de perdre leur fille une deuxième fois, car Marceau ne viendrait plus leur parler d'elle à la Combelle. Un peu en retrait venaient Aloyse, vêtue d'un élégant tailleur sombre qui détonnait étrangement dans cette assemblée villageoise, et son mari, en costume croisé noir et chapeau de feutre.

Ces derniers n'attendirent pas les condoléances des habitants de Sainte-Colombe au sortir du cimetière et partirent aussitôt. Blanche reçut les condoléances en compagnie d'Hortense, mais également de Jérôme et d'Agathe qui étaient associés ainsi, pour la première fois, à la famille Barthélémie. Tous quatre s'en allèrent ensuite vers le Solail dans la voiture conduite par Jérôme.

Blanche, qui avait cru qu'Aloyse était repartie à Narbonne et en était soulagée, sentit son cœur se serrer en apercevant sa « Frégate » noire devant le perron. Elle ne fut pas du tout étonnée quand sa cousine demanda à lui parler seule à seule, et, résignée, la conduisit dans son bureau, comme lors de leur première entrevue, tandis qu'Hortense proposait un rafraîchissement au mari.

– Je t'avais dit que j'obtenais toujours ce que je voulais, commença Aloyse, sans même s'asseoir.

Et, comme Blanche ne comprenait pas :

– C'est moi qui ai prêté de l'argent à Marceau. Je suis donc propriétaire de sa créance sur le Solail, puisqu'il n'est plus là, hélas, aujourd'hui !

Blanche comprit en un éclair que Marceau, en lui

445

rendant service, était devenu l'instrument de la vengeance de sa cousine.

– Je tiens évidemment les papiers qui le prouvent à ta disposition, reprit celle-ci, toujours aussi froide et déterminée.

– Ce qui signifie quoi ? demanda Blanche, dont les mains s'étaient mises à trembler.

– Ce qui signifie que si tu ne peux pas faire face aux échéances, je ferai jouer mes créances et deviendrai propriétaire d'une partie du Solail.

Des larmes de rage et d'impuissance montèrent dans les yeux de Blanche qui murmura :

– Tu ne ferais pas une chose pareille ? On commence à peine à retirer les fruits de notre travail de greffage et de replantation. Je ne pourrai pas rembourser dans l'immédiat.

– Je t'ai déjà dit que ce domaine serait à moi un jour, et tu n'as pas voulu me croire.

Blanche, complètement désemparée, souffla :

– Tu ne peux pas faire ça, Aloyse.

– Et pourquoi donc, s'il te plaît ?

– Parce que Marceau ne l'aurait jamais voulu !

– Qu'en sais-tu ?

– Je le connaissais bien, Marceau : s'il avait pensé que les vignes risquaient de changer de mains à cause de lui, il n'aurait jamais signé ces papiers.

– Il n'avait pas le choix.

La voix avait claqué, toujours aussi froide. Mais devant tant de mauvaise foi, tant d'agressivité, Blanche, soudain, se rebella, usant de la seule arme qu'elle possédait vis-à-vis de sa cousine :

– Je sais qui a donné le maquis Alaric aux Allemands pendant la guerre : c'est ton père, Joseph. Il venait souvent au domaine, à cette époque-là.

– Tu peux parler, personne ne te croira, répliqua Aloyse sans se démonter une seconde.

– On me croira, dit Blanche, je ferai tout ce qu'il faut pour ça.

– Personne ne te croira parce que les Allemands occupaient le Solail. Ton propre père, Arthémon, peut avoir été aussi coupable que le mien. C'est en tout cas la version que je défendrai. Ta parole ne vaut pas plus que la mienne.

Blanche comprit qu'Aloyse avait pensé à tout. La perspective de voir de nouveau jeter l'opprobre sur le Solail lui ôta définitivement la force de lutter.

– Laisse-moi au moins un an avant le premier versement, dit-elle. L'an prochain, à la même époque, nous aurons vendangé.

Dans le même temps elle songea qu'elle aurait à faire face à l'emprunt qu'elle-même et Hortense avaient contracté, et elle comprit qu'elle ne parviendrait jamais à rembourser les deux en même temps. Un tel désespoir passa dans ses yeux qu'Aloyse, subitement, concéda :

– Un an, c'est entendu, ça me laisse le temps de mettre les papiers en ordre.

Blanche hocha la tête mais ne répondit pas. Elle était accablée, n'apercevant aucune solution pour se libérer de ses dettes.

– Mon notaire te portera les papiers à signer, dit Aloyse en se levant.

Blanche n'eut pas pas un geste, pas un mot. Ce fut Hortense qui la trouva, toujours immobile, quelques minutes plus tard, comme si le monde venait de s'effondrer autour d'elle. Blanche raconta à sa belle-sœur ce qui venait de se passer, et celle-ci, comme à son habitude, sut trouver les mots pour la réconforter :

– Jean va revenir : il trouvera une solution. Ne t'inquiète pas, ça ne sert à rien et ça ne fait pas avancer les choses.

– Mais qu'ai-je fait pour mériter ça ? murmura Blanche.

– Tu n'as rien fait et moi non plus, dit Hortense, alors ne te désole pas ainsi. Viens donc !

Hortense parvint à faire sortir Blanche du bureau, et à l'entraîner sur le perron où elles s'assirent un instant à l'ombre.

– Et Camille qui repart dimanche à Montpellier ! soupira Blanche.

– Elle a promis de revenir tous les samedis, fit Hortense, tu le sais bien.

– Que fait-elle ? Elle devrait être ici à cette heure.

– Tu ne vas quand même pas la surveiller ! s'indigna Hortense.

– Mais non, dit Blanche qui savait que Camille, chaque jour, en fin de matinée, se rendait à Sainte-Colombe faire ses courses et voir ses parents. Aujourd'hui, avec l'enterrement, il était normal qu'elle fût en retard.

Elles rentrèrent pour fuir la chaleur, qui, même en septembre, à cette heure-là, était oppressante. Hortense dressa la table du déjeuner dans la grande salle à manger où jadis les Barthélémie étaient si nombreux à l'occasion des repas. Blanche, une nouvelle fois, se dit qu'elles n'étaient plus que deux femmes pour faire marcher le Solail. Le départ de Camille, après ceux de Jean et de Lionel, allait les rendre à leur solitude et elle se demandait si elle allait être assez forte pour y faire face.

Depuis que le colonel Bigeard était arrivé à Saïda, les événements s'étaient précipités pour Jean Barthélémie qui, jusqu'à ce jour, ne s'était jamais réellement trouvé en danger. Pourtant, la situation de l'armée française était dans ce secteur encore plus difficile que dans les autres régions : au-dessus de la ville, sur les hauts plateaux, trois katibas dirigées par un certain Medjoub faisaient régner la terreur. Dans la ville barricadée sur elle-même, le ver était dans le fruit, comme disait le nouveau colonel, qui était décidé à nettoyer la région dans les plus brefs délais. D'où de multiples opérations menées sur le plateau, auquel on accédait par une mauvaise route de montagne bordée d'à-pics, de rochers, de buissons et d'oliviers sauvages.

Il était seize heures, ce 2 octobre 1958, quand Jean Barthélémie, qui conduisait la Jeep de tête du convoi, s'engagea sur le plus mauvais tronçon de trois kilomètres coincé entre un oued sur la gauche et le flanc du plateau dénudé sur la droite. Derrière lui, les véhicules de l'armée française hésitèrent, comme s'ils avaient deviné l'embuscade, mais les ordres imposaient d'être rentrés avant la nuit, et la nuit tombait tôt en cette saison.

Le premier kilomètre franchi, Jean commençait à se détendre quand la fusillade éclata, furieuse, nourrie, imparable. Le convoi entier se trouvait à découvert et le resterait pendant un long moment. Les tirs des fellaghas étaient dirigés sur la Jeep qui ouvrait la marche, afin d'immobiliser le convoi. En accélérant brusquement, Jean échappa à la mitrailleuse qui crachait son feu mortel. Ce fut le half-track, juste derrière lui, qui écopa : il fut projeté sur la paroi rocheuse, puis il rebondit et explosa au milieu de la route.

Déjà, le feu se déplaçait vers les camions d'où les soldats jaillirent et se précipitèrent dans le ravin pour gagner le fond de l'oued.

– Arrête-toi ! lança le lieutenant Combarieu qui se tenait aux côtés de Jean. Tout le monde descend !

Les trois occupants de la Jeep se jetèrent dans le ravin et roulèrent sur eux-mêmes jusqu'à ce qu'ils soient hors de portée du tir ennemi. Jean aperçut les soldats qui, en bas, tentaient de se regrouper.

– Dispersez-vous ! hurla le lieutenant. Dispersez-vous !

Les hommes s'égaillèrent, cherchant refuge le long des rives de l'oued où les crues avaient dressé des amas de pierres. La mitrailleuse dissimulée sur le coteau avait cessé le feu après avoir immobilisé les véhicules de l'armée française.

– Qu'est-ce qu'ils foutent ? grommela le lieutenant, en se demandant ce que cela signifiait.

Les hommes, malgré les ordres, recommençaient à se grouper.

– Dispersez-vous, nom de Dieu ! cria une nouvelle fois le lieutenant.

C'est alors qu'un fusil-mitrailleur ouvrit le feu, depuis une grotte située de l'autre côté de l'oued.

– Mortier ! Mortier ! hurla le lieutenant.

Jean se trouvait maintenant au fond de l'étroit ravin, allongé derrière un rocher qui éclata sous l'impact d'une balle. « Quand donc cela cessera-t-il ? » se demandait-il en se collant le plus possible sur les galets de l'oued. Plusieurs minutes passèrent avant que le mortier se mette en position et commence à tirer en direction de la grotte. Il lui fallut un long moment pour le faire taire. Pendant ce temps la mitrailleuse s'était déplacée vers le sommet de la crête et balayait l'oued, dominant les cris et les gémissements des blessés. Près de Jean, le lieutenant appelait des renforts par la radio, mais la liaison était mauvaise, et de toute façon ils n'arriveraient pas avant la nuit.

– Il faut y aller, sinon ils vont nous massacrer, fit le lieutenant.

Et, se tournant vers Jean :

– Toi, tu restes là, avec la section, et tu nous couvres.

C'est avec un serrement de cœur que Jean vit une

trentaine de soldats se lancer sur la pente sans le moindre abri, l'officier ouvrant la marche. Dès que la mitrailleuse les aperçut, elle en faucha la moitié dans une rafale courte mais précise. Puis une nouvelle mitrailleuse ouvrit le feu, sans doute dégagée de la grotte.

– Mortier ! cria le lieutenant depuis le coteau où il s'était abrité derrière un rocher.

Le servant français avait du mal à situer les postes des fellaghas et tirait au jugé. Jean vit distinctement le lieutenant Combarieu se dresser, repartir à l'assaut, puis sursauter au choc de la balle qui le tuait : il dégringola sans un cri la pente vers l'oued. Aussitôt, les hommes qui le suivaient refluèrent, poursuivis par le miaulement de la mitrailleuse. Le mortier finit enfin par trouver le poste où elle était terrée : il la fit exploser dans une gerbe de feu et de pierres. Alors une troisième mitrailleuse, plus haut, se mit à crépiter, empêchant tout mouvement des soldats français cloués au sol.

La nuit tombait, avec de grandes écharpes rouges dans le ciel. Il fallait s'apprêter à la passer dans l'oued, en espérant que les fellaghas n'allaient pas descendre pour achever les Français à l'arme blanche. Les hommes se regroupèrent et mangèrent leur ration de survie. Le sergent Monteil avait pris le commandement de la section et disposé les hommes en cercle, pour faire face aux assauts éventuels. Combien étaient-ils ? Une quinzaine, pas plus, ce que ne devaient pas ignorer les fellaghas.

Jean se coucha sur le dos, face aux étoiles. La plus longue nuit de sa vie commençait, il le savait. On entendait des chiens hurler, très loin, vers Saïda. Il but une longue gorgée à sa gourde, puis il se remit sur le dos. Autant, pendant la bataille, il n'avait pas pensé à Camille et au Solail, autant, maintenant, dans le silence revenu – un silence inquiétant, palpable, insupportable –, il pensait au monde paisible qu'il avait irrémédiablement perdu, lui semblait-il. Mais l'idée qui lui était la plus douloureuse, c'était celle, absurde, que Camille souffrait de la même peur que lui, qu'elle sentait combien il était en danger, et devinait qu'elle allait le perdre. Quelques larmes de rage et d'impuissance lui montèrent aux yeux, coulèrent le long de ses joues.

Il frissonna. La nuit, le froid était aussi terrible que la chaleur le jour, car les écarts de température étaient considérables. Et toujours ce silence, que les hommes sondaient, l'oreille tendue, guettant le moindre roulement de pierre sur le versant. Il regarda sa montre : une heure du matin. Encore six heures à tenir. La lune s'était levée, leur interdisant de bouger pour ne pas devenir des cibles, mais les protégeant en même temps d'une descente des fellaghas. Il sommeilla, s'imaginant au Solail, dans sa chambre de l'étage, observant la lune par la fenêtre, Camille à ses côtés.

Une pierre roula sur la pente, provoquant aussitôt un crépitement nourri d'armes automatiques qui se prolongea d'une façon anarchique, épouvantable.

– Halte au feu ! cria le sergent.

Mais les armes continuèrent à cracher jusqu'à ce que les chargeurs soient vides. Alors l'écho de la fusillade roula longtemps dans les gorges de l'oued, puis sur les crêtes où il finit par s'éteindre. Le silence retomba, terrifiant, à couper au couteau. Jean entendait les hommes haleter autour de lui. La nuit semblait aux aguets, elle aussi. Puis le calme revint, et il finit par s'endormir.

Ce fut une nouvelle fusillade qui le réveilla vers trois heures, toujours pour une pierre qui avait roulé à cause des variations de température. Le feu nourri fit sans doute hésiter les fellaghas qui ne se montrèrent pas. Au matin, dès que le jour se leva, les renforts arrivèrent et ratissèrent le secteur : les assaillants avaient décroché. On retrouva seulement les serveurs arabes du fusil-mitrailleur qu'avait tués le mortier : deux jeunes de vingt ans à peine, que les fellaghas avaient laissés là parce qu'ils n'étaient plus identifiables.

Une fois la route dégagée, Jean regagna Saïda avec la certitude qu'il ne sortirait pas vivant du piège dans lequel il était tombé. Durant la journée, après avoir récupéré, il écrivit une longue lettre à Camille dans laquelle il cherchait à la rassurer. Mais son émotion de la nuit était encore là, et il ne se rendit pas compte combien elle transparaissait dans ses mots et combien, au lieu de l'apaiser, cette lettre allait, chaque nuit, empêcher Camille de dormir.

Juliette ne reconnaissait plus sa fille. Autant elle l'avait connue joyeuse et déterminée avant le départ de son mari en Algérie, autant aujourd'hui Camille lui paraissait défaite et sans courage. Elle lui en avait longtemps voulu de son mariage avec Jean Barthélémie, ne comprenant pas pourquoi elle souhaitait faire sa vie avec l'un de ceux qui avaient combattu dans l'autre camp pendant la guerre. Car sa blessure n'était pas cicatrisée, loin de là : même si elle ne le montrait pas, elle en souffrait encore, et des cauchemars la réveillaient la nuit : elle se retrouvait dans la pièce où elle avait été torturée, les mêmes visages s'approchaient d'elle, gisant à moitié nue, les mains liées dans le dos. Comment avait-elle pu survivre ? Elle ne le savait pas, et, malgré les quinze ans qui avaient passé, elle n'avait rien oublié de ces jours et de ces nuits atroces.

Une seule personne partageait ses tourments : Clément, qui lui parlait dans l'ombre quand elle se réveillait, et qui l'accompagnait chaque jour, avec une douceur étonnante chez ce colosse. Quand on connaissait ses parents, Justin et Nathalie, on se demandait comment ils avaient pu donner le jour à un être aussi lent, aussi peu énergique dans ses gestes et dans ses paroles. Mais il avait été profondément marqué par sa longue captivité et, comme elle, il en souffrait encore aujourd'hui. Les épreuves subies, en fait, les rapprochaient, car ils savaient de quel poids pesaient les souvenirs dans leur vie quotidienne. Chaque fois que Juliette levait les yeux vers lui, elle apercevait son regard posé sur elle, et cette présence fidèle lui avait toujours été précieuse, surtout à l'époque où Camille avait manifesté la volonté de se marier avec Jean Barthélémie.

Pourtant, si Juliette lui en avait voulu de ne pas comprendre ce que ce mariage symbolisait pour elle – c'était comme si Camille avait fait alliance avec ceux qui avaient failli la mutiler –, elle tâchait d'oublier le combat qui l'avait opposée à sa fille et l'aidait aujourd'hui du mieux qu'elle pouvait à traverser l'épreuve de l'absence de Jean.

Chaque soir, en compagnie de Clément, ils écoutaient les informations à la radio, cherchant à savoir ce qui se passait dans le secteur de Saïda, regardant sur un atlas où se trouvaient la Kabylie, les Aurès, Blida, Cherchell, Tizi-Ouzou, Sidi-bel-Abbès, ces lieux et ces villes qui dépendaient des wilayas contrôlées par le F.L.N., essayant de déceler, dans cet afflux d'informations, des raisons d'espérer. Mais la guerre s'enlisait, au contraire. Des jeunes du Languedoc, qui avaient achevé leur service militaire, avaient été rappelés pour six mois. On ne savait trop ce que souhaitait vraiment le général De Gaulle pour qui Juliette et Clément avaient voté aux dernières élections. On annonçait çà et là la mort d'un ou deux soldats de la région, et la disparition de Marceau Barthélémie restait dans la mémoire de tous ceux qui avaient quelques liens avec le Solail.

En ces courtes vacances de Toussaint, Camille était revenue de Montpellier très inquiète sur le sort de Jean. Ce matin-là, il était près de onze heures quand Juliette entendit la voiture de Camille s'arrêter devant l'école. Elle eut un pressentiment, regarda par la fenêtre et aperçut sa fille qui courait en traversant la cour.

« Mon Dieu ! se dit-elle. C'est arrivé. »

Camille surgit, en pleurs, et Juliette n'eut pas la force de la questionner tant elle était persuadée que Jean était mort. Mais Camille, à travers ses larmes, parvint à s'expliquer : ce n'était pas Jean mais Lionel, le fils de Blanche, qui était tombé en Kabylie, lors d'un accrochage. Soulagée et honteuse de l'être, Juliette tenta de calmer sa fille, mais elle comprit que, pour Camille, la mort de Lionel ne faisait que préfigurer celle de son propre mari. Elle dut parler longtemps, trouver des mots qu'elle avait cru ne plus pouvoir utiliser avec sa fille pour que, enfin, celle-ci s'apaise un peu.

– Je ne peux pas les laisser seules, dit Camille. Blanche s'est enfermée dans sa chambre et Hortense ne sait pas quoi faire. Je voudrais que tu viennes au Solail dès que tu auras mangé.

Le visage de Juliette se ferma brusquement. Elle avait mis comme condition à sa présence au mariage de sa fille que celui-ci soit célébré à Sainte-Colombe, repas et cérémonie, et voilà qu'aujourd'hui Camille lui demandait de se rendre au Solail.

– S'il te plaît, insista-t-elle.

Il y avait un tel désespoir dans les yeux de sa fille que Juliette murmura :

– J'essaierai.

– Merci, dit Camille.

Mais, comme elle était persuadée de ne pas pouvoir tenir sa promesse, Juliette lui proposa de déjeuner avec elle :

– Tu repartiras tout de suite après, dit-elle.

– Je ne peux pas les laisser seules, répéta Camille, elles ont besoin de moi. A tout à l'heure.

A midi, pendant le repas que Juliette prit avec Clément comme à leur habitude, elle lui avoua qu'elle n'avait pas la force de se rendre au Solail. Il tenta de la convaincre qu'elle devait oublier tout ce qui s'était passé, mais elle ne pouvait pas se libérer de l'idée que le Solail avait été fréquenté par les miliciens et les membres de la Gestapo qui l'avaient torturée.

– Je peux y aller, moi, si tu veux, proposa Clément.

– Non, dit Juliette, je lui ai promis.

Elle essaya réellement mais elle n'en trouva pas le courage. Ce fut Justin, prévenu par Nathalie, qui vint soutenir Camille, aidant du même coup Blanche et Hortense complètement désemparées.

Le corps de Lionel fut rapatrié le lendemain, et les obsèques durent être précipitées à cause de l'état du cadavre. Il fut porté en terre dans le même caveau que Marceau, en haut du petit cimetière de Sainte-Colombe. Juliette tenait sa fille par le bras, aux côtés de Blanche et d'Hortense qui marchaient derrière le corbillard.

A la fin de la cérémonie, comme Juliette rejoignait Clément pour retourner à l'école, Camille la retint par le bras en disant :

– S'il te plaît, ne me laisse pas. Viens.

Et, comme sa mère hésitait, Camille ajouta :

– Je dois repartir demain.

Juliette se laissa conduire dans la 4 CV et, bien malgré elle, n'ayant pas le cœur à abandonner sa fille, elle se retrouva sur le perron du Solail, d'où l'on apercevait les vignes à perte de vue. Blanche et Hortense la remercièrent pour sa présence, l'invitèrent à les suivre à l'intérieur. À l'instant d'entrer dans le château qui avait abrité ceux qui lui avaient tant fait de mal, elle eut comme un vertige que remarqua Camille. Ce fut elle qui, à son tour, vint soutenir sa mère, sans se douter qu'en l'aidant à faire ces quelques pas elle l'aidait du même coup à tirer un trait sur un passé dont elle n'avait pas cessé de souffrir.

16.

J EAN Barthélémie avait participé à d'innombrables
missions dans le djebel, où l'armée passait au pei-
gne fin les villages de montagne soupçonnés de renseigner les fellaghas. Très souvent, au retour de ces
expéditions, son unité avait été accrochée par les
rebelles et n'avait dû son salut qu'à des renforts ache-
minés en urgence par hélicoptère. La cruauté des
deux camps, depuis quelque temps, ne connaissait
plus de limites : on retrouvait des soldats français atrocement mutilés, et les prisonniers algériens, couchés
face contre terre, étaient le plus souvent achevés d'une
rafale dans le dos. Dans les villages, ce qui se passait
était au-delà de tout ce que l'on pouvait imaginer :
même les vieillards étaient soumis à la torture, et les
femmes subissaient le sort de toutes les femmes depuis
qu'il y avait des guerres.

Jean était contraint d'assister à ces horreurs, et, s'il
faisait en sorte de ne pas y participer directement, il
avait fini par s'y habituer. Car il ne pouvait faire autrement sous peine de devenir suspect à ses supérieurs,
et la guerre était un engrenage qui broyait la moindre
velléité de résistance : il fallait tuer pour ne pas être
tué. Les hommes étaient tellement imprégnés de cette

évidence, de cette nécessité, qu'ils devenaient de jour en jour plus féroces.

Il avait pu mesurer la distance qui existait entre ce monde-là et le monde ordinaire lors de l'unique permission qu'il avait obtenue au mois de décembre précédent, mais il y avait longtemps qu'il était de nouveau entré dans la violence, en ce mois de juillet 1960, et qu'il avait oublié la douceur de la vie au Solail, le bonheur de se réveiller sans armes le matin, avec le seul souci de travailler et la seule nécessité d'aimer ceux qui vous sont chers et sur lesquels ne pèse aucune menace. L'Algérie ! Un pays de feu et de sang qu'il allait quitter, enfin, à condition que sa démobilisation ne soit pas reportée, comme il en courait le bruit dans le régiment. Il n'osait pas encore croire à sa liberté prochaine. Il avait l'impression que toute sa vie était là, désormais, qu'il n'y avait jamais eu d'avant, qu'il était né pour se battre dans ces montagnes et, comme tant de ses camarades, y mourir.

Il avait tout oublié de la peau de Camille, de son parfum, de sa voix, de ses sourires, et ses lettres lui paraissaient étrangères. Lui-même n'écrivait guère, n'en ayant plus la force. Il savait qu'il était devenu un autre homme et il redoutait que Camille ne s'en aperçoive. Alors il avait fait en sorte de ne plus parler de Saïda, de ses palmiers et ses terrasses mauresques, de ses hauts plateaux où ne circulait jamais le moindre souffle de vent, de ses oliviers sauvages qui lui rappelaient ceux des collines du Languedoc, le dernier lien qui, encore, lui semblait-il, le reliait au monde des vivants.

C'était derrière le tronc maigre de l'un d'entre eux qu'il était allongé, ce soir-là, au retour de sa dernière mission. Cela faisait un mois qu'il n'y avait plus d'accrochages, si bien que les officiers avaient cru le secteur définitivement « nettoyé ». D'où la surprise de la section quand des mitrailleuses avaient ouvert le feu à l'entrée du village, fauchant les soldats des premiers véhicules. Jean Barthélémie, quittant le fragile rempart de l'olivier, s'était réfugié derrière le mur d'une maison, qui crépitait sous l'impact des balles. Poursuivi par un feu rageur, il n'eut d'autre issue que d'entrer, une grenade à la main, dans la maison qui avait été vidée de ses habitants en prévision de l'embuscade. Du moins le croyait-il. Sa mitraillette à la main, il l'inspecta rapidement, rejoint par deux soldats qui s'installèrent près de la porte et mirent un fusil-mitrailleur en position.

Il découvrit un vieillard décharné, allongé sur un tapis, les yeux brillants de fièvre, qui, manifestement, n'avait pu être évacué. Une peur atroce se lisait dans les yeux noirs qui s'étaient levés humblement vers Jean. Il se passa alors quelque chose que le jeune soldat ne devait jamais oublier : comme il avançait la main vers le vieil homme, celui-ci la prit et la baisa dans un geste d'une telle soumission qu'il en fut transpercé d'une infinie pitié. Il retira sa main et porta les doigts vers ses lèvres pour lui intimer le silence. Le vieil homme sourit. Dehors, les fellaghas décrochaient déjà. Les deux soldats qui étaient à la porte l'appelèrent. Le regard de Jean croisa une nouvelle fois celui du vieil homme, dans lequel il lut un remerciement mais bien autre chose encore : au milieu d'une guerre sans pitié, une reconnaissance d'au-delà du temps, d'au-delà de la vie.

Quand il émergea sous le soleil implacable de l'été algérien, tandis que le fracas des armes s'éloignait du village, il se sentit comme réconcilié avec cette part de lui-même qu'il croyait détruite à jamais : au lieu de tuer un homme, il l'avait sauvé. Et ce qu'il avait lu dans le regard exténué du vieillard l'avait définitivement rassuré sur les hommes : le foyer d'une fraternité profonde, mystérieuse, essentielle, malgré la violence quotidienne, ne s'était pas éteint. Il suffisait de souffler sur les braises pour les faire rougeoyer de nouveau, et s'y réchauffer le cœur. Il lui sembla qu'il avait plus appris en une minute que pendant les vingt premières années de sa vie. Il sut, dans le même temps, qu'il venait de côtoyer l'indicible. De ce vieillard-là, il ne parlerait jamais à personne.

Le lendemain, il reçut sa feuille de route pour Toulon où il devait être démobilisé. Il quitta Saïda dans l'après-midi, sans un regard pour les montagnes où il avait failli perdre la vie, et il arriva le soir même à Alger où il dormit d'un sommeil apaisé, sans le moindre rêve. Puis ce fut le bateau pour Marseille, Toulon, et trois jours plus tard il revêtit ses vêtements civils. Des jeunes gens bronzés, pleins de vie, riaient aux terrasses des cafés. Il faisait aussi chaud que « là-bas ». Mais il n'y avait ici nulle angoisse dans les regards, aucune peur des bombes ou des fusillades qui éclataient parfois, à Saïda, au coin d'une rue. Cette paix soudain retrouvée, ce bonheur auquel il ne croyait pas tout à fait faisaient naître des larmes au bord de ses paupières. Il entra dans un petit square où jouaient des enfants presque nus, ferma les yeux. Quand il les rouvrit, un gamin se tenait devant lui, un râteau à la main, qui demandait :

– Pourquoi tu pleures ?
– Je ne pleure pas, dit Jean, j'ai mal aux yeux.
– A cause du soleil ?
– Oui, à cause du soleil.
– T'as qu'à te mettre à l'ombre.

Jean sourit, s'en alla lentement vers la gare pour bien se persuader qu'il ne rêvait pas, que la guerre était loin, et le bonheur à portée de main. Il prit le train à midi, après avoir mangé un sandwich au buffet, souriant à tous ceux qui le croisaient, étonné d'être là, vivant, si vivant qu'il sentait son cœur cogner à ses tempes et son sang s'embraser dans ses veines.

Le trajet lui parut interminable. Il avait prévenu Camille par lettre qu'il devait être démobilisé à la fin du mois de juillet, mais n'avait pu lui donner la date exacte, puisqu'il ne la connaissait pas. Il arriva à Narbonne vers sept heures du soir, téléphona au Solail. Camille jeta un cri en entendant sa voix.

– J'arrive, dit-elle. Attends-moi.

Il l'aurait bien attendue des années, dans le soir où passaient des parfums de goudron, de feuilles chaudes et de cuisines ouvertes, certain maintenant que rien ne les séparerait plus. Il s'était placé de manière à voir arriver la 4 CV dans le boulevard Frédéric-Mistral, tout en demeurant caché derrière une voiture en stationnement. Le temps ne lui parut pas long : il le savourait. Il était bien.

Quand la 4 CV verte entra dans la cour de la gare, son cœur se précipita. Camille se gara à dix mètres de lui sans le voir. Il lui sembla qu'elle avait du mal à sortir de la voiture et il s'en étonna. Dès qu'elle referma la porte, il vit qu'elle était enceinte et quelque chose en lui se noua. Mais déjà il avait fait un pas dans sa direction et courait vers elle.

– Jean, Jean ! dit-elle en le serrant dans ses bras. C'est le cadeau que tu m'as fait pendant ta permission de Noël. Je ne t'ai rien dit parce que je n'ai pas voulu t'inquiéter. Ç'aurait été encore plus difficile pour toi.

– Oui, sans doute, répondit-il.

– Ça fait juste sept mois, dit-elle en riant. J'accoucherai après les vendanges, si tout va bien.

– Bien sûr que tout ira bien.

Ils étaient au milieu de la place et ne parvenaient pas à se déprendre l'un de l'autre.

– Viens, dit-elle, viens vite au Solail.

Elle l'entraîna vers la voiture, et ils prirent lentement la route de Sainte-Colombe. Pour lui, tout à coup, ce fut trop : les collines au loin, la route bordée de vignes, sa femme enceinte à côté de lui, tout ce qu'il avait cru avoir perdu lui était soudain rendu en quelques minutes. Pour ne pas se laisser aller, il dit à Camille :

– Raconte-moi.

Elle se mit à parler, mais il ne l'entendait pas. Tout en contemplant les vignes de la grande plaine que dorait le soleil couchant, il revoyait l'aridité du djebel, entendait les aboiements des chiens dans les villages perdus, et il se demandait si le regard du vieil Arabe parviendrait un jour à lui faire oublier ces longs mois qui venaient de passer.

Justin Barthès était heureux, ce matin de juillet, dans ses vignes voisines de celles du Solail. Jean était rentré d'Algérie, et les vendanges s'annonçaient belles pour la première fois depuis quatre ans. Nul n'avait d'ailleurs mesuré ses efforts pour restaurer le vignoble, et Justin pas moins que les autres, malgré ce cœur qui s'emballait à tout moment dans sa poitrine, alors qu'il peinait à reprendre son souffle, ses cisailles à la main. Il en avait pris son parti : c'est Clément qui faisait désormais la plus grosse part du travail, car il y avait de moins en moins d'ouvrage à la tonnellerie, un métier qui, comme tant d'autres, allait se perdre. Déjà le maréchal-ferrant avait fermé boutique, et le charron, muet, désemparé, attendait devant son atelier, assis sur une chaise de paille, des commandes qui n'arriveraient plus. Aussi, malgré les difficultés de la viticulture, Justin ne regrettait pas d'avoir acheté des vignes quand il en avait eu la possibilité. Clément, ainsi, deviendrait un vrai vigneron comme lui, Justin, l'était devenu après bien des difficultés.

464

Malgré la baisse de la production due au froid de 1956, les prix étaient restés les mêmes, ou à peu près, du fait des importations sans cesse croissantes des vins d'Algérie, alors que la nécessité de s'approvisionner en engrais et de s'équiper en matériel augmentait les coûts de production. La coopérative avait toujours autant de difficulté à écouler les stocks, à cause du mal endémique des vignobles languedociens, qui avaient toujours privilégié la quantité par rapport à la qualité. Le décret qui venait d'être publié au *Journal officiel* recommandait des greffages de syrah ou de mourvèdre qui favorisaient le vieillissement du vin et donc un écoulement progressif des récoltes, mais les vignerons se méfiaient, car le mourvèdre était très sensible à l'oïdium. Au reste, le problème demeurait le même : toujours endettés et à la recherche du moindre gain pour faire face au quotidien, les vignerons n'avaient jamais pu investir dans la durée en reconstituant des cépages qui puissent donner un vin de grande qualité.

Et pourtant, Justin Barthès était toujours aussi heureux dans ses vignes, surtout quand il était seul, comme ce matin de juillet, examinant les grappes en formation, tout en pensant à Jean et à Camille qui s'étaient retrouvés. Il ne regrettait qu'une chose : qu'ils ne restent pas au Solail. Dès son retour, Jean avait demandé un poste de professeur d'agronomie à Montpellier où exerçait Camille. Justin avait espéré un moment qu'ils accepteraient de reprendre le domaine, mais ils avaient choisi de partir. Nul n'avait essayé de les en dissuader : la viticulture était devenue tellement difficile ! Cependant, Justin cultivait toujours le regret de ne pas voir, avant de mourir, ses propres vignes unies à celles du Solail.

Non. Il n'avait pas essayé d'influer sur leur décision, mais il n'ignorait rien des difficultés de Blanche et d'Hortense dont les vignes, voisines des siennes, faisaient peine à regarder : mal entretenues, manquant d'engrais, malgré les efforts de Jérôme elles ne recevaient pas les soins qui leur auraient été nécessaires. C'est ce que constatait Justin chaque jour, et il s'en inquiétait pour Jean qui, depuis son retour d'Algérie, ne semblait pas s'en rendre compte. Mais peut-être feignait-il simplement de ne pas s'en apercevoir, ne voulant pas accabler sa tante et sa mère dont il connaissait les difficultés.

Justin, pensif, alla s'asseoir à l'ombre du cabanon et but une gorgée de vin frais. Il reposa la bouteille enveloppée de toile de jute, releva la tête et aperçut Blanche qu'il n'avait pas entendue approcher. Mais c'était plutôt le fantôme de Blanche qui était apparu, tellement celle-ci paraissait à bout de forces.

– Je peux vous parler ? demanda-t-elle en s'essuyant le front d'un revers de main.

– Asseyez-vous, fit Justin, qui appréciait sa présence, car il s'amusait toujours à croire que les cheveux bruns et les yeux de lavande étaient ceux de Charlotte Barthélémie.

D'ailleurs, aujourd'hui, la lassitude des traits était la même que celle de Charlotte le jour où elle lui avait dit, levant vers lui un regard désespéré qu'il s'était reproché de n'avoir pas compris : « Et moi je vais mourir. » Cette constatation troubla réellement Justin qui demanda :

– Ça ne va pas ?

– Non, dit Blanche.

– Vous voulez boire ?

– Non, ça va passer. Excusez-moi.

Puis, s'épongeant une nouvelle fois le front :

– Je pense à Jean et à Camille.

– Moi aussi, dit Justin.

Une lueur de reconnaissance passa dans les yeux

466

fatigués de Blanche, comme si elle n'était plus seule, soudain, pour porter son fardeau.

– C'est bien qu'ils partent à Montpellier.

Il ne répondit pas, comprenant qu'elle n'en pensait pas un mot.

– Ils n'auront pas à payer mes dettes et à voir des étrangers s'installer au Solail.

Justin la considéra un moment en silence, puis il demanda calmement :

– Si vous m'expliquiez ?

Blanche soupira, eut un geste las des épaules qui signifiait : « A quoi bon ? », puis elle se décida, tout à coup, comme si elle n'avait attendu que cela :

– C'est terrible, vous savez : pour nous venir en aide, Marceau avait emprunté de l'argent à sa sœur Aloyse, et signé des papiers. A la mort de Marceau, Aloyse m'a fixé des échéances que je n'ai pas pu tenir, et que je ne pourrai pas tenir cette année non plus. Elle va faire valoir ses créances et elle deviendra propriétaire d'une partie du Solail. C'est ce qu'elle souhaitait depuis long-temps.

Justin s'attendait à quelque chose de ce genre. Il réfléchit un instant, demanda :

– Aloyse, c'est la fille de Joseph, celui dont vous m'avez parlé ?

– Oui. Ses biens ont été mis sous séquestre après la guerre, mais Aloyse et son mari les ont rachetés, y compris la tuilerie.

Blanche ajouta, comme Justin demeurait muet :

– Aidez-moi, je vous en prie. Faites quelque chose, sinon pour moi, du moins pour les enfants.

Justin pensa à Jean et à Camille qui risquaient de perdre une partie du Solail et demanda :

– Que voulez-vous que je fasse ? Je ne peux pas payer à votre place : je n'ai pas l'argent pour ça.

– Oui, je m'en doute, fit Blanche, mais vous savez

ce qui s'est passé : ce maquis vendu aux Allemands. Moi, personne ne peut me croire, mais vous ?

Justin la dévisagea longuement, troublé comme il l'avait toujours été par cette femme qu'il devinait aujourd'hui au comble du désespoir.

– Je vais essayer, dit-il.

Des larmes vinrent éclore dans les yeux de Blanche qui murmura :

– Il m'en coûte, vous savez, mais ce n'est pas pour moi, c'est pour les enfants.

– Oui, je sais, répondit Justin en songeant qu'elle avait perdu son fils Lionel et qu'elle continuait pourtant de se battre pour sauver le Solail, au profit de Jean et de Camille.

– Merci, monsieur Barthès.

De nouveau, il revit Charlotte devant lui, mais Charlotte dans les derniers mois de sa vie, quand elle luttait encore, elle aussi, pour sauver son domaine. Blanche sentit le poids de son regard sur elle, en fut comme rassérénée.

– De rien, fit-il doucement sans la quitter des yeux.

– Au revoir, monsieur Barthès, dit Blanche en se levant.

Il eut l'impression d'avoir déjà vécu cette scène, se leva à son tour.

– Est-ce que je peux vous demander une dernière chose ? fit Blanche.

Il fit signe que oui.

– Je peux vous embrasser ?

Il sourit, acquiesça de la tête. Elle s'approcha, l'embrassa sur les joues, puis s'écarta, et, après une hésitation, s'en alla. Il revint s'asseoir, la regarda s'éloigner, bizarrement persuadé qu'il ne la reverrait jamais.

Il ne la revit jamais en effet, sinon sur son lit de mort, quinze jours plus tard. Épuisée, ne s'étant jamais remise de la disparition de son fils après celle de son mari, Blanche Barthélémie s'éteignit un matin, en prenant son petit déjeuner, foudroyée par une hémorragie cérébrale. Justin regretta amèrement de ne pas avoir eu le temps de lui apprendre qu'il était allé à Narbonne où Aloyse, après une brève discussion au cours de laquelle elle avait compris que, compte tenu de sa position, elle n'avait aucun intérêt à voir sa famille frappée une nouvelle fois d'infamie, lui avait cédé ses créances à bas prix. Cela avait été beaucoup plus facile qu'il ne l'avait imaginé car sa parole de résistant ne pouvait être mise en doute s'il révélait par qui le maquis Alaric avait été vendu. Aloyse ne s'y était pas trompée : l'homme qui se tenait devant elle était de ceux qui ne reculaient jamais. Elle avait cédé rapidement : les papiers avaient été signés chez le notaire deux jours avant la mort de Blanche, qui s'était donc éteinte sans savoir que le Solail n'était plus menacé.

C'est à cela que songeait Justin, l'après-midi des obsèques, tandis que Blanche était portée en terre à côté de son fils, dans le petit cimetière de Sainte-Colombe. Il se sentait coupable, se reprochait de ne pas avoir agi assez vite, mais il avait beaucoup hésité à entreprendre cette démarche, car il n'était pas dans ses habitudes de menacer qui que ce soit. Ce qui l'avait déterminé à agir, en fait, c'était de voir Camille sur le point de mettre au monde un enfant. Alors il s'était décidé à se rendre à Narbonne en disant à Nathalie qu'il allait se renseigner sur de nouveaux engrais. Là, il avait agi sans plaisir, froidement, devant une femme aux lèvres pincées qui se trouvait pour la première fois de sa vie devant plus fort qu'elle. Il ne s'était pas attardé, ne s'était même pas assis, cinq minutes lui avaient suffi. Voilà comment aujourd'hui, lui, Justin

Barthès, le journalier du Solail, était devenu propriétaire d'une partie de ses vignes.

Il faisait si chaud, cet après-midi-là, que le cortège
se dispersa rapidement, dès la sortie du cimetière. Justin retint Camille par le bras en disant :

– Vous viendrez ce soir, avec Jean, je voudrais vous
parler.

– On ne peut pas laisser Hortense seule, dit Camille.
Viens plutôt au Solail avec grand-mère.

Il acquiesça, ne sachant si Nathalie accepterait de
le suivre. Mais elle ne souhaitait qu'une chose, comme
lui : faire plaisir à sa petite-fille. Ils arrivèrent alors que
la chaleur baissait un peu, vers le soir. Un orage tournait dans les lointains, au-dessus de Saint-Pons, mais
de grands éclats de lumière balayaient encore l'étendue verte du vignoble.

Dès qu'il posa les pieds sur le perron, Justin se revit
là, face à Charlotte, quand il avait négocié les tarifs
d'embauche des journaliers en 1936. Il lui sembla
alors que c'était le même soleil, la même chaleur
étouffante. Pourtant, ce ne fut pas Charlotte qui
l'accueillit, mais Hortense, une petite femme vieillie,
insignifiante, au visage parsemé de taches de rousseur,
et il en fut étonné quelques secondes, le temps de
prendre conscience que plus de vingt ans avaient
passé.

Il monta les marches du château vers la salle à manger où, jadis, il avait surpris Violaine jouant du piano.
Pourquoi, aujourd'hui, aucune note ne s'échappait-
elle de ce piano qui était toujours là, à la même place,
avec, posé dessus, un vase qui ressemblait à celui
d'autrefois ? Il faillit le demander à Hortense qui
l'invitait à s'asseoir, mais quelque chose le retint, lorsque son regard croisa celui de Camille qui le dévisageait bizarrement. Ce regard, où perçait une sorte
d'inquiétude, le ramena aussitôt à la réalité.

– Ça ne va pas ? demanda Camille.

– La chaleur, dit-il. Je préférerais sortir, il doit y avoir un peu d'air.

– Je vous accompagne, dit Jean.

C'était en fait ce que souhaitait Justin. Jean l'entraîna vers le parc, à l'ombre des pins parasols où des chaises et une table de jardin attendaient. De là, on apercevait les vignes qui s'étendaient jusqu'aux collines au-dessus desquelles le ciel devenait de plus en plus menaçant.

– Pourvu qu'il ne fasse pas orage, dit Jean en s'asseyant.

– Non, je ne crois pas, dit Justin, ça crèvera sur la Montagne Noire.

– Tant mieux, dit Jean. Voilà bien une chose que l'on n'apprend pas dans les écoles. Il est vrai que ce n'est pas nécessaire, en ville.

Justin se demanda si Jean l'entraînait volontairement vers ce sujet ou pas, et il lui sembla que ce n'était pas le cas, à l'instant où le jeune homme reprit :

– Pauvre Blanche ! A quelques semaines des vendanges qu'elle attendait tellement !

– Oui, soupira Justin, tant d'efforts, tant de travail dont elle ne verra jamais la récompense.

– Si récompense il y a, dit Jean. C'est devenu tellement compromis, ici.

– Pourquoi dis-tu cela, petit ?

– Vous ne le savez sans doute pas, mais ma mère et ma tante étaient endettées jusqu'au cou. La seule solution est de vendre ou de louer le domaine le plus vite possible.

– C'est ce que tu souhaites vraiment ?

Jean le regarda, étonné, poursuivit :

– Il n'y a plus d'avenir ici. Il faudrait des millions pour tout repenser, greffer de nouveaux plants, investir, et donc emprunter. Or, les dettes actuelles ne le permettent pas.

Justin était étonné que Jean fût si au fait de la situation alors qu'il l'en avait cru très éloigné depuis son retour d'Algérie. Il en avait imaginé les raisons en songeant combien une guerre changeait les hommes, et il ne lui en avait pas voulu, même quand il avait vu Blanche se débattre dans les difficultés.

– D'ailleurs, reprit Jean qui s'interrogeait sur le silence de Justin, dès la fin de l'année c'est une tierce personne qui possédera une partie des vignes.

– Non, dit Justin, c'est moi.

D'abord, Jean crut que Justin n'avait pas compris. Il parla d'Aloyse, des créances qu'elle allait mettre en œuvre, puis il conclut en disant :

– Vous voyez ? C'est beaucoup plus compliqué que vous ne l'imaginez.

Mais Justin ne le laissa pas davantage dans l'ignorance de ce qu'il avait fait. Il lui expliqua sa dernière rencontre avec Blanche, sa visite à Narbonne, les créances bradées par Aloyse.

– Les papiers sont chez moi depuis deux jours. Si vous reprenez le Solail avec Camille, je vous les donnerai.

Jean demeura stupéfait par ce qu'il venait d'entendre. Il réfléchissait, très surpris également que Justin lui parle pour la première fois de son souhait de les voir rester au Solail.

– Ce n'est pas une vie facile, que vous nous proposez là.

– Non, dit Justin, c'est une vie heureuse, et tu auras le temps d'avoir de nouveaux plants ou de greffer pour produire enfin du vin de grande qualité.

– Personne n'a pu encore réaliser un tel projet.

– Toi, avec Camille à tes côtés, tu le feras, dit Justin.

– Vous en êtes si sûr ?

– J'en suis sûr parce que vous êtes nés sur cette terre et que vous l'aimez autant que je l'ai aimée.

Un silence tomba, les isola un instant dans leurs réflexions, vite rompu par la voix des journaliers qui s'appelaient dans les vignes. Un peu de vent agita les grands pins qui gémirent.

– Vous pensez bien que ce n'est pas une décision que l'on prend facilement, reprit Jean. Il faut que nous en discutions avec Camille.

– C'est pour ça que je t'en parle assez tôt.

– Ma mère nous l'avait demandé, murmura Jean, et puis elle s'était faite à l'idée de nous suivre à Montpellier.

– Je suis sûre qu'elle sera très heureuse de pouvoir rester ici. Quant à toi, tu auras tout loisir de mettre en application ce que tu as appris dans les écoles.

Jean demeura pensif un moment, murmura :

– Tout ça mérite réflexion. Je ne peux pas vous répondre aujourd'hui.

– Bien sûr, dit Justin.

Et il ajouta, posant sa main sur l'épaule de Jean :

– Quoi que vous décidiez, Camille et toi, de toute façon vous pourrez toujours compter sur moi.

– Je sais, dit Jean. Merci, Justin.

Des voix se firent entendre sur le perron : les femmes portaient à boire. Une odeur de buis fusa dans l'air lourd et le tonnerre retentit, très loin, vers l'ouest. Justin regarda s'approcher Camille avec la satisfaction d'avoir fait tout ce qui était en son pouvoir pour la garder près de lui.

– Ils n'accepteront pas, dit Nathalie, ce soir-là, tandis que Justin lui racontait une nouvelle fois ce qui s'était passé au Solail.

Ils faisaient comme chaque soir une petite promenade avant la nuit, descendant de la place vers la route d'Argeliers d'où ils longeaient les vignes sur un ou deux kilomètres avant de retourner sur leurs pas. C'était l'heure où le feu du ciel daignait enfin s'atténuer, et où les hirondelles renonçaient à leur course folle dans le ciel.

– Moi, je crois que si, dit Justin.

– Es-tu vraiment sûr de leur avoir rendu service ?

– Si je n'en étais pas sûr, je n'aurais rien dit, fit-il en ralentissant le pas, car son cœur s'emballait une nouvelle fois dans sa poitrine.

– Viens, asseyons-nous, dit Nathalie en le devinant essoufflé.

Il ne répondit pas et continua sa route. La sollicitude de sa femme l'agaçait, d'autant qu'elle avait été opérée d'une hanche au début de l'année, et qu'elle avait besoin de se ménager autant que lui. Mais il aimait cette idée de vieillir à ses côtés, après ce qu'ils avaient partagé depuis qu'ils se connaissaient. Elle savait qu'il souffrait de plus en plus de son angine de poitrine. Il savait tout des douleurs qui l'empêchaient de dormir la nuit. Il se levait, venait s'asseoir près d'elle contre la fenêtre et ils regardaient ensemble la promenade déserte où la lune faisait briller l'eau de la fontaine. Il avait aujourd'hui soixante-quinze ans, et elle un an de moins. Ils aimaient à se retourner pour mesurer le chemin parcouru, sans méconnaître toutefois la souffrance occasionnée par ce genre de pèlerinage, mais c'était quelque chose de plus qu'ils partageaient alors. Il avait besoin de sa fragile présence, grâce à laquelle il avançait encore, vers une fin qui n'était probablement plus lointaine.

Au cours de leur promenade du soir, il leur arrivait de croiser Jérôme et Agathe, assis au bord de la route, comme s'ils espéraient l'arrivée de leur fille. Justin et Nathalie s'arrêtaient, parlaient de tout et de rien, de l'état des vignes, du temps qu'il faisait, mais jamais de Mathilde ou de Marceau. C'était une pitié que de voir Agathe tendre son regard vers le haut de la côte au-delà de laquelle la route basculait vers Argeliers, le village où avait grondé la révolte de 1907. Jérôme devait la tenir par la main pour la ramener vers la Combelle, dont on distinguait quelques tuiles romaines au flanc de la colline. La nuit se refermait sur ce monde paisible, mais où manquaient des êtres que la mort avait pris, sans que l'on sache s'ils attendaient quelque part ceux qui pensaient à eux.

– Les pauvres ! disait Nathalie en s'éloignant.

S'ils évoquaient la mort, ils ne parlaient jamais ouvertement de leurs craintes à son sujet. Ils seraient ensevelis ensemble dans le cimetière de Sainte-Colombe où ils avaient acheté un emplacement sous un cyprès bleu, et c'était tout. La mort était naturelle à tous les êtres vivants. Nathalie croyait à une autre vie, Justin ne savait pas. Ni l'un ni l'autre n'avait vraiment peur. Pourtant, à bien regarder ces étoiles qui s'allumaient là-haut dans le ciel, on pouvait supposer que d'autres mondes existaient, loin de cette terre.

– N'est-ce pas ? disait Nathalie.

Justin haussait les épaules, mais sans irritation. Il croyait, lui, plus simplement, que le travail d'une vie ne pouvait pas ne servir à rien. Il pensait tout aussi simplement qu'après avoir beaucoup travaillé on avait le droit de se reposer, comme beaucoup d'hommes de sa génération qui jugeaient la valeur d'une vie à l'aune des efforts accomplis. Elle croyait à la force de l'amour des femmes de son âge, un amour jamais mesuré, toujours embelli, et qui de ce fait devenait impérissable. C'était déjà beaucoup. Ils le savaient.

Et s'ils avaient entrepris ces promenades dans le soir criblé d'étoiles scintillantes, c'était pour mesurer tout cela, le vérifier de nouveau comme l'on prépare ses bagages à l'approche d'un départ. Elle le tenait par le bras, marchait du même pas que lui. L'air sentait ce parfum de soufre et de raisin qui les accompagnait depuis si longtemps. Là-haut, sur les collines, les pins demeuraient immobiles comme des sentinelles.

– Tu te souviens ? demandait souvent Nathalie.

Il se souvenait de tout à cause de son implacable mémoire, même si le temps n'avait pas pour Justin le même sens que pour elle. Elle en revenait souvent à la révolte de 1907 à Narbonne, à la charge des cuirassiers qui avait failli les tuer. Elle parlait de son attente quand il était parti à la guerre et que Clément leur était né, des événements très lointains qui devenaient soudain plus proches que ceux qui dataient moins. Lui, Justin, l'écoutait en silence, mais son esprit s'évadait vers des lieux qu'elle n'avait pas connus : les tranchées, le camp où il avait été prisonnier en Allemagne, la Montagne Noire, les collines du Minervois, et parfois quelques notes de piano le faisaient respirer plus vite. Il s'en voulait, cherchait à les fuir, mais la musique tournait dans sa tête, et il ne pouvait plus lui échapper.

– Viens. Rentrons, disait-il.

La nuit tombait tout à fait. Des lucanes traversaient la route de leur vol maladroit et se perdaient dans l'obscurité. On entendait des chiens aboyer dans les lointains, à l'heure où l'on fermait les portes. Alors qu'ils revenaient vers les collines, un parfum de thym et de romarin coulait vers eux, réveillant d'autres souvenirs.

Ce soir-là, quand ils arrivèrent sur la promenade, ils distinguèrent deux silhouettes assises sur un banc à proximité de l'atelier.

– Alors, dit Camille à leur approche, vous en avez mis, du temps, pour rentrer au foyer.

– C'est que nous ne marchons pas vite, ma fille, répondit Nathalie.

– Dis plutôt que vous jouez aux amoureux.

– Tu es trop bête, dit Nathalie, prenant le bras de Camille.

– On aurait voulu vous parler, dit Jean, mais il est bien tard.

– Mais non, venez, dit Justin, de toute façon, dormir avec cette chaleur...

Il les précéda jusqu'à la porte, puis ils montèrent l'escalier. Une fois la lumière allumée, tous les quatre s'assirent autour de la table recouverte d'une toile cirée verte. Un court silence s'installa, que rompit brusquement Jean en disant gravement :

– Nous avons décidé de rester au Solail et de tout reprendre de zéro.

Et, comme Justin et Nathalie, trop émus pour prononcer un mot, demeuraient muets sur leur chaise, Camille s'exclama :

– C'est tout l'effet que ça vous fait ?

– On est surpris, dit Nathalie.

– Non. Pas moi, dit Justin.

Et il ajouta, pour cacher son émotion :

– Nous allons fêter ça.

Il se leva, descendit à la cave et remonta avec une bouteille couverte de poussière.

– Vous allez me goûter ça, dit-il, et vous verrez qu'on est capable de faire du vin qui sait vieillir, ici.

– Tant mieux, dit Jean en riant, parce qu'on va en avoir besoin.

Justin ouvrit la bouteille, en versa dans les verres et but en fermant les yeux. Il se leva de nouveau, fouilla dans un tiroir, en sortit des feuilles de papier, les posa sur la table en disant :

– Ils sont à vous.

Et, comme ni Jean ni Camille n'osaient s'en saisir :

– Prends-les, ma fille, dit Justin, c'est notre cadeau

477

pour la naissance du petit que tu vas nous donner bientôt.

Camille se leva, les embrassa l'un et l'autre, murmura :

– Des grands-parents comme vous, on n'en trouve plus.

– D'autant plus que nous allons devenir des arrière-grands-parents, dit Nathalie.

Elle soupira, ajouta :

– On ne peut pas avoir toujours vingt ans.

– Non, ça, on ne peut pas, dit Justin.

Il sourit pour leur faire oublier l'amertume qui se cachait dans ces quelques mots et que tous, à l'instant même où Justin les avait prononcés, avaient ressentie comme une atteinte à leur bonheur du moment.

Les vendanges avaient commencé depuis deux jours, avec des équipes formées d'Espagnols et des jeunes du village. Elles s'annonçaient belles, car l'été avait été chaud et ensoleillé. Les deux ou trois orages d'août n'avaient pas apporté la grêle que l'on redoutait tant, mais simplement la pluie nécessaire à la terre craquelée par la sécheresse. Le dernier avait tué Éléonore, la caraque, que l'on avait retrouvée foudroyée sur un sentier des collines. On ne la rencontrerait plus, fiévreuse, échevelée, sur les chemins où elle jetait des sorts, avec ce regard fou qui avait effrayé tant d'hommes et de femmes depuis des années.

Jean avait décidé avec Justin que la main-d'œuvre embauchée servirait aux vignes du Solail et à celles des Barthès. Il y avait donc du monde au travail, ce matin du 14 septembre, quand, vers dix heures, Camille ressentit les premières douleurs. Elle n'avait pas souhaité accoucher dans une clinique de Narbonne, préférant donner le jour à son enfant au Solail.

La sage-femme de Bressan avait été retenue depuis longtemps, si bien qu'elle arriva rapidement, alors qu'Hortense, Juliette et Nathalie se trouvaient déjà auprès de Camille.

– Un jour de vendange ! se lamentait-elle. Avec tout ce travail qui attend.

– Plains-toi, lui dit Nathalie, tu vas nous donner un vrai vigneron.

Jean, qui allait d'une pièce à l'autre, fut envoyé dans les vignes par les femmes qui n'avaient nul besoin de lui. Il rejoignit Justin qui coupait les grappes vermeilles avec son vieux couteau, et il s'efforça d'oublier qu'il serait père avant le soir, du moins pouvait-on l'espérer.

– Ce n'est pas ta place, ici, petit, dit Justin.

– Ça me changera les idées, répondit Jean.

Il se mit à couper des grappes lui aussi pendant quelques minutes, mais, très vite, délaissant le travail, il revint au château, écouta du perron ce qui se passait, puis il repartit de nouveau vers les vignes où Justin se moqua de lui :

– Tu n'y feras rien, mon pauvre. Les hommes ont toujours été mis à l'écart de ces choses-là, et, crois-moi, il vaut mieux.

Jérôme faisait face à tout, dirigeant les colles, orientant les porteurs, conduisant le tracteur vers la cave lorsque la remorque était pleine. Les mascares avaient commencé la veille, et toute une jeunesse participait à ce qui, de tout temps, avait été une fête. On avait oublié que le vin se vendait mal, que la viticulture était en péril, que l'avenir n'était pas assuré, car le travail partagé sous le soleil incitait les uns et les autres à rire et à chanter. C'était ainsi depuis toujours. Même aux heures les plus noires, la jeunesse de ce pays s'était réjouie de participer aux vendanges. Et pas seulement la jeunesse, mais les vieux aussi, ceux qui avaient tout connu, tout vécu, et dont certains, il y avait longtemps, avaient dû jeter leur vin au ruisseau. Seuls les Espagnols gardaient leur quant-à-soi et travaillaient sans lever la tête, pour justifier leur salaire et mériter de revenir l'an prochain. Ils étaient heureux, pourtant, cela se voyait, quand une femme leur versait à boire, et qu'ils buvaient longuement, la tête renversée vers l'arrière, les yeux mi-clos sous le soleil.

A midi, comme c'était la tradition, le repas fut pris à l'ombre des amandiers ou des abricotiers, au milieu des vignes. Jean repartit au Solail, accompagné de Justin qui ne parvenait pas à se faire à l'idée de devenir arrière-grand-père. Clément s'y trouvait déjà, en compagnie de Juliette qui annonça que l'accouchement se révélait difficile.

– Qu'est-ce que ça veut dire, difficile ? demanda Jean, très inquiet.

– Ça signifie simplement que les femmes ont toujours souffert pour mettre leurs enfants au monde et qu'il en sera de même aujourd'hui, fit Juliette, agacée.

Les hommes prirent leur repas dans la cuisine, puis Clément et Jean s'en allèrent faire la sieste. Justin, qui sortait lui aussi, se trouva un instant seul au pied de l'escalier. Il s'arrêta brusquement, tournant la tête vers l'étage où, lui semblait-il, jouait un piano. Et tout à coup ce fut comme s'il avait vingt ans, à son retour du service militaire, le jour où il était venu demander de l'embauche au régisseur et que des notes de musique l'avaient arrêté. Il monta deux marches, écouta. Oui, c'était bien le même piano, la même musique, celle qui l'avait poursuivi jusque dans les tranchées, et sauvé, peut-être, de la mort, quand il était sur le point de renoncer. Il hésita, puis, comme le piano jouait toujours, il continua de monter, arriva à l'étage, devant la porte ouverte de la grande salle à manger. Il ne songea même pas à Camille dont la chambre se trou-

480

vait à l'autre extrémité, car il était seul au monde, en cet instant, avec la musique de Violaine dont les boucles, soudain, n'étaient pas blondes mais brunes, comme celles de Charlotte.

Il s'assit, eut comme un étourdissement. Le piano jouait toujours. Justin se rendit compte que dans son esprit, peut-être depuis longtemps, Violaine et Charlotte étaient devenues une même personne. Une sorte d'être inaccessible qui, sans doute, symbolisait sa jeunesse perdue, cette soif d'éternité qui obsède les hommes. Cette idée l'irrita, car il n'aimait pas se heurter à ses limites, de quelque nature qu'elles fussent. Et depuis quelques années, le déclin de ses forces lui avait appris que sa seule volonté ne suffisait plus à franchir les obstacles. Il voulut se lever, mais un poids douloureux le rejeta sur son fauteuil et il ne put bouger.

Quand il reprit conscience, Nathalie se tenait devant lui, souriante, et demandait :

– Tu dormais ?

Il fit « oui » de la tête, se sentit beaucoup mieux et l'impression qu'avec elle il ne pouvait rien lui arriver l'apaisa.

– Ça ne devrait plus tarder, maintenant, dit Nathalie.

Il comprit qu'elle faisait allusion à Camille, et il reprit pied dans la réalité. Elle souriait toujours et il se dit que, sans elle, il n'aurait pas eu cette force, cette énergie, ce pouvoir de faire face aux épreuves de la vie et à celles du temps. Il sentit que c'était avec elle qu'il devait s'approcher de cet univers d'où il était parti il y avait bien longtemps, une sorte de maison familière dans laquelle, lui semblait-il, ils étaient attendus.

Il se leva, redescendit l'escalier en sa compagnie et, furieux de la faiblesse momentanée qui l'avait assailli, il partit vers les vignes où les journaliers s'étaient allongés pour une courte sieste à l'ombre. Il faisait très chaud et pas un souffle d'air ne venait rafraîchir l'atmosphère. Les collines semblaient engluées dans un bleu de faïence qui paraissait avoir déteint sur les arbres immobiles.

Quand Jérôme donna le signal de la reprise, les journaliers se levèrent lentement et regagnèrent les rangs, leur panier à la main, mais sans manifester l'entrain de la matinée. Justin se remit aussi au travail, malgré la fatigue qui pesait sur lui. Jean, en le rejoignant cinq minutes plus tard, lui fit oublier les questions qui tournaient dans sa tête. Ils travaillèrent un moment de part et d'autre de la même rangée, mais Jean, trop préoccupé par ce qui se passait au château, laissait des grappes derrière lui.

– Tu vas te faire mascarer, petit, dit Justin.

Jean n'y tint plus : il repartit au château et alla se réfugier dans la cave où deux Espagnols s'activaient déjà au fouloir.

– Ça m'aiderait que vous restiez là, dit Jérôme. Les colles n'avancent plus.

Jean acquiesça, mais il fit de rapides va-et-vient entre la cave et le château, de plus en plus inquiet sur le sort de Camille qu'il entendait gémir. Enfin, vers cinq heures, Hortense parut, souriante.

– Tu as un fils, dit-elle.

Il se précipita dans la chambre, embrassa Camille, demeura penché sur elle un long moment puis il se tourna lentement vers le berceau de l'enfant qui pleurait.

– Je peux le prendre ? demanda-t-il.

Camille sourit, hocha la tête.

Jean prit son fils dans ses bras, s'approcha de la fenêtre, regarda au-dehors les vignes où les vendangeurs étaient courbés entre les ceps.

– Ne pleure pas, dit-il, toi aussi tu en feras, de belles vendanges.

Une lumière chaude, dorée, descendait des collines que l'automne embrasait. L'enfant ouvrit à demi les yeux, s'arrêta de pleurer, comme s'il venait d'accepter le monde qui était désormais le sien.

ARBRES GÉNÉALOGIQUES

LE SOLAIL

Charles et Élodie Barthélémie

- **Charlotte** mariée à Louis Daubert †
  - **Renaud** †
  - **Hugues** † marié à Valentine

- **Léonce** † marié à Victoire †
  - **Arthémon** marié à Pascaline
    - **Blanche** mariée à Paul Lefebvre
      - **Lionel**
    - **Jules** marié à Hortense
      - **Jean**
  - **Léonie** † (à Carcassonne)

- **Berthe** † mariée à Pierre Fontanel †
  - **Violaine** mariée à Honoré Delescluze †

- **Étienne** (à Narbonne) marié à Judith
  - **Joseph** marié à Solange
    - **Marceau** marié à Mathilde
    - **Aloyse** mariée à Lucien
      - **Pierre**